# Mörderische Rätsel

Peter Nowotny

# Mörderische Rätsel

Allgäu-Thriller

TD

Verlag Tobias Dannheimer Kempten

Marita und Brigitte
meinen treuesten Krimifans
gewidmet.


ISBN 3-88881-055-8
Besuchen Sie uns im Internet: www.allgaeubuch.de

Herstellung: AZ Druck und Datentechnik GmbH, Kempten

# Geleitwort

**zu den Rätseln:**

In diesem Thriller spielen verschiedene Rätsel eine für die Handlung entscheidende Rolle. Genauso wie Hauptkommissar Wanner und sein Team von der Kripo Kempten, können aber auch alle Leserinnen und Leser die Rätsel lösen. Dies macht den besonderen Reiz dieses Buches aus.

Wird das beabsichtigt, dürften Sie allerdings nicht gleich weiterlesen, da die Auflösung im Zuge der Handlung jeweils auf den nachfolgenden Seiten geschieht. Bei den Lösungsversuchen muss gelegentlich auch mal quer gedacht werden um zu einem Ergebnis zu kommen.

Viel Erfolg.

**... und zur Mundart:**

In jedem Regionalkrimi erwarten die Leser zu Recht Lokalkolorit. Dieses zeigt sich in der Beschreibung von Landschaft, Orten, Besonderheiten und vor allem bei Dialogen in Mundart. Darauf wollten wir auch in diesem Buch nicht verzichten. Um es aber auch für Nicht-Allgäuer und Nicht-Walser verständlich zu halten, haben wir nur eine leicht gefärbte Allgäuer Mundart verwendet. Den Walser Dialekt mussten wir noch mehr eindeutschen um es dem Leser leichter zu machen. Trotzdem haben wir auch davon einige Kostproben gebracht.

Ein spannendes und vergnügtes Lesen wünscht Ihnen
Autor und Verlag

# 1

An jenem 25. Mai, es war Christi Himmelfahrt, setzte sich eine Spirale von Ereignissen in Gang, an deren Ende der Tod stand. Eigentlich müsste man glauben, dass ein Preisrätsel Menschen glücklich macht. Dem war aber zunächst nicht so. Doch lassen wir die Geschichte ablaufen, wie sie sich zugetragen und wie sie Hauptkommissar Paul Wanner von der Kripo Kempten nach Abschluss seiner Ermittlungstätigkeit fein säuberlich aufgeschrieben hat, weil ihm ein solcher Fall in seiner langen Laufbahn noch nie untergekommen war. Und weil die Recherchen ihm nicht nur große Probleme, sondern auch neue Erkenntnisse gebracht hatten.

Wenn er im Nachhinein alles überlegte, musste er zugeben, dass er es allein nie geschafft hätte, die Rätsel zu lösen: die des Preisausschreibens und die des Todes. Aber dank seiner Mithelfer und des guten Teamgeistes seiner Kollegen, konnte er den Fall lösen, der zwei Monate lang die Bevölkerung der Region in Atem gehalten hatte.

Paul Wanner sah zum Fenster hinaus. Es war längst Feierabend, aber seine Arbeit ließ ihn auch heute wieder nicht los und seine Frau Lisa würde mit dem Essen, wie so oft, warten müssen. Der Abend dämmerte jetzt im Hochsommer nur langsam heran. Ein paar Vögel sangen noch aus voller Kehle und übertönten den abnehmenden Verkehrslärm vom Adenauerring.

Am Parkplatz unter seinem Fenster wurde ein Motor gestartet. Wanner beugte sich hinaus und sah den kleinen Flitzer von Eva Lang zum Tor fahren. Also hatte auch sie Überstunden gemacht, dachte der Hauptkommissar und ging zu seinem Schreibtisch zurück. Tüchtiges Mädchen, klug, kollegial, von schneller Auffassung, mutig und verdammt hübsch.

Warum sie wohl noch keinen ständigen Begleiter hatte? Auch die Fäden, die sich seit dem letzten Fall zwischen ihr und dem Kollegen Uli Hansen anzuspinnen schienen, waren, zumindest nach außen hin, nicht weiter gediehen. Oder sie verbargen sie geschickt. Er wandte sich wieder seinen Unterlagen zu.

Als das Telefon klingelte und Lisa vorsichtig nachfragte, ob er eventuell beabsichtige heute noch heimzukommen, räumte er seine Papiere hastig auf die Seite. Dann verließ er sein Büro und stieg die breite Treppe vom ersten Stock der Polizeidirektion hinab. Wie viele Jahre bin ich jetzt schon hier?, schoss es ihm durch den Sinn. Es mussten wohl an die zwanzig sein. Er liebte seinen Beruf und lebte für ihn. Jeden Tag, wenn er sein Büro betrat, hatte er schon seinen Arbeitsplan zurechtgelegt. Er war Mitte vierzig, im besten Alter. Seine sportliche Figur, durchtrainiert vom Bergsteigen, verhalf ihm auch bei seiner Arbeit zu manchen Vorteilen. So schnell hängte ihn keiner ab, dem er auf den Fersen war. Nein, ein „Bulle von Tölz“ war er nicht und wollte es auch nicht werden.

Als er am Wachraum vorbeiging, grüßte ihn der diensthabende Polizist durch die Scheibe. Freundlich winkte ihm Wanner zurück und wandte sich seinem Auto zu, das gleich um die Ecke stand. Bevor er einstieg, fiel sein Blick auf die Delle über dem linken hinteren Radkasten. Er hatte sie immer noch nicht ausbessern lassen. Sie war eine Erinnerung an eine seiner gefährlichsten Dienstfahrten. Damals war sein Schutzengel schon arg strapaziert worden. Wanner nahm hinter dem Steuer Platz, fuhr aber nicht gleich los. Wieder packte ihn die Erinnerung und er sah den Fall vor seinem geistigen Auge abrollen.

So etwas, wie diese mörderischen Rätsel, wird es so schnell wohl nicht mehr geben, dachte er.

Hoffentlich.

# 2

Das Ehepaar Meisenberger aus Duisburg machte schon seit über zehn Jahren Urlaub im Kleinwalsertal. Bis vor wenigen Jahren waren auch die Kinder dabei, jetzt hatten diese andere Interessen und wollten lieber mit gleichaltrigen Freunden zusammen sein. Meisenbergers waren ihrem Urlaubsgebiet treu geblieben und verbrachten regelmäßig drei Wochen zu Beginn der Sommersaison im Tal an der oberen Breitach, wo sie Jahr für Jahr in einer gemütlichen Pension in Riezlern abstiegen. Das Tal, umgeben von hohen Bergketten und geprägt von tief eingeschnittenen Bächen, hatte es ihnen angetan. Die vielen Wandermöglichkeiten in frischer Bergluft, der Anblick steil aufragender Bergspitzen, die schönen Seitentäler mit ihren Alphütten, dem weidenden, schellenbehängten Vieh und die Bergbahnen übten auf das Ehepaar aus Duisburg magische Anziehungskräfte aus. Sie kamen stets den Anfang der Saison. Kurt Meisenberger konnte sich altersbedingt die Urlaubszeit vor seinen Kollegen eines großen eisenverhüttenden Betriebes aussuchen. Er bevorzugte die ruhigere Vorsaison. Marianne Meisenberger konnte dies nur recht sein, litt sie doch unter Stresssymptomen, die in der kühleren Zeit leichter zu beheben waren. Sie war Filialleiterin eines großen Supermarktes am Rande der Stadt und ständig unter Druck.

In diesem Jahr waren Kurt und Marianne Meisenberger besonders früh im Walsertal angekommen. Sie wollten einerseits auf den Bergen noch den Übergang vom Frühjahr in den Sommer erleben, andererseits hatte ihre Tochter für den Sommer ihre Verlobung angekündigt und ihre Eltern zu einer entsprechenden Feier eingeladen. So kam es, dass Meisenbergers schon Ende Mai ihr Doppelzimmer bezogen, von dem sie einen hübschen Blick auf den Hauptort des kleinen Walsertales und die dahinter liegenden Berge hatten. Als Kurt zum ersten Mal in dieser Saison auf den Balkon trat, sah er mit einiger Verwunderung, dass der Schnee schon ungewöhnlich weit hinauf geschmolzen war.

Er meinte deshalb zu seiner Frau: „Ich glaube, wir können dieses Jahr schöne Wanderungen weiter hinauf unternehmen, die Berge sind bereits in den mittleren Lagen schneefrei."

Marianne stellte den ausgepackten Koffer auf den Schrank und trat zu ihrem Mann hinaus.

„Da habe ich nichts dagegen. Ein paar Stunden in der herrlichen Bergluft werden uns beiden gut tun. Morgen ist Christi Himmelfahrt, lass uns was unternehmen."

„Es ist aber auch Vatertag", lächelte ihr Mann. „Da haben die Herren einen Wunsch frei."

„Und, was wünscht sich der Herr?", fragte Marianne und musterte das Bergpanorama.

„Ich wünsche mir eine Fahrt auf die Kanzelwand! Dort machen wir eine Wanderung, kehren gemütlich ein, genießen das Bergpanorama und lassen uns wieder ins Tal schaukeln. Man soll am Urlaubsanfang ja nicht gleich losstürmen, um dann tagelang vor Muskelkater kaum auftreten zu können."

Seine Frau nickte. Dann gähnte sie vernehmlich und erwiderte: „Im Moment bin ich hundemüde. Muss wohl die Luftveränderung sein." Dann trat sie ins Zimmer zurück.

Kurt folgte ihr. „Ich fühle mich fit für alles!" Er grinste ein wenig, doch sie reagierte nicht.

Am nächsten Tag ließen sich Meisenbergers mit der Kanzelwandbahn zur Bergstation bringen. Als sie vor das Gebäude in die Sonne traten, waren sie sprachlos vor Begeisterung. Am Gipfel des Warmatsgundkopfes lag noch Schnee und auch der Verbindungsgrat zum Schüsser zeigte weiße Flecken. Dagegen war das Fellhorngebiet schon fast schneefrei.

Marianne stieß ihren Mann an. „Schau mal, herrlich, wie jedes Jahr! Diese Berge! Und der Weitblick über das Walsertal, einfach großartig. Komm lass uns gehen, damit wir rechtzeitig zur Einkehr zurück sind."

Ihr Mann riss sich vom Anblick der Berge los. „Wohin denn?", fragte er dann und sah sich um.

„Zum Fellhorn, da ist alles schneefrei. Allerdings müssen wir den gleichen Weg zurück. Macht aber nichts, es geht ja ums Laufen."

„Na schön, dann zum Fellhorn", seufzte Kurt, der lieber zum Warmatsgundkopf gewandert wäre, und nahm den kleinen Tagesrucksack auf. Dann stiegen sie in Richtung Gundsattel ab.

Es mag an der frühen Tageszeit gelegen haben, dass außer ihnen niemand auf dem Weg zu sehen war.

Das erste Stück war schneefrei, aber glitschig und sie mussten aufpassen nicht auszurutschen. Es ging steil bergab, im Winter war hier die Skiabfahrt. Vereinzelt wuchsen Grünerlen, denen man deutlich die Last ansah, die sie in den vergangenen Monaten tragen mussten. Mühsam richteten sie sich wieder auf, erste Blatttriebe spitzten hervor.

Der Weg folgte dem Rücken, der westwärts zum Kleinwalsertal abfiel. Am niedrigsten Punkt lag der Gundsattel, auf dem ein Kreuz stand. Von ihm führte ein Wanderweg nach Riezlern hinab. Zu dieser Zeit lagen darauf noch große Schneereste, gefahrlos konnte er nicht begangen werden.

Marianne und Kurt Meisenberger erreichten den Sattel und stiegen jenseits in einem Stündchen zum Fellhorngipfel auf. Die atemberaubenden Blicke ins Walsertal und in die Allgäuer Hochalpen ließen sie immer wieder stehen bleiben. Die Begeisterungsrufe Mariannes quittierte Kurt jedes Mal mit einem zustimmenden Grunzen. Sie genossen die Aussicht vom Fellhorngipfel und machten sich schließlich wieder auf den Rückweg. Hinter der Bergstation der Fellhornbahn vermeinte Marianne Meisenberger einen Knall gehört zu haben, den sie nicht recht einordnen konnte.

„Gibt's hier noch Lawinen um diese Zeit?", fragte sie ihren Mann, der das Geräusch ebenfalls gehört hatte.

„Keine Ahnung! Kann auch von der Bahn gekommen sein, wenn eine Gondel einfährt", meinte er und setzte seinen Weg in Richtung Gundsattel fort. Marianne zuckte die Schultern und folgte ihm. Kein Mensch war auf ihrem Weg zu sehen. Drüben fuhr eben eine Gondel in die Bergstation ein. Die Panoramascheiben des Restaurants spiegelten in der Sonne. Als sie sich dem Gundsattel näherten, blieb Kurt plötzlich stehen.

„Komisch", sagte er zu seiner Frau, „vorhin haben wir doch niemand gesehen? Jetzt sitzt dort jemand am Kreuz und schaut nach Riezlern hinab. Muss doch ziemlich kalt sein. Wir können uns ja mal bei ihm erkundigen, ob er den Weg über die Riezler Alpe heraufgekommen ist und ob wir da absteigen könnten. Dann sparen wir uns den Aufstieg zur Kanzelwandbahn."

Marianne sagte nichts. Sie starrte im Näherkommen auf den Mann, der seltsam ruhig am Kreuz gelehnt auf dem Boden saß und nach Riezlern zu stieren schien. Als sie nur noch wenige Schritte entfernt waren, rief Kurt:

„Hallo! Guten Tag! Sind Sie von Riezlern direkt hier heraufgestiegen?"

Der Mann antwortete nicht. Ja, er drehte nicht einmal den Kopf, um den Gruß zu erwidern.

Scheint ja eine interessante Aussicht zu sein, vermutete Marianne im Stillen und ging auf den Mann zu. Er schien eingeschlafen zu sein. Sie rüttelte ihn sanft an der Schulter. „Hallo! Sie werden sich erkälten, wenn Sie so auf dem blanken Boden sitzen. Wir wollten nur..." Sie schüttelte ihn nochmals.

Dann stieß sie einen lauten Schrei aus.

Der Mann fiel langsam vornüber und rollte ein paar Schritte den Hang hinab.

„Was ist... Kurt!!... Schau mal... der Mann...", sie stammelte entsetzt.

Ihr Mann sah auf die reglose Gestalt. „Bleib hier, ich schau mal nach." Vorsichtig stieg er hinab und drehte den Mann um. „Hallo!..." Erschrocken brach er ab.

Auf der Brust des Mannes war im Anorak ein großes blutiges Loch zu sehen.

# 3

Bauunternehmer Bastian Erd aus Riezlern starrte unruhig durch die Fenster seines Büros. An diesem Tag lief mal wieder nichts, wie er sich das vorgestellt hatte. Zwar war das Wetter schön, die Sonne stand hinter dem Zwölferkopf, aber mit schönem Wetter allein konnte er auch nichts anfangen. Er hatte seine Aufträge durchgesehen, die Außenstände zusammengezählt und die Geldeingänge überprüft. Zog er Bilanz, so kam diese mit Mühe auf eine schwarze Null. Dabei musste er froh sein, dass seine Geschäfte überhaupt noch gingen. Hier im Kleinwalsertal mit seiner isolierten Lage waren die Aufträge nicht üppig gesät. Er konnte nur, Dank seiner Verbindungen zu offiziellen Stellen, der Konkurrenz ein Schnippchen schlagen. Wie lange dieser Vorteil anhalten würde, war nicht absehbar. Seit seine erste Frau nicht mehr da war, lief vieles schief. Er bekam eine ohnmächtige Wut, wenn er daran dachte. Dieser Marco, der falsche Hund, hatte ihm Erika ausgespannt, sie nach einiger Zeit sitzen lassen, und sich anderen zugewandt. Erika war aus dem Tal verschwunden. Kontakte zwischen ihnen gab es nicht mehr. Erd fluchte laut vor sich hin. Dieser Marco hatte an allem Schuld: an seiner zerbrochenen Ehe, seinem schlechten Geschäftsgang und was sonst noch alles damit zusammenhing. Er, Erd, hatte sich schon oft ausgemalt, was er tun würde, wenn er dem Burschen einmal allein begegnen sollte...

Es klopfte und seine Sekretärin steckte den Kopf herein.

„Das Gemeindeamt hat angerufen, als Sie nicht da waren, und hat ein Angebot für den Winterdienst von uns haben wollen. Abgabetermin wäre der 30. Juni, schriftlich und in dreifacher Ausfertigung.“

Erd drehte sich unwirsch um. „Früher hat man uns damit beauftragt, heute dürfen wir grad mal ein Angebot abgeben. Also, machen Sie es fertig, die Unterlagen finden Sie im Ordner vom letzten Jahr." Er wandte sich wieder dem Fenster zu und blickte auf die Schlucht der Breitach, die tief eingeschnitten und mit Bäumen bewachsen den Ort durchzog. Am liebsten hätte er die Glasvase auf seinem Schreibtisch samt Inhalt durchs Fenster geworfen. Dieser verdammte Marco, und heute hatte Erika auch noch Geburtstag. Er musste sich einigen Freunden anvertrauen, vielleicht heute Abend bei ihrem Stammtisch. Er verzog sein Gesicht zu einer hässlichen Grimasse. Warte Marco, du wirst büßen!

Er wählte eine Nummer und wartete.

„Heidebaum", erscholl es von der anderen Seite.

„Hallo Marcel, hier Bastian Erd. Hast du einen Augenblick Zeit für mich?"

„Hallo! Entschuldige, bin ziemlich unter Druck. Kommst du heute zum Stammtisch?"

„Ja schon, aber", Erd schluckte, „es wäre mir wichtig vorher mit dir zu sprechen."

Heidebaum zögerte spürbar. „Also gut, drei Minuten, es erwarten mich ein paar Leute draußen."

Du bist auch nicht gerade der Ehrlichste, dachte Erd. Laut fuhr er fort: „Es geht da bezüglich der Casino-Verwaltung, sprich Marco Müller, ein bestimmtes Gerücht um. Schon was davon gehört?"

Marcel Heidebaum war erstaunt. „Und deshalb rufst du mich an? Hätte das nicht Zeit bis heute Abend? Du Bastian, entschuldige, aber ich muss wirklich Schluss machen. Wir sehen uns. Servus." Er legte auf. Natürlich wusste er um das Gerücht. Und auf Marco Müller war er sowieso nicht gut zu sprechen, aber das war eine andere Sache. Er brauchte Zeit zum Überlegen. Bis zum Abend musste er sich was ausdenken.

Bastian Erd hatte den Hörer erstaunt aufgelegt. Unverschämt dieser Heidebaum. Wer glaubt er denn, wer er sei? Dabei pfiffen es die Spatzen im Tal von den Dächern, dass seine Beratungsfirma für alle möglichen Finanzierungen täglich einen Eiertanz zwischen plus und minus vollbrachte. Weiß der Kuckuck, wovon er wirklich lebte.

Die Laune von Bastian Erd war durch das Gespräch noch schlechter geworden. Und Marco Müller hing in seinen Gedanken fest.

Als sich abends im Nebenzimmer der „Traube" Wolfgang Fritz, Marcel Heidebaum und Bastian Erd am Stammtisch trafen, sah keiner der drei besonders fröhlich aus. Sie tranken ihre Biere, diskutierten über alles und nichts und vermieden das direkte Gespräch über das Thema, das allen Dreien auf den Nägeln brannte. Erd sprach das Thema seines Anrufes vom Nachmittag nicht mehr an. Heidebaum vermied auch nur an Marco Müller zu denken und Wolfgang Fritz hatte eine Idee, von der aber niemand etwas wissen durfte. Susi, die hübsche Kellnerin, wunderte sich über die drei finster dreinschauenden Männer, deren Gespräch an diesem Abend keinen Tiefgang bekam.

Nur einmal, als der Bibliothekar Fritz von einem mysteriösen Fall einer angeblichen Gewinnhinterziehung erzählte, kam Leben in die Diskussion. Allerdings bogen die beiden anderen das Thema ab. Das hatte zur Folge, dass Fritz sauer wurde, seine Biere bezahlte und mit einem kurzen Gruß die Runde verließ. Bevor Erd nun doch auf seinen Anruf zu sprechen kommen konnte, war Heidebaum aufgestanden und hatte sich mit einer fadenscheinigen Entschuldigung verabschiedet. In sich hineinfluchend zahlte auch Erd seine Zeche und machte sich auf den Heimweg.

Vielleicht wäre manches anders verlaufen, hätten die drei offen miteinander gesprochen. So aber nahm das Schicksal seinen Lauf.

# 4

Hauptkommissar Wanner saß am Nachmittag dieses Himmelfahrtstages nach einem üppigen Mittagessen gemütlich auf der Couch zu Hause und las die Zeitungen der letzten zwei Tage. Er überflog ziemlich schnell das politische Geschehen, von dem er immer häufiger enttäuscht war, und wandte sich dem lokalen Teil zu. Hier gab es das Neueste aus seiner Umgebung. Darüber, so dachte er, muss man Bescheid wissen. Außerdem überflog er die Todesanzeigen in der Hoffnung, keine bekannten Namen zu lesen.

Er wollte gerade zu der Kaffeetasse greifen, die ihm Lisa gebracht hatte, als das Telefon klingelte. Böse Ahnungen befielen ihn. Es war – wie vermutet – seine Dienststelle. Der Wachhabende meldete ihm einen Toten auf dem Fellhorn, das heißt, so stotterte der Anrufer, wie es schien, nicht ganz am Fellhorn sondern daneben...

„Also, wo liegt der Tote wirklich?“, unterbrach Wanner die ungenaue Ortsangabe.

„Wie man mir berichtet hat, zwischen Fellhorn und Kanzelwand, irgendwo auf dem Verbindungsgrat...“

Wanner überlegte schnell. „Das müsste direkt an der Grenze zwischen Bayern und dem Kleinwalsertal sein. Liegt der Tote etwa auf österreichischer Seite?“, fragte er hoffnungsvoll. Aber sein Gesprächspartner wusste nicht mehr.

„Wer hat eigentlich angerufen?“ Wanner hoffte, dass der Anruf aus Österreich kam.

„Uns hat die Polizeiinspektion Oberstdorf verständigt, die erhielt einen Handyruf von einem Herrn Meisenberger, der den Toten gefunden hat.“

Wanner sah seine Hoffnung schwinden. Also doch auf deutschem Gebiet. Zuständig: Kripo Kempten und damit er, Wanner.

„Na schön, ich setz mich mit Oberstdorf in Verbindung“, knurrte er dann und legte auf. Er sah auf seine Uhr. Kurz nach drei, wenn er gleich losfuhr, konnte er gegen vier in Oberstdorf sein, dann würde er weiter sehen. Seufzend erhob er sich aus seiner bequemen Position.

Lisa sah aus ihrem Sessel hoch. Das war's wohl mal wieder mit dem gemütlichen Nachmittag. Sie stand auf, füllte den restlichen Kaffee in eine Thermosflasche, goss etwas Sahne dazu und gab sie ihrem Mann. „Dann trinkst du halt mal wieder unterwegs", meinte sie und küsste Paul schnell auf die Wange. „Also dann: bis heut Abend. Pass auf dich auf!"

Wanner hatte inzwischen seine Außendienstsachen angezogen. „Bis bald!", sagte er und wandte sich zur Tür.

Wanner rief bei der Inspektion in Oberstdorf an und erfuhr, dass der Tote ein Loch in der Brust hätte, mehr wussten sie auch nicht. Dann tippte er die Handynummer von Eva Lang ein und als sie selbst antwortete, setzte er sie von dem Ausflug nach Oberstdorf in Kenntnis.

„Ich hol dich in einer viertel Stunde an der Dienststelle ab...", und als sie lauthals protestierte, „... dann halt in zwanzig Minuten."

Er legte auf. Bei den Kollegen Haug, Riedle und Hansen hatte er kein Glück. Entweder war das Handy abgeschaltet oder die Mailbox meldete sich. Er fuhr zur Polizeidirektion und ging ins Büro hinauf, wo er sein Fernglas und den Fotoapparat einsteckte. Als er wieder am Wachraum vorbei ging, winkte ihm der diensthabende Polizist und hielt ihm eine Zeitungsseite vor die Scheibe.

„Haben Sie schon gelesen, Herr Hauptkommissar? Da ist ein Preisausschreiben drin, so was hab ich noch nie gesehen!"

Wanner sah flüchtig eine fette Überschrift und einen mehrspaltigen Text. Dafür hatte er jetzt aber keine Zeit. Er schüttelte daher den Kopf und rief durch die Scheibe:

„Nein, noch nicht. Mach ich, wenn ich wieder zurückkomme!"

Er verließ das Gebäude. Eva Lang wartete mit dem Dienstwagen vor der Tür. Sie hatte 18 Minuten gebraucht! Wanner registrierte dies mit Wohlgefallen. Solche Mitarbeiter braucht man, dachte er, und öffnete die Wagentür. Sie begrüßten sich und Eva fuhr los.

„Oberstdorf, Inspektion", war alles, was Wanner ihr angab.

Sie nickte und sah ihren Chef von der Seite an. „Was gibt's denn heute, Herr Hauptkommissar?", fragte sie neckisch, denn in ihrem Team duzten sich alle. „Sind ein paar vollgelaufene Väter vom rechten Weg abgekommen?"

Wanner lachte vor sich hin. „Dann wären vermutlich nicht wir zuständig, sondern vielleicht die Sitte... Irgendein Herr Meisenberger hat per Handy angerufen, dass zwischen Fellhorn und Kanzelwand ein Toter mit einem Loch in der Brust liegt. Mehr weiß ich auch nicht. Mittlerweile werden die grünen Kollegen ja schon dort sein."

Der Rest der Fahrt verlief schweigsam. Eva musste sich auf den starken Ausflugsverkehr konzentrieren, Wanner dachte an die kommende Zeit. Wenn es Mord war, standen wieder mal schwierige Ermittlungen an, das mutmaßte er schon aus dem Tatort. Wie konnte man bloß in dieser herrlichen Umgebung einen Menschen töten? Und ausgerechnet auch noch auf der Grenze zweier Staaten! Komplizierter ging es wohl nicht mehr. Ein richtiges Rätsel, schon bevor er zu ermitteln begann. Rätsel? Er stutzte. Wo hatte er heute schon das Wort gesehen? Ah – natürlich, auf der Zeitungsseite, die ihm der Polizist im Wachraum gezeigt hatte. Da stand etwas von Preisausschreiben und Rätsel um eine Menge Geld. Mehr hatte er sich in der Kürze der Zeit nicht merken können.

Eva bremste vor der Polizeiinspektion in Oberstdorf und sie betraten das Gebäude. Die Oberstdorfer Polizisten hatten schon zwei Kollegen sowie den Notarzt mit einem Hubschrauber zum Fundort hinaufgeschickt und warteten jeden Moment auf einen Anruf. Der kam auch einige Minuten später. Polizeihauptwachtmeister Kleiber teilte mit, dass sie den Toten erreicht und untersucht hätten. Nach Aussage des Notarztes deutete die Schusswunde auf eine großkalibrige Waffe hin, vermutlich ein Gewehr.

„Liegt der Tote etwa in Österreich?", fragte Wanner hoffnungsvoll.

„Wissen wir nicht! Den genauen Tatbestand müsste man erst rekonstruieren, wir haben den Hubschrauber zurückgeschickt, um Sie zu holen."

„O.K., verstanden, wir kommen, sobald der hier ist." Wanner legte auf. Sehr unklare Sache was den Tatort anging, dachte er, und setzte seine ganze Hoffnung auf Österreich.

Minuten später traf der Hubschrauber ein und nahm Wanner und Eva Lang an Bord. Mit Donnergetöse und heftigen Luftwirbeln hob er ab und schlug die Richtung Fellhorn ein. Wanner genoss diesen Flug. Die Berge sahen von hier oben ganz anders aus, als von den Wegen, auf denen man sie mühevoll besteigen musste. Hier aber glitt der Hubschrauber über Grate und Schluchten hinweg, als ob es sie gar nicht gäbe. Bald hatten sie die Fellhornbahn unter sich. Der Pilot steuerte die tiefste Stelle zwischen Fellhorn und Kanzelwand an. Einer der beiden dort anwesenden Polizisten winkte nach links. Als der Pilot seiner Maschine eine kleine Richtungsänderung gab, sah man einen einigermaßen ebenen Platz auf dem er vorsichtig niederging. Wanner sprang heraus und half Eva beim Aussteigen, dann liefen sie geduckt unter dem rasenden Rotorblatt hindurch. Während der Helikopter abhob und Richtung Tal flog, stiegen die beiden Kriminalpolizisten zum Gundsattel auf.

Dort fanden sie neben dem Kreuz zwei Polizisten, den Notarzt und ein Ehepaar in Wanderkleidung vor, das ihnen als Herr und Frau Meisenberger vorgestellt wurde. Unterhalb des Sattels sahen sie einen Mann am Boden liegen. Wanner und Eva Lang ließen sich kurz informieren und stiegen dann zu ihm hinab. Wanner wandte sich an den Notarzt und bat ihn um einen kurzen Untersuchungsbericht.

„Vorbehaltlich der Obduktion", fing Dr. Kreuer an, „möchte ich sagen, dass der Mann aus größerer Entfernung erschossen wurde, weshalb die Waffe nur ein Gewehr sein konnte. Der Schuss traf ins Herz, der Mann muss sofort tot gewesen sein. Die Meisenbergers berichteten, sie hätten ein Geräusch gehört, das sie zunächst nicht identifizieren konnten. Im Nachhinein aber glauben sie, dass es ein Schuss war. Da sie etwa 25 Minuten später am Gundsattel ankamen, könnte der Mörder also noch in der Nähe gewesen sein..."

„Danke, danke Herr Kollege, Sie nehmen mir ja meine Arbeit ab", rief Wanner und wandte sich an Eva. „Sprich mal mit den beiden. Vor allem erscheint mir wichtig, wo und wie sie den Toten gefunden haben. Ich weiß immer noch nicht, stehe ich hier in Deutschland oder in Österreich." Er drehte sich wieder zu Dr. Kreuer um und sagte versöhnlich:

„Entschuldigen Sie, dass ich Ihre Kombinationen unterbrochen habe. Aber wir versuchen uns selbst ein Bild zu machen."

Der Notarzt nickte nur und begann seine Sachen in die Tasche zu packen.

„Ich wollte Ihnen ja nur helfen..."

Eva Lang sprach mit den beiden Meisenbergers, die ziemlich ausgekühlt waren. Marianne Meisenberger war außerdem mit den Nerven am Ende. Ein ums andere Mal lief ein Schauer über ihren Körper. Sie hatten alles angezogen, was sie im Rucksack hatten, aber im Mai war es hier oben noch sehr kühl. Eva notierte sich Namen und Adresse, die Anschrift des Urlaubsquartiers sowie die Handynummer.

Wanner trat heran und gab ihnen die Hand. „Wanner, Kripo Kempten. War ja ein schöner Schreck auf Ihrer Wanderung", fing er an. Gleichzeitig wurde ihm bewusst, dass ein Schreck selten schön sein konnte. „Äh, ja, erzählen Sie mir mal wie Sie den Toten gefunden haben. Sie kamen also", er drehte sich um und wies zur Kanzelwand hinauf, „von dort oben..."

Kurt Meisenberger schüttelte den Kopf und zeigte aufs Fellhorn. „Nein von dort oben." Er beschrieb exakt den Weg, den sie gegangen waren, und berichtete, dass sie auf dem Hinweg zum Fellhorn am Gundsattel niemand gesehen hatten. Erst am Rückweg...

Wanner unterbrach ihn. Er wandte sich schnell an Eva und sagte: „Du, übrigens, gib doch bitte Frau Meisenberger meine Thermosflasche mit dem Kaffee, der wird ihr sicher gut tun!"

Eva nickte und holte die Trinkflache aus dem Rucksack, den Wanner bei solchen Einsätzen immer dabei hatte.

„Also weiter", wandte er sich dann an Kurt, der nun die Geschichte mit dem Schussgeräusch erzählte.

„Aber zu dem Zeitpunkt wussten Sie noch nicht, dass es ein Schuss war?", fragte Wanner.

„Nein, weder ich noch meine Frau dachten an so was. Wir hören ja auch selten Schüsse", setzte er hinzu.

„Gut. Wo genau waren Sie, als Sie das... Geräusch hörten?"

„Etwa dort oben", Kurt Meisenberger zeigte auf den Grat unterhalb der Bergstation.

„Und wie lange sind Sie von dort bis hierher abgestiegen?"

„Etwa... zwanzig, fünfundzwanzig Minuten. Sie müssen wissen, dies ist unser erster Urlaubstag, da sind wir noch nicht eingelaufen..." Er schaute zu seiner Frau hinüber, auf die Eva Lang und der Notarzt beruhigend einsprachen.

„Ja, das ist auch nicht so wichtig, mir reicht ein Anhaltspunkt." Wanners Blick glitt den Weg entlang, der stellenweise ziemlich steil war. Der Doktor hatte vorhin sicher Recht, wenn er annahm, dass der Mörder noch in der Nähe gewesen sein musste.

„Und Sie haben niemand in der Umgebung gesehen?"

Kurt Meisenberger schüttelte den Kopf. „Wir waren von dem... Fund so erschreckt, dass wir an nichts anderes mehr dachten, als Hilfe herbeizutelefonieren. Wir haben uns deshalb auch nicht richtig umgeschaut."

„Und jetzt zeigen Sie mir noch einmal genau, wo der Tote war, als Sie ihn sahen und vor allem, in welcher Stellung er sich befand."

Kurt Meisenberger ging zum Kreuz voraus und deutete darauf. „Er saß hier, etwa so...", er zeigte es Wanner, „... und lehnte am Kreuz. Wir dachten ja, er wäre eingeschlafen, also ging meine Frau hin und rüttelte ihn etwas an der Schulter. Darauf fiel er vornüber... und rollte die paar Meter bis dort, wo er jetzt liegt."

Er rollte auf die verkehrte Seite, dachte Wanner, denn hier ist mit Sicherheit deutscher Boden. Hätte ihn Frau Meisenberger an der anderen Schulter gerüttelt, wäre er vielleicht auf die andere Seite gefallen und läge jetzt in Österreich und er, Wanner, könnte seinen Kollegen in Hirschegg die Arbeit überlassen. Seufzend nahm er diese geografische Gegebenheit zur Kenntnis. Eine winzige Hoffnung blieb noch, wenn man nämlich den Grenzverlauf an dieser Stelle exakt feststellen ließe, könnte der Mann vielleicht doch noch... ach Quatsch, Wanner, mach dich endlich an die Arbeit! Er gab sich einen Ruck und sagte zu Eva Lang:

„Wenn der so saß, wie es Herr Meisenberger beschreibt, dann müsste der Schuss von dort gekommen sein." Er drehte sich in die angegebene Richtung – und sah ins Leere. Unter ihm breitete sich der Riesenkessel des Fellhorns aus. Von da unten konnte niemand geschossen haben.

Eva sah sich um. „Nee, von da unten schoss bestimmt keiner. Also hat der Mann seine Stellung nach dem Schuss noch verändert. Nach Aussage des Arztes war er sofort tot, die Kugel muss ihn umgeworfen haben. Wie kam er also ans Kreuz?"

Wanner nickte nachdenklich. „Genau das ist es, was mich eben stutzig macht. Das würde nämlich bedeuten, dass jemand nach dem Schuss noch bei dem

Mann war und ihn in die vorgefundene Positur gesetzt hat. Das konnte eigentlich nur der Mörder gewesen sein. Dabei riskierte er allerdings gesehen zu werden, denn dieser Sattel ist von einigen Stellen gut einsehbar. Wir müssen schauen, ob wir Zeugen finden können, die etwas gehört oder gesehen haben. Wird aber verdammt schwierig werden bei so einem Tatort!"

„Ja, hier kann man nicht einfach zu den Nachbarn gehen und klingeln, wie man es im Fernsehen immer sieht", lächelte Eva.

„Woher könnte der Schuss überhaupt gekommen sein?"

Wanner drehte sich um seine Achse.

„Genau genommen bleiben nur zwei Seiten übrig: entweder aus Richtung Kanzelwand oder aus Richtung Fellhorn. Sonst ist nur überall Luft, schließlich sind wir hier auf einem Grat." Der Mörder musste also entweder von Österreich oder von Deutschland aus geschossen haben. Das machte die Sache auch nicht einfacher. Er zog sein Fernglas heraus und studierte das Gelände, konnte aber nichts Besonderes feststellen. Dann nahm er den Fotoapparat und machte Aufnahmen vom Tatort und seiner Umgebung. Diese Bilder würden ihm zukünftig helfen müssen, er konnte schließlich nicht jedes Mal hier heraufkommen, wenn eine Frage auftauchte.

Gerade als er den Hubschrauber zurückrufen wollte und noch einmal einen Schwenk mit dem Fernglas machte, sah er auf dem Weg zur Riezler Alpe eine Person laufen. Sie war weit weg, aber durchs Glas glaubte er erkennen zu können, dass sie einen Rucksack trug und in der Hand einen länglichen Gegenstand hielt. Gleich darauf war sie um eine Wegbiegung verschwunden.

Und dieser Weg war eindeutig österreichisches Staatsgebiet!

# 5

Bei der Heimfahrt dachte Paul Wanner darüber nach, wie sie nun mit dem Toten verfahren sollten. Seiner Meinung nach hatte er auf deutschem Gebiet gelegen und deshalb war auch die deutsche Polizei zuständig. Also musste er sich um alles Weitere kümmern. Er rief die Inspektion in Oberstdorf an und bat, die österreichischen Kollegen in Hirschegg zu informieren. Man ließ den Toten vorläufig am Tatort zurück. Wanner hatte die beiden Polizisten gebeten, so lange dort zu bleiben, bis er abgeholt würde. Die Spurensicherung verständigte er schon gleich vom Gundsattel aus und bat sie, den Tatort und die weitere Umgebung abzusuchen, wenngleich er sich nicht allzu viel davon versprach.

Kurz bevor sie wieder die Polizeidirektion erreichten, kam der Rückruf aus Oberstdorf. Nach Lage der Dinge, so hätten die Kollegen von Hirschegg gesagt, solle man sie auf dem Laufenden halten. Na klar, dachte Wanner, wer reißt sich schon um einen Toten. Er veranlasste den Abtransport des Erschossenen zur Obduktion und verabschiedete sich von Eva.

Als er am Wachraum vorbei kam, blieb er stehen und fragte den Diensthabenden nach der Zeitung mit dem Preisausschreiben. Der hatte sie vor sich liegen und reichte sie Wanner durch das Fenster hinaus.

„Sauschwer, sag ich Ihnen! Aber es geht um eine Menge Kohle, 250 000 Euro sind zu gewinnen."

Wanner nahm die Zeitung mit in sein Büro und las die Seite mit dem Preisausschreiben durch. Er übersah völlig, dass es 21 Uhr war und Lisa auf ihn warten würde.

Je mehr Wanner von diesem Preisausschreiben las, umso erstaunter wurde er. Es übertraf in seiner Art alles, was er bisher auf diesem Gebiet erlebt hatte. Unter der fetten Überschrift: „Preisausschreiben für Könner – 250 000 Euro für den Gewinner" fand er die genauen Bedingungen dazu. Demnach gab es mehrere Fragen, die zu beantworten waren. Die erste folgte gleich, an ihr konnten sich alle beteiligen. Aber für die zweite und die weiteren waren nur diejenigen zugelassen, die das jeweils gefundene Lösungswort rechtzeitig und am richtigen Ort abgegeben hatten. Man setzte voraus, dass die gefundenen Lösungen nicht an Dritte weitergegeben wurden, da sich das Preisgeld dadurch verringern würde. Und wer wäre mit einem Teil zufrieden, wenn er das Ganze haben konnte? Woher das Preisgeld stammte, war nicht genannt. Für die Richtigkeit hatte der Notar von Immenstadt gezeichnet. So weit schien also alles in Ordnung zu sein.

Wanner, der gerne Rätsel aller Art löste – wobei ihn Lisa manchmal übertraf, da sie seit ihrer Jugend eine Rätseltante war –, begann die erste Frage zu studieren. Bald wusste er, dass die viertel Million Euro nicht einfach zu gewinnen war. Erfahrungsgemäß würden sich die Schwierigkeiten der nächsten Fragen noch steigern, das Ganze war ein Auslesewettbewerb.
Die Frage lautete:

*„Onkel Theobald schreibt seiner Nichte Marita einen Brief, in dem Fehler versteckt sind. Ihre genaue Anzahl ist entscheidend für Ort und Zeit der Lösungsabgabe.*
*Liebe Marita!*

*Es ist schon lange her, dass wir uns das letzte Mal sahen. Ich war längere Zeit im Ausland und habe danach das schöne Allgäu bereist, wo es viel zu sehen gibt. Besonderes Augenmerk habe ich neben der Natur auf Musik und Theater gelegt. Man kann, auch in meinem Alter, immer noch dazulernen. Zunächst möchte ich Dir von Ägypten berichten, wo mit der Cheopspyramide die größte Pyramide der Welt steht. Früher durfte man sie besteigen, heute ist das verboten. Schade, denn ich wäre gerne hinaufgeklettert. Dann bin ich auf dem Nil stromab von Luxor bis Assuan gefahren, wobei wir unterwegs einige Male anlegten und verschiedene Tempel, so den von Kom Ombo, besichtigten. Herrlich, wie die Boote, Fella-*

*chen genannt, mit den geblähten Segeln über den Fluss kreuzten! Natürlich war ich auch in Karnak. Gewaltig, gewaltig! Ein achtes Weltwunder. Teile davon haben mich an den „Palast der Winde" in Jaipur erinnert, Du weißt das liegt südlich von Delhi in Indien. Dort hatte ich mich damals in den vielen Räumen und Sälen umgesehen, aber Karnak ist natürlich gigantischer! Auch kein Vergleich mit der Hagia Sophia Moschee in Istanbul, die mit ihren vier Minaretts ein imposantes Bild modernen islamischen Lebens abgibt. Die Temperaturen in Ägypten waren mir zu warm, deshalb war ich froh, nach drei Wochen wieder zurückkommen zu können. Nächstes Jahr will ich mir endlich meinen lang gehegten Wunsch erfüllen und das „Kap der Guten Hoffnung", den südlichsten Punkt Afrikas, besuchen. Mein nächstes Ziel war das Allgäu, dessen grüne Wiesen einen großen Gegensatz zu Ägypten darstellten. Ich war verblüfft, wie viel Kunst und Kultur man hier auch in kleineren Orten finden kann. Um Dir Einiges aufzuzählen: ein Besuch der barocken St. Martinskirche in Rettenberg hat mir besonders gefallen. Sie ist hübsch restauriert und weist auch ein Fresko „Christi Geburt" von Franz Anton Weiß auf, der aus der berühmten Künstlerfamilie Weiß stammt. Und natürlich „Unsere liebe Frau im Ostrachtal"! Ihre Schätze gehören zu den wertvollsten im Allgäu. Besonders gefallen hat mir der gotische Altar von Jörg Lederer, das Bild „Madonna mit Kind" von Hans Holbein d.J. und der Palmesel. Da solltest Du wirklich mal hinfahren! Danach habe ich einen Abstecher nach Oberstdorf gemacht, das 1768 zu einem Großteil niederbrannte, doch wieder schön aufgebaut wurde. Eine Fahrt mit der Nebelhornbahn, die 2005 ihren 50. Geburtstag feiern konnte, brachte mich in sonnige Höhen. Vom Gipfel in 2224 m Höhe hat man einen berauschenden Rundblick auf die Alpenwelt. Beinahe hätte ich gleich nebenan den Mindelheimer Klettersteig begonnen, Du weißt ja, ich klettere gerne! Vom Nebelhorn konnte man auch die Südseite des Grünten sehen.*

*Dort wurde bis Anfang des 20. Jahrhunderts Erz abgebaut. Erstaunlich, nicht wahr, Erz im Allgäu? Über die B19 bin ich dann nach Kempten gefahren, vorbei an Immenstadt, der ältesten Stadt im Landkreis Oberallgäu. Kempten, die größte Stadt des Landkreises, wurde vor allem durch das Wirken der dortigen Fürstbischöfe bekannt, die den Bauern bei der Vereinödung hilfreich zur Seite standen. In Kempten gibt es natürlich viel Kultur. So sah ich mir „Carmen" von Jacques Offenbach an, eine meiner Lieblingsopern, gleich nach „Tosca", wo Verdi die unvergängliche Arie „Wie eiskalt ist dies Händchen" der Nachwelt hinterlassen hat. Natürlich kann die Big Box nicht mit dem Opernhaus in Manaus konkurrieren, wo ja sogar Enrico Caruso gesungen hat, und das am Rio Negro in Brasilien! Bei dieser Gelegenheit muss ich auch an Anna-Maria Kaufmann und ihre herrliche Stimme denken, die in der Nussknacker-Suite wahre Triumphe feierte. Nachdem ich noch einen Blick auf das barocke Rathaus Kemptens geworfen hatte, sah ich mir zwei Theaterstücke an und las einige Bücher, Du weißt, wie sehr ich das liebe. Vor allem Zitate merke ich mir gerne. „Der brave Mann denkt an sich selbst zuletzt", sagt Schiller schon im „Wilhelm Tell". „Der Zweifel ist's, der Gutes Böse macht", kann man bei Theodor Storm lesen und in Napoleons Schriften steht der berühmte Satz: „Kann ich Armeen aus der Erde stampfen?" Johann Wolfgang von Goethe hat so schön formuliert: „Die Sterne, die begehrt man nicht, man freut sich ihrer Pracht" – wunderbar ausgedrückt! Und Wallenstein lässt Schiller ärgerlich rufen: „Willst du mit den Kinderhänden in des Schicksals Speichen greifen?" Besser kann man es nicht sagen. Auch Shakespeare hat einen Satz, der mir gefällt: „Wer sich nicht fügt der Weisheit, ist ein Tor". Und genauso ist es auch. Schließlich Ludwig Uhland mit seinem „Wo man singet, lass dich ruhig nieder", das kennt doch jeder.*

*Na ja, die Abende nach dem Theater waren etwas kühl im Allgäu. Gut dass ich meine Kaschmirjacke dabei hatte, die mich immer auf Reisen begleitet. Kaschmir ist zwar die teuerste Schafwolle, aber eben auch die wärmste. Heute Nachmittag habe ich Dir einen Strauß Rosen mit Fleurop schicken lassen, beim Aussuchen habe ich mich glatt an einer Dorne gestochen, sodass mir die Verkäuferin ein Pflaster geben musste. So eine Affenschande, wobei ich nicht weiß, nach welcher Affenart die eigentlich benannt ist. Da weiß man es beim Benzin schon eher: natürlich nach Carl Benz. Ach, weil es mir gerade einfällt: weißt Du wie oft Deutschland Fußballweltmeister war? Dreimal, das ist doch toll. Heute las ich in der Zeitung einen Artikel über die ersten Atlantikflieger. Großartig, was Charles Lindbergh geleistet hat: als erster Mensch den Atlantik in einem Flugzeug zu überqueren! Und die drei Franzosen, die als erste in Ost-West Richtung den Atlantik überflogen, waren nicht weniger kühn. Na ja, wenn man bedenkt, wie schnell man heute von einem Kontinent zum anderen kommt, waren die Zeiten von damals – immerhin brauchte Lindbergh 52 Stunden – geradezu vorsintflutlich.*

*Nun muss ich langsam zum Schluss kommen. Da Dein 30. Geburtstag auf einen 29. Februar fällt, könnte ich mir frei nehmen und Dich besuchen kommen. Würde Dior das passen?*

*Alles Gute, in Liebe Dein Onkel Theobald.*

*Das Lösungswort ist bei Fehler 12 zu suchen.*

*Bringe es rechtzeitig an den richtigen Ort:*
*Suchst Du die Straße,*
*denk an den Chef von Wallenstein,*
*multipliziere die Fehler, fällt das Haus Dir ein,*
*erträumst Du das Datum bei Kaffee und Kuchen,*
*sollst besser die Quersumme der Fehler suchen,*
*verdopple sie und Du hast die Stunde.*
*Wer alles hat, kommt in die nächste Runde!*

*Dieses ist der erste Streich,*
*für Könner folgt der zweite gleich."*

Wanner saß einen Augenblick still, dann blies er die Luft durch die gespitzten Lippen und schüttelte den Kopf. Das versprach ja heiter zu werden! Auf Anhieb hatte er ein paar Fehler entdeckt, die offenkundig waren. Aber so einfach würde das Rätsel nicht zu lösen sein. Schließlich ging es um 250 000 Euro, ein Menge Geld. Leider würde er kaum Zeit haben, sich zu beteiligen, der Mord verlangte die ganze Aufmerksamkeit. Aber er konnte ja mal Lisa fragen, ob...

Da ging das Telefon. „Ich wollte nur mal sehen, ob du schon aus Oberstdorf zurück bist." Lisa hörte sich leicht genervt an.

„Bin gerade am Aufräumen und in einer viertel Stunde bei dir."

Wanner schielte auf die Uhr, es war bereits halb zehn. Er steckte die Zeitung ein und machte sich schleunigst auf den Heimweg.

Nach dem Abendessen sprach er mit Lisa über das Preisrätsel, das sie auch schon entdeckt und zu lösen versucht hatte.

„Im Augenblick komme ich auf 26 Fehler", sagte sie und holte ein beschriebenes Blatt Papier hervor.

„26 Fehler?", fragte Wanner. „Schaun wir doch mal gleich, wohin wir damit kommen." Er verglich die Fehlerzahl mit der Rätselfrage.

„Um die Straße zu finden, brauchen wir den Chef von Wallenstein. Welcher Kaiser war das gleich?"

Lisa schüttelte den Kopf. „Hab schon darüber nachgedacht. Ich glaub aber, wir müssen bei diesem Text völlig umdenken. So einfach wird das alles nicht sein. Vielmehr nehm ich an, dass wir so verschlüsselt denken müssen, wie die Fragen wahrscheinlich sind. Also, ich meine nicht, dass der Kaiser als Chef von Wallenstein in Frage kommt. Vielmehr denke ich an jemand anderes: wer hat Wallenstein, ich meine die Figur Wallenstein, so beeinflusst, dass er das sagen und tun musste, was man von ihm wollte?"

Wanner dachte einen Augenblick nach, dann sah er seine Frau anerkennend an.

„Ah, so meinst du läuft das! Das kann ja wohl nur Schiller gewesen sein!"

„Richtig! Und haben wir nicht etwa eine Schillerstraße in Kempten?" Lisa sah ihn triumphierend an.

„Klar haben wir! Donnerwetter, bist du gut!" Wanner nickte seiner Frau begeistert zu.

„Also dann weiter: multipliziere die Fehler, fällt das Haus dir ein. Soll wohl heißen, dass die Hausnummer dabei herauskommt. Womit soll man die Fehler multiplizieren? Wir haben 26, also 26 mal was?" Er dachte nach. „Nachdem keine andere Zahl hier steht, könnte man es vielleicht so auffassen, dass man 2 x 6 rechnet, die Hausnummer also 12 wäre."

Lisa nickte zustimmend. „So würde ich das auch sehen. Damit hätten wir die Schillerstraße Nr. 12. Was aber haben Kaffee und Kuchen mit dem Datum zu tun?"

Ihr Mann grinste spitzbübisch. „Nun musst *du* verschlüsselt denken! Was reimt sich auf suchen denn noch außer Kuchen?"

„Ah – richtig. Du meinst Kaffee und Kuchen sind nur Reimlieferanten? Also brauchen wir die Quersumme und die ist einfach zwei plus sechs gleich acht, oder?"

„Gut gerechnet", antwortete Wanner lächelnd und wich einem Stups seiner Frau aus.

„Und wenn wir nun acht verdoppeln, so kommt 16 Uhr heraus, denn nach der Stunde ist gefragt. So, nun lass uns mal sehen was wir haben: also am achten, ja welcher Monat ist da gemeint? Davon ist nicht die Rede!"

Wanner überlegte. „Gehen wir davon aus, dass der achte des nächsten Monats gemeint ist, sonst müsste noch irgendein Anhaltspunkt dabei stehen. Also am 8. Juni um 16 Uhr ist das Lösungswort in der Schillerstraße 12 – ja halt mal, wer sagt denn, dass Kempten gemeint ist? Es gibt ja in anderen Orten auch noch Schillerstraßen!"

Sie überlegten eine Weile. Dann sagte Lisa: „Das Preisausschreiben steht nur in der hiesigen Zeitung und es ist auch nirgendwo ein Hinweis, dass die Lösungen außerhalb unseres Gebietes zu suchen wären. Wir können höchstens nachschauen, ob es in Immenstadt, Sonthofen oder sonst wo Schillerstraßen gibt. Kleinere Orte haben eher lokale Größen in ihren Straßennamen verewigt. Vielleicht kann uns das Landratsamt weiterhelfen?"

„Ja, möglich. Dabei fällt mir ein, dass es in Sonthofen eine Schillerstraße gibt. Und die könnte auch in Frage kommen!"

„Stellen wir zurück, bis wir alle Schillerstraßen wissen."

„Gut. Nun das Datum: 8. Juni, das ist ein..." Wanner suchte in seinem Kalender,

„... ein Donnerstag. 16 Uhr. Wenn die Fehlerzahl stimmt, müssten wir zu diesem Zeitpunkt an der angegebenen Adresse das noch zu findende Lösungswort abgeben und schwupp – sind wir in der nächsten Runde."

„Wie Tausend andere", grinste Lisa.

„Ja, aber gehen wir mal davon aus, dass deine Fehlerzahl nicht stimmt. Sie wäre – sagen wir – nicht 26 sondern 31. Wie sieht unsere Lösung dann aus?"

Er nahm den Bleistift und notierte sich die Zahlen. „Also Schillerstraße bleibt. Die Hausnummer wäre dann aber nicht 12 sondern drei. Die Quersummer ist vier, das Datum wäre dann der 4. Juni und die Uhrzeit 8 Uhr. Und auf einmal schaut jetzt die Sache völlig anders aus. Ich glaube, wenn wir nicht exakt die richtige Fehlerzahl finden, kommen total falsche Zeit- und Ortsangaben heraus."

Er gähnte und sah auf die Uhr. „So und jetzt bin ich hundemüde."

Lisa nickte. „Das Preisausschreiben hat mich richtig neugierig gemacht. Wer sich wohl so was ausdenkt? Und woher stammt das viele Geld, das es zu gewinnen gibt?"

Wanner zuckte unterm Hinausgehen nur die Schultern. „Wir werden es sicher erfahren."

Er ahnte nicht, wie Recht er hatte.

# 6

Am nächsten Morgen hatte Wanner das Preisrätsel vergessen sobald er sein Büro betrat. Auf seinem Schreibtisch lag ein Zettel, er möge sich umgehend mit Leitendem Polizeidirektor Hans-Joachim Gottlich in Verbindung setzen.

Wanner rief an und erfuhr von der Sekretärin, er solle in einer halben Stunde zum Chef kommen. In welcher Angelegenheit wusste sie nicht.

Der Hauptkommissar holte sich ein paar Kirschen aus seiner Schublade. Später im Jahr bevorzugte er Äpfel, die sich auch länger hielten. Im Augenblick konnte er sich nicht vorstellen, was sein Boss von ihm wollte. Wahrscheinlich ging es um den Mord, den Wanner ihm bereits mitgeteilt hatte. Er überdachte die Situation, die sich durch den Mord an dem Mann im Fellhorn-/Kanzelwandgebiet ergeben hatte. Ein Mann geht wandern und wird dabei von jemand aus größerer Entfernung mitten am Tag und in einem gut besuchten Gebiet erschossen. Was ergab sich daraus? Zum Ersten war erstaunlich, dass der Tote keinen Rucksack dabei hatte. Frage: hatte er keinen oder wurde ihm dieser abgenommen? Nächste Frage: Wer war der Tote und welches Motiv hatte der Mörder? Und warum diese merkwürdige Position am Kreuz? Welcher Nationalität gehörte der Erschossene an: war er Österreicher oder Deutscher? Wanner beschloss, seine Kollegen in Hirschegg anzurufen. Vielleicht vermisste man ja inzwischen einen Mann, oder es ergaben sich sonstige Gesichtspunkte.

Er sah, dass die halbe Stunde vorbei war und machte sich auf den Weg in den zweiten Stock, in dem die Führung der Polizei in Kempten zu finden war.

Hans-Jürgen Gottlich, ein jovialer Mann Ende fünfzig mit silberweißem Haar, war eine gepflegte Erscheinung. Er kam ihm zur Tür entgegen und schüttelte ihm die Hand. Dann bat er Wanner, Platz zu nehmen und fragte, ob er einen Kaffee wolle. Wanner dankte und forschte im Gesicht des Polizeichefs nach irgendwelchen Anzeichen. Aber wie immer waren die Züge Gottlichs freundlich-unbewegt.

Als Erstes ließ sich Gottlich von dem Mord berichten. Er fragte nach bisherigen Erkenntnissen. Wanner erzählte ihm in kurzen Zügen, was bisher unternommen wurde. Gottlich machte sich einige Notizen, stellte Fragen dazu und bat um tägliche Kontaktaufnahme.

Danach wandte er sich an seinen Hauptkommissar: „Nun habe ich noch etwas ganz anderes. Ich habe mich schon beim letzten Fall gefragt, ob es nicht besser wäre, das Team in *einem* Büro zusammenzusetzen, mindestens, bis der jeweilige Fall geklärt ist. Das hätte den großen Vorteil, dass man sich über den Tisch hinweg besprechen könnte und nicht erst die Kollegen herbeizitieren müsste. In anderen Dienststellen wird es ähnlich gehandhabt und man hat mir von guten Erfolgen berichtet."

Wanner hatte erstaunt zugehört. Darüber war noch nie gesprochen worden. Natürlich wusste er, dass solche Team-Büros existierten, er arbeitete aber lieber allein und hatte sich bisher nicht darum gekümmert.

So sagte er zurückhaltend: „Das mag sicher Vorteile haben. Auf der anderen Seite braucht man manchmal seine Ruhe um über bestimmte Ergebnisse nachdenken zu können. Wenn dann das Büro voller Kollegen ist, womöglich noch mit irgendwelchen Zeugen auf den Stühlen..."

„Na ja, ganz so dramatisch darf man es nicht sehen!", unterbrach ihn Gottlich. „Aber wäre es nicht mal einen Versuch wert? Jetzt, wo wir einen Fall haben, könnte man das doch unter echten Bedingungen testen."

Wanner verzog ganz leicht sein Gesicht, zu deutlich wollte er seine Abneigung gegen diesen Plan nicht zeigen. „Ich weiß nicht so recht...", er zögerte und kratzte sich unentschlossen am Hinterkopf. „Und wenn wir erst mal damit anfangen, können wir nicht gleich wieder aufhören, wenn es nicht läuft, das sieht ja dumm aus. Also, wenn Sie mich fragen... ich würde es so lassen, wie es ist."

Der Polizeichef sah enttäuscht aus. „Na ja,", meinte er dann etwas reserviert, „wir hätten es ja mal für einen Fall ausprobieren können. Und wie wäre es, wenn Sie wenigstens zu zweit im Büro säßen, ich meine während eines Falles?"

Wanner kam plötzlich eine Idee. Wenn sein Chef schon so scharf drauf war...

„Kann ich einen ergänzenden Vorschlag machen?", fragte er dann. Er sagte nicht:
Gegenvorschlag. Das Wort 'gegen' hatte einen negativen Beigeschmack.

Gottlich sah ihn neugierig an. „Klar!"

„Also, das Büro neben meinem ist ja wesentlich größer und dient hauptsächlich der Ablage und einigen technischen Geräten. Wenn wir für diese einen anderen Platz fänden, dann könnten meine Teamkollegen dort einziehen. Platz für die vier ist vorhanden. Das wäre ein günstiges Großraumbüro mit dem Vorteil, dass zu meinem Büro eine Verbindungstür besteht. Man muss sie nur von dem Regal befreien, das sie jetzt verstellt."

Der Polizeichef dachten kurz nach, dann erwiderte er: „Die Idee gefällt mir! Sie können ja jederzeit diese Verbindungstür offen lassen, dann wirken die beiden Räume wie einer. Wissen Sie, jetzt kann ich es Ihnen ja sagen: Das Innenministerium wünscht diesen Versuch, darum bin ich sehr froh, dass wir", er betonte *wir* „diesen Kompromiss gefunden haben. Der ist übrigens sehr gut, er kommt mir und Ihnen entgegen, und dem Ministerium natürlich", setzte er lächelnd hinzu.

Wanner atmete auf. Noch mal gut gegangen! Er erhob sich. „Darf ich dann..."

„Halt! Noch was." Gottlich setzte eine geheimnisvolle Mine auf. „Haben Sie zufällig schon von diesem neuen Preisrätsel gehört, bei dem es eine viertel Million Euro zu gewinnen gibt? Es stand in unserer Zeitung..."

„Ja“, lachte Wanner, „meine Frau und ich haben gestern schon einen Lösungsversuch für die erste Aufgabe unternommen. Wie es aussieht, braucht man allerdings länger dazu, weil es auf die exakte Anzahl der Fehler ankommt, die in der ersten Aufgabe stecken. Sonst kommt man nicht in die zweite Runde.“

Gottlich deutete auf seine Nase. „Die sagt mir, dass es hier nicht mit rechten Dingen zugeht. Wie kann man eine viertel Million ausloben, ohne mehr dafür zu fordern, als Rätsel zu lösen?“

„Aber wahrscheinlich sind diese Rätsel so schwierig, dass sie nur ein Bruchteil der Teilnehmer wird lösen können. Bei der ersten Aufgabe bleibt bestimmt schon ein großer Teil auf der Strecke. Haben Sie übrigens einen bestimmten Verdacht?“

Der Chef schüttelte seinen Kopf. „Nein, noch nicht. Es ist nur meine Nase, die mich juckt!“ Er lachte sein breites, sympathisches Lachen. Dann stand er auf und gab Wanner die Hand.

„Also wir machen alles so, wie besprochen. Ich lasse das Zimmer neben dem Ihren entsprechend herrichten. Geben Sie Ihren Teamkollegen Bescheid. Viel Erfolg im neuen Fall! Und halten Sie mich ...“

„... auf dem Laufenden. Ja, mach ich.“ Wanner kehrte in sein Büro zurück. Gottlichs Nase war eine echte Spürnase, das wusste er. Wenn die etwas bei dem Preisausschreiben roch, dann durfte er nicht achtlos darüber hinweggehen. Aber vorläufig gab es keine Verdachtsmomente. Zu allererst war der Mordfall zu bearbeiten, dazu musste er sich jetzt gleich Gedanken über die Arbeitsverteilung machen, dann seine Kollegen unterrichten und schließlich wollte er ja auch noch Hirschegg anrufen. Er holte sich im Sozialraum einen Kaffee aus dem Automaten, was ihm entgegen früheren Versuchen nunmehr meistens verlustfrei gelang.

Er setzte sich an den Schreibtisch und ließ seinen Gedanken freien Lauf. Dann ging er zu seinem Flip-Chart, schlug ein neues Blatt auf und notierte bisherige Erkenntnisse darauf. Wanners Flip-Chart war berühmt im ganzen Hause. Jeder wusste, dass er wesentlichen Anteil an der Aufklärung von Fällen hatte und stets einer modernen Grafik glich, in der sich nur Wanner selbst auskannte. Zeichnungen, Skizzen, geometrische Figuren, Gerade, Kurven, Zahlen, Pfeile: alles auf einem oder mehreren Blättern verteilt. Aber Wanner steuerte das Chaos darauf gezielt und fand für seine Pfeile immer ein Ziel. Er war ein visueller Typ. Alles was er durchdenken wollte, schrieb oder skizzierte er sich auf. Deshalb hatte er auch Schwierigkeiten längere Berichte zu diktieren. Aus dem gleichen Grund lag auch das verordnete Diktiergerät achtlos in der Schublade, wo es derzeit von Kirschen umrollt wurde. Auch Bleistifte fanden noch Anwendung, sogar ein Füllfederhalter lag in der Schublade, allerdings war er ausgetrocknet.

Wanner rief seine vier Kollegen zu sich. Anton Haug, der Älteste, hatte es Wanner stets verübelt, dass er bei der Beförderung zum Teamleiter nicht berücksichtigt worden war. Dabei hatte sich Wanner offiziell darum beworben und war Haug vorgezogen worden. Der war von Natur aus griesgrämig veranlagt und mit einer Spur Neid versehen. Seit Wanner der Ermittlungschef war, dachte Haug an den vorzeitigen Ruhestand, den er seit längerer Zeit beantragt hatte. Bei der Arbeit aber war er zuverlässig und schon öfters hatte sein ausgezeichnetes Gedächtnis dem Team viel Zeit erspart.

Alex Riedle, Ende dreißig, geschieden, war der Stillste im Team. Kaum, dass er sich jemals bei Besprechungen zu Wort meldete, dann aber waren seine Diskussionsbeiträge durchdacht und brauchbar. Er lebte allein und zurückgezogen, war jedoch ein loyaler Mitarbeiter, den man ohne weiteres um Mitternacht aus dem Bett läuten konnte, ohne eine brummige Antwort befürchten zu müssen.

Uli Hansen, der einzige Nichtallgäuer im Team, Anfang dreißig und durchaus wortgewandt, hatte mit der Allgäuer Mentalität noch gewisse Schwierigkeiten, die sich vergrößerten, wenn er mit der hiesigen

Sprache konfrontiert wurde. Seit er sich von Hannover für einige Zeit nach Kempten abordnen ließ, kämpfte er darum, alles zu verstehen, was um ihn vorging. Seit einiger Zeit schien sich zwischen ihm und Eva Lang, der vierten im Bunde, etwas angebahnt zu haben. Jedenfalls hatte Wanner beim letzten Fall beobachten können, dass in beider Gesicht eine leichte Röte erschien, wenn vom anderen die Rede war.

Eva Lang, Ende zwanzig, ledig, hübsch und sehr klug, war eine Mitarbeiterin, die Wanner besonders gern in seinem Team sah. Sie konnte logisch denken, ahnte Abläufe voraus und stand voll hinter ihm. Ihr Privatleben schirmte sie besonders gut ab, sodass eigentlich niemand von den Kollegen wusste, womit sie sich außerdienstlich beschäftigte. So wusste auch keiner, ob sie sich nun mit Uli Hansen näher befasste oder nicht.

Sie saßen um den runden Tisch in Wanners Büro und warteten gespannt auf den Bericht ihres Chefs. Längst waren sie von Eva Lang über den Vorfall vom Himmelfahrtstag unterrichtet worden.

Wanner schlug den ersten Bogen am Flip-Chart auf und berichtete in kurzen Zügen von dem neuen Mordfall. Dann verteilte er Aufgaben und sagte wie nebenbei: „Wir werden uns jetzt bald täglich sehen, wenn die Tür offen ist."

„Das klingt aber sehr nach Preisrätsel", lachte Eva und blickte ihn neugierig an.

Wanner erzählte von der Absicht Gottlichs, die Büros zusammenzulegen. Was er erwartet hatte trat ein: Auf den Gesichtern seiner Mitarbeiter breitete sich Skepsis und Ärger aus. Haug sah betreten in die Runde, Riedle biss sich auf die Lippen, Hansen visierte die Zimmerdecke an und Eva Lang betrachtete eingehend ihre Fingernägel.

Einen Augenblick war es still im Büro. Dann grinste Wanner und sagte:

„Eure überschwängliche Freude habe ich erwartet, aber nehmt es so, wie es ist. Anordnung des Innenministeriums. Wir ziehen das mal einen Fall lang durch, dann berichtet mir jeder schriftlich über seine Erfahrungen. Und dann sehen wir weiter."

Das einsetzende Gemurmel überhörte er geflissentlich und ging mit ein paar Sätzen auf das Preisausschreiben ein, wobei er Gottlichs Gespür für kommendes Unheil erwähnte. Aber das interessierte die Kollegen kaum. Jeder trauerte seinem Büro nach.

„Herrgott noch mal, das wird ja wohl zu machen sein, schließlich seid ihr Kollegen und arbeitet lange genug zusammen!", rief Wanner ärgerlich und beendete damit das Thema.

## 7

Marcel Heidebaum erschien am Freitag nach Himmelfahrt bleich und übernächtig in seinem Büro in Riezlern.

Erstaunt beobachtete seine Sekretärin Anna Mohr, wie er zwei Tabletten schluckte, von denen man nur eine nehmen sollte. Auch das Schließen ihrer Verbindungstür machte sie stutzig. Er ließ sie doch sonst immer offen! Sie wandte sich wieder ihrer Schreibarbeit zu. Er muss ja gestern ganz schön auf den Putz gehauen haben, dachte sie und nahm die nächsten Seiten zur Hand. Unter einer Büroklammer bemerkte sie dabei ein Blatt, das nicht dazu gehörte. Es war offenbar die zweite Seite eines Briefes. Deck- und Folgeblatt fehlten. Da würde die Ablage schwierig werden, Anna Mohr musste dazu die erste Seite finden. Sie zog das fremde Blatt aus der Büroklammer und wollte es auf den Tisch legen, als ihr Blick an den Zeilen haften blieb.

„... und wenn Du glaubst, dass Du noch einmal im Casino Deine Geldnöte beseitigen kannst, so muss ich Dich unwiderruflich darauf hinweisen, dass dies eine Fehlkalkulation ist! Was geschehen ist, ist geschehen, daran änderst Du nichts mehr. Ich kann Dir dort nicht mehr..."

Die Tür öffnete sich und Heidebaum steckte seinen Kopf herein. Blitzschnell ließ Anna Mohr das Blatt in der offenen Schublade verschwinden.

„Frau Mohr, mir ist da ein Schreiben verloren gegangen, eine zweite Seite. Ich brauche die dringend. Schauen Sie doch mal in Ihrem Stoß Papiere nach, ob die sich wo verhängt hat!" Er blieb stehen und wartete.

Anna Mohr wühlte den Stoß durch, dann schüttelte sie den Kopf und sagte: „Auf die Schnelle habe ich nichts gefunden. Ich sehe noch einmal nach und bringe Ihnen das Blatt, sobald ich es gefunden habe."

Heidebaum kam näher. Mit einer wie unbeabsichtigt aussehenden Bewegung ihres Knies stieß sie die Schublade zu. Er blieb hinter ihr stehen und sagte dringlich: „Ich kann warten, sehen Sie doch gleich noch mal nach."

Sie drehte Seite für Seite um und suchte. Ihre Finger zitterten leicht und kleine Schweißtropfen bildeten sich auf ihrer Stirn. Verdammt noch mal, hoffentlich musste sie nicht die Schublade aufziehen! Ihre Neugier hatte ihr einen bösen Streich gespielt. Jetzt konnte sie nicht mehr zurück. Hätte sie die Seite doch gleich in Heidebaums Büro gebracht!

Nachdem sie das letzte Blatt gewendet und nichts gefunden hatte, drehte sich Heidebaum mit der Bemerkung um: „Dann muss ich noch mal in meinem Büro schauen. Irgendwo muss das verdammte Papier ja sein."

Damit verschwand er und schloss die Bürotür heftig hinter sich.

Schnell erhob sich Anna Mohr, griff in die Schublade und legte das Blatt in den Kopierer. Die Kopie steckte sie in ihre Handtasche, dann nahm sie das Original und brachte es zu Heidebaum.

„Ich habe das am Boden unter meinem Schreibtisch gefunden. Vorhin sind mir ein paar Blätter runtergefallen, da muss ich es beim Aufheben übersehen haben. Ist es das, was Sie suchen?"

Heidebaum riss ihr das Blatt aus der Hand und warf einen schnellen Blick darauf.

„Ja", sagte er dann erleichtert, „das hab ich gesucht. Haben Sie etwa darin gelesen?"

Er sah sie lauernd an.

„Wo denken Sie hin!" Anna Mohr tat tief beleidigt. „Sie wissen genau, dass ich das nie tun würde!" Sie rauschte zur Tür hinaus und schloss sie ebenso heftig, wie Heidebaum es ihr vorgemacht hatte.

Der sah ihr zweifelnd nach. Überzeugt war er nicht, dass sie nicht doch einen Blick auf den Inhalt geworfen hatte. Und diese Ungewissheit störte ihn gewaltig.

Er fügte die Seite zwischen eins und drei ein, danach verschloss er den Brief in seinem Safe. Den sollte lieber niemand zu Gesicht bekommen! Er dachte an gestern und sein Herz begann wild zu schlagen. Sollte er mit den anderen darüber sprechen? Schließlich hatten die auch ein Interesse daran.

Doch dann beschloss er, den Lauf der Dinge abzuwarten.

Als Anna Mohr an diesem Abend heimkam, las sie die Kopie vollständig. So ganz wurde sie nicht schlau daraus, schließlich fehlten Anfang und Ende des Briefes. Aber sie konnte sich etwa Folgendes zusammenreimen: Der Absender dieses Briefes drohte dem Adressat, ihm die bisher gewährte Unterstützung – vermutlich in Form von Geld – zu entziehen. Dabei spielte das Casino in Riezlern eine nicht näher definierte Rolle. Auf der Seite erschienen keinerlei Namen, so dass es unklar blieb, wer da von wem was wollte. Offensichtlich gab es auch Todesdrohungen, so jedenfalls verstand Anna Mohr Teile dieser Seite. Sie ließ das Blatt sinken. Was bahnte sich hier an? Da kein Datum zu erkennen war, wusste sie nicht, wann das Schreiben abgefasst war. Bezog es sich auf Gegenwart, Zukunft oder Vergangenheit? Ihr Chef war offensichtlich darauf erpicht, dieses Blatt wieder zu finden, also musste es aktuell von Bedeutung sein.

Sie wusste aus den vergangenen Monaten, dass einige Kunden auf die Beratung durch Marcel Heidebaum wütend reagiert hatten. Vor allem dann, wenn seine Ratschläge für Anlagen falsch waren und die Kunden Geld verloren hatten. Da war doch einer – wie hieß er noch gleich? – der bis in Heidebaums Büro vorgedrungen war und ihn wüst beschimpft hatte. Bevor ihn Heidebaum hinausdrängen konnte, hörte Anna Mohr noch, wie der Kunde gedroht hatte, ihn „fertig zu machen". Aber so lange sie nicht den ersten und letzten Teil des Briefes hatte, blieb alles nur Spekulation. Sie sollte lieber die Finger weglassen, dachte sie. Doch die weibliche Neugier bohrte in ihr und eine Stimme flüsterte ihr ein, nach den anderen Seiten zu suchen, wenn Heidebaum nicht in seinem Büro war.

Sie heftete das Blatt in ihrem Ordner für privaten Schriftverkehr ab und machte sich an die Zubereitung des Abendessens.

Ihr griechischer Salat hätte ihr allerdings weniger geschmeckt, wenn sie die Gedanken ihres Chefs gekannt hätte.

# 8

Das folgende Wochenende nutzten Wanner und seine Frau, wie Tausend andere auch, um den rätselhaften Brief auf seine Fehler zu durchsuchen. Sie saßen zu Hause, die Zeitung mit dem abgedruckten Brief lag vor ihnen am Tisch, jeder hielt einen Bleistift in der Hand und hatte einen Bogen Papier neben sich. Das Wetter lockte nicht zu einem Spaziergang, der Tag hatte sich eingetrübt und jeden Augenblick konnte es zu regnen beginnen.

„Also, nun wollen wir mal", sagte Wanner und setzte sich auf dem Stuhl zurecht. „Ich muss dabei immer an die Nase von Gottlich denken. Vielleicht brauchen wir die Lösung sogar noch mal dienstlich."

Lisa nickte und rückte näher an ihren Mann heran. Sie war eine attraktive Frau Anfang vierzig, modebewusst und eine gute Köchin. Außerdem war sie klug und humorvoll und sah viele Dinge leichter als ihr Mann. Rätsellösen war ihre Spezialität.

„Am besten, wir gehen systematisch vor, Zeile für Zeile. Falls unsere Intelligenz allein nicht ausreicht – wovon ich fast ausgehe – haben wir ja eine gute Bibliothek zum Nachschauen. Also los!"

Wanner glättete die Seite und las den ersten Abschnitt.

„Gehen wir davon aus, dass der in Ordnung ist?", fragte er.

Lisa nickte. „Dürfte nur die Einleitung sein."

„Gut, dann weiter. Also..., ist die Cheopspyramide die höchste Pyramide der Welt?"

„Halt! Wir müssen genau lesen: es heißt nicht die höchste, sondern die größte. Das scheint mir von Bedeutung zu sein." Lisa schrieb sich etwas auf den karierten Block vor sich. „Muss ich nachschauen!"

„Ist ihr Besteigen verboten? Ja, stimmt. Von Luxor nach Assuan geht es natürlich stromauf, also Fehler zwei, falls die Pyramide nicht die größte ist. Liegt der Tempel von Kom Ombo auf dieser Strecke oder Richtung Kairo?"

„Kein Fehler, er liegt, wie beschrieben!", sagte Lisa stolz.

„Karnak, ein achtes Weltwunder? Ist der Tempel so gewaltig?" Wanner war sich nicht sicher, aber Lisa nickte nur. Sie wusste Bescheid, sie war erst im vergangenen Jahr in Ägypten gewesen.

„Also nächstes: Palast der Winde? Kenn ich nicht. Wird wohl so ein Maharadscha-Palast sein. Schau mal nach, ob Jaipur südlich von Delhi liegt."

Lisa holte einen Atlas und rief nach einigem Blättern: „Stimmt, liegt südlich."

Wanner las weiter. „Hagia Sofia... ist keine Moschee, sondern ein Museum, das weiß ich. Also Fehler drei. Hat die nun vier oder sechs Minaretts?"

„Vier, denn sechs hat die Sultan Achmed Moschee nebenan."

„Gut! Das nächste ist... Kap der guten Hoffnung. Ist das der südlichste Punkt Afrikas?"

Lisa blätterte im Atlas. „Ich glaube nicht, muss mal schauen!" Sie fand es schließlich und sagte: „Müsste Kap Agulhas sein."

„Fehler vier. Jetzt geht's ins Allgäu." Er las den nächsten Satz halblaut vor.

„Ah – da haben wir's: barocke St. Martinskirche in Rettenberg. Da ist sicher ein Fehler versteckt. Entweder ist die Kirche nicht barock oder nicht dem heiligen Martin geweiht. Ruf doch mal den Pfarrer Göhl an, ich kenn ihn. Der kann uns aufklären."

Nach ein paar Minuten kam Lisa ins Zimmer zurück und sagte:

"Begeistert war er nicht gerade über die Störung, aber barock stimmt, statt St. Martin muss es aber St. Stephan heißen."

„Also Fehler fünf. Und jetzt... ach Gott, da gibt's ja noch was aus der gleichen Kirche zu erraten! Aber wir können den Pfarrer doch nicht ein zweites Mal anrufen. Wer könnte das von dem Deckenfresko wissen?"

Lisa suchte in ihrer Bibliothek nach einem Kunstband über das Allgäu und blätterte, ihn durch.

Dann rief sie "Ah, da haben wir es: Deckenfresko stimmt, aber der Künstler heißt nicht Weiß sondern Johann Thurner. Gemalt im Nazarener Stil."

„Fehler sechs. Und nun 'Unsere liebe Frau im Ostrachtal'? Das ist die Kirche von Bad Oberdorf. Altar Jörg Lederer stimmt, Bild von Holbein – stimmt, Palmesel: kenn ich auch. Nun zu Oberstdorf: es brannte nicht 1768 sondern 1868 nieder, Fehler sieben. Die Nebelhornbahn hat 2005 nicht ihren 50. sondern den 75. Geburtstag gefeiert, Fehler acht. Gipfelhöhe stimmt, nebenan beginnt der Klettersteig – stimmt, aber der Name ist natürlich falsch: es ist der Hindelanger. Also Fehler neun. Vom Nebelhorn kann man die Südseite des Grünten sehen – stimmt auch. Erzabbau bis Jahrhundertwende? Nein, war viel früher zu Ende, Fehler zehn. Jetzt Richtung Kempten: ist Immenstadt die älteste Stadt des Landkreises?"

„Ja, ist sie, denn Kempten gehört ja nicht zum Landkreis, sondern ist kreisfrei. Also ist damit auch die nächste Behauptung falsch, somit Fehler elf und zwölf." Lisa war voll bei der Sache.

„Und damit wären wir beim Lösungswort. Es heißt ja bei Fehler 12. Aber was ist gemeint?"

„Vielleicht: Kempten?", fragte Lisa.

„Könnte sein, wäre sogar logisch. Was aber, wenn wir uns um einen Fehler vertan haben?"

Lisa zuckte die Schultern. „Machen wir erst mal weiter. Lass jetzt mich ein bisschen lesen." Sie zog die Zeitung zu sich und las: „Fürstbischöfe in Kempten? Nix da, die hohen Herren waren Fürstäbte. Also Fehler 13. Kultur in Kempten, jetzt geht's los: Carmen hat mit Jacques Offenbach nix zu tun, Fehler 14. Tosca von Verdi? Aber, aber! Nummer 15. Und das eiskalte Händchen kommt in La Boheme vor, 16. Hat Caruso je im brasilianischen Urwald gesungen? Das gibt's doch nicht. Also Fehler 17. Kaufmann und Nussknacker-Suite? So viel ich weiß, gibt's da nix zu singen." Lisa kicherte vor sich hin. „Fehler 18."

„Dass das Kemptener Rathaus nicht barock ist, weiß doch jeder", fiel Wanner ein, der vorausgelesen hatte. „Somit wären wir bei 19. Aber jetzt kommt's knüppeldick: Zitate großer Meister. Du meine Güte!"

„Also der Tell könnte stimmen", sagte Lisa und fuhr fort: „Das nächste Zitat ist bestimmt nicht von Storm, wenn ich auch nicht genau weiß, woher es stammt. Bestimmt Fehler 20. Das mit den Armeen von Napoleon könnte richtig sein, und auch das nächste von Goethe. Und jetzt: Wallenstein und Schiller? Lassen wir's mal, wie es steht. Die Sterne sind bestimmt von Goethe, der hatte es doch mit ihnen. Bei Shakespeare muss ich passen. Wer könnte das wissen?" Lisa sah ihren Mann fragend an.

„Vielleicht ein Deutschlehrer vom Gymnasium? Oder jemand vom Kulturamt der Stadt Kempten?"

„Du bist ja vielleicht optimistisch! Aber fragen kann man mal. Und gleich das Zitat von Uhland dazu, das kenn ich auch nur vom Hörensagen."

Wanner richtete sich auf und streckte seinen Rücken. „Dauert ja ganz schön lang", sagte er und las nun wieder selbst weiter. „Kaschmir und Schafwolle – stimmt."

„Stimmt nicht!", rief Lisa triumphierend, „das ist nämlich Ziegenwolle!"

Ihr Mann seufzte. „Gut dass du dabei bist! Fehler 21. Dass Rosen keine Dornen sondern Stacheln haben, weiß mittlerweile jedes Kind, also Nummer 22. Die Affenschande weiß ich nicht, aber sie stünde sicher nicht hier, wenn der Satz richtig wäre. Gehen wir einfach von Fehler 23 aus, notieren uns aber das Wort. Benz und Benzin? Zu glatt um wahr zu sein, müssen wir nachschauen", er notierte sich das Wort. „Fußballweltmeister? Klar, drei Mal. Charles Lindbergh war nicht der erste Mensch, der den Atlantik in einem Flugzeug überquerte, sondern der erste Alleinflieger, Fehler 24. Und es waren auch keine drei Franzosen, die von Ost nach West flogen, sondern... sondern... auf jeden Fall waren Deutsche dabei, davon einer aus der Neu Ulmer Gegend! Nummer 25. Lindbergh hat auch niemals 52 Stunden gebraucht, da wäre er ja vorher aus Benzinmangel abgestürzt, also Fehler 26, so viele, wie du gefunden hast!"

Lisa protestierte. „Wir sind uns ja bei einigen nicht ganz sicher..."

„Du hast Recht", lachte ihr Mann und las weiter: „Ah, da haben wir wieder etwas: 30. Geburtstag und 29. Februar, wenn da kein Hund begraben ist! Geht das überhaupt?"

„Nein, geht nicht", antwortete Lisa, „da man nur alle vier Jahre ein Schaltjahr hat, müsste es der 28. oder 32. Geburtstag sein, also Fehler 27. Und jetzt kommt was Merkwürdiges: würde Dior das passen? Was hat der Modeschöpfer damit zu tun?"

Wanner zuckte die Schultern. „Ich habe da keinerlei Ahnung. Warum sollte es Dior passen?"

„Müssen wir noch rauskriegen. Bisher haben wir also 27 Fehler, aber diese Zahl stimmt sicher nicht, deshalb brauchen wir gar nicht damit zu rechnen beginnen."

„Ja, so schnell ist die Viertelmillion nicht zu verdienen! Versuchen wir doch die offenen Fragen möglichst bald zu klären. Ich werde am Montag mal mit Eva und den anderen reden, vielleicht kriegen wir's ja hin. Irgendwie glaube ich nicht daran, dass das Geld überhaupt zu gewinnen ist. Da steckt vielleicht etwas ganz anderes dahinter..." Er brach ab und blickte nachdenklich zum Fenster hinaus. „Mein Gefühl sagt mir, dass Gottlichs Nase Recht hat."

Und Wanners Gefühl hatte ihn selten getäuscht.

# 9

Katja Hillberg saß am Tag nach Christi Himmelfahrt nachdenklich in ihrer Vierzimmerwohnung in Kornau. Ihr war kalt. Sie hatte sich eine leichte Jacke übergezogen, obwohl draußen die Sonne schien. Sie überdachte ihre Lage. Was fiel ihm eigentlich ein? Sie hatte beim Roulette einen Gewinn gemacht, aber er hatte sich geweigert, ihn auszuzahlen, weil er eine technische Panne am Roulettetisch feststellte. Angeblich. Der Croupier hatte sofort protestiert und den Chef gerufen. Der Tisch war untersucht worden, die Technik überprüft, der Fehler wurde entdeckt und behoben. Dennoch bekam sie statt 10 000 Euro lediglich die Möglichkeit, das Spiel zu wiederholen. Ihr Tobsuchtsanfall rief das halbe Casino zusammen, aber man hatte sie nur höflich hinauskomplimentiert und ihr das Wiederkommen zu einem anderen Zeitpunkt geraten. Seither hatte sie eine ohnmächtige Wut. Wenn sie Marco mal allein begegnen würde, dann...!

Katja Hillberg stand auf und trat ans Fenster. Sie starrte hinaus, ohne viel wahrzunehmen. Sie wusste nicht, sollte sie sich jetzt freuen oder nicht. Was sie getan hatte, konnte nur sie verstehen, oder jemand, der ihre prekäre Lage kannte. Was waren das noch für Zeiten, früher, als er sie ein paar Mal in der Woche besuchen kam. Und dann das Ende. Und ausgerechnet Carola musste es sein, ausgerechnet sie! Es war nicht das erste Mal, dass ihr Carola etwas weggenommen hatte, aber dieses Mal tat es besonders weh.

Katja Hillberg ging in die Küche und stellte die Kaffeemaschine an. Kaffee würde sie aufmöbeln, das brauchte sie jetzt. Noch mal über alles nachdenken was geschehen war und wie es sich für ihre Zukunft auswirken würde. Sie griff zur Zeitung. Wie immer fing sie von hinten an und blätterte nach vorn. Sie war von der allgemeinen Wirtschaftslage enttäuscht, von den Politikern ebenso, die immer nur alles besser zu machen versprachen. Aber nach jeder Wahl kam die große Ernüchterung, kam das große Fragen: Was haben wir falsch gemacht? Als ob man das nicht vorher schon austüfteln konnte. Wieso wusste man immer erst hinterher, dass man am Wähler vorbeigeredet, vorbeigehandelt hatte?

Sie schreckte aus ihren Gedanken hoch, als die Kaffeemaschine piepste. Aus der Speisekammer holte sich Katja einen selbst gebackenen Kuchen, Marzipan mit Orange. Diese Kaffeestunde am Nachmittag – heute hatte sie Urlaub genommen – gehörte zu ihren Lieblingszeiten am Tag. Sie war knapp über vierzig, eine attraktive, schlanke Frau mit schulterlangen Haaren. Die Männer drehten sich nach ihr um, wenn sie durch Riezlern schlenderte. Und trotzdem war sie allein. Wieder stieg Wut in ihr auf, Wut und Enttäuschung.

Sie nahm den Inhalt der Zeitung kaum wahr. Ihre Gedanken waren ganz wo anders. Nur als sie auf den Allgäuer Teil stieß, wurde ihre Aufmerksamkeit durch die Ankündigung eines Preisrätsels gefesselt. Ein

Preisrätsel mit einer Gewinnsumme von 250 000 Euro? Das hatte es ja noch nie gegeben. Sie studierte die ganze Ankündigung. Dann fasste sie den Entschluss mitzumachen. Zumindest wollte sie es versuchen. Einfach würde es wohl nicht werden, soviel stand fest. Sie las den Brief mit den angekündigten Fehlern und bemerkte auf Anhieb 22 davon. Vermutlich war die Zahl aber zu niedrig, dachte Katja Hillberg, denn bei einigen Stellen war sie reichlich unsicher gewesen. Wer konnte ihr helfen? Aber wer half schon einer Konkurrentin, wenn er die Summe für sich gewinnen wollte?

Sie hörte ein Auto vorfahren, dann einen lauten Ruf: „Tante Katja!"

Katja Hillberg beugte sich aus dem Fenster und sah ihre Nichte Steffi in dem für Schwerbehinderte umgebauten Auto.

„Hallo Steffi! Wohin bist du denn unterwegs?"

„Ich war in Oberstdorf und wollt am Heimweg bei dir vorbeischaun."

Steffi Fritz, gerade 20 geworden, war ein hübsches, modernes Mädchen mit allen Wünschen und Sehnsüchten dieses Alters. Ihre kurz geschnittenen blonden Haare waren stets leicht verwuschelt, was sie jünger aussehen ließ. Und bei jedem Lachen hatte sie Grübchen in den Wangen, die ihr ein liebenswertes Aussehen gaben. Sie war eine bekannte Skirennläuferin gewesen. Bis zu dem Tag, an dem sie auf der Piste am Ifen an einer weich gewordenen Stelle stürzte und über den Pistenrand geschleudert wurde. Als man sie barg war sie bewusstlos und niemand ahnte, dass in ihren Beinen kein Gefühl mehr war. In der Klinik von Murnau, wohin sie damals geflogen wurde, erfuhr sie die niederschmetternde Diagnose: Querschnittslähmung! Nach Monaten der Verzweiflung, in denen sich Steffi Fritz mehrmals das Leben nehmen wollte, konnte sie sich langsam wieder fangen. Sie gewöhnte sich zögernd daran, dass der Rollstuhl nun ihr ständiger Begleiter war und sie lernte mit einem umgebauten Auto zu fahren, in dem sie ihren Rollstuhl unterbringen konnte.

Katja eilte die Treppe hinab und begrüßte Steffi herzlich. Die beiden mochten sich. Dieses Gefühl war nach dem schrecklichen Unfall noch tiefer geworden. Katja Hillberg freute sich aufrichtig über den Besuch, der sie von ihren düsteren Gedanken ablenkte. Sie half Steffi beim Aussteigen und rückte den Rollstuhl zurecht, dann schob sie ihre Nichte in den Garten.

„Kleinen Moment Steffi! Ich hol schnell Kaffee und Kuchen, ich war nämlich gerade dabei, meine Nachmittagsstunde zu halten, du weißt schon!“ Sie lächelte ihrer Nichte zu, die nickte und ihr traurig nachrief: „Lass dir Zeit, ich wart hier solange!“ Sie schaute voll Sehnsucht zum Nebelhorn hinüber, dessen Gipfel hinter den Bäumen hervorsah. Einmal noch eine Bergtour machen, dachte sie, den Hindelanger Klettersteig, den Widderstein, das Grünhorn. Einmal noch...

Katja Hillberg kam mit einem Tablett zurück und sagte betont unbekümmert: „Also diesmal ist mir der Kuchen besonders gut gelungen. Nimm dir ein großes Stück!“

Die beiden Frauen unterhielten sich im Halbschatten der Gartenbäume.

Sie konnten nicht wissen, dass sich das Unheil auch über ihnen zusammenzog.

## 10

Der Umzug des Teams in das neue Großbüro neben Wanners Zimmer war schnell erledigt. Man musste nicht viel umräumen und für die notwendigen Malerarbeiten gab es keine Mittel. Machen wir später, hatte Gottlich auf eine diesbezügliche Frage geantwortet. Im Stillen beschloss Wanner, sein Team zu überreden, die Malerarbeiten selbst durchzuführen. So viel praktisches Geschick traute er allen zu. Er ließ die

Verbindungstür offen stehen, musste sich aber daran gewöhnen, dass er nicht mehr die bisherige Ruhe hatte.

Ein Bote brachte einen dicken Umschlag, den Wanner sofort öffnete. Es war der Obduktionsbericht samt Beilagen. Er überflog alles und konzentrierte sich auf die Zusammenfassungen. Der Mann war zwischen 45 und 55 Jahre alt, sein Tod war die unmittelbare Folge einer Schussverletzung, die ihm mit einem Gewehr beigebracht worden war. Die Entfernung, aus der dieses abgefeuert wurde, konnte annähernd mit 60 bis 80 Metern geschätzt werden. Weitere Verletzungen wurden nicht festgestellt. Man fand in der Kleidung keinerlei Hinweise auf seine Identität. Das Etikett in seinem Anorak trug den Namen eines Fachgeschäftes in Mittelberg. Auffallend war, dass der Tote in einer Innentasche einen zusammengelegten DIN A 4-Bogen mit verschiedenen handschriftlichen Aufzeichnungen hatte. Sie waren teilweise durch das Blut seiner Wunde unleserlich, deuteten aber auf ein Rätsel hin. Sie lagen als Kopie bei. Des Weiteren war eine Plastikscheibe von 3,3 cm Durchmesser beigefügt, die man in der Hosentasche gefunden und als Jeton einer Spielbank identifiziert hatte. Der Name der Spielbank ging daraus aber nicht hervor. Beim Todeszeitpunkt schloss man sich der Auffassung des Arztes an, der den Toten als Erster untersucht hatte. Die beschriebene Sitzstellung des Toten, die man von Fotos kannte, sei nach einem solchen Schuss als unnatürlich zu bezeichnen. Keinesfalls konnte sich der Mann selbst ans Kreuz gesetzt haben, hier hatte wohl eine weitere Person mitgewirkt. Das Projektil konnte sichergestellt werden. Es folgten noch einige Details, die Wanner nicht mehr als wichtig erachtete.

Zwei Dinge hatten seine Aufmerksamkeit erregt: die zwei Seiten mit den Rätselaufzeichnungen und der Jeton. Er nahm die kopierte Beilage und studierte die leserlichen Reste. Ohne Zweifel, dachte er nach einiger Zeit, das alles hatte mit dem Preisausschreiben in der Zeitung zu tun. Hinweise auf den Brief, mit einer

Reihe von Fehlern, waren eindeutig zu identifizieren. Nachdenklich sah er zum Fenster hinaus. Gottlichs Nase hatte mal wieder Recht gehabt. Und sein Gefühl, dass er dieser Nase vertrauen konnte, ebenfalls. Mit dem Jeton konnte er im Moment nichts anfangen. Er war kein Spieler und wusste auch weder über die Regeln noch über die Spielmarken Bescheid. Aber dem konnte abgeholfen werden. Die nächsten Spielbanken waren in Lindau, Bregenz oder Riezlern. Er würde einen Außendienst ins Kleinwalsertal beantragen und sich mit den Kollegen von Hirschegg zusammensetzen, die konnten ihm weiter helfen. Außerdem wollte er sowieso mit ihnen in Verbindung treten, da der Tote praktisch auf der Landesgrenze lag und die Polizisten von Hirschegg über den Fortgang der Ermittlungen Bescheid haben wollten.

Konnte man alles zusammen erledigen, dachte Wanner, und griff zum Telefonhörer. Er verabredete sich mit Kommandant Stadler von der Polizeiinspektion Hirschegg für den nächsten Tag und wandte sich wieder dem Bericht zu. Mit einem Gewehr erschossen! Ungewöhnlich für einen Mord. Ein Gewehr konnte man nicht so leicht verstecken, wie eine Pistole, andererseits war ein Mord damit aus wesentlich größerer Entfernung möglich. Aber was hatte der Mann mit dem Rätsel in der Zeitung zu tun? Und zwar, durchfuhr es Wanner wie ein Blitz, *bevor* es in der Zeitung gestanden hatte! Denn es war ja ein Manuskript, an dem noch gearbeitet wurde. Rätsel und Mord: hier deutete sich ein Zusammenhang an, dem er nachgehen musste. Und zwar sogar als Teilnehmer am Preisausschreiben. Vielleicht konnte er auf diese Weise besser an den oder die Täter herankommen. Also war das Preisausschreiben, wie er geahnt hatte, dienstlich wichtig.

Wer von uns könnte da mitmachen?, dachte er und ließ seine Mitarbeiter an seinem geistigen Auge vorbeidefilieren. Haug: weniger geeignet; Riedle: Allgemeinwissen nur befriedigend; Hansen: jung, Klappe gut, könnte man probieren; Eva Lang: intelligent und gutes Allgemeinwissen: Treffer. Und plötzlich musste er lächeln. Ihm war noch jemand eingefallen. Lisa: rätselgeübt seit ihrer Jugend, gutes Allgemeinwissen. Wie wäre es mit Eva plus Lisa unter seiner Führung? Wegen Lisa musste er erst mal mit Gottlich reden, schließlich war sie ja nicht bei der Kripo angestellt. Aber ihr Wissen konnte sie zur Verfügung stellen, auch als Zivilistin.

Er stand auf und holte sich einen Kaffee im Sozialraum. Auf dem Rückweg hörte er einen Putzeimer scheppern. Ah – Camile Cirat, dachte er, du Perle von Antalya. Heute ich machen eine große Boge um dich, und grinsend eilte er samt Kaffeebecher in sein Büro zurück. Dort holte er das Team in sein Büro – und stellte erfreut fest, dass dies jetzt wirklich schnell und einfach ging. Ein Ruf – und alle kamen.

Wanner berichtete, was er über den Mordfall ermittelt hatte und über den Inhalt des Obduktionsberichtes. Dann fügte er die neuesten Erkenntnisse über das Preisrätsel an und stellte einen Zusammenhang her. Gerade, als die allgemeine Diskussion losgehen wollte, unterbrach sie das Telefon. Wanner notierte sich einen Namen, dankte und legte auf.

„Die Polizei von Hirschegg hat den Namen des Toten ermittelt: er heißt Marco Müller und war Geschäftsführer vom Casino Riezlern. Nun wird schon mal klar, woher der Jeton kommt, und dass der Tote aus Riezlern stammt, wobei er deswegen noch kein Österreicher sein muss. Auf jeden Fall führen Spuren ins Walsertal. Das heißt, nun wird die Zusammenarbeit mit den Kollegen von Hirschegg zwingend notwendig. Ich werde das mal selbst in die Wege leiten, einen Termin habe ich schon für morgen."

Dann fing er von dem Preisausschreiben an. Er erzählte den staunenden Kollegen, worum es ging und die Arbeit, die er und seine Frau schon in die erste Aufgabe gesteckt hätten, einfach so zum Spaß.

„Jetzt aber, wo es einen Toten gegeben hat, in dessen Tasche sich ein Manuskript von diesem Artikel aus der Zeitung befand, müssen wir uns dienstlich mit dem Preisausschreiben befassen. Ich hab mir das wie folgt vorgestellt..." Und er teilte ihnen seine Gedanken mit.

Haug meldete sich: „Ich glaube nicht, dass du Lisa als Privatperson da mit reinziehen solltest. Erstens ist sie Zivilistin, zweitens auch noch deine Frau. Da kommt doch irgendjemand mal auf die Idee, dass sich hier dienstliche und private Interessen auf verdächtige Weise vermischen. Womöglich hält man dir eines Tages vor, du hättest mit dienstlichem Aufwand privat ein Preisrätsel gelöst und so und soviel Geld gewonnen. Also ich weiß nicht..." Er hielt inne und sah Wanner zweifelnd an.

„Was meinen die anderen dazu?", fragte Wanner kurz.

„Na ja, Anton hat so Unrecht nicht. Bei Geld, Dienst und Privat wäre ich auch vorsichtig!", ließ sich Riedle vernehmen, wobei er Wanner vergebungsheischend ansah.

„Vielleicht könnten wir ja Lisas Wissen, sagen wir mal: indirekt einsetzen. Niemand kann dem Paul verbieten, dass er seiner Frau am Abend die Langeweile mit Rätselraten vertreibt..." Eva sah Wanner spitzbübisch von unten herauf an und grinste.

Der sah unentschlossen auf seine Kollegen. So hatte er sich das nicht vorgestellt, aber wenn er es genau durchdachte, hatten seine Mitarbeiter Recht. Es gab nichts Unangenehmeres, als in den Verdacht zu geraten, durch Insiderwissen einen Vorteil für sich privat genutzt zu haben.

Er wandte sich daher an die Runde und sagte: „Gut, ich glaube, ihr habt Recht. Machen wir es also unter uns aus, und mir sei es gestattet, meine Rätsel auch mit nach Hause zu nehmen. Aber wenn du", er wandte sich Eva zu, „glaubst, dass Lisa und ich Langweile am Abend haben, so irrst du dich gewaltig!"

Eva Lang hob beschwichtigend die Hand und murmelte etwas von „Nicht so gemeint..., natürlich nicht..."

Wanner hatte einen Einfall. „Wir machen die Probe aufs Exempel. Jeder bekommt die Kopie dieses fehlerhaften Briefes, setzt sich an seinen Schreibtisch, und versucht die Anzahl der Fehler zu finden. Zuerst macht das jeder für sich und nennt mir anschließend die Fehlerzahl. Dann vergleicht ihr vier eure Ergebnisse, schaut wer die gleichen und wer andere Fehler gefunden hat..."

Er wurde unterbrochen. Ein Fax wurde hereingebracht. Wanner las es, dann grunzte er: „War ja klar! Unsere Oberen in München ordnen hiermit an, dass kein Polizeibeamter, Angestellter oder sonst in Polizeidiensten stehender Mitarbeiter/in sich an diesem Preisrätsel beteiligt, auch nicht privat, da der Verdacht bestehe, dass es hierbei nicht legal zugeht."

„Und jetzt?", fragte Haug und schüttelte missbilligend den Kopf.

Wanner rief Gottlich an und berichtete ihm kurz den Stand der Dinge. Der versprach an oberster Stelle nachzufragen und zurückzurufen.

„Gottlich ruft zurück. Bis dahin geht ihr wie besprochen an die Arbeit. Ihr könnt natürlich Lexika oder sonstige Hilfsmittel verwenden, schließlich schreibt ihr keine Schulaufgabe. Und noch was: denkt manchmal nicht geradeaus sondern um die Ecke, vielleicht hilft euch das!"

Rund eine Stunde später bekam er die Ergebnisse. Haug hatte 23, Riedle 20, Hansen 24 und Eva Lang 29 Fehler gefunden. Wanner nahm dies zur Kenntnis und schickte sie an den zweiten Teil der Arbeit: Vergleich ihrer Fehler. Eine weitere Stunde verging, die Köpfe der vier rauchten und Wanner konnte durch die offene Tür einen Teil ihrer Diskussion mitverfolgen. Teilweise war diese so unterhaltsam, dass er zuhörte, wobei immer wieder ein Lächeln über sein Gesicht huschte. Schließlich hörte er Haug rufen: „Fertig! Komm rüber!" Zusammen hatten sie 31 Fehler gefunden, ein gutes Ergebnis, wie Wanner meinte.

„Lasst mal sehen!" Er setzte sich zu ihnen und studierte ihre Arbeit. „Na ja, nun müssten wir wissen, ob

31 die richtige Zahl ist, denn davon hängt es ab, ob man in die zweite Runde kommt. Wenn wir die 31 in das Schema, das ich mit Lisa herausgefunden habe, einsetzen...", er begann zu rechnen, „... kommt Folgendes heraus: Schillerstraße bleibt natürlich, Hausnummer wäre drei, Datum der Vierte, Stunde ergibt 8 Uhr und das Lösungswort – ah, da habt ihr ja den zwölften Fehler beim Hindelanger Klettersteig gefunden. Hm, hm. Das Lösungswort könnte also Hindelang sein. Der vierte Juni ist...", er schaute auf einen Kalender am Tisch, „oh, schon in zwei Tagen. Da müssen wir uns aber beeilen, um die Fehler nochmals zu kontrollieren."

„Was ist mit der Schillerstraße?", fragte Eva. „Nehmen wir sie in Kempten an?"

„Also mein Gefühl sagt, dass es die Schillerstraße in Kempten ist. Sobald wir uns der Fehleranzahl sicher sind und damit Datum und Uhrzeit kennen, muss sicherheitshalber jeder von euch mit der Kopie des Lösungswortes in eine der noch vorhandenen Schillerstraßen im Landkreis gehen, damit wir ja nichts versäumen."

Sie besprachen das Ergebnis noch eine Zeit lang.

Gottlich rief an und teilte Wanner mit, das Ministerium habe die Gründe zur dienstlichen Teilnahme akzeptiert, sie könnten also weitermachen.

„Wunderbar", antwortete Wanner, „Wir sind schon mitten drin. Ah – übrigens: Herr Polizeidirektor, könnten Sie uns nicht mit Ihrem großen Wissen etwas zur Seite stehen? Wir sind da bei einigen Stellen nicht ganz sicher, ob wir richtig liegen."

Gottlich war geschmeichelt. „Na, ja, ich weiß nicht so recht – meinen Sie? Vielleicht könnte ich mir das mal ansehen... also, wenn Sie glauben, bringen Sie mir doch Ihre Unterlagen vorbei..."

Wanner nahm die Unterlagen und bat Eva Lang mitzukommen. Von ihr erhoffte er am ehesten Hilfe bei der Lösung. Er wollte auch nicht Gottlich mit der ganzen Mannschaft überfallen. Die anderen waren einverstanden. Wanner verteilte die nächstliegenden

Arbeiten an sie und ging mit Eva in den zweiten Stock. Nachdem er dort Gottlich den Brief vorgelesen und ihre bisherigen Fehlervorschläge genannt hatte, beugten alle drei die Köpfe über den Brief und begannen noch einmal Zeile für Zeile nach Fehlern zu suchen. Sie einigten sich mit dem Polizeidirektor auf die offensichtlichen Fehler, suchten in Lexika nach Lösungen, telefonierten mit dem Gottlich bekannten Deutschlehrer Norbert Endele am Gymnasium, mit dem Landratsamt Oberallgäu und der Stadt Kempten und kamen schließlich zu folgendem Ergebnis: nicht die Cheopspyramide ist die größte Pyramide der Welt, sondern die Tepanapa Pyramide in Mexiko, die etwa 30 % größer – nicht höher – ist. Die Boote am Nil heißen Feluken, der „Palast der Winde" ist kein Palast, sondern nur die Außenmauer eines Palastes, die Hagia Sophia keine Moschee, sondern ein Museum, der südlichste Punkt Afrikas heißt Kap Agulhas, das Bild in der Bad Oberdorfer Kirche stammt von Hans Holbein dem Älteren. Am Nebelhorn begann der Hindelanger Klettersteig. Das war Fehler zwölf. Damit schien das Lösungswort Hindelang zu sein. Zusammen fand man noch heraus, dass Caruso tatsächlich in Manaus gesungen hatte. Bei den Zitaten half ihnen Norbert Endele. Storm war falsch, das Zitat bei Napoleon stammte von Schiller. Und es war auch nicht Wallenstein, der mit Kinderhänden in des Schicksals Speichen greifen wollte, sondern Grillparzers Ahnfrau. Schließlich stimmte auch Uhland nicht, es war Johann Gottfried Seume. Von weiteren offenen Fragen, ob nun Fehler oder nicht, ergab sich, dass Affenschande nichts mit Affen zu tun hatte, sondern das Wort von „offen" kam, also eine offen zu Tage liegende Schande war. Ferner kam Benzin doch nicht von Carl Benz sondern vom Benzolharz, aus dem es ursprünglich gewonnen wurde. Und Deutschland war tatsächlich schon sechsmal Fußballweltmeister, wenn man nämlich die Frauen, die Juniorinnen und die Junioren dazu rechnete. Alles andere war so weit klar. Bei der letzten Frage „Würde Dior das passen", dauerte es ziemlich lange, bis man auf die überraschende Lösung stieß. Es war Gottlich selbst, der sich erinnerte, mit seinem Zweifingersystem am Abend vorher noch auf dem PC getippt zu haben, wobei er sich einige Male verschrieb. Darunter war auch zweimal das Wort Dior erschienen, obwohl er lediglich *Dir* schreiben wollte. Nachdenklich sagte er: „O und I liegen auf der Tastatur nebeneinander. Es ist also kinderleicht, sich zu vertippen und die beiden Buchstaben gleichzeitig zu erwischen – und schon steht io statt i. Also heißt es schlicht: Würde Dir das passen? – und wir haben den letzten Fehler. So jetzt wollen wir mal zusammenzählen."

Wanner kam auf 34. Eva kontrollierte und bestätigte die Zahl.

„Gut, dann setzen Sie mal diese 34 in das von Ihnen genannte Schema ein", sagte Gottlich sichtlich zufrieden.

Wanner begann: „Schillerstraße bleibt. Hausnummer ist 12, das Datum wird der 7. Juni, Abgabestunde 14 Uhr. Welche Schillerstraße in Frage kommt, können wir jetzt feststellen, wenn wir prüfen, wie viele Schillerstraßen bei uns überhaupt eine Hausnummer 12 haben. Darüber hinaus werde ich in alle Schillerstraßen mit dieser Nummer einen Mitarbeiter mit dem Lösungswort schicken. Einer wird dann schon an der richtigen Stelle sein."

Gottlich nickte und verabschiedete die beiden. „Und zu niemand ein Wort von den 34 Fehlern", sagte er abschließend.

„Klar", antwortete Wanner. Dann stieg er mit Eva wieder in den ersten Stock hinab.

„Was meinst du zu der ganzen Sache?"

Eva zuckte die Schultern. „Keine Ahnung, was ich dazu sagen soll. Die erste Aufgabe war schwer, aber nicht zu schwer. Es wird also eine Reihe von Teilnehmern die richtigen Fehlerzahlen herausbekommen. Nur – was soll das Ganze mit unserem Mord zu tun haben? Eine Verbindung dorthin zu finden, erscheint mir schwierig. Da sie aber offensichtlich vorhanden ist, bleibt uns nichts anderes übrig, als danach zu suchen – und beim Preisausschreiben auf jeden Fall weiter mitzumachen."

„Hm, so ist es", stimmte Wanner ihr zu. „Wenn es diese Verbindung gibt, die wir jetzt suchen – hoffentlich finden wir dann nicht noch mehr Tote."

Wanners Gespür beruhte auf jahrelanger Erfahrung. Und wieder sollte es ihn nicht täuschen.

## 11

Wanner fuhr am nächsten Tag ins Kleinwalsertal. Er liebte die Strecke über die B19 nach Oberstdorf, weil sie direkt auf die Bergkette im Süden zuhielt, die mit ihren hohen Gipfeln seiner Meinung nach ein würdiger Abschluss Deutschlands war. Kurz vor Fischen tat sich ein Panorama auf, das Wanners Herz jedes Mal höher schlagen ließ. Die meisten Spitzen, die so unerreichbar aussahen, hatte er schon bestiegen.

Als er den Kreisel vor Oberstdorf erreichte, bog er rechts ab und folgte der ansteigenden Straße ins Walsertal. An der ehemaligen Grenze hielt er kurz an und führte ein Gespräch mit seiner Dienststelle. Dann fuhr er das letzte Stück nach Riezlern hinauf. Sein mobiler Höhenmesser im Auto zeigte schließlich 1130 Meter an. Langsam fuhr er durch den belebten Ort, in dem es zeitweise mehr Touristen als Einheimische gab. Er überquerte die neu gebaute Breitachbrücke, dahinter bog die Straße links ab und führte nach Hirschegg.

Die Polizeiinspektion Kleinwalsertal fand er gleich am Ortseingang auf der rechten Seite und parkte davor. Kommandant Johann Stadler begrüßte ihn freundlich und bat ihn in sein Büro. Sie kannten sich schon von einem Treffen in der Inspektion Oberstdorf, deren Beamte eng mit den Kollegen im Kleinwalsertal zusammenarbeiteten.

Wanner berichtete dem Kommandant ausführlich vom Mord auf dem Gundsattel und den bisherigen Erkenntnissen. Stadler rief seinen Stellvertreter, Abteilungsinspektor Florian Berger dazu, der sich vom Gespräch Notizen machte. Er war Mitte dreißig, blond, mit einem sympathischen Gesicht, zu dem die Lachfältchen um die Augen beitrugen.

Stadler wandte sich schließlich an Wanner: „Marco Müller war nicht nur Geschäftsführer vom Spielcasino, sondern auch Teilhaber an einem Hotel im Tal. Hierüber müssen wir aber noch recherchieren. Da er deutscher Staatsbürger war und – wie Sie sagten – auf deutscher Seite erschossen wurde, bleibt die Hauptarbeit bei Ihnen. Was wir hier in der Inspektion tun können, um Ihnen zu helfen, machen wir gerne. Sie wissen ja, dass seit dem 1. Dezember 2005 zwischen unseren Ländern ein Abkommen in Kraft ist, nach dem es viel leichter wurde zusammenzuarbeiten und die Gangster bei größeren Delikten auch grenzüberschreitend zu verfolgen. Wir dürfen uns jetzt sogar gegenseitig in Uniform besuchen", setzte er lächelnd hinzu.

„Wie halten Sie es denn hier so mit dem Dienstweg?", fragte Wanner. Florian Berger antwortete für seinen Chef, dessen Handy läutete. „Normalerweis muss der Dienschtweg einghalten werden, der bei uns über die Staatsanwaltschaft Feldkirch und des Landeskriminalamt in Bregenz führt. Dort gibts au die Gruppe „Leib und Leben" mit an Chefinspektor, die für schwere Verbrechen zuständig isch. Je nach Lage der Dinge send Delegationen möglich. Bei leichteren Delikten isch für uns des Bezirksgericht in Bezau zuständig. Isch Gefahr im Verzug, braucht der Dienschtweg natürlich ned einghalten werden, des isch wohl so wie bei Ihnen draußn."

Wanner nickte. „Ja, genau. Ich finde es ganz prima, dass unsere Dienststellen so eng zusammenarbeiten. Aber so viel ich weiß, war das ja auch schon vor dem 1. Dezember 2005 so."

Stadler, der sein Gespräch beendet hatte, stimmte zu. „Bei unserer geografischen Sonderstellung hier im Tal wär es anders ausgesprochen schlecht. Nur eins hat man nicht ändern können: wenn ein deutscher

Staatsbürger im Kleinwalsertal ein schweres Verbrechen begangen hat und ausgeliefert werden soll, dann kann man den nicht einfach mit dem Auto zur Grenze transportieren und den deutschen Kollegen übergeben. Vielmehr muss er, da wir mit ihm im Auto nicht über deutsches Gebiet fahren dürfen, mit dem Hubschrauber über die Berge nach Feldkirch geflogen werden. Von dort nimmt das Auslieferungsverfahren den Dienstweg."

Paul Wanner lachte. „Klar, warum denn einfach, wenn's auch kompliziert geht."

Johann Stadler sah seinen Vertreter an und sagte dann zu Wanner gewandt:

„Also wir machen es am besten so, dass der Florian hier im Tal Ihr Ansprechpartner ist und Ihnen bei allem behilflich ist, was Sie benötigen. Geht's klar, Flori?"

Der nickte. „Klar, Kommandant. Mach i gern. Da kommt a bitzle Abwechslung rein." Er verfiel zusehends mehr in den Walser Dialekt, den er auch bei zukünftigen Gesprächen beibehielt.

Wanner ließ sich noch Einzelheiten der Bewaffnung seiner Kollegen erklären.

„Interessiert Sie auch unsere Dienststelle?" Berger führte Wanner zuerst in den Hochsicherheitsraum. Daneben lag „das einfachste Gastzimmer des Kleinwalsertales", wie Berger lachend erklärte. „Aber mit kostenlosem Frühstück." Die Arrestzelle wies außer einer Liege und einer Toilette keinerlei Einrichtung auf. Im Erdgeschoss gab es einen Sozialraum, der, wie Wanner sogleich feststellte, auch einen Kaffeeautomaten hatte. Seine Bedienung schien kompliziert zu sein.

Einzig der Kommandant hatte ein Büro für sich. In den anderen Räumen waren jeweils mehrere Beamte untergebracht, insgesamt zwölf. Außerdem gab es noch eine alpine Einsatzgruppe, kurz AEG genannt.

Als Paul Wanner wieder nach Kempten zurückfuhr, dachte er: Nette Burschen, die Kollegen vom Kleinwalsertal, mit denen kann man was anfangen. Und optimistisch über den weiteren Verlauf seiner Ermittlungen gab er Gas.

Er hatte Glück, dass an diesem Tag kein „mobiles Fotostudio“ unterwegs war.

## 12

Als für Christina Müller die Ungewissheit ein Ende hatte und die Polizei ihr die Nachricht vom Tod ihres Mannes brachte, blieb sie gefasst, was die beiden Polizisten später bei einer Zeugeneinvernahme hervorhoben. Zwar sei sie erschrocken und leichenblass geworden, jedoch seien weder Anzeichen eines Nervenzusammenbruches erkennbar gewesen, noch habe sie der Schmerz übermannt, wie man doch hätte annehmen können.

Nachdem die beiden Beamten wieder gegangen waren, schloss Christina die Haustüre und setzte sich in ihr gemütliches Wohnzimmer. Der Blick aus dem breiten Fenster ging über das Mahdtal und die Oberen Gottesackerwände.

In diesem Augenblick hatte Christina Müller allerdings keine Freude an dieser Aussicht. Marco war tot! So weit hatte es also kommen müssen. Sie hatte ihn geliebt, bis sie jene Neuigkeit erfuhr, die sie niederschmetterte. Die war mit ein Grund, dass sie eine neue Beziehung begann, von der freilich niemand etwas wissen durfte. Ihre Eifersucht aber blieb und im Lauf der Zeit vertiefte sie sich immer mehr. Christina war froh, dass sie damals einen Ehevertrag geschlossen hatten, in dem Gütertrennung vereinbart wurde. So blieb ihr auf jeden Fall ihr Anteil am Vermögen erhalten. Marco tot! Klar, anders hatte es nicht kommen können. Ein bitterer Zug legte sich um ihren Mund. Sie fröstelte, wenn sie daran dachte, wie weit sie gegangen war. War das nun das Ergebnis?

Christina Müller stand auf und ging in Marcos Büro im Erdgeschoss. Er hatte es nicht gerne gehabt, wenn sie es betrat. Doch jetzt war die Lage verändert.

Christina trat zum Schreibtisch und sah flüchtig die dort liegenden Papiere durch. Es schien nichts Wichtiges dabei zu sein. Die Schublade war verschlossen, die Tür auf der rechten Seite ohne Schloss. Dahinter fand sie aber nur Druckerpapier, ein leeres Etui und verschiedene Schreibutensilien. Ohne Gewissensbisse holte sie einen großen Schraubendreher und brach die Schublade auf, das ging ganz leicht. Ein Schlüsselbund fiel ihr als Erstes auf, sie nahm ihn heraus und studierte die Schlüssel, die ohne Namensschilder waren. Zwei gehörten zum Safe, der sich aber nicht im Haus sondern in einer Bank befand. Ein paar von den anderen Schlüsseln erkannte sie wieder, sie gehörten zum Haus. Ein weiterer war nicht zu identifizieren. Im hinteren Bereich der Schublade fand sie 1000 Euro in verschiedenen Scheinen. Ein braun gebundenes Notizbuch erregte ihre Neugier. Sie schlug es auf und fand etliche Adressen, darunter Namen, die sie kannte. Sie steckte es in ihre Tasche, um es später genauer durchzusehen.

Auf der linken Seite der Schublade lag die Police einer Lebensversicherung, ausgestellt auf... Christina Müller erstarrte. Sie sah ein zweites Mal hin. Das konnte doch nicht wahr sein! Sie nahm das Blatt und las es genauer durch. Es gab keinen Zweifel: Marco hatte eine Lebensversicherung abgeschlossen, die im Falle seines vorzeitigen Ablebens zugunsten...

Das Telefon unterbrach sie schrill. Sie nahm den Hörer ab und meldete sich.

„Grüß Sie Gott, Frau Müller! Hier Blanca Molero. Darf ich Sie kurz stören?"

„Ah Frau Molero, bitte?" Der Anruf der Künstlerin, die im ganzen Tal wegen ihrer schönen Gemälde bekannt war, passte ihr jetzt gar nicht.

„Wir hatten doch einmal darüber gesprochen, dass Sie sich an meiner Vernissage im Juli beteiligen und mir helfen wollten, meine Bilder entsprechend zu präsentieren. Kann ich noch auf Sie zählen?"

Christina überlegte schnell. Marcos Tod würde sich wie ein Blitz im ganzen Tal herumsprechen, sie konnte jetzt nicht so tun, als sei nichts geschehen.

„Frau Molero...“, sie stockte etwas, „... es tut mir sehr leid, dass ich mein Angebot zurücknehmen muss... es ist was Schreckliches passiert.“ Sie erzählte der Künstlerin vom Mord an ihrem Mann.

Einen Augenblick war es am anderen Ende der Leitung still, dann hörte sie Blanca Molero entsetzt fragen: „Ja, um Gottes Willen, liebe Frau Müller, wie konnte das geschehen...? Was..., wer hat Ihren Mann...“

„Die Polizei weiß noch nichts Näheres. Würden Sie mich jetzt bitte entschuldigen?“

Sie verabschiedete sich und legte auf. Im Augenblick wusste sie nicht, wo ihr der Kopf stand.

Sie griff noch einmal zu der Versicherungspolice und starrte auf den Namen des/der Begünstigten.

Unglaublich!

## 13

Wanners Kollegen gewöhnten sich schneller an das gemeinsame Büro, als er angenommen hatte. Irgendwie gelang es jedem von ihnen sich ein kleines Refugium aufzubauen. Eva Lang platzierte drei Blumenstöcke an die Grenze ihrer Schreibtischhälfte, Uli Hansen setzte dem eine Reihe von hochkant gestellten Büchern entgegen, Anton Haug baute einen Wall aus Akten um sich herum und Riedle stellte einige Aktenordner hochkant hin. Als Wanner diese Abschirmungsversuche sah, musste er an sich halten, um nicht loszulachen. Aber er sagte nichts. Seine Leute sollten sich bei der Arbeit wohlfühlen und mussten sich selbst darauf einrichten. Auf jeden Fall hatten sie der Anordnung des Ministeriums – enthalten in der freundlichen Bitte des Polizeidirektors – Folge geleistet. Er selbst gewöhnte sich langsam an die offen stehende Verbindungstür und gab ihr nur ab und zu, wenn er unbeobachtet bleiben wollte, einen kleinen Stoß, sodass sie bis auf Handbreite zufiel. Und dagegen konnte wohl auch das Innenministerium nichts haben.

Er war aus dem Kleinwalsertal zurückgekommen und überdachte nun das Gespräch mit seinem Kollegen Berger an Hand von Notizen, die er sich gemacht hatte. Er suchte noch mal die Details zusammen. Also Marco Müller war Deutscher, obwohl er in Riezlern lebte. Das war in der EU durchaus üblich. Er führte die Geschäfte im Casino in Riezlern, von dem in der Zeitung berichtet worden war, dass die Besucherzahl, wie bei anderen Casinos, zurückgegangen sei. Vielleicht gab es dadurch finanzielle Schwierigkeiten, an die er bei seinen Ermittlungen denken sollte. Müller war offenbar eine etwas undurchsichtige Persönlichkeit. Da sein Posten im Casino nur halbtags war, konnte man sich seinen fidelen Lebenswandel nicht recht erklären. Hier galt es dem Hinweis der Kollegen aus Hirschegg nachzugehen und die Hotelbeteiligung zu prüfen. Verheiratet war er mit Christina, einer Walserin. Kinder keine. Nachgesagt wurden ihm enge Verbindungen zu anderen Frauen, doch Genaueres wollte niemand wissen. Berger sollte das Umfeld von Müller erforschen und nach Personen abklopfen, die ein Motiv für den Mord gehabt haben konnten.

Bei ihrem Treffen hatten die beiden Polizisten beschlossen, dass sie auf dem Weg des kleinen Grenzverkehrs diesen Fall bearbeiten wollten. Die Leitung übernahm Paul Wanner. Man brauchte dazu weder München noch Bregenz. Wanner hatte Berger das 'Du' angeboten, jetzt, wo sie doch Kollegen waren.

„Ich heiß Florian, aber nenn mich einfach Flori, wie meine Freunde“, erwiderte Berger und streckte Wanner die Hand hin.

„Und ich bin der Paul“. Damit war die deutsch-österreichische Kooperation besiegelt. Als sich auch noch herausstellte, dass der Flori Bergsteiger war und schon eine Erstbesteigung an der Zimba in Vorarlberg gemacht hatte, pfiff Paul Wanner anerkennend vor sich hin. Mit so einem Burschen kann man sicher gut zusammenarbeiten.

Morgen war der Tag, an dem das Lösungswort der ersten Aufgabe abgegeben werden sollte. Der 7. Juni, 14 Uhr, Schillerstraße 12. Natürlich war Wanner längst in die Schillerstraße gefahren und hatte sich das Haus Nr. 12 angesehen. Es war ein dreistöckiges Gebäude, unscheinbar nach außen, ohne weitere Merkmale. Ein schmaler Garten trennte das Gebäude von der Straße, Büsche am Zaun verhinderten die Sicht hinein. Das eiserne Gartentor gestattete lediglich einen Blick über einen Plattenweg zur Haustüre. Am Torpfeiler waren Briefeinwurfschlitze zu sehen. Daneben zwei Schilder mit den Namen Meier Theodor und Blankenhorn Siegfried. Im Telefonbuch fand er hinter diesen Namen keinerlei Berufsbezeichnung. Sollten sie sich mit 34 Fehlern doch geirrt haben? Und die Lösung wäre schon heute oder gar gestern oder erst in einigen Tagen fällig? Aber dann änderten sich ja auch jeweils die Hausnummer und die Uhrzeit. Er war nochmals in die Schillerstraße gefahren und hatte sich unauffällig die anderen Häuser angesehen, aber nirgends war ihm etwas Besonderes aufgefallen. Und wenn es womöglich gar nicht die Schillerstraße war? Oder nicht die in Kempten? Saxendie, fluchte er in sich hinein, wenn er sich geirrt hatte, war die Polizei aus dem Spiel, bevor es richtig losgegangen war. Er holte sich noch einmal den Text und las ihn durch. Die 34 Fehler mussten einfach richtig sein, schließlich hatten an ihrem Auffinden einige gescheite Leute gearbeitet. Auch mit Lisa war er den Text nochmals durchgegangen und sie hatte nach längerem Überlegen gemeint, dass die Fehlerzahl richtig sei.

Wanner sandte Haug, Riedle, Hansen und einen weiteren Kollegen am nächsten Tag mit der Kopie des Lösungswortes „Hindelang“ zu einigen weiteren Schillerstraßen im Allgäu. Er wollte einfach kein Risiko eingehen. Er selbst machte sich kurz vor 14 Uhr mit Eva auf den Weg zu Haus Nr. 12 in der Kemptener Schillerstraße.

Sie waren sechs Minuten vor dem angegebenen Zeitpunkt dort. Etwa hundertfünfzig Personen, wie Eva überschlug, drückten sich auf der Straße herum und warteten. „Ah – die Konkurrenz", lächelte Wanner, „wir scheinen doch richtig zu sein." Sie blieben im Auto sitzen und beobachteten den Eingang des Gebäudes.

Nervös sah Eva auf ihre Uhr. „Herrgott, nun mach doch schon auf!", rief sie leise.

„Sssst – da kommt wer!", unterbrach sie Wanner und deutete auf das Gartentor. Das wurde von Innen geöffnet, ein Mann kam heraus und hängte ein weißes Schild darüber. Dann verschwand er und ließ das Tor offen stehen. Die Leute strebten dem Eingang zu.

„Los, wir müssen hin!", sagte Wanner und stieg aus. Die Wartenden drängten zum Haus. Wanner und Eva folgten ihnen. Als sie am Tor vorbei kamen, las Wanner auf dem Schild:

*„Preisausschreiben, erste Aufgabe.*
*Bitte bei Blankenhorn läuten.*
*Abgabezeit: 14 bis 14.30"*

Bei Blankenhorn brauchten sie nicht zu läuten, denn alle vor ihnen wollten das Gleiche. Die Abfertigung schien sehr rasch zu gehen, Wanner beobachtete, dass die Leute nach kurzer Zeit wieder herauskamen, sich an den Wartenden vorbei schlängelten und wortlos nach draußen verschwanden.

Als sie an der Reihe waren, betraten sie einen Vorraum im ersten Stock. Ein freundlicher Herr in den Fünfzigern kam ihnen entgegen, stellte sich als Holger Neumann vor, streckte lächelnd die Hand aus und bat um das Lösungswort. Wanner reichte ihm den Zettel mit „Hindelang" und hielt einen zweiten mit „Bad Hindelang" bereit. Auf eine diesbezügliche Frage antwortete der lächelnde Herr Neumann:

„Hindelang ist gut. Hier die zweite Aufgabe. Wiedersehen!"

Und draußen waren sie wieder. „Kurz und bündig", lachte Eva, „aber bei dem Ansturm wohl auch nicht anders zu machen!"

Wanner blieb vor ihrem Wagen stehen, holte sein Handy heraus und rief seine Kollegen von den anderen Schillerstraßen zurück.

„Jetzt ist es grad halb drei", meinte Wanner mit einem Blick auf seine Uhr. „Ich möchte noch ein paar Minuten bleiben, weil mich etwas interessiert."

Den fragenden Blick Evas übersah er. Kurz darauf kamen zwei Männer die Straße heruntergehastet und blieben bei dem Tor stehen. Sie lasen das Schild, blickten auf die Uhr, dann läuteten sie. Herr Neumann trat aus dem Haus, wechselte ein paar Worte mit den Wartenden, hob bedauernd die Schultern, montierte das Schild ab und verschwand wieder im Inneren. Mit hängenden Köpfen zogen die beiden ab.

„Das wollte ich nur sehen", wandte sich Wanner an seine Mitarbeiterin. „Es wäre nämlich komisch gewesen, wenn man die Lösung auch noch *nach* der angegebenen Zeit angenommen hätte. Aber so weit scheint alles zu stimmen. Fahren wir zurück in die Direktion und schauen uns die zweite Aufgabe an."

Weder Wanner noch Eva Lang ahnten, was ihnen noch alles bevorstand.

## 14

Als Steffi Fritz heimkam, erzählte sie ihrer Mutter vom Besuch bei Tante Katja in Kornau. Ihre Mutter sah heute schlecht aus. Sie, die sonst großen Wert auf Kleidung und Make-up legte, war nachlässig gekleidet und schlecht frisiert. Carola Fritz war vierzig und wie ihre Schwester sehr hübsch. Die schlanke Figur wurde durch ihre feste Brust noch unterstrichen. Sie war seit 21 Jahren mit dem Bibliothekar Wolfgang Fritz verheiratet. Die Ehe war nicht immer glücklich, aber beide hatten sich arrangiert. Carola Fritz half ihrem Mann halbtags, die übrige Zeit war sie mit ihrer

Tochter beschäftigt, die seit dem Unfall sehr auf sie angewiesen war. Mutter und Tochter verstanden sich gut, sie hatten keine Heimlichkeiten voreinander. So dachten jedenfalls beide. Bis Steffi jüngst hinter ein Geheimnis kam, das sie erschreckte. Doch sie erzählte niemand etwas davon.

Tiefe Ringe lagen unter Carolas Augen, man merkte, dass sie geweint hatte.

Steffi sah sie forschend an. „Was ist los mit dir, Mami?", fragte sie unruhig.

Diese schüttelte den Kopf. „Ach, nichts weiter. Mir geht es heut nicht gut, Kopfschmerzen und Gliederweh. Muss wohl am Wetter liegen."

„Hast du schon eine Tablette genommen?"

„Ja schon. Aber es dauert bis sie wirkt."

Steffi rollte aus dem Zimmer. Am Wetter konnte es nicht liegen, der Hochdruck war seit Tagen beständig und die Tablette würde wohl wirken. Aber sie wusste was mit ihrer Mutter los war. Nur sagen konnte sie es nicht. Irgendwie war sie sogar erleichtert, schämte sich aber sogleich dafür.

Steffis Zimmer lag nach dem Hausumbau jetzt im Erdgeschoss. Es hatte einen eigenen Eingang, der für Rollstühle geeignet war. Sie griff im Vorbeifahren nach der Zeitung auf der Kommode und begann sie in ihrem Zimmer durchzublättern. Sie wollte sie schon weglegen, als sie auf das Preisausschreiben aufmerksam wurde. Interessiert begann sie zu lesen. Dann suchte sie nach den Fehlern und fand auf Anhieb 25 davon. Aber ob das alle waren?

Nach längerem Nachdenken rief sie Blanca Molero an, mit der sie seit längerem befreundet war. Sie wusste, dass die Künstlerin für ihr großes Allgemeinwissen bekannt war. Sie verabredeten sich für den Abend, um die Fehler gemeinsam zu suchen.

Carola war in ihr Schlafzimmer gegangen. Seit einigen Monaten schliefen sie getrennt. Sie begründete es mit dem lauten Schnarchen ihres Mannes, was dieser auch einsah. Aber das war es nicht allein. Sie sank aufs Bett und starrte mit leeren Augen vor sich hin.

Wie konnte das nur passieren? Jetzt, wo sich eine andere Lösung abzuzeichnen begann! Und nun war mit einem Schlag alles aus. Sie fühlte sich hundeelend und wäre am liebsten unter die Bettdecke gekrochen. Aber sie durfte sich nichts anmerken lassen. Ihr Mann war nicht nur hellhörig, sondern auch zäh mit seinen Fragen, wenn er etwas witterte. Müde stand sie auf und ging ins Zimmer ihrer Tochter. Sie fand sie über das Preisrätsel gebeugt.

„Na, wie viele Fehler hast du denn gefunden?", fragte sie ruhig und strich Steffi übers Haar.

„Bisher 25. Aber es können ja auch mehr oder weniger sein. Blanca will heute Abend vorbei kommen und mit mir den Brief durchgehen."

Etwas wie Enttäuschung glomm in den Augen der Mutter auf. Blanca Molero – der große Schwarm ihrer Tochter. Aber sie war froh, dass Steffi jemand gefunden hatte, der sich mit ihr beschäftigte und Blanca, eine in Riezlern geborene Künstlerin von fünfzig Jahren, war ein liebenswürdiger und hilfsbereiter Mensch.

„Mami, möchtest du nicht auch mitmachen? Das wär doch was für dich!" sagte Steffi.

Carola Fritz war zwar nicht danach zu Mute. Aber sie wollte ihrer Tochter diesen Wunsch erfüllen und sagte zu. Oder steckte hinter dieser Zusage etwas anderes?

Als Blanca Molero an diesem Abend zu Steffi kam, begrüßte sie Carola an der Haustür und brachte sie ins Zimmer ihrer Tochter. Zu dritt machten sie sich über das Rätsel her und waren nach drei Stunden und etlichen Telefonaten, und dank der Hilfe Blanca Moleros, zu dem Ergebnis gekommen, dass es 34 Fehler sein müssten. Sie knackten auch die Nuss mit Datum, Uhrzeit und Straße und standen, wie Hauptkommissar Wanner, vor der Frage, in welcher Stadt die Schillerstraße wohl liegen würde. Nach längerer Diskussion blieben die Städte Sonthofen und Kempten übrig. Schließlich kamen sie überein, dass wohl Kempten gemeint war. Als Lösungswort ergab sich

Hindelang. Damit wollte sich Blanca für sich selbst und die Familie Fritz am 7. Juni auf den Weg nach Kempten machen, um die zweite Aufgabe abzuholen.
Sie stand dann zwei Personen hinter Wanner und Eva in der Warteschlange vor dem Haus Nummer 12.
Aber damals kannten sie sich noch nicht und sahen aneinander vorbei.

## 15

Wanner hatte die neue Aufgabe über Nacht in seinen Schreibtisch eingesperrt. Am nächsten Tag rief er seine Teamkollegen zu sich, öffnete den Umschlag der zweiten Aufgabe und las sie vor.

*„Die zweite Aufgabe lautet:*

*Rechtsanwalt Dr. Bertele verteidigt vor Gericht den des Raubes und der schweren Körperverletzung mit Todesfolge angeklagten Detlev Grabow. Als Höhepunkt lässt er den Zeugen Josef Zangmeister aufmarschieren, der unter Eid aussagt, er und Grabow wären zur fraglichen Zeit zusammen gewesen. Also konnte Grabow nicht der Täter sein. Die Recherchen der Polizei haben den Zeitpunkt bestätigt. Grabow wurde auf Grund dieser Aussage freigesprochen.*
*Frage: Warum fällte der Richter ein Fehlurteil?*
*Begründe kurz die Antwort in einem verschlossenen Kuvert mit Absenderangabe.*
*Der Abgabetermin ergibt sich aus dem doppelten Geburtstag und dem Monat jenes Mannes, der durch den Verfall einer Familie zu höchsten Ehren kam. Die Hausnummer liegt in der Quersumme seines Geburtsjahres, die Straße gleicht dem vergangenen Jahresteil. Den Ort, der auch das Lösungswort ist, findet man einst im Duopack. Komme zwischen 12 und 13 Uhr.*

*Dieses ist der zweite Streich,*
*für Könner folgt der dritte gleich.“*

Fast war Wanner enttäuscht. Für eine viertel Million Euro hätte er schwerere Aufgaben erwartet. Trotzdem mussten schon am ersten Rätsel viele gescheitert sein. Sicher hatten sich mehr Personen daran versucht als in der Schillerstraße gewartet hatten. Man konnte also davon ausgehen, dass in den Aufgaben größere Schwierigkeiten steckten, als es zunächst den Anschein hatte.

Eva Lang meldete sich zu Wort. „Das Erste ist wohl eine gewöhnliche Denksportaufgabe. Die Schwierigkeit steckt wieder in Zeitpunkt und Ort der Lösungsabgabe. Ich habe das Gefühl, dass eigentlich Doppelaufgaben zu lösen sind."

Haug winkte ab. „Kann schon sein. Aber lasst mich zukünftig außen vor, ich hab damit nichts am Hut. Ich verlege meine ganze Denkkraft auf die unmittelbare Auflösung des Mordes an Marco Müller. Und ich glaube, der Alex und der Uli werden mir da zustimmen und helfen."

Die beiden rührten sich nicht.

Wanner sah kurz auf, dann sagte er mit einer gewissen Schärfe. „Wir spielen hier nicht Rätselraten, um womöglich noch Geld zu gewinnen. Was uns an dem Rätsel teilnehmen lässt, habe ich wohl deutlich genug gesagt: es hängt mit dem Mord an Marco Müller zusammen und ist einer der Wege, die uns zum Ziel führen sollen!"

Anton Haug grummelte vor sich hin und zog den Kopf zwischen die Schultern.

Riedle sah etwas unglücklich von einem zum anderen. Er mochte es nicht, wenn sich die Kollegen in die Wolle gerieten. Er suchte daher nach einem Kompromiss und sagte: „Lasst uns das doch einfach so machen, wie es geplant war: Paul und Eva lösen die Rätsel neben ihren sonstigen Aufgaben."

Anton Haug sah ihn unwirsch an. War ja klar, dass der Alex dem Hauptkommissar helfen würde. Er selbst war nicht überzeugt, dass sie mit dieser Rätselraterei weiter kamen.

Uli Hansen hatte bisher schweigend zugehört. Wenn seine Allgäuer Kollegen diskutierten, hielt er sich erst mal zurück. Er griff erst ein, wenn sicher war, dass er alles verstanden hatte und zwar nicht nur akustisch. Jetzt aber wandte er sich an Wanner: „Ich würde vorschlagen, dass wir euch helfen, wenn ihr nicht weiterkommt, ist doch logisch. Außerdem wird wohl auch der Oberboss wieder mitmachen wollen."

„O.K., abgemacht." Wanner wollte diese Diskussion abschließen, das war ihm anzumerken. Er besprach mit Haug, Riedle und Hansen die nächsten Aufgaben und zog sich mit Eva in sein Büro zurück, wo sie sich über die zweite Aufgabe beugten.

„Das ist ja ein Fall für die Kripo", sagte Wanner. „Den werden wir wohl lösen können. Also, zunächst die eigentliche Aufgabe. Warum fällte der Richter ein Fehlurteil?"

Sie durchleuchteten den Text Zeile für Zeile. „Am Zeitpunkt ist nichts verkehrt, der wurde von der Polizei bestätigt", meinte Eva. „Wenn aber beide zur gleichen Zeit zusammen waren..."

„... dann könnten sie auch gemeinsam das Verbrechen begangen haben, oder Zangmeister selbst war der Täter", unterbrach Wanner lächelnd.

„Richtig! Und Zangmeister hätte keinen Meineid geschworen, denn sie *waren* ja zu dieser Zeit zusammen."

„Genau so ist es. Formuliere das mal als Antwort auf die Frage. Nun aber zum zweiten Teil: ohne ihn zu knacken, bringt uns der erste nichts. Das ist wohl auch der Sinn des Ganzen. Da scheiden sich die Geister, wie schon bei der ersten Aufgabe."

Die nächste halbe Stunde verging mit Raten, um welchen Mann es sich wohl handeln könnte. Wanner und Eva glaubten, dass es eine sehr bekannte Persönlichkeit sein musste, weil sich sonst kein rechter Sinn ergeben hätte. Sie kamen damit aber nicht weiter. Schließlich rief Wanner bei Gottlich an und berichtete ihm von der neuen Aufgabe. Der bat die beiden zu sich und zu dritt rätselten sie weiter. Als auch

Gottlich nicht helfen konnte, griff er wieder zum Telefon und rief Norbert Endele an, schilderte den Fall und bat um seine Hilfe. Endele versprach zurückzurufen, wenn er eine Idee hätte.

Dieser Rückruf kam überraschend schnell.

„Mir ist da was eingefallen! Wir nehmen im Unterricht gerade Thomas Mann durch. Dessen Roman „Die Buddenbrooks“ beschreibt den Verfall einer Familie. Und dafür hatte Mann auch den Nobelpreis bekommen, kam also zu höchsten Ehren. Ich bin sicher, dass Thomas Mann gemeint ist. Deswegen habe ich gleich sein Geburtsdatum herausgesucht. Es lautet: 6. Juni 1875. Hilft euch das weiter?“

„Und ob uns das weiterhilft“, rief Gottlich erfreut und bedankte sich für die schnelle Hilfe.

Er wandte sich zu Wanner und Eva und sagte: „Jetzt probieren wir mal mit diesem Geburtsdatum, ob eine sinnvolle Lösung herauskommt!“

Wanner schrieb auf einen Zettel: „Also der doppelte Geburtstag... wenn wir nur den Tag ansetzen... ergibt 12. Der Monat passt mit sechs, also Juni, hervorragend. Quersumme des Geburtsjahres ist... 21, das wäre also die Hausnummer. Aber nun: die Straße gleicht dem vergangenen Jahresteil. Was meint man denn damit?“ Er zögerte.

„Jahresteil, könnte das eine Jahreszeit sein?“, fragte Eva.

„So ist es wohl!“, mischte sich Gottlich ein.

„Wenn wir jetzt Sommer haben, dann kann nur der Frühling gemeint sein... äh Frühlingsstraße!!“

„Wunderbar, jetzt noch den Ort, ihn findet man einst im Duopack. Du meine Güte“, knurrte Wanner, „wer lässt sich denn so etwas einfallen?“

Trotz längeren Ratens gelang es nicht, diese Nuss zu knacken. Wanner schlug vor, die Aufgabe mit nach Hause zu nehmen und mit Lisa zu besprechen. Die hatte doch immer so gute Einfälle! Sie verabschiedeten sich von Gottlich, der auch noch mal darüber nachdenken wollte, und kehrten in ihre Büros zurück.

Nach dem Abendessen holte Wanner die Rätselaufgabe hervor. Er zeigte Lisa den Gang der Lösung und das letzte Hindernis.

„Na gut! Ihr habt das prima hingekriegt, scheint mir alles logisch zu sein. Du musst also die Lösung am 12. Juni zwischen 12 und 13 Uhr in die Frühlingsstraße Nr. 21 bringen."

„Ja so weit, so gut. Aber welcher Ort ist gemeint? Findet man einst im Duopack. Daraus schließe ich, dass der Ort heute nicht mehr im Duopack auftritt. Es muss also ein Ort sein, den es in der Vergangenheit..., was ist eigentlich mit Duopack gemeint?"

„Irgendwie doppelt", sagte Lisa.

„Gut: wir suchen also einen Ort, den es in der Vergangenheit irgendwie doppelt gegeben hat. Wo fangen wir an?"

Sie dachten nach.

Plötzlich bekam Lisa einen Lachanfall, von dem sie sich fast nicht beruhigen konnte.

„Was ist denn mit dir los?", fragte sie Paul verwundert, „hattest du was in deinem Tee?"

Immer noch lachend schüttelte Lisa ihre Locken. Dann sagte sie geheimnisvoll: „Warum denn in die Ferne schweifen, sieh das Gute liegt so nah!"

Ihr Mann sah verwundert drein. Ein Ort, den es in der Vergangenheit zweimal gab? Oder zweifach?

Und plötzlich löste sich bei Wanner der Knoten. „Mensch, ich Riesenrindvieh! Dass ich da aber auch nicht selbst drauf gekommen bin!" Er nannte den Ort und Lisa gab ihm einen anerkennenden Kuss.

Eigentlich hätte aber sie den verdient gehabt.

# 16

Cristina Müller starrte den Namen an, der in der Versicherungspolice stand: Carola Fritz! Ihr Mann hatte eine Lebensversicherung zugunsten von Carola Fritz über 30 000 Euro abgeschlossen! Sie setzte sich, ihr war schwindelig geworden. Was hatte das zu bedeuten? Nicht ihr Name stand da, sondern der einer fremden Frau. Nein, fremd war sie nicht! Sie kannte Carola gut. Und nun stellte sich heraus – und diese Police bewies es – dass sie mit Marco ein Verhältnis gehabt hatte, von dem sie nicht das Geringste geahnt hatte. Sie fixierte das Papier. Nun begann ihr allmählich zu dämmern, dass ihr Mann schon längere Zeit hinter ihrem Rücken agiert haben musste, denn laut Datum auf dem Schriftstück lag die Ausfertigung einige Wochen zurück. Und davor hatten sie sich sicher schon längere Zeit getroffen, anders konnte man sich diese Police nicht erklären. Hatte er vorgehabt seine Frau zu verlassen? Christina Müller stand mit zitternden Knien auf. Sie hatte sich immer Kinder gewünscht, aber Marco wollte keine. Jetzt würde sie viel darum geben, wenn sie jemand zur Aussprache und Unterstützung gehabt hätte. Sie ging in die Küche und setzte Kaffee auf. Dann versank sie in Nachdenken.

Wer hatte ihren Mann erschossen? Und welches Motiv steckte dahinter? Sie selbst hätte jetzt eines gehabt, aber nun war es zu spät, um Rache zu nehmen. Jemand hatte es für sie getan. Sie ließ die Bekannten an ihrem geistigen Auge vorbeiziehen. Niemandem davon traute sie eine solche Tat zu. Sie musste warten, bis die Polizei den oder die Täter gefasst hatte.

Das Telefon läutete. Christina hob den Hörer ab und meldete sich.

Eine weibliche Stimme, die leicht verzerrt klang, zischte sie an: „Hast du jetzt, was du wolltest? Warum musstest du ihn gleich umbringen? Du hättest ihn auch ziehen lassen können, es haben mehr auf ihn gewartet. Aber nein, umbringen! Das passt wohl besser in die heutige Zeit..."

„Wer sind Sie?", fragte Christina Müller und ihre Stimme zitterte.

„Das tut nichts zur Sache."

„Was soll das? Ich habe meinen Mann nicht umgebracht..."

Ein höhnisches Lachen kam vom anderen Ende der Leitung. „Natürlich hast du das! Und die Polizei wird sehr daran interessiert sein, das mal genauer zu untersuchen..."

Klick – die Verbindung war weg.

Christina war leichenblass geworden. Wer um Himmels Willen war das gewesen? Trotz der verstellten Stimme glaubte sie diese Stimme zu kennen. Aber sie konnte sie nicht einordnen. War es jetzt schon soweit, dass die Menschen im Tal sie als Mörderin betrachteten? Aber warum, weshalb hätte sie ihn umbringen sollen? Wer konnte wissen, dass ihr Mann sie betrog, wer wusste von der Police? Nur eine Person kannte beides: Carola Fritz! War sie die Mörderin? Christina glaubte nicht, dass es die Stimme Carolas war, die sie gerade gehört hatte. So verstellen konnte die sich nicht ihr gegenüber.

Sie stand auf, zog sich eine Jacke über und verließ das Haus. Sie hielt es in den vier Wänden nicht länger aus, musste an die frische Luft. Sie ging zur Breitachbrücke hinab, überquerte die tiefe Schlucht und schlug den Weg zur Auenhütte ein, der bald steil anstieg. Über dem Zwölfer baute sich eine dunkle Wolkenwand auf. Wenn es ein Gewitter aus dieser Richtung gab, konnte es schwer werden. Christina stieg trotzdem weiter. Oben, am Ende des Parsennlift, wohnte eine alte Tante von ihr. Vielleicht war sie zu Hause. Christina brauchte jemand, mit dem sie reden konnte, und Tante Marlies war eine sehr verständnisvolle Frau, die schon früh ihren Mann verloren und auf sich allein gestellt ihr Leben gemeistert hatte.

Tante Marlies war daheim und öffnete Christina. „Oh hallo – Christina", rief sie überrascht, „des isch aber a Überraschung! Was treibt di denn zu mir?"

Sie bat die Besucherin ins Haus und führte sie in ihre Wohnstube, die ganz in Lärchenholz gehalten war. Christina roch gerne dieses Holz, dessen Äste den Brettern ein malerisches Aussehen gaben.

„Du kommscht grad recht, i haa an Kaffee fertig, magscht a Tässle?", fragte Tante Marlies und ging gleichzeitig eine Tasse holen.

„Ja, dankschön, gern!" Christina sah sich in der Stube um. Wie gemütlich sie eingerichtet war. Zum Holz passende Vorhänge, ein paar Ölbilder von Bergen mit einem röhrenden Hirsch oder einem Weiher davor, verschiedene Zinnsachen, ein bunter Wiesenblumenstrauß am Tisch. Der Raum atmete Frieden.

Tante Marlies kam mit einer Tasse dampfenden Kaffees und stellte sie vor ihren Besuch hin.

„Immer no kein Zucker?", fragte sie lächelnd und goss ohne weitere Frage ein paar Tropfen Milch in den Kaffee.

„Du kennscht mi alleg *(immer)* no", ging Christina auf den Dialekt der alten Frau ein. Sie merkte, wie gut ihr das tat, wieder einmal walserisch zu reden, was bei ihrem Mann verpönt war.

„Magscht au a Stückle Kuchen? Frisch backen, wie wenn i gwusst hätt, dass du kommscht."

„Aber gern, Tante Marlies! Bei dir schmeckt der immer bsonders gut."

Die alte Frau strahlte. Sie hatte selten Besuch und freute sich richtig über Christina.

„Also, wie gohts denn alleg? Haa scho lang nix mehr vo dir ghört."

Erst zögernd, dann immer ungehemmter erzählte Christina von den Geschehnissen der letzten Zeit. Sie berichtete von dem Mord und dem Verdacht, der gegen sie geäußert worden war, von Marcos Seitensprung und der Versicherungspolice. Es strömte geradezu aus ihr und sie merkte, wie die Last dabei von ihr abfiel und sie sich immer leichter fühlte. Endlich hatte sie jemand, der sie kannte und ihr zuhörte und dem sie vor allem auch Dinge anvertrauen konnte, die nicht für Fremde bestimmt waren. Tante Marlies goss ihr Kaffee nach und hörte einfach zu. Sie merkte, wie sehr es in Christina wühlte und ließ sie ausreden. Nur ab und zu unterbrach sie den Redefluss durch eine kurze Frage. Sie war über siebzig und litt an Arthrose, aber geistig war sie hellwach und verstand auch Dinge richtig, die Christina durcheinander brachte. Endlich hielt diese erschöpft inne und blickte auf die Uhr.

„Oh, Jessas, jetzt hab i aber lang gredt. Du musch ja scho dosohrig *(schwerhörig)* sei."

Tante Marlies schüttelte den Kopf. Dann zwinkerte sie listig mit den Augen und antwortete: „ I ha vo dir mehr erfahrn, als a Woch lang us der Zeitung. Aber jetzt lass dir vo ra alten Frau, die a Leben voll Erfahrunga hintr si hat, au was sagen." Und sie sprach ruhig und überlegt auf Christina ein, die schweigend zuhörte.

Als sich die beiden Frauen verabschiedeten, brach die Abenddämmerung herein. Jenseits des Tales, auf den Westflanken des Fellhorns, brannte noch die Abendsonne und vergoldete den Gratverlauf. Um diese Jahreszeit waren die Tage schon lang, Christina Müller konnte sich beruhigt auf den Heimweg machen, es würde nicht so schnell dunkel werden.

Das Gewitter über dem Zwölfer hatte sich wieder verzogen. Sie bedankte sich bei Tante Marlies und ging leichteren Herzens, als sie gekommen war.

„Komm fei wieder, aber lass es ned so lang dura!", hatte die ihr noch fröhlich nachgerufen, bevor sie in ihrem kleinen gemütlichen Haus verschwunden war.

Christina Müller hatte durch diesen Ausflug und das Gespräch ihr Gleichgewicht zurückgefunden. Sie war sich keiner Schuld bewusst. Was ihr die hässliche Stimme am Telefon vorgeworfen hatte, war eine üble Anschuldigung, sonst nichts.

So dachte Christina Müller, als sie wieder die Breitach überquerte.

# 17

Als Hauptkommissar Wanner am nächsten Morgen ins Büro kam, rief Eva durch die offene Tür: „Guten Morgen, Paul! Und, habt ihr was rausgefunden?"

„Na und ob. Du wirst es nicht glauben: der Ort ist... Kempten!"

„Waaas, Kempten? Du liebe Zeit, da soll einer drauf kommen. Was hat Kempten mit einem Duopack zu tun?"

Wanner setzte sich an seinen Schreibtisch und antwortete: „Ganz einfach: man muss bei diesem Rätsel offenbar eine lebhafte Fantasie besitzen. Also haben wir Duo gleichgesetzt mit zweimal oder zweifach. Und bei zweifach hat's dann bei Lisa geklingelt: Kempten gab es über Jahrhunderte zweifach nebeneinander: einmal die Reichsstadt und einmal die Stiftsstadt, wobei sich beide Städte heftig bekriegten, wie das bei Nachbarn ja auch heute noch vorkommt. Die Lösung des zweiten Rätsels ist also abzugeben am 12. Juni, zwischen 12 und 13 Uhr in der Frühlingsstraße 21 in Kempten. Wie weit bist du mit der Formulierung der Auflösung?"

Eva Lang war in der Tür erschienen und sagte kopfschüttelnd: „Toll, wie ihr das hingekriegt habt. Müssen wir gleich Herrn Gottlich mitteilen, bevor er sich den Kopf noch weiter zerbricht. Also 12. Juni? Da haben wir noch etwas Zeit."

„Ja, und zu niemandem ein Wort!", erwiderte Wanner ernst. „Auch hier bei uns nicht", setzte er hinzu. „Es sei denn, wir brauchen Hilfe."

Eva holte einen Bogen Papier und legte ihn vor Wanner auf den Tisch. „Die Antwort auf die Frage, warum der Richter ein Fehlurteil gefällt hatte."

Ihr Chef überflog den Text, nickte und sagte: „O.K., können wir lassen. Ich sperr die Antwort bis zur Abgabe bei mir ein... oder besser noch, vorher steck ich sie gleich in ein Kuvert und kleb es zu." Dann griff er zum Telefon und verständigte Gottlich von der gefundenen Lösung. Der war erfreut.

„Ach, und könnten Sie bitte gleich mal zu mir kommen? Ich müsste eine dringende Personalsache mit Ihnen besprechen."

Worum geht's denn jetzt wieder, sinnierte Wanner auf dem Weg nach oben. Er klopfte und trat in das Zimmer, in dem Gottlich... und Anton Haug saßen. Gottlich deutete auf einen Stuhl und sagte „Nehmen Sie bitte Platz!"

Haug nickte ihm zu, wobei eine leichte Verlegenheit aus seinen Zügen sprach.

„Ja, also... wir wollen es kurz und schmerzlos machen", begann Gottlich und rieb sich die Nase. „Sie wissen, dass Ihr Kollege Haug um vorzeitige Pensionierung eingegeben hat. Mittlerweile legte er mir ein Attest des Amtsarztes vor, aus dem hervorgeht, dass er sofort den Dienst quittieren soll und nicht erst, wie vorgesehen, in einem halben Jahr. Ich möchte natürlich dieses Attest nicht anzweifeln, das steht mir nicht zu. Aber ich bedaure natürlich", er sah dabei Haug voll ins Gesicht, „dass ein so tüchtiger Beamter uns jetzt verlassen will." Dabei betonte er das *jetzt.* Anton Haug richtete sich in seinem Sessel etwas auf und murmelte:

„Tut mir ja auch leid..., weiß wie viel Arbeit bei einem Mord anfällt..., aber mein Rücken macht einfach nicht mehr mit..." Er zog die Schultern hoch und drehte sich von Wanner weg. Der hatte bisher nur zugehört. Jetzt wandte er sich an seinen Kollegen:

„Du hast mir nie gesagt, dass es mit deinem Rücken so schlimm steht! Ich hätte dich sonst vom Außendienst freigehalten..."

Haug machte eine abwehrende Handbewegung. „Das hätte auch nicht viel geholfen! Ich muss eine Reha machen, und zwar gleich. Danach kann ich genauso gut ganz gehen."

Von dieser Zeitrechnung war der Hauptkommissar zwar nicht überzeugt, aber er sagte nichts mehr. Leute, die nicht bleiben wollten, konnte man auch nicht festbinden. Dann sollte er halt gehen.

Der Polizeichef sah die Unmutsfalte auf Wanners Stirn und griff ein. „Reden wir nicht um den heißen Brei herum. Kommen Sie mit der verbleibenden Truppe zurecht?“

Der Trotz regte sich bei Wanner. „Klar. Es würde wohl auch nichts nützen, wenn ich um Verstärkung ansuchen würde?“

Gottlich schüttelte den Kopf. „Nein! Für Personalverstärkung sind keine Mittel da. Ich kann Ihnen höchstens im Notfall vorübergehend einen Polizeibeamten aus einer anderen Abteilung zur Verfügung stellen. Aber das sollten wir dann von Fall zu Fall besprechen...“

Wanner erhob sich. „Sonst noch was?“, fragte er, „ich müsste nämlich die Arbeit gleich auf die verbleibende Truppe aufteilen.“

„Nein. Herr Haug wird uns zum 30. Juni verlassen.“

Der Hauptkommissar verließ das Zimmer Gottlichs und stieg die Treppe zum ersten Stock hinab. Das war wieder mal typisch! Mitten in der Arbeit verlor er einen Mann aus seinem Team. Aber er wollte sich darüber nicht unnütz aufregen. Für die Eigenschaft, Unangenehmes mit stoischer Ruhe über sich ergehen zu lassen, war Wanner bekannt. Allerdings, wenn er mal explodierte, musste man sich warm anziehen.

Er ging nach nebenan und teilte die Neuigkeit den übrigen drei Kollegen mit, die mit Erstaunen darauf reagierten.

„Was, der Anton will uns verlassen?“, fragte Alex Riedle. „Jetzt schon, und mitten in einem Mordfall?“

Uli Hansen hielt sich zurück. „Das ist aber schade“, meinte er nur. „Mehr Arbeit und weniger Zeit.“

Eva Lang setzte eine Miene auf, die nicht gerade Enttäuschung ausdrückte. „Ich habe nicht gewusste, dass der Anton so krank ist! Aber klar, in einen Rücken kann man nicht hineinschauen und auch Schmerzen sind unsichtbar.“ Mit dieser etwas doppeldeutigen Bemerkung wandte sie sich wieder ihrer Arbeit zu.

Wanner erwiderte nichts mehr, machte auf dem Absatz kehrt und verschwand in seinem Büro, wobei er der Tür einen heftigen Stoß versetzte, sodass diese ins Schloss fiel. Er ging die Berichte durch, die auf seinem Schreibtisch lagen. Die Mordwaffe, also das Gewehr, war bisher noch nicht gefunden worden.

Florian Berger bat um Rückruf, er hatte das Umfeld des Ermordeten im Kleinwalsertal durchleuchtet und war auf einige interessante Details gestoßen. Ein weiterer Tourist hatte sich gemeldet und angegeben, er habe am Tag des Mordes auf der Kanzelwand einen Schuss gehört. Er konnte ihn als solchen erkennen, da er Jäger sei. Gesehen habe er aber niemand. Dann hatte er noch den Zeitpunkt des Schusses angegeben.

Nix Neues, dachte Wanner und rief Florian an. Der war nicht anwesend, ließ ihn aber fragen, ob er am nächsten Tag gegen Mittag nach Hirschegg kommen könnte, er, Flori, sei dann auf der Polizeistation. Wanner bestätigte den Termin und legte auf. Die Zusammenarbeit mit Flori Berger konnte zwar nicht besser sein, trotzdem hätte er den Fall lieber allein gelöst. Erstens war Hirschegg ganz schön weit weg, und zweitens war es ihm lieber, wenn seine Mitarbeiter gleich im nächsten Büro saßen und greifbar waren. Diese Art, einen Mordfall aufzuklären, war für ihn neu. Er seufzte. Aber es musste diesmal eben auch so gehen! Dann stellte er sich vor, was wäre, wenn es dort statt eines Flori Berger einen Beamten gäbe, der alles über seine vorgesetzten Dienststellen in Feldkirch oder Bregenz laufen lassen wollte. Und bei dem Gedanken beruhigte sich Wanner wieder.

Eva Lang kam herüber. „Ich hab mich ein wenig über dieses Preisausschreiben kundig gemacht. Wer es veranlasst hat, woher das Geld kommt und wie es insgesamt ablaufen soll. War gar nicht so einfach Genaueres zu erfahren. Also zunächst war ich bei der Zeitung, schließlich stand es ja da als Erstes drin. Die schickten mich von Büro zu Büro. Ich kam mir schon vor wie der selige Buchbinder Wanninger. Dann landete ich endlich bei einem Herrn Schlummer, der wusste mehr. Also das Preisausschreiben wurde von einem Unbekannten vorgeschlagen und über den Notar in Immenstadt an die Zeitung weitergeleitet. Auch Preisgeld und Fragen stammen von ihm. Er selbst ist bisher nicht in Erscheinung getreten. Damit war die Aufgabe der Zeitung, mindestens zunächst, erfüllt. Alles andere würde der Notar wissen. Bei einer dortigen Nachfrage ergab sich, dass der zwar sehr freundlich, aber wenig entgegenkommend war. Er dürfe mir nichts sagen, so lange nicht der Gewinner feststand, dabei konnte ich sein Augenzwinkern direkt durchs Telefon spüren. Er wolle der Polizei nur soviel unter dem Siegel der Verschwiegenheit verraten, dass es mehrere Fragen sind, die bearbeitet und gelöst werden müssen. Außerdem dürfe nur *ein* Gewinner am Schluss die Summe kassieren. Haben mehrere die letzte Frage richtig, so stünde in einem versiegelten Umschlag, wie zu verfahren sei. Alles sehr geheimnisvoll, wenn du mich fragst."

„Hast du irgendwie den Namen Marco Müller ins Gespräch gebracht?"

„Hab ich, aber weder Schlummer noch der Notar konnten oder wollten mir dazu etwas sagen."

„Hat der Alex noch was am Tatort gefunden, was uns helfen könnte?" Wanner hatte seinen Mitarbeiter auf den Grat geschickt, wo er die Spurensicherer begleiten sollte.

Eva öffnete die Tür zum Nebenraum und rief Alex Riedle herein. Wanner stellte ihm die gleiche Frage. Doch Riedle schüttelte nur den Kopf. „Du kriegst noch Bescheid von den Spurensicherern. Aber so lange ich bei ihnen war, haben sie nichts festgestellt, außer unzähligen Fingerabdrücken an einer Eisenplatte am Wegkreuz. Ich hab noch einen Bogen um die Stelle geschlagen und vor allem *die* Plätze abgesucht, von denen aus geschossen worden sein könnte, aber da war nix. Der Einzige, der noch helfen könnte, wäre ein Suchhund..."

„Mensch, klar! Hab ich total übersehen!" Wanner sah schuldbewusst drein. Dass ihm so ein Lapsus passieren konnte.

Eva grinste und sagte wie nebenbei: „Kein Grund zur Aufregung. Der Suchhund und sein Herrchen müssten zusammen mit dem Uli inzwischen dort oben sein. Ich habe mir erlaubt", sie zwinkerte, „das zu veranlassen."

Wanner fing sich. „Ich wollte schließlich nur mal sehen, wer hier in diesem Team selbstständig denkt und handelt!"

„Klar, was sonst", meinte Eva und kehrte lächelnd zu ihrem Platz zurück.

Wanner nickte Alex zu, der ebenfalls ging. Dann kratzte er sich hinter dem rechten Ohr. Wanner, du wirst alt, sagte eine innere Stimme. Aber er befahl ihr ruhig zu sein. Er überdachte die Lage: es gab einen Toten, der Geschäftsführer vom Casino in Riezlern war. Er hatte das Manuskript eines Preisausschreibens bei sich, das in der Zeitung erschien und seither für Furore unter den Teilnehmern sorgte. Wie zum Kuckuck konnte man da eine Verbindung herstellen? War er der geheimnisvolle Unbekannte gewesen? Möglich wäre das schon, aber kaum wahrscheinlich, wie Wanners Gefühl ihm sagte.

Es blieb nichts anderes übrig. Er würde Florian Berger bitten, bei der Vernehmung der Leute, die er bisher ausfindig gemacht hatte, dabei zu sein. Dann konnte er sich leichter ein Bild machen, als bei Erkenntnissen über Dritte.

Das war genau *der* Punkt in seinen Gedanken, an den er sich später erinnern würde. Und dann würde er wünschen, dass es ihn nie gegeben hätte.

## 18

Wanner fuhr mit Eva Lang ins Kleinwalsertal. Zusammen mit Flori Berger wollten sie die Befragungen durchführen.

Die B19 war an diesem sonnigen Tag voller Ausflugsverkehr. Wanner brach früher als notwendig auf, weil er auf die Kanzelwand wollte, um sich von dort noch einmal ein Bild des Tatortes und seiner Umgebung zu machen. Uli Hansen hatte ihm am Abend vorher mitgeteilt, dass auch der Suchhund nichts zu Tage gefördert hatte, was mit dem Fall in Zusammenhang gebracht werden konnte.

Als sie kurz vor Riezlern waren, deutete Wanner rechts hinaus: „Herrlich, wie der Hohe Ifen dort oben liegt. Seine Wände sind senkrecht, man kann sie nur an zwei Stellen überlisten, wenn man auf den Gipfel will."

Eva blickte in die angegebene Richtung. „Wenn du mir immer von den Bergen vorschwärmst, muss ich wohl auch noch das Bergsteigen anfangen, damit ich mitreden kann. Sonst erzählst du mir womöglich Sachen, die gar nicht stimmen!" Dabei lächelte sie und ihr Chef wusste, dass sie Letzteres nicht ernst meinte.

„Na los, dann fang halt mal an. Wenn du erste Hilfe brauchst, lass es mich wissen."

Sie parkten an der Talstation der Kanzelwandbahn in Riezlern und Wanner löste zwei Tickets. Dann schwebten sie mit der Seilbahn in die Höhe.

An der Gipfelstation verließen sie ihre Gondel und wandten sich dem Weg zum Fellhorn zu, den auch die Meisenbergers genommen hatten.

Ein Stück vor dem Gundsattel blieb Wanner stehen und sah aufmerksam in die Runde.

„So wie wir ist das Ehepaar Meisenberger gegangen, eine andere Möglichkeit gibt es nicht. Nach dem Sattel geht es drüben...", er deutete zum Fellhorn, „...wieder hinauf. Sie kamen den gleichen Weg zurück, der Mörder hat also riskiert, gesehen zu werden. Gehört wurde er ja mehrfach. Was meinst du, von wo aus könnte der Schuss gefallen sein?"

Eva ließ ihren Blick schweifen. Dann sagte sie zögernd. „Ich könnte mir vorstellen, dass von diesseits des Sattels geschossen wurde. Hier gibt es mehr Deckungsmöglichkeiten durch diese Sträucher. Drüben kann man sich nicht unbemerkt davonschleichen."

„Gut beobachtet", sagte Wanner. „Übrigens, die Sträucher sind Alpenrosen, die bald blühen werden. Komm, wir schaun uns mal diese Seite genauer an. Der Mörder war nicht irgendwo in der Gegend gestanden und hat auf Marco Müller geschossen. Er hatte sich bestimmt einen Platz gesucht, von dem aus er erstens eine gute Sicht auf den Mann hatte und zweitens verschwinden konnte, ohne gesehen zu werden. Es ist immer gut, wenn man sich einen Tatort zweimal anschaut, vor allem wenn er so extrem liegt, wie dieser hier. Beim ersten Mal waren wir zu sehr von dem Geschehen abgelenkt." Er sah auf seine Uhr. „Die Zeit müsste noch reichen, notfalls ruf ich den Flori an, dass wir später kommen."

Wanner studierte die ganze Seite diesseits des Gundsattels. Er stellte sich vor, wo *er* gestanden hätte, um einen ungehinderten Schuss auf eine Person beim Kreuz abzugeben, und wohin *er* danach geflüchtet wäre.

Eva unterbrach seine Gedankengänge. „Glaubst du, dass wir noch was finden, wenn doch schon die Spurensicherer und ein Suchhund hier oben waren?"

Der Hauptkommissar nickte. Er war etwas eigensinnig veranlagt. Was er nicht selbst gesehen und untersucht hatte, glaubte er nicht so recht. Er verließ sich gern auf seine eigenen Augen und vor allem auf sein Gespür. Das hatte ihn noch selten im Stich gelassen.

„Der Hund war sicherlich gut. Aber wenn man sich diese Sträucher hier ansieht, könnte ich mir vorstellen, dass er nur mit wenig Begeisterung da rein zu bringen war. Vielleicht war auch der Hundeführer seiner Meinung und schon haben wir eine Lücke im Suchquadrat, in der allerhand zu finden gewesen wäre."

Eva lachte. „Also, warum gehst du dann nicht gleich selbst und suchst? Wie ich mich erinnere, hast du bisher noch in jedem Fall mehr gefunden als die anderen zusammen."

Wanner grinste. „Schön, dass das endlich jemand bemerkt hat. Aber du kennst ja die Vorschriften..."

Er suchte weiter. Diesmal nahm er sein Fernglas zu Hilfe. Er hatte es in seinem kleinen Rucksack, den er bei Dienstgängen in den Bergen trug.

Langsam glitt sein Blick durch das Glas über den sträucherbesetzten Hang. Schon wollte er es absetzen, als er stutzte. Er fuhr ein Stück zurück und sah aufmerksam auf eine Stelle, die sich beim Vorbeischwenken für einen kurzen Moment von den anderen abgehoben hatte. Dort schienen die Alpenrosensträucher nicht so dicht zu stehen und auch nicht so hoch gewachsen zu sein. Er schätzte die Entfernung auf etwa 70 Meter. Der Platz lag nahe am Grat und Wanner wusste plötzlich, dass er dorthin musste.

„Du bist doch hoffentlich so geländegängig, dass du mit mir hier quer durch die Alpenrosen und am Hang entlang bis zu der Stelle...", er zeigte hin, „... mitkommen kannst?"

Eva sah sich die Route näher an, nickte dann und sagte tapfer: „Was hast *du* denn gemeint? Das ist doch ein Kinderspiel!"

Wanner antwortete darauf nicht. Er wusste, dass es nicht so einfach war, durch das Gestrüpp zu kommen, noch dazu war der Hang teilweise steil, Felsbrocken lagen herum und hohes Gras verdeckte mögliche Löcher. Sie verließen den Wanderweg und kämpften sich durch die Alpenrosenbestände, über lose Felsen und an Vertiefungen im Boden vorbei, mussten über abgebrochene Äste klettern und erreichten schließlich die Stelle, die Wanner ausgemacht hatte.

„Uff", stöhnte Eva, „geht's beim Bergsteigen immer so zu?"

Ihr Chef lachte. „Nicht immer. Manchmal noch krimineller."

Dann sah er sich sorgfältig um. „Bleib mal stehen, wo du bist. Vielleicht finde ich hier ja eine Spur!" Sie standen auf einem kleinen freien Platz inmitten der brusthohen Alpenrosen, der kaum einzusehen war.

Jenseits erreichte er die Hangkante, und genau dort war eine Lücke zu sehen. Sie führte auf die Westseite des Berges, also Richtung Kleinwalsertal. Wanner ging behutsam durch das Gras, das zusammen mit Bergblumen den kleinen Platz bedeckte. Plötzlich blieb er stehen und bückte sich. Er hob etwas auf und sah es sich an. Dann suchte er den Boden um die Fundstelle sorgfältig ab, hob wieder etwas auf und rief schließlich Eva zu:

„Komm mal her, ich glaub ich hab was gefunden!"

Eva grinste: das war ja wohl klar! Es hätte sie sehr gewundert, wenn Paul Wanner nichts gefunden hätte. Sie trat zu ihm und fragte kichernd: „Was hast du denn da?, Gämsbollen?"

Wanner sah sie entrüstet an. „Gämsbollen? Wie kommst du denn auf eine solche Schnapsidee?" Dann öffnete er seine Hand und zeigte ihr – eine leere Patronenhülse und einen Apfelbutzen, der schon von Ameisen ziemlich zerfressen war.

„Wenn mich nicht alles täuscht, haben wir den Platz gefunden, von dem aus geschossen wurde. Erstens ist das Gras hier immer noch etwas zusammengedrückt, zweitens stammt die Hülse von einem Gewehrgeschoss und drittens hat derjenige, der hier lag, einen Apfel gegessen, während er gewartet hat. Wie sollte man sonst diese Spuren deuten?"

Eva sah sich die Patrone an. Wanner hatte vermutlich – wie immer bei solchen Gelegenheiten – Recht. Sie nickte anerkennend und meinte ernsthaft: „Ich frage mich nur immer wieder, wieso sich die Polizei so teure Suchhunde leistet, wenn sie doch dich hat!"

Wanner sagte: „Wau – ich mag bloß kein Hundefutter! Aber Scherz beiseite. Schau, von hier kann man genau und ohne Hindernis den Sattel anvisieren. Entfernung...", er schätzte ungefähr über den Daumen, „... 50 bis 60 Meter. Würde jetzt dort ein Mensch stehen, könnte man den mit einem Gewehr gut treffen, vor allem, wenn es mit einem Zielfernrohr ausgestattet wäre. Davon gehe ich im vorliegenden Fall auch aus. Und nach dem Schuss...", er drehte sich nach links und stieg die paar Schritte zum Grat, hinter dem er urplötzlich verschwunden war, „... konnte er sich locker ins Walsertal absetzen." Er war wieder aufgetaucht und deutete hinter sich. „Hier kann ein geübter Berggänger über steiles und mit Büschen bewachsenes Gelände ohne weiteres ins Tal absteigen. Wahrscheinlich trifft man ein Stück weiter unten auf den Weg, der vom Sattel hinabführt."

„Und was ist mit dem Gewehr?", fragte Eva, die von ihrem Chef wieder restlos begeistert war. „Das kann man doch nicht in den Rucksack stecken und in der Hand wäre es ziemlich auffällig, wenn man jemand begegnet."

„Das kann man sehr wohl in einem Rucksack transportieren, ohne dass es zu sehen ist. Es gibt nämlich Modelle, von denen man mit wenigen Handgriffen den Lauf abziehen kann – und schon ist alles in einem Rucksack verschwunden."

„Ah – so! Mit Gewehren kenn ich mich nicht so aus", murmelte Eva.

Wanner sah sich noch einmal um, dann blickte er auf seine Uhr. „Na, ich glaub, wir kommen noch rechtzeitig nach Riezlern runter. Komm lass uns aufsteigen."

Sie kehrten zur Bergstation zurück und beeilten sich, die nächste Gondel zu erreichen, wobei Eva einen sehnsüchtigen Blick zum neuen Restaurant mit dem Panoramablick warf. Eine kleine Brotzeit wäre ja auch nicht schlecht gewesen, jetzt, wo sie schon mal hier oben war. Sie stieg hinter ihrem Chef in die Gondel und nahm auf deren Bergseite Platz. Wenigstens die Aussicht sollte ihr vergönnt sein, dachte sie seufzend.

Sie fuhren das kurze Stück weiter nach Hirschegg zur Polizeistation. Florian Berger begrüßte sie freundlich und sah Eva mit großen Augen an. Herrgott, haben die Deutschen fesche Kommissarinnen, dachte er, und musterte Eva ungeniert. Die lächelte ihn verführerisch an, was den Flori, der kaum älter sein mochte als sie, fast aus dem Gleichgewicht gebracht hätte. So, jetzt ist aber Schluss mit lustig, dachte Wanner, der diese Blicke mitbekommen hatte, und verwickelte den österreichischen Kollegen in ein fachliches Gespräch. Der führte die beiden in ein Büro und bat sie Platz zu nehmen. Dann fragte er nach ihren Wünschen: Kaffee, Wasser, Almdudler. Eva deutete auf den Almdudler, Wanner wollte Kaffee.

Als Erstes berichtete Wanner von ihrem erfolgreichen Suchgang am Tatort. Das veranlasste Florian Berger zu der Bemerkung: „Hoffentli warscht du auf deutscher Seite?“ Dabei blinzelte er Eva zu.

„Na klar, was denn sonst?“, erwiderte Wanner. „Ich wollte unbedingt vermeiden, einen Umweg über Wien und Bregenz machen zu müssen!“

Sie lachten und Wanner begann, mit einer Spur Eifersucht, ernsthaft darüber nachzudenken, ob er Eva nicht besser zu Hause gelassen hätte. Diese Blinzelei zwischen den beiden störte ihn. Andererseits, so überlegte er, während Flori Eva nachschenkte, die Dienstwege würden sich durch eine gewisse Verbindung zwischen deutscher und österreichischer Polizei weiter verkürzen, was den Fall schneller zum Abschluss bringen könnte. Aber was geschah, wenn alles vorbei war?

In diese Gedankengänge platzte Florian mit der Bemerkung: „Also Paul, jetzt verzähl i dir, was i rausgfunden haa.“

Wanner sah in seine leere Kaffeetasse und räusperte sich. Bei Eva war das vorhin nicht passiert, da hatte der Flori schon nachgeschenkt, bevor sie den zweiten Schluck getan hatte. Florian, der einige Schriftstücke in der Hand hielt, sagte nur:

„I glaub, es isch no Kaffee denna!“

Bevor Wanner reagieren konnte, hatte Eva die Kaffeekanne genommen und ihm nachgegossen, wobei leichtes Schmunzeln ihren Mund umspielte.

„Also“, begann Berger, „i hab des Umfeld vom Marco Müller auskundschaftet.“ Er bemühte sich um Hochdeutsch. „Er war verheiratet mit Christina, einer

Einheimischen, aber i glaub, des wisst ihr scho. Auf Grund vo gewissen Aussagen hab i den Verdacht, dass er a Verhältnis ghabt hat und zwar mit einer Carola Fritz aus Riezlern. Mit beiden sollten wir reden."

„Und?", fragte Wanner, dem das noch zu wenig war.

„Zu seim Bekanntenkreis solln der Ehemann vo der Carola Fritz, sowie a gwisser Bastian Erd und a Marcel Heidebaum ghört haben. Mit denen sollten wir ebenfalls reden."

„Gut, wo fangen wir an?"

„Also i dät vorschlagen, mir gönnt *(gehen)* zerscht zur Witwe, dann zur Liabschaft, dänn zu de Mannsbilder, döt *(dort)* isch d' Reihenfolg glii."

Wanner lachte. „Also, wenn ich's richtig verstanden hab: zuerst zur Witwe, wie heißt sie doch gleich... Christiane... äh, nein Christina."

Sie stiegen in Floris Dienstwagen und fuhren nach Riezlern, wo Flori beim Haus Müller parkte. Auf sein Läuten öffnete Christina. Sie war dunkel gekleidet, was gut zu ihren blonden Haaren passte, wie Wanner feststellte. Sie sah die drei erstaunt an, aber bevor sie etwas sagen konnte, hatte Florian schon seinen Dienstausweis gezückt und ihr hingehalten.

„Abteilungsinspektor Berger, Polizei Kleinwalsertal. Das hier sind meine deutschen Kollegen Wanner und Eva..., Eva..." Er zögerte.

„Lang", flüsterte ihm Eva zu.

„Ja genau, Lang. Sie helfn uns bei der Aufklärung des... Todes Ihres Mannes. Dürfen wir Ihnen a paar Fragen stellen?"

Christina, die Flori so gut kannte, wie er sie, lächelte über die förmliche Vorstellung, trat beiseite und bat die drei ins Wohnzimmer.

Wanner überflog den Raum: gemütlich eingerichtet, getäfelte Decke, ein paar Ölgemälde mit Bergmotiven, passende Vorhänge. Er sah die Hausherrin an, die gerade nach Getränkewünschen fragte. Hübsche Person, dachte er...

„Äh – mir bitte einen Kaffee", etwas anderes fiel ihm nicht ein. Christina bat sie Platz zu nehmen und verschwand in der Küche. Berger wandte sich plötzlich an Wanner und sagte lächelnd: „Wir send zwar hier in Öschterreich, aber i lass dir den Vortritt beim Fragen. Hauptsach i bin dabei!"

„Danke, freundlich von dir!", erwiderte Wanner und sah Eva an. „Wenn dir was einfällt, frag einfach zwischenrein." Sie nickte und legte ihren Notizblock vor sich hin.

Christina kam zurück und stellte ihnen die gewünschten Getränke hin. Dann sagte sie: „Was möchten Sie wissen?"

Berger deutete auf Wanner. „Der Herr Hauptkommissar fangt mit dem Fragen an."

„Zuerst unser Beileid, Frau Müller... Äh, Sie haben sich doch sicher schon Gedanken darüber gemacht, wer Ihren Mann erschossen haben könnte?"

„Ja, des schon, aber mir ist niemand eingfallen."

„Hatte ihr Mann Feinde, hat man ihn bedroht, könnte der Mord berufliche Motive haben?"

Christina zuckte die Schultern. „Wie schon gsagt, ich kenne niemand. Marco hat mir auch nie was dergleichen erzählt."

„Hm, der Mord muss aber ein Motiv haben, und zwar ein schwerwiegendes. So leicht bringt man niemand um."

Christina hob die Schultern. „Sie werden es sicher rausfinden. Wenigstens hoff ich des", setzte sie leise hinzu. So ging es noch eine Weile hin und her. Aber weder seine, noch Evas, noch Bergers Fragen fanden eine befriedigende Antwort, sodass sich Wanner schließlich erhob und mit einer gewissen Enttäuschung meinte: „Fürs Erste danken wir Ihnen. Möglicherweise kommen wir noch einmal vorbei, wenn die Ermittlungen dies nötig machen."

Christina erwiderte nichts, nickte aber und begleitete die drei zur Tür.

Auf dem Weg zu Carola Fritz sagte Wanner: „Also sehr gesprächig war die Witwe nicht. Irgendwas muss sie doch wissen!“

Eva wandte sich an Berger. „Ich glaube auch, dass Frau Müller mehr weiß, als sie uns verraten hat. Was meinen Sie?“

Der wandte sich vom Steuer um und sah nach hinten. „I mein, da haben Sie Recht. Mir isch des grad so gangen, wie Ihnen!“

„Vorsicht...!“, rief Wanner und Flori drehte sich schnell wieder um. Aber er sah nichts, was diesen Ruf seines deutschen Kollegen veranlasst haben könnte. Er sah auch nicht mehr das Lächeln, das Eva erst gar nicht zu verbergen suchte.

Carola Fritz empfing die drei Kriminalbeamten zurückhaltend. Sie war von der Polizeidienststelle von ihrem Besuch unterrichtet worden und hatte sich Gedanken über den Grund gemacht. Florian Berger überließ wieder Wanner das Wort, nachdem er den Grund ihres Kommens erläutert hatte. Gerade als Wanner seine erste Frage stellen wollte, wurde die Tür aufgestoßen und Steffi Fritz fuhr mit ihrem Rollstuhl herein. Sie gab den Dreien die Hand und fragte freundlich: „Was wollen Sie denn von meiner Mutter wissen? Wir haben doch nichts mit dem Mord an Marco Müller zu tun!“

Wanner horchte auf. Zwar hatte er schon über Berger von Steffi Fritz und ihrem Unglück erfahren, aber er war über ihr Erscheinen doch erstaunt. Als Erstes stellte er fest, dass Steffi ein hübsches Mädchen war, das nach außen hin unbekümmert in seinem Rollstuhl saß. Für Paul Wanner eine schreckliche Vorstellung, wenn er daran dachte, worauf diese junge Frau alles verzichten musste. Dann überlegte er, was die Tochter andeuten wollte. Die Mutter konnte schließlich für sich selbst sprechen. Wollte Steffi ablenken?

Er wandte sich an sie und sagte freundlich: „Wir ermitteln zusammen mit unseren österreichischen Kollegen in diesem Mordfall und müssen allen Hinweisen und Erkenntnissen nachgehen, die sich dabei ergeben. Uns wurde gesagt..."

Carola Fritz unterbrach ihn abrupt. „Steffi, könntest du uns allein lassen? Herr Wanner will sicher nur mich befragen."

Fragend sah Steffi von einem zum anderen. Dann drehte sie den Rollstuhl und verließ das Zimmer. Wanner war nicht entgangen, dass sie mit einem besorgten Blick auf ihre Mutter gesehen hatte. Was war hier los?

Plötzlich mischte sich Eva Lang in das Gespräch. „Frau Fritz, wir haben von dem schrecklichen Unfall ihrer Tochter gehört! Haben Sie etwas dagegen, wenn ich mich ein bisschen mit ihr unterhalte, wissen Sie, so von Frau zu Frau. Ich kann mir vorstellen, dass sie mit dieser Behinderung keinen großen Freundeskreis hat..."

Carola Fritz sah sie merkwürdig an. Doch dann nickte sie und meinte: „Ja, gehen Sie nur, Steffi ist immer über eine Abwechslung froh. Ihre Freunde aus dem Tal besuchen sie aber öfters."

Eva erhob sich, streifte mit einem Seitenblick ihren Chef, aus dessen Miene sie Zustimmung ablas, und folgte Steffi.

Wanner hatte alles genau beobachtet. Hier wollte die Tochter nicht, dass man mit der Mutter redete, andererseits war es der Mutter nicht angenehm, dass jemand mit der Tochter sprach. Hm, hm.

Er wandte sich an Carola. „Wie gut kannten Sie Marco Müller?", fragte er ziemlich unverblümt.

Carola sah an ihm vorbei. „Wie man sich halt so kennt, hier im Tal kennt ja jeder jeden..."

„Sie waren mit ihm nicht... näher befreundet?"

Carola suchte seinem Blick stand zu halten. „Wie meinen Sie das?", fragte sie ausweichend.

„Nun wir wissen", Paul Wanner preschte jetzt vor, „dass Sie ein Verhältnis mit Marco Müller hatten, was ja weit über das übliche Kennen im Tal hinausgeht. Warum verschweigen Sie uns das?"

Carola sah sich nach der Tür um. Die war geschlossen. „Wer erzählt denn so was?"

„Wir wissen es halt", sagte Wanner kurz.

Berger mischte sich in das Gespräch ein. „Frau Fritz, wir haben auch ghört, dass das Verhältnis von Marco Müller beendet wurde, weil er... eine andere hatte. Des muss Sie doch ziemlich wütend gmacht haben?"

Hoppla, dachte Wanner, davon hast du mir aber nichts gesagt!

Carola Fritz war bleich geworden. „Das... das stimmt nicht, Marco...", sie verstummte.

„Frau Fritz, Ihr Verhältnis ist nicht unbemerkt blieben, warum geben Sie's nicht zu?", bohrte Berger weiter.

„Ich dachte, Sie ermitteln in einem Mordfall? Was hat das Privatleben ..."

„Wir müssen alles zammentragen, was uns a Bild von den Geschehnissen vermitteln kann. Dazu ghört vorrangig des Private."

Carola Fritz sah vor sich auf den Boden. Dann hob sie den Kopf und sagte mit müder Stimme: „Wenn Sie es eh schon wissen, jawohl, ich hatte mit Marco ein Verhältnis. Aber ich hab ihn doch nicht umgebracht."

Wanner übernahm wieder das Gespräch. „Das haben wir weder gesagt noch angedeutet. Seit wann ging dieses Verhältnis?"

„Seit einem halben Jahr", erwiderte Carola leise.

„Dauerte es noch an, oder hat Marco Müller es, wie Herr Berger vorhin angedeutet hat, von seiner Seite aus beendet?"

Carola Fritz begann zu weinen. „Vor ein paar Tagen hat er mir gesagt, dass er Schluss macht..."

„Hat er einen Grund angegeben?"

Sie schüttelte den Kopf. „Nein. Er hat nur gesagt, dass er unsere Beziehung beenden will."

„Haben Sie ihn nach diesem Gespräch noch einmal gesehen?" Wanner wurde berufsbedingt immer neugieriger.

Doch Carola Fritz schüttelte wieder den Kopf. „Nein, nicht mehr."

Und wieder war es Florian Berger, der eine Überraschung parat hatte.

„Stimmt es Frau Fritz, dass Sie Mitglied im hiesigen Schützenverein send und sogar scho zweimal die Vereinsmeisterschaft im Gewehrschießen gwonnen haben?"

Sie nickte. „Ja, stimmt."

„Und Sie send no immer aktiv tätig?"

„Nein, jetzt nicht mehr...", sie hielt plötzlich inne.

Eva Lang kam zurück und setzte sich wieder zu ihnen.

„Ich hab gesehen, dass Sie sich auch mit dem Preisausschreiben beschäftigen? Sie haben die erste Aufgabe richtig gelöst, wie mir Ihre Tochter verraten hat. Und jetzt sitzen Sie über der zweiten. Ich wünsche Ihnen Glück dazu."

Carola dankte erstaunt und sah Wanner an.

Der erhob sich unversehens.

„Wir bedanken uns für das Gespräch. Dürfen wir noch einmal vorbeikommen, wenn sich die Notwendigkeit ergibt?"

Carola Fritz zuckte mit den Schultern. „Ja natürlich... aber ich kann Ihnen dann auch nicht mehr sagen."

Beide Frauen hatten an diesem Tag gelogen.

Wanner ahnte es.

## 19

Die Befragungen von Wolfgang Fritz, Bastian Erd und Marcel Heidebaum hatten sie nicht weitergebracht. Alle drei leugneten, irgendetwas mit dem Tod von Marco Müller zu tun zu haben, und das Gegenteil konnte ihnen Wanner und Florian Berger zu diesem Zeitpunkt nicht nachweisen. Also war der Hauptkommissar mit Eva nach Kempten zurückgefahren.

Die folgenden Tage verbrachten sie damit, die am Tatort und im Kleinwalsertal gewonnenen Erkenntnisse zu verarbeiten.

Drei Tage nach ihrem Besuch in Riezlern teilte eine anonyme Anruferin mit, dass Christina Müller die Mörderin ihres Mannes sei. Aber bevor sich feststellen ließ, woher der Anruf kam, hatte die Unbekannte wieder aufgelegt.

„Was sollen wir jetzt davon halten?", fragte Riedle, der den Anruf entgegen genommen hatte.

Uli Hansen hob die Schultern und empfahl ihm, wenigstens Datum und Uhrzeit sowie den Inhalt des Anrufes festzuhalten, was Riedle dann auch tat. Er schrieb etwas auf einen Zettel und legte ihn in das Körbchen mit der unerledigten Korrespondenz. Dann unterrichtete er den Hauptkommissar vom Inhalt.

Wanner rief Eva zu sich und deutete auf den Kalender: „Morgen ist der 12. Juni. Wir fahren zusammen in die Frühlingsstraße und geben die Antwort ab. Gleichzeitig interessiert es mich natürlich, wie viele noch im Rennen sind."

„Gut", erwiderte Eva, dann wollte sie wieder gehen, blieb aber stehen und fragte: „Soll ich einen Fotoapparat mitnehmen und ein paar Aufnahmen machen? Unauffällig natürlich!"

Wanner dachte nach. „Na ja, die Idee ist nicht schlecht. Aber es muss wirklich unauffällig bleiben. Wir dürfen uns nicht verraten. Ich denke sogar darüber nach, die zukünftigen Aufgaben Uli oder Alex zum angegebenen Ort bringen zu lassen, die kennt man nicht als Polizisten."

„Na ja, wenn du meinst. Ich werde darauf achten, dass ich nur Bäume und Häuser fotografiere. Wenn mir dann versehentlich ein paar Menschen drauf kommen – tja, da kann ich auch nichts machen." Sie ging lachend zu ihrem Schreibtisch zurück.

Kurz vor 12 Uhr des nächsten Tages standen Wanner und Eva in einem Privatwagen ein Stück abseits von Hausnummer 21 in der Frühlingsstraße. Das Haus, das Wanner auch wieder vorher unauffällig in Augenschein genommen hatte, war ein Mehrfamilienhaus, wiederum hinter einem kleinen Vorgarten gelegen. Briefkästen waren diesmal erst bei der Haustüre angebracht. Von außen konnte er keine Namen erkennen. Ein Anruf bei der Stadt Kempten hatte ergeben, dass dieses Haus zum Verkauf stand und im Augenblick keine Bewohner hatte.

Im Vorgarten wuchs eine kleine Birke, die mit den hellgrünen Blättern einen hübschen Farbkontrast zum Grau des Hauses bot. Im Erdgeschoss waren die Rollläden heruntergelassen, die Fenster im ersten Stock ohne Vorhänge. Paul Wanner sah sich auf der Straße um. Diesmal waren weniger Leute zu sehen, die zu warten schienen. Sie drückten sich scheu herum, sahen auf ihre Uhr und immer wieder auf das Haus mit der Nummer 21. Wanner bat Eva sie zu zählen und ein paar Aufnahmen von 'Häusern und Bäumen' zu machen und zwar durch die Scheiben ihres Wagens. Er selbst ließ seinen Blick nicht von dem Gebäude, bei dem sich immer noch nichts rührte. Es war eine Minute vor 12 Uhr.

„Bisher hab ich überschlagsweise an die 100 gezählt", sagte Eva zu ihm gewandt. „Ah... halt, da kommen noch zwei."

„Ja, und jeder tut noch geheimnisvoller! Aber klar, keiner will dem anderen den Vortritt beim Gewinnen lassen", lachte Wanner.

„Da – jetzt geht's los!", rief Eva leise und deutete auf die Tür des Hauses. Die war aufgegangen und – Holger Neumann herausgetreten. Mangels einer Gartentür heftete er ein Schild an den Zaun und ging zurück ins Haus. Die Haustür blieb offen stehen. Sofort setzten sich die wartenden Menschen in Bewegung und drängten zur Tür.

Schon wollte Eva aussteigen, als Wanner sie zurückhielt. „Diesmal machen wir es anders! Wir haben ja eine Stunde Zeit. Von hier kann man so schön sehen, wer hineingeht oder herauskommt. Die Chance wollen wir nutzen. Halt den Apparat bereit und schau nebenbei, ob noch welche dazukommen!"

Zunächst waren es nur lauter fremde Gesichter. Dann stutzte Wanner. Das war doch Christina Müller, die aus dem Haus kam? Und bald danach sah er Bastian Erd und Marcel Heidebaum vor die Tür treten, ein paar Worte miteinander wechseln und getrennt weggehen. Eine Fünfzigerin im Lodenmantel beachtete er nicht. Dann verlief sich der erste Ansturm. Die Straße schien leer. Plötzlich tauchte, aus einer Einfahrt kommend, eine Frau mit einem Kopftuch auf, das ihr halbes Gesicht verdeckte. Die andere Hälfte verschwand hinter einer großen Sonnenbrille. Ohne nach rechts oder links zu schauen, betrat sie hastig den Vorgarten und verschwand im Haus.

Wanner war sofort aufmerksam geworden. „Wenn die wieder rauskommt, mach ein paar Aufnahmen von ihr. Haben wir die schon irgendwo gesehen?"

„Nicht, dass ich wüsste", erwiderte Eva und hielt den digitalen Fotoapparat bereit.

Wanner blickte auf die Uhr. Noch zehn Minuten bis 13 Uhr. Nun mussten sie langsam ihre Lösung abgeben. Da kam die Fremde wieder aus der Tür und wandte sich in die andere Richtung. Eva konnte nur drei Aufnahmen machen, dann war die Frau verschwunden.

„Los jetzt! Nimm den Umschlag und komm!"

Eva Lang wollte den Umschlag nehmen – aber der lag nirgends. Sie begann zu suchen, schaute in ihre Handtasche, auf den Boden des Autos und auf die Rückbank. Ihr Chef, der schon ausgestiegen war, beugte sich zum Fenster herunter und sagte ungeduldig:

„Was ist? Los, wir müssen uns jetzt beeilen!"

„Ich finde den Umschlag nicht", presste Eva heraus und wurde kreidebleich.

„Waas? Wo zum Kuckuck hast du ihn hingetan? Mensch, wir sitzen seit einer geschlagenen Stunde hier und jetzt fällt dir ein, dass die Lösung weg ist?"

Wanner sah auf seine Uhr. Noch zwei Minuten. Er kam ums Auto herum und rief:

„Steig aus!!"

Dann kniete er nieder und durchsuchte hastig das Auto. Er griff unter den Vordersitz – und zog den Umschlag hervor. „Jetzt aber los, Tempo."

Noch eine Minute.

Sie rannten über die Straße und durch den Vorgarten ins Haus. Eine Tür stand im Erdgeschoss offen, aus der trat eben Holger Neumann mit einem Schlüsselbund. Wanner winkte heftig mit dem Umschlag und rief: „Es muss noch gehen!"

Neumann lächelte und sagte undeutlich: „Klar, es sind noch... elf Sekunden!"

Aufatmend überreichte der Hauptkommissar das Kuvert, in das Neumann sofort hineinsah und empfing ein anderes. Das hätte vielleicht was gegeben, dachte er schnell atmend, wenn ich hier zu spät gekommen wäre. Uff! Er sagte Gottlich lieber nichts davon, hatte ja alles noch geklappt. Elf Sekunden! Knapper ging's nicht mehr.

Eva sah ziemlich betreten drein.

Als sie zum Auto zurückgingen, meinte sie: „Der Umschlag muss heruntergefallen sein, als ich den Foto vom Rücksitz zog, und war so unter den Vordersitz gesegelt, dass ich ihn im Sitzen weder sehen noch erreichen konnte..."

„Lass dir's eine Lehre für das nächste Mal sein", erwiderte Wanner ohne Groll. „Ging ja noch mal gut. Und außer uns zwei weiß niemand davon, und so soll es auch bleiben."

Eva sah ihn an. „Danke, Paul!"

„O.K."

Sie fuhren zur Polizeidirektion zurück. Gottlich war zwei Tage auf Dienstreise, so öffnete Wanner ohne Zögern den Umschlag der dritten Aufgabe und las:

*"Die dritte Aufgabe lautet:*

| | | | | | | | | | | | |
|---|---|---|---|---|---|---|---|---|---|---|---|
| *b* | *d* | *e* | *i* | *s* | *n* | *e* | *z* | *n* | *a* | *t* | *t* |
| *e* | *u* | *d* | *t* | *s* | *i* | *b* | *u* | *d* | *o* | *w* | *r* |
| *s* | *r* | *u* | *e* | *h* | *i* | *e* | *w* | *t* | *n* | *b* | *o* |
| *u* | *c* | *s* | *n* | *s* | *4* | *d* | *n* | *u* | *e* | *i* | *d* |
| *c* | *h* | *o* | *9* | *t* | *m* | *e* | *d* | *o* | *e* | *e* | *t* |
| *h* | *d* | *l* | *t* | *u* | *e* | *e* | *r* | *m* | *i* | *l* | *d* |
| *e* | *i* | *l* | *a* | *n* | *n* | *d* | *o* | *i* | *n* | *b* | *a* |
| *d* | *e* | *s* | *g* | *d* | *e* | *n* | *v* | *t* | *i* | *r* | *t* |
| *e* | *r* | *t* | *e* | *v* | *o* | *r* | *u* | *l* | *l* | *e* | *s* |
| *n* | *e* | *n* | *i* | *c* | *h* | *t* | *d* | *i* | *e* | *w* | *n* |
| *b* | *i* | *h* | *e* | *n* | *s* | *t* | *ü* | *r* | *z* | *t* | *e* |
| *a* | *l* | *l* | *i* | *n* | *d* | *e* | *r* | *r* | *u* | *n* | *d* |

*Das Lösungswort ist der gesuchte Ort.*
*Dieses ist der dritte Streich,*
*für Könner folgt der vierte gleich."*

Wanner starrte auf den Bogen. „Was soll das denn sein? Schau mal, ob du das kapierst!"

Eva nahm das Papier und las es aufmerksam durch. „Na ja, irgendwann musste es ja schwerer werden. Also auf Anhieb kann ich nichts damit anfangen. Wir müssen nachdenken und probieren." Später zählte sie die Buchstaben der ersten Zeile, dann die der Zeilen darunter.

„Dachte ich mir es doch, 12 auf 12, ein Buchstabenquadrat."

„Na und? Was hat ein Quadrat in diesem Zusammenhang zu tun?", fragte Wanner neugierig.

Eva sah sinnend auf den Bogen. „Irgendwo hab ich mal gelesen, dass man mit so einem Quadrat einen Text verschlüsseln kann. Aber wie das Schema geht, weiß ich nicht mehr."

„Und wo du das gelesen hast, weißt du auch nicht mehr?"

„Ich glaube, das war in irgendeinem Rätselbuch. Aber das ist schon länger her, ich weiß es wirklich nicht."

„Na dann versuchen wir es mal ohne Rätselbuch. Also von links nach rechts gelesen gibt es keinen Sinn. Umgekehrt auch nicht. Lass uns mal schauen, ob irgendwelche Wörter drin stecken... ja hier in der ersten Zeile: eis. Nachdem alles klein geschrieben ist, könnte das Eis bedeuten. Vierte Zeile eine 4; fünfte eine 9; sechste Zeile: mild; siebte: in; achte: den; neunte: er, vor, es; zehnte: nicht, die; elfte: stürzte; zwölfte: all, in, der, rund. Das Lösungswort ist wieder ein Ortsname, der geht aber aus dem Bisherigen nicht hervor."

Eva drehte das Blatt zu sich und sagte: „Nach links und nach rechts wird es nix, aber wie ist es von oben nach unten und umgekehrt?" Sie probierte. „Mensch", rief sie, „schau mal die erste Zeile heißt: besuche den ba; die zweite: durch die reil; die dritte: ...ach Schitt, da kommt nix raus."

„Mach trotzdem weiter", drängte Wanner.

Aber sie fand nichts mehr und schob ihm ärgerlich das Blatt wieder zu.

Wanner hatte verkehrt herum mitgelesen, jetzt sagte er: „Warte mal, ich hab da was entdeckt: wenn man die letzten Buchstaben senkrecht von unten nach oben liest, dann heißen sie: äh... den stadt dort. Das ergibt offensichtlich einen Teil des Textes, aber wo geht er weiter?"

Er probierte wieder. „Das Wort 'stürzte' scheint ohne Verschlüsselung hineingekommen zu sein. Aber wo ist sein Anschluss? Oder ist es nur Zufall?"

„Sollen wir einen Dechiffrierexperten beim BND anrufen und ihn fragen, wie so was gehen könnte?", fragte Eva schließlich und warf den Kugelschreiber hin.

„Nichts überstürzen! Wir denken beide darüber nach und ich spreche heute Abend noch mit Lisa darüber. Und Gottlich kommt schließlich übermorgen auch wieder zurück. Irgendwie werden wir das schon herauskriegen."

Als Wanner abends heimkam, erzählte er als Erstes von der neuen Aufgabe. Lisa, voller Neugierde, schob ihm sein Abendbrot und eine Flasche Pils hin und setzte sich mit den Unterlagen auf die Couch. Dort vertiefte sie sich in das Buchstabenquadrat und begann Notizen zu machen. Ihr Mann saß allein am Tisch und aß lustlos.

Plötzlich nahm er sein Bierglas mit zur Couch, sagte: „Ruck mal!" und ließ sich neben seiner Frau nieder.

„Hast du schon was rausgefunden?", fragte er neugierig.

Lisa schüttelte den Kopf. „So einfach ist es dieses Mal nicht. Ich spür aber, dass ihr auf dem richtigen Weg gewesen seid. Wir müssen nur das richtige System finden, dann können wir alles aufwickeln."

„Was meinst du mit aufwickeln?" Wanner wurde aufmerksam.

„Na ja, ich glaube, dass die Buchstaben wie eine Kette aufgerollt sind, wir müssen nur ihren Anfang und ihren Verlauf finden."

Ihr Mann starrte nachdenklich auf die kleine Uhr über dem Kachelofen. Statt eines Pendels bewegte sich dort eine Spiralfeder auf und ab. Zunächst nahm er sie nicht wahr, da seine Gedanken noch beim Aufwickeln waren. Aufwickeln könnte auch entwickeln sein, entwirren, entfesseln, entziehen, ent... Er sah wieder auf die Uhr und die auf und ab laufende Feder. Entdehnen. Funktioniert nur, wenn die Feder leicht läuft, dünn ist... oder eine Spirale.

Spirale! Wie, wenn die Buchstaben wie eine Spirale aufgewickelt waren? Dann brauchte man nur den Anfang finden und spiralförmig suchen. Er teilte seinen Gedanken Lisa mit. Die war Feuer und Flamme. „Genau, das ist es! Drum ergeben auch die bisherigen Zeilen keinen Sinn, weil wir sie immer nur in einer Richtung gelesen haben. Wart mal, ich fahre mit dem Bleistift spiralförmig um das Quadrat. Wo fangen wir an?"

„Na ja, ich würde doch sagen, in der ersten Reihe links senkrecht. Da haben wir schon so was wie eine sinnvolle Reihe von Buchstaben." Wanner ließ sich von der Begeisterung seiner Frau anstecken.

Sie nahm einen Bleistift, setzte ihn auf das oberste linke b und begann nach unten zu fahren. Als sie beim untersten a angekommen war, lenkte sie den Bleistift nach rechts, fuhr die unterste Zeile entlang und auf der rechten Seite beim d angekommen hinauf zum t, dann nach links bis zum d. „Jetzt die zweite Reihe nach unten, aber nur bis zum i, dann rechts zum t, dann rauf zum w, links zum d und... so... weiter. Ah, das wird immer enger... jetzt haben wir's gleich... und aus. Und jetzt les ich es dir vor!"

Sie schaute angestrengt auf das Blatt. „Es heißt ohne Unterbrechung:
besuchedenballinderrundenstadtdorttanzensiedurchdi
ereihenstürztwerbleibwodubistdusollstnichtdielinieen
tweihen9tagevorultimound4stundenvordemende. Du meine Güte, was soll das denn sein? Und ich dachte, wir hätten jetzt die Lösung!!" Sie schaute ihren Mann entgeistert an.

„Lass uns erst Mal Trennstriche machen", meinte der und begann gleich selbst damit.

„Also es heißt: 'Besuche den Ball in der runden Stadt dort tanzen sie durch die Reihen stürzt wer bleib wo du bist du sollst nicht die Linie entweihen 9 Tage vor Ultimo und 4 Stunden vor dem Ende'.

So, das war's, ohne Punkt und Komma."

Er starrte auf den Text und schüttelte den Kopf. „Ich glaub, jetzt geht's erst richtig los mit dem Raten!"

„Das ganze ist nur dazu da, das Lösungswort und die Zeiten der Übergabe zu verstecken. Da hat sich aber jemand viel Mühe gemacht, eine Anzahl von Ratern aus dem Rennen zu werfen!"

„Hm, so ist es, aber das nützt uns so lange nichts, bis wir auch diesen Text entschlüsselt haben."

Aber so sehr sie sich an diesem Abend auch bemühten, die Lösung wollte ihnen nicht einfallen.

„Runde Stadt? Ich kenne nur Nördlingen aus der Luft als runde Stadt", seufzte Lisa.

„Und welchen Ball soll man besuchen? Einen Sommerball, Wohltätigkeitsball, Bundeswehrball? Das könnte mit: dort tanzen sie durch die Reihen gemeint sein. Aber wer stürzt schon bei einem Ball! Und warum soll man bleiben und welche Linie nicht entweihen? Ich glaub, bei denen piept's!"

Nachdem das Rätsel an diesem Abend nicht zu lösen war – immerhin hatten sie einen wesentlichen Teil herausgefunden – gingen Lisa und Paul schlafen.

In der Nacht träumte Wanner von einem großen Ball in der Burg oberhalb von Sonthofen. In sämtlichen Räumen wurde getanzt, und wohin er auch kam, es wurden immer mehr Räume und immer mehr Tanzende. Und dauernd stürzte einer aufs Parkett und alle schrien: Bleib wo du bist, bleib wo du bist! Und als er versehentlich eine weiße Linie überschritt, fuhren sie auf ihn los, packten ihn und jemand brüllte: nicht die Linie entweihen, nicht die Linie entweihen!! Und plötzlich flogen irgendwoher Fußbälle in das Gewühle.

Schließlich erwachte er schweißgebadet und setzte sich im Bett auf. Wo gab es denn bei Bällen überhaupt eine weiße Linie, die man nicht überschreiten durfte?

Er holte sich ein Glas Wasser, überzeugte sich, dass Lisa schlief und legte sich wieder hin. Dann grübelte er noch eine Weile, bis ihn wieder der Schlaf übermannte.

Er konnte nicht ahnen, dass ihn sein Traum in die Nähe der Lösung gebracht hatte.

## 20

Anna Mohr forschte vergeblich nach der ersten und dritten Seite jenes Briefes, von dem sie die zweite kopiert hatte. Sie durchsuchte in Abwesenheit Heidebaums unauffällig sein Büro, fand aber nichts. Er muss diesen Brief in seinem Schreibtisch oder Safe eingeschlossen haben, dachte sie, und ihre Neugier wuchs.

Marcel Heidebaum traute Anna Mohr seit jenem mysteriösen Auffinden der zweiten Seite unter ihrem Schreibtisch nicht mehr. Er hatte sich nichts anmerken lassen, ging jedoch davon aus, dass sie diese Seite gelesen hatte. Doch, Gott sei Dank, weder die erste noch die dritte, dachte er, und studierte den Brief zum wiederholten Male. Mehr als Vermutungen blieben nicht übrig, wenn man nur diese zweite Seite kannte. Aber es war trotzdem schlecht. Dass ihm dieses Missgeschick passierte, damit hatte er nicht gerechnet.

Marcel Heidebaum war in Bregenz geboren. Mit zwei Jahren kam er zum ersten Mal ins Kleinwalsertal. So war die offizielle Version. Seine Mutter blieb unbekannt. Ein Vater war nie aufgetaucht. Er wohnte in einem Kinder- später Jugendheim, die von einer dritten Seite Geldbeträge für seinen Lebensunterhalt erhielten. Nach Abbruch einer Banklehre verschwand er aus dem Tal. Niemand wusste, wo er sich befand. Nachdem er Jahre später wieder aufgetaucht war, gründete er mit eigenem Kapital eine Beratungsfirma für Vermögensanlagen, die auch Versicherungen aller Art abschloss. Das Geschäft schien gut zu laufen, vor allem, weil viele deutsche Anleger die Anonymität im Kleinwalsertal schätzten. Öfters sah man ihn im Casino Riezlern, er spielte jedoch ohne größeres Risiko und konnte seine Verluste in Grenzen halten. Heidebaum lebte allein und zurückgezogen. Auch seine Nachbarn wussten nichts Näheres über ihn zu berichten. Schon dies allein genügte, ihn verdächtig erscheinen zu lassen. Zu dem Bauunternehmer Erd, dem Geschäftsführer Müller und dem Bibliothekar Fritz hatte er eine lose Verbindung. Man sah die vier gelegentlich zusammen in der „Traube“, dem einzigen Lokal im Ort, in dem sich Heidebaum blicken ließ. Dann spielten sie Karten oder, wie Susi die Kellnerin später aussagte, redeten einfach miteinander. Manchmal erhitzten sie sich dabei, wurden auch zornig. Daraus schloss Susi, dass sie durchaus nicht immer freundschaftlich verbunden waren. Sie achtete jedoch nicht auf den Wortlaut und konnte deswegen auch keine entscheidenden Hinweise geben. Nur soviel, dass wohl jeder auf jeden losging.

Am 13. Juni fuhr Heidebaum zu Rechtsanwalt Bedomeit nach Sonthofen, mit dem er eine längere Besprechung hatte. Als er danach aus dem Haus trat, spielte ein Lächeln um seinen Mund und er rieb sich die Hände. Prima geklappt, dachte er zufrieden, und wandte sein jugendliches Gesicht mit der leicht gekrümmten Nase den Auslagen zu, an denen er auf seinem Weg zum Parkplatz vorüber kam.

Anna Mohr machte einen weiteren Versuch, die beiden anderen Seiten des Briefes zu finden. Zwar hatte ihr Chef nicht gesagt, wie lange er wegbleiben würde, aber sie ging davon aus, dass er nicht so schnell zurück wäre. Sie durchsuchte sein Büro gründlich und ohne Spuren ihrer Tätigkeit zu hinterlassen, jedenfalls dachte sie das.

Er darf auf keinen Fall merken, dass ich was gesucht habe! Sie stand endlich vor dem Safe. Er war, wie der Schreibtisch, verschlossen. Ohne Schlüssel konnte Anna Mohr unbemerkt weder in den Schreibtisch noch in den Safe. Aber woher die Schlüssel nehmen? Sie überlegte. Heidebaum hatte den Schlüsselbund bestimmt nicht mitgenommen. Wo konnte er sein? Sie ließ den Blick durchs Büro schweifen.

Plötzlich hörte sie ihr Telefon. Sie ging in ihr Büro zurück und hob ab. Heidebaum war am anderen Ende. Er fragte nach Unterlagen eines bestimmten Kunden. Dann sagte er noch, dass er bald zurück sei – für den Fall, dass ein Kunde anrief – und legte auf.

Anna Mohr ärgerte sich. Sie verstand den Anruf als Kontrolle. Vielleicht hätte sie die Schlüssel bald gefunden. Jetzt aber konnte sie es nicht mehr riskieren, im Büro ihres Chefs erwischt zu werden. Sie verschob ihren Versuch auf ein anderes Mal. Trotz machte sich breit. Ihre Neugierde war riesengroß.

Der Brief musste her!

# 21

Paul Wanner rief sein Team zusammen und erklärte kurz den Stand der Ermittlungen. Anwesend waren auch Staatsanwalt Max Riegert und Leitender Polizeidirektor Hans-Joachim Gottlich. Um der ungeduldigen Presse etwas bieten zu können, hatte Gottlich auch Pressesprecher Christoph Heber mitgebracht, der sich Notizen bei der Konferenz machte.

Wanner wandte sich an diesen: „Und denken Sie daran: nichts verraten, was unseren Gegnern Munition liefern könnte! Die brauchen nicht zu wissen, wie nah wir ihnen auf den Fersen sind. Sie können ja allgemein – bla, bla, bla – etwas zu dem Fall sagen..."

„Na ja, ich weiß nicht", schaltete sich Max Riegert in das Gespräch ein. „Wir müssen schon konkret werden, sonst glaubt die Presse noch, wir kämen nicht vom Fleck. Und das wollen Sie doch nicht, oder?" Damit war Wanner gemeint.

„Man kann der Presse schon sagen, dass wir vom Fleck kommen, nur nicht wie."

Das Verhältnis Wanner und Riegert war von besonderer Art. Sie gingen sich, wo möglich, aus dem Weg. Dennoch arbeiteten Kriminalpolizei und Staatsanwaltschaft gut zusammen. Seit Wanner beim letzten Fall der Sekretärin von Max Riegert ihr hochnäsiges Verhalten heimgezahlt hatte, hielt sich Riegert ihm gegenüber etwas zurück.

Christoph Heber machte den Vorschlag, einen Text zu verfassen und ihn Wanner lesen zu lassen. Damit waren alle einverstanden.

Ausführlich berichtete der Hauptkommissar von dem seltsamen Preisausschreiben und der Entwicklung ihrer Lösungen. Riegert hörte aufmerksam zu und Gottlich war sichtlich stolz, dass er dazu beigetragen hatte.

Wanner zog plötzlich den Bogen mit der dritten Aufgabe heraus und sagte: „Nachdem wir jetzt alle so schön beisammen sitzen, möchte ich dieses Rätsel an alle weitergeben. Ich bin bisher nur so weit gekommen..." und er erzählte, wie er das Buchstabenquadrat gelöst hatte, wobei er vermied, Lisa zu erwähnen. Das konnte er später immer noch.

„Und Sie glauben, dass das Rätsel mit dem Mord in Zusammenhang steht?", fragte der Staatsanwalt zweifelnd.

„Ich bin davon überzeugt. Nur fehlt im Moment noch der Nachweis dafür, wie das Manuskript der ersten Frage in die Tasche des Ermordeten gelangte."

„Lassen Sie mal sehen", Riegert zog das Blatt an sich und begann laut zu lesen. „Besuche den Ball in..." Dann verfiel er in ein Gemurmel und las schließlich lautlos weiter. Am Ende sah er betreten drein. „Was soll denn das bedeuten?"

Gottlich mischte sich ein. „Wie Herr Wanner schon sagte, wollen wir alle zusammen mal schauen, was uns einfällt. Also..., Herr Riedle, lesen Sie mal die erste Zeile!"

Alex riss bei der Nennung seines Namens beide Augen wieder auf, die ihm während der letzten Minuten zugefallen waren und stotterte: „Ähm... ich... ja, also... Was soll ich?"

„Ich gehe davon aus, Herr Riedle", sagte Gottlich, „dass Sie sich bereits so konzentriert haben, dass Sie meine Frage nicht hören konnten. Ich glaube, die Buddhisten können auch so abschalten wie Sie."

Alle grinsten und Alex setzte sich mit hochrotem Kopf wieder gerade hin.

„Darf ich das machen?", fragte Eva und bevor jemand antworten konnte, las sie laut:

„Besuche den Ball in der runden Stadt."

„Also", schaltete Riegert sich wieder ein, „wir müssen zwei Dinge herausfinden: was für ein Ball ist gemeint und welches ist die runde Stadt!"

Wanner musste an sich halten, um nicht loszuprusten. So weit waren sie auch schon gekommen.

Es folgte eine Diskussion über den Begriff Ball, an der sich Anton Haug nicht beteiligte. Vielmehr bat er gehen zu dürfen, er habe noch eine dringende Recherche zu erledigen... Gottlich nickte und Haug verließ den Raum.

Plötzlich ließ sich Uli Hansen vernehmen. „Wer sagt eigentlich, dass unbedingt ein Ball, also ein Tanzabend gemeint ist? Man kann doch auch Fußball, Handball, Volleyball, und zwar als Zuschauer besuchen..."

Alles redete durcheinander. „... denk an Tanzen..." „den Ball soll man besuchen" „... Reihentanz gemeint, wie in Amerika..." so schwirrte es durchs Zimmer. Uli zog schuldbewusst seinen Kopf ein.

„Halt!", rief Wanner, „lasst mal den Uli ausreden!"

Uli Hansen war bekannt als Fußballfan. Er antwortete, nachdem es wieder ruhig geworden war: „Also, man kann doch auch ein Fußballspiel besuchen. Habt Ihr noch nie eine Reportage gehört, in der es heißt: der Soundso tanzte durch die Reihen?"

„Weiter!", rief Gottlich.

„Jedenfalls stürzen beim Fußball mehr, als beim Tanz in einem Ballsaal!"

„Weiter!", rief Riegert.

„Und wenn wer stürzt, kannst du als Zuschauer nicht hinlaufen und nachsehen, was ihm fehlt, also bleib wo du bist!"

„Weiter!", diesmal riefen gleich mehrere.

Uli sah sich triumphierend um. „Jedes Fußballfeld wird von einer weißen Linie begrenzt. Die darfst du als Zuschauer nicht überschreiten, also nicht entweihen!"

„Wahnsinn!", pflichtete Riedle trocken bei.

„Nun wird's einfacher: 9 Tage vor Ultimo, das ist also, Juni vorausgesetzt, der 21. Juni, 4 Stunden vor dem Ende: Beginn des Spieles plus zwei Stunden, minus vier Stunden, das ergibt den Zeitpunkt der Lösungsübergabe. Genau genommen dauert ein Spiel samt Pause 105 Minuten, aber die Viertelstunde können wir vergessen."

„Und wo?", fragte Eva nüchtern dazwischen.

„Ähm... ja da steht nichts, müsste also auf dem Spielfeld oder in sichtbarer Nähe davon sein." Uli senkte sein hocherhobenes Haupt langsam wieder.

„Donnerwetter, alle Achtung, Herr Jansen", sagte Riegert...

„Hansen"

„Ja, also Herr Hansen: Gut gemacht. Bravo!" Er applaudierte.

Evas Augen leuchteten. Sie nickte Uli anerkennend zu. „Cool!"

„Gut, Uli!", lobte auch Wanner seinen Mitarbeiter, „Nun lasst uns mal schauen, was mit der runden Stadt ist!"

Und wieder ging die Diskussion los. Schließlich war es Wanner, der die entscheidende Idee hatte. „Also eine runde Stadt... das ist wieder so was für Querdenker. Statt rund könnte man auch... auch... Kreis sagen... Kreisstadt... Mensch: Sonthofen!!" Er war aufgesprungen.

Alle redeten wieder durcheinander, diesmal aber vor Begeisterung. Wanner bat um Ruhe.

„Ja – so muss es sein! Das Lösungswort heißt Sonthofen und ist am 21. Juni zu einem Zeitpunkt abzugeben, den wir noch aus der Zeitung erfahren können, wo ja die Fußballspiele angekündigt werden."

Plötzlich fragte Alex Riedle in die Euphorie hinein: „Ist eigentlich der 21. oder der 22. Juni gemeint?"

Man sah perplex auf den Spielverderber. „Also 30 weniger 9 ist ja wohl 21!", meinte Riegert.

Riedle grinste. Dann nahm er die Finger zu Hilfe und zählte von dreißig rückwärts – und kam auf 22.

Plötzlich begann einer zu lachen. Ein Zweiter fiel ein, bis sich schließlich die ganze Runde vor Lachen bog. Selbst der Staatsanwalt lachte lauthals und wurde plötzlich sehr sympathisch.

Nachdem wieder Ruhe eingetreten war, ergriff Gottlich das Wort:

„Menschenskinder, war das mal wieder schön zu lachen!" Er steckte sein Taschentuch ein, nachdem er sich die letzte Lachträne aus dem Gesicht gewischt hatte und fuhr fort:

„Ich glaube, wir alle können stolz sein, dass wir dieses schwere Rätsel gelöst haben. Allen meine Hochachtung! Doch nun zu unserem Rechenkünstler Riedle. Ich hab's doch vorhin schon gewusst: er hat sich solange konzentriert, bis wir jetzt nicht wissen, ob der 21. oder der 22. Juni unser Tag ist. Was meinen die anderen dazu?"

Wieder ging die Diskussion los, aber zu aller Verwunderung, wurde man sich nicht einig, welches Datum nun wirklich herauskam.

Max Riegert erhob sich plötzlich und sagte hastig, wobei er deutlich auf seine Uhr schaute. „Entschuldigung, aber ich habe noch einen dringenden Termin ... Sie werden jetzt sicher ohne mich fertig ... bitte halten Sie mich auf dem Laufenden" und weg war er.

In die eingetretene Stille kam die trockene Bemerkung von Alex Riedle: „Ich glaub, der kann auch nicht rechnen!" Worauf die Lachsalven von neuem losgingen.

Als wieder Ruhe eingekehrt war, meinte Wanner: „Ich sehe da wirklich ein gewisses Problem. Natürlich müsste der 21. Juni unser Tag sein. Wenn aber diese Querdenker von Rätselerfinder den 30. noch mitrechnen, kommen wir glatt auf 22. Die Problematik ist aber nur unbedeutend, denn wir werden natürlich am 21. und, falls erforderlich, am 22. Juni gerüstet sein. Kein Problem. Uli, ruf mal bei der Zeitung an und lass dir den Veranstaltungskalender rüberfaxen, dann sehen wir, ob, wann und wo ein Fußballspiel stattfindet."

Uli eilte hinaus. Es dauerte nicht lange und er kam mit einem Bogen Papier zurück und legte ihn vor Wanner auf den Tisch. „Schau mal, was da steht!", sagte er nur und grinste schief.

Wanner sah gleich beim 21. Juni nach und las laut: „Großer Ballabend der Bundeswehr auf der Burg. Beginn 20 Uhr. Besonderheit: Reihentanz wie zu Großvaters Zeiten! Wer dabei stürzt, dem darf von außen nicht geholfen werden. Kein Überschreiten der weißen Begrenzungslinie erlaubt. Großes Hallo für die gesamte Bevölkerung."

In der folgenden Totenstille hätte man eine Stecknadel fallen hören können. Alle starrten entgeistert auf den Hauptkommissar, der das Blatt noch immer in der Hand hielt. Uli Hansen saß bleich auf seinem Stuhl und schüttelte den Kopf. „Das darf nicht wahr sein!"

Wanner las weiter: „Fußballgala in Sonthofen. Es ist gelungen den FC Memmingen für ein Benefizspiel zugunsten von Waisenkindern nach Sonthofen zu verpflichten. Beginn: 19 Uhr. Über guten Besuch freut sich die Vorstandschaft."

Ein hörbares Aufatmen ging durch den Raum. Nur – was galt jetzt? Der Ball in der Burg oder der Ball auf dem Fußballfeld?

Eva Lang sah einen Ausweg. „Nachdem das Fußballspiel eine Stunde vor dem Bundeswehrball beginnt, haben wir alle Chancen, zum richtigen Ball zu kommen. Also 19 plus zwei, nach unserer Rechnung, minus vier, wie der Uli gesagt hat, das ergibt 17 Uhr. Wir müssen mit unserer Lösung sicherheitshalber um 16.45 Uhr beim Fußballstadion in Sonthofen sein und wenn sich dort nix rührt, brauchen wir Frack und Abendkleid und gehen auf die Burg und zwar vier Stunden vor dem veranschlagten Ende des Balles. Das kann durchaus 22 Uhr werden, denn bis 2 Uhr gehen solche Bälle locker."

Womit sie Recht hatte.

Sie trennten sich nach einer Weile. Wanner sah, dass es Zeit war, heimzugehen. Er musste Lisa unbedingt das Ergebnis ihrer Besprechung mitteilen, sie wartete bestimmt schon gespannt darauf.

Er hörte das Geklapper eines Putzeimers, das sich näherte. Schon tauchte Camile Cirat, die türkische Raumpflegerin, auf und steuerte zielbewusst auf ihn zu.

„Guten Abend, Herr Wanner", sagte sie betont langsam und deutlich. „Wie geht es Ihnen?"

„Ah – guten Abend Frau Cirat, Sie sprechen aber schon gut deutsch!"

„Ich war in Volkshochschule, jetzt geht alles viel besser. Und meine Kinder auch lernen Deutsch in die Schule"

„Der Schule", sagte Wanner.

„Der Schule? – ah. Sie gehen beide gerne in der Schule."

„Die Schule", sagte Wanner.

„Die Schule? – ah. Nur die Schulgebäude ist alt."

„Das Schulgebäude", sagte Wanner.

Camile Cirat funkelte ihn wütend an: „Der – die – das: wer soll auseinanderhalten, wann was?" Sie packte ihren Eimer und ging in Wanners Büro. Dabei maulte sie vor sich hin: „Deutsche Sprach so schwer. Das die der Kuckuck hole!" Damit knallte sie die Bürotür hinter sich zu.

Wanner grinste hinter ihr her. „Beinahe richtig!", sagte er dann anerkennend.

## 22

Zwei Tage später war Paul Wanner wieder nach Riezlern unterwegs. Nachdem er sich mit Florian Berger verabredet hatte, Heidebaum, Erd und Fritz noch einmal zu befragen, trafen sie sich an der Kirche.

An diesem Tag regnete es heftig, Wind peitschte den Regen durch das Tal und die Häuser oben an den Hängen tauchten nur schemenhaft aus den grauen Regenwolken auf. Es war Juni, Regen in diesem Monat war ja keine Seltenheit.

Er passierte das Casino und fuhr auf den Parkplatz neben der Kirche, wo er Floris Dienstwagen stehen sah. Florian Berger rannte durch den Regen und nahm neben Wanner Platz. Er zog schnell die Türe zu und wandte sich grinsend an Wanner:

„Grüß di, Paul! Warscht du ned brav gwesen oder dei Mitarbeiterin? So regnets nur, wenn ma was angstellt hat!"

Wanner erwiderte den Gruß und antwortete lachend: „Bei uns regnet's kaum, also muss jemand im Kleinwalsertal ned brav gwesen sein!" Er verfiel in einen leichten Dialekt.

Florian nickte, dann sagte er gemütlich: „Kann au so sein!"

„Gibt's was Neues?", Wanner sah seinem österreichischen Kollegen an, dass ihm etwas unter den Nägeln brannte.

„Ja, i hab mi ein bitzle umghört. Also der Heidebaum soll vielleicht am 'Palast Hotel Bärenkopf' beteiligt sein. Und zwar – jetzt halt di fest: zääma *(zusammen)* mit dem Marco Müller! I hab aber no keinen Beteiligungsvertrag gsehn, dazu brauch i an richterlichen Beschluss. Der ka daura, wie ma mir gsagt hat."

Paul Wanner verfiel in Nachdenken. Nach einer Weile sah er Berger an und meinte: „Du weißt, was das heißt?" Und als dieser zustimmte, fuhr Wanner fort: „So ein Hotel allein zu besitzen..."

Florian Berger nickte. „Genau, des haa i mir auch scho dacht. Wir müssen jetzt rauskriegen, ob der Heidebaum, wenn er Beteiligter ischt, a Alibi für die fraglich Zeit het. Hoffentli kommt die Erlaubnis zur Einsichtnahme in den Vertrag bald, versprochen hend sies mir. I hätt dir sonscht abtelefoniert."

„Ah ja, und was machen wir jetzt?", fragte Wanner.

„I hab mi beim Fritz und auch beim Erd anmeldn lassen. I schlag vor, dass wir zerscht den Fritz besuchen."

Die Gemeindebibliothek lag unweit im Dachgeschoss des Rathauses. Wanner und Berger gingen zu Fuß hin und nahmen die Treppe zum obersten Stockwerk.

„Lohnt sich denn für die Gemeinde ein eigener Bibliothekar?", fragte Wanner, als sie den letzten Absatz erreicht hatten.

„Ach, i glaub, der macht des nur halbtags und au no zääma mit der Bücherei in Mittelberg. Die übrig Zeit hilft er im Tourismusbüro mit, außerdem isch er im Gmeindsrat."

Er klopfte an die Tür und sie traten ein. Ein paar Gäste wollten gerade gehen, Wolfgang Fritz verabschiedete sie. Dann wandte er sich an die Kriminalbeamten.

„Grüß euch Gott". Er schüttelte ihnen die Hand und bat sie in sein Büro, das hinter dem Vorraum lag.

Wolfgang Fritz war ein hagerer Mann knapp vor Fünfzig. Sein Anzug saß tadellos, die Krawatte passte perfekt dazu. Eine randlose Brille gab ihm fast das Aussehen eines Professors.

„Womit kann ich heute helfen? Sie haben mich ja schon einmal befragt. Hat sich was Neues ergeben?" Er deutete auf zwei Sessel und nahm selbst Platz. „Kann ich was anbieten? Enzian, Kaffee, Wasser?"

Die beiden schüttelten den Kopf. Dann sagte Berger: „Mein Kollege hätt no a paar Fragen an Sie." Er machte eine auffordernde Geste zu Wanner hin.

Der sah Fritz in die Augen. „Sie haben uns das letzte Mal erzählt, dass Sie Müller nur oberflächlich kannten. Wir haben ermittelt, dass Sie sich aber öfters mit ihm und Bastian Erd zum Kartenspielen in der „Traube" trafen. Dort soll es auch mitunter zu verbalen Auseinandersetzungen gekommen sein. Ging Ihre Bekanntschaft nicht doch ein wenig tiefer?"

Fritz zuckte die Schultern. „Wie es halt so zugeht beim Karteln! Man spielt miteinander, trinkt ein paar Halbe, redet, gerät sich mit seinem Partner in die Haare, zählt seine Verluste, am Ende geht jeder heim." Wolfgang Fritz' Gesicht blieb ausdruckslos.

„Wie wir erfahren haben, soll der Streit gelegentlich heftig gewesen sein. Das kommt doch beim Karteln eher selten vor, oder?"

„Ach, hat Susi wieder mal lange Ohren gemacht?" Fritz schüttelte ärgerlich den Kopf. „Die soll sich lieber um ihre Arbeit kümmern, als Gäste zu belauschen! Alles kriegt sie dann doch nicht mit, reimt sich den Rest zusammen – und schon wird ein 'heftiger' Streit daraus. Nein, nein, bei uns ging es normal zu."

Na ja, dachte Wanner, wir kriegen schon noch heraus wie normal das zuging. Er wandte sich wieder an den Bibliothekar. „Kennen Sie das 'Palast Hotel Bärenkopf'. Wissen Sie etwas über dessen Eigentumsverhältnisse?"

Fritz sah ihn verwundert an. Dann schüttelte er den Kopf. „Wir haben so viele Hotels im Kleinwalsertal, dass man nicht über jedes Bescheid wissen kann. So viel ich mal gehört habe, gehört das Palast mehreren Eigentümern..." Er brach ab.

„Wo genau liegt das Hotel?"

„Am Südrand von Mittelberg mit Blick auf den Bärenkopf, daher auch der Name." Wanner und Berger sahen sich an. Dann verabschiedeten sie sich von einem nachdenklichen Wolfgang Fritz. War das schon alles, was die wissen wollten?

Als sie aus der Haustür wieder in den Regen traten, meinte Berger: „I weiß ned, irgendwie scheint mir der Fritz mehr zu wissen, als er uns jetzt zweimal verraten hat. I hab so das Gfühl, wie wenn wir noch ein drittes Mal mit ihm reden müssten. Warum hast ihn so schnell wieder verlassen?"

Wanner tat so, als ob er die Frage nicht gehört hätte und beeilte sich, zum Wagen zu kommen. So geht es mir auch, der Flori ist ein guter Beobachter, dachte er. Jetzt schauen wir aber mal, was der Erd zu sagen hat.

Sie fuhren an den westlichen Ortsrand, wo das Baugeschäft von Bastian Erd lag. Die zwei Hauptgebäude waren höhenversetzt, von der Straße aus fiel der Hang steil zur Breitach hinab. Der Hofraum erschien deshalb auch relativ klein, ein paar Maschinen standen darin, ein LKW wurde gerade mit Baustoffen beladen. Unterhalb des Wohnhauses wuchsen ein paar hohe Birken, Staketen zäunten das Haus ein. Auf einer Seite grenzte ein alter Fichtenbestand bis fast ans Haus. Das Anwesen vermittelte einen Hauch von Unheimlichem, wozu die wie dunkle Mäuler offen stehenden Tore der Maschinenräume ihren Teil beitrugen.

Berger wandte sich an einen der Bauarbeiter beim LKW und fragte nach dem Chef. Der sei im Büro, eine entsprechende Kopfbewegung zeigte an, wo es zu finden war.

Sie gingen dorthin und Berger klopfte an die Bohlentür. Nach einer undeutlichen Antwort traten sie ein. Bastian Erd, ein Mittevierziger mit vollem Haar, saß hinter seinem Schreibtisch und sah ihnen entgegen. Dann erhob er sich, wobei seine massige Gestalt sichtbar wurde, und kam ihnen entgegen. „Ah, die Polizei ist schon da! Auch mal wieder unterwegs? Was gibt's denn noch? Sie haben mich doch schon verhört?"

Ohne den beiden Kriminalbeamten einen Platz anzubieten, baute er sich vor ihnen auf. Wanner hasste es, wenn er zu jemand aufsehen musste, dieses Mal ließ es sich nicht vermeiden. Erd, bist du ein Taktiker oder bloß unhöflich?, dachte er missmutig. Dann winkte ihm Berger, direkt zu antworten und trat einen Schritt näher ans Fenster, durch das er einen Blick nach draußen warf.

Wanner zog sein Notizbuch heraus und sagte: „Wir hätten da schon noch ein paar Fragen an Sie. Aber ich kann im Stehen schlecht schreiben, haben Sie was dagegen", er setzte sich in einen Besucherstuhl, „wenn ich mich setze?"

Flori tat es ihm nach, so blieb Erd wohl oder übel nichts anderes übrig, als wieder hinter den Schreibtisch zu gehen, wo er sich schwer in seinen Sessel fallen ließ.

„Was möchten Sie wissen? Ich hab heute nicht viel Zeit... noch Termine, wir sind mitten in der Bausaison." Er wirkte ärgerlich.

Wanner fragte: „Wie gut kannten Sie Marco Müller? Waren Sie mit ihm befreundet? Schließlich spielten Sie ja öfters Karten zusammen."

„Man muss doch nicht befreundet sein, wenn man zusammen Karten spielt. Eigentlich kann man das auch mit jedem Fremden."

„Na ja, eigentlich. Aber Sie hatten öfters eine heiße Diskussion beim Kartenspielen und da ging es durchaus nicht immer ums Karteln."

Erd starrte ihn an. Plötzlich wandte er sich an Berger und fragte: „Wieso kann mich eigentlich ein deutscher Kriminalbeamter verhören? Sind wir nicht auf österreichischem Staatsgebiet?"

Florian sah von einem zum anderen, dann antwortete er, durch die Frage überrascht:

„Unsre Länder haben ein Abkommen troffen, seit dem des möglich isch. I bin als österreichischer Polizist dabei und führ quasi die Aufsicht. Herr Wanner isch für die Befragung autorisiert wordn, außerdem verhört er Sie ned, sondern stellt nur Fragen."

Erd knurrte etwas, dann sagte er zu Wanner gewandt: „Ich hab den Marco Müller gekannt, wie man sich hier im Tal halt so kennt, nicht besonders gut, nicht besonders schlecht. Außerhalb vom Kartenspielen haben wir nichts miteinander zu tun gehabt."

Paul Wanner hatte schon einmal das 'wie man sich im Tal halt so kennt' von anderer Seite gehört. Die Frage an Berger war der Anfang einer Unsicherheit Erds, die nichtssagende Antwort eben der zweite Teil. Hm, hm, interessant, dachte er und machte sich einige Notizen, wenigstens tat er so. Wenn das so ist, können wir auf dieser Schiene weiterfahren und versuchen, die Unsicherheit zu vergrößern. Vielleicht kommt was raus dabei. Er sah vom Notizbuch auf und wieder Erd an. „Worum ging es denn, wenn Sie sich stritten?"

Erds Augen begannen zu funkeln. „Wir haben politisiert, über die Arbeitslosen gesprochen, die Wirtschaftslage durchgekaut – alles Themen, bei denen man schon mal laut werden kann."

Wanner wechselte abrupt das Thema. „Kennen Sie das 'Palast Hotel Bärenkopf' in Mittelberg?"

Täuschte er sich, oder hatte Erd eben die Luft angehalten?

Der sah plötzlich zum Fenster hinaus, griff nach einem Lineal auf seiner Tischplatte und legte es unnötigerweise auf die andere Seite. „Warum, was ist mit dem?"

„Herr Erd, *ich* habe Ihnen eine Frage gestellt! Also kennen Sie es?"

„Natürlich kenne ich das, bin ja Bauunternehmer..."

„Haben Sie es gebaut oder daran gebaut?" Wanner fragte fast unbeteiligt.

Bastian Erd hob seine mächtigen Schultern in die Höhe, dann sagte er langsam:

„Was hat das alles mit dem Mord an Marco Müller zu tun? Ja, ich habe einige Aufträge an diesem Hotel erledigt, gebaut wurde es aber schon vor 50 Jahren."

„Dann müssten Sie ja auch den Eigentümer kennen?"

„Es sind mehrere daran beteiligt. Soviel ich weiß", er zögerte etwas, „auch Marco Müller."

„Und Marcel Heidebaum auch?", fragte Wanner wie nebenbei.

Bastian Erd wirkte verwirrt. „Der hat doch eine Anlagenberatung, so viel ich weiß ..."

„Das ist wieder keine Antwort auf meine Frage. Schließlich kann man deswegen auch an einem Hotel beteiligt sein..."

„Fragen Sie den Heidebaum doch selbst, der weiß es am besten!"

Darauf kannst du Gift nehmen, dachte Wanner, aber es ist doch interessant, wie die Befragten auf meine harmlos erscheinenden Fragen reagieren.

In der Zwischenzeit hatte Florian Berger seinen Blick durch das Büro schweifen lassen. In der hinteren Ecke war ein Schrank mit einem soliden Vorhängeschloss zu sehen. Darüber hingen Jagdtrophäen, von Rehböcken hauptsächlich, ferner ein Hirschgeweih, Sechsender, und einige Gamskruken. So wie es aussah, war Erd Jäger und hinter dem Vorhängeschloss waren seine Waffen zu vermuten. Neben der

Eingangstür, gleich hinter Berger, stand ein Sideboard, auf dem allerlei Zeitungen und Zeitschriften herumlagen. Florian sah darauf einen Zeitungsausschnitt liegen, dessen große Überschrift ins Auge fiel. *„Preisrätsel – Hunderte bereits ausgeschieden."* Da er von Wanner wusste, dass das Rätsel eine Rolle bei dem Mord zu spielen schien, stand er auf und nahm den Ausschnitt an sich.

Er wandte sich an Erd: „Machen Sie au bei dem Rätsel mit?" Dabei wies er auf die Überschrift.

Die Reaktion auf diese harmlose Frage verwirrte die beiden Kriminalbeamten. Erd war aufgesprungen und sagte hastig: „Ist das vielleicht verboten? Wer hat Ihnen erlaubt, in meinen Papieren zu wühlen? Und jetzt muss ich Sie bitten zu gehen, ich muss weg!"

Damit baute er sich so nah vor Wanner auf, dass dieser kaum aufstehen konnte. Der Hauptkommissar quetschte sich an Erd vorbei, richtete sich auf – und sah das Bild einer Frau in der Fensternische stehen, das vorher verdeckt war. Die hübsche Frau saß auf einem Grünstreifen neben einem Holzstoß und lachte in die Kamera. Moment mal, kannte er die nicht? Bastian Erd, der seinem Blick gefolgt war, trat schnell zwischen Wanner und das Bild.

„Also bitte, mir pressiert's wirklich. Auf Wiedersehen!"

Als Wanner in Floris Wagen einstieg fiel es ihm ein: diese Frau sah der Carola Fritz ähnlich. Jawohl, genau! Bei der Rückfahrt fragte er Berger danach.

„Möglich wärs scho, so viel i weiß, hat die Carola Fritz a Schwester." Berger lenkte den Wagen wieder auf die Hauptstraße.

Dort fuhr er in eine Bushaltebucht und rief seine Dienststelle an.

„Hier Flori, gib mir mal den Hubert... Ja Hubert? Du i hab a Frag: hat die Carola Fritz a Schwester?... Ja? Wie heißt denn die... Katja Hillberg, ah, und wo wohnt die?... Irgendwo bei Oberstdorf? Kannscht mir mal glei die genaue Adresse ausfindig machen, i komm nachher vorbei. Danke, Ende!"

Er wandte sich an Wanner: "Du hast ja mitghört, der Hubert sucht mir die Adresse raus."

Dann erzählte er seinem deutschen Kollegen von seiner Beobachtung. „Der Erd muss Jäger sein, hast die Trophäen gsehn?"

Wanner nickte. „Und den Gewehrschrank!"

„Außerdem nimmt er scheint´s am Preisausschreiben teil. Komische Reaktion, wie i ihm den Ausschnitt zeigt hab."

Sie hielten am Parkplatz in Riezlern und Wanner wechselte in seinen Wagen.

„Ich fahr dir nach", rief er Flori zu, der nickte und verschwand Richtung Hirschegg.

Gruppeninspektor Hubert Bals gab ihm auf der Inspektion einen Zettel mit der Anschrift von Katja Hillberg, dann besprachen Wanner und Berger die weitere Vorgehensweise.

Der Hauptkommissar verließ das Kleinwalsertal gegen 15 Uhr. Hinter der neuen Sommerrodelbahn, die über die Straße führte und seiner Meinung nach noch einige optische Verbesserungen vertragen konnte, sah er plötzlich einen Wegweiser nach Kornau. Er blinkte, bremste scharf und bog gleichzeitig links ab, wobei hinter ihm ein Autofahrer wild zu hupen begann und ein entgegenkommender LKW ebenso blinkte. Scheiße, dachte er, genau so soll man's nicht machen. Gott sei Dank war nichts passiert. Hoffentlich hatte niemand seine Nummer aufgeschrieben, es fehlte noch, dass man einen Polizeibeamten bei einem solchen Manöver erwischte!

In Kornau fragte er sich zur Wohnung von Katja Hillberg durch und läutete dort.

Es schien niemand zu Hause zu sein, Wanner wandte sich ab, um zum Auto zurückzukehren. Dabei sah er, wie sich ein Vorhang im ersten Stock bewegte. Er läutete nochmals und ließ den Finger etwas länger auf dem Klingelknopf.

Die Sprechanlage neben ihm schnarrte und eine Frauenstimme fragte, wer er sei.

„Paul Wanner, Kripo Kempten. Ich möchte gerne mit Frau Hillberg sprechen!"

Nach einem Summton sprang die Haustür auf, Wanner trat in den Flur. Überrascht blieb er stehen. Der Flur war viel breiter als bei Häusern gleicher Bauart üblich und geschmackvoll eingerichtet. Ein Perserteppich lag auf dem braunen Fliesenboden. Bilder hingen an den Wänden, zwei große handgeschmiedete Leuchter teilten die linke Wand, auf der rechten Seite stand ein Bauernschrank mit der Zahl 1776 über der geschwungenen Türe. Aus dem ersten Stock führte eine breite Holztreppe, mit reich verzierten Stäben im Geländer, herab.

In der Frau, die leichtfüßig von oben kam, erkannte Wanner sogleich die vom Bild bei Bastian Erd wieder. Kein Zweifel, das war sie.

Er stellte sich nochmals vor und entschuldigte sich, dass er so unversehens bei ihr hereinplatzte, aber er käme gerade aus dem Walsertal und war spontan abgebogen, als er den Wegweiser nach Kornau sah. Wie spontan sagte er allerdings nicht.

„Ich ermittle in dem Mordfall Marco Müller, vielleicht haben Sie davon ja in der Zeitung gelesen..." Wanner pflegte bei Befragungen seine Gegenüber immer sehr genau zu beobachten. So sah er die plötzliche Röte im Gesicht von Katja Hillberg sofort und registrierte sie in seinem Gedächtnis.

„Bitte... nehmen wir doch Platz", sagte Katja und wies auf eine Sitzbank unter einem der Leuchter.

„Frau Hillberg, würden Sie mir ein paar Fragen beantworten, die sich im Verlauf des heutigen Tages ergeben haben?... Ja? Danke!" Wanner nahm auf der Bank neben Katja Hillberg Platz und wandte ihr sein Gesicht zu. Blöde Position, dachte er, normalerweise sollte man sich gegenüber sitzen.

„Also, ich darf Sie gleich direkt fragen: Kennen Sie einen Bastian Erd aus Riezlern?"

Katja wich seinem Blick aus. Wanner konnte ihr Gesicht nur noch im Profil sehen. Wirklich blöde

Position, dachte er ärgerlich und wartete auf eine Antwort.

„Ja... er hat ein Baugeschäft am Ortsrand, nicht wahr?"

Wischi, waschi! Wanner musste offensichtlich detaillierter fragen. „Ich meine, kennen oder kannten Sie ihn... persönlich näher?"

Katja starrte ein Bild an der gegenüberliegenden Wand an. Es zeigte den Widderstein, wie Wanner sogleich sah, als er ihrem Blick folgte. „Das ist eine sehr private Angelegenheit... muss ich darauf antworten?"

„Ich bitte Sie darum. Es geht um Mord, da sind vor allem die privaten Angelegenheiten besonders interessant", betonte der Hauptkommissar.

Katja Hillberg stand auf. Gute Figur und ein hübsches Gesicht, stellte Wanner fest.

„Wir waren einmal sehr eng – befreundet", sagte sie und sah ihren Gast an.

„Sie müssen wissen, Bastian hat eine zarte Seele unter einer rauen Schale, aber man konnte sich gut mit ihm über alles Mögliche unterhalten. Manchmal hat aber seine Schale die Oberhand behalten, dann war er unausstehlich. Außerdem war er ein guter Skifahrer..."

„Sie sprechen in der Vergangenheit! Hat die... Freundschaft aufgehört?"

Katja wurde rot. „Ich hab einen anderen Mann kennen gelernt, der sich heftig in mich verliebt hat. Na ja, und weil ich zu dem Zeitpunkt gerade eine Krise mit Bastian hatte – das gab es auch – und..., na ja,... wie es halt so kommt."

„Ah, Sie haben Bastian verlassen und sich einem anderen zugewandt? Was hat denn Bastian dazu gesagt?" Wanner war ebenfalls aufgestanden und sah sich die Bilder an. Er fand, wenn er in diesem Falle seine Gesprächspartnerin nicht direkt ansah, war es für sie einfacher zu sprechen.

„Bastian hat getobt und ist sogar auf...", sie unterbrach sich und sah Wanner fast erschrocken an. Der versuchte in Gedanken ihren Satz zu vollenden. In diesem Zusammenhang konnte es nur heißen: „...losgegangen."

„Wer war Ihr neuer Freund?", fragte er dann und studierte ein Ölgemälde vom Breitachtal.

Katja Hillberg zögerte. „Jetzt ist es eh egal. Es war – Marco Müller."

Wanner fuhr herum. Überrascht sah er die Frau an. „Marco Müller?"

Sie nickte, Tränen liefen über ihre Wangen, sie wandte sich hastig ab.

„Wer wusste von diesem Verhältnis? Entschuldigen Sie, dass ich noch weiter frage, aber hier zeigt sich eine Spur."

Katja hatte sich das Gesicht trocken gewischt. „Eine Spur? Sie meinen doch nicht etwa..."

Wanner unterbrach sie. „Bitte: Wer hat noch von Ihrem Verhältnis gewusst? Frau Müller?"

„Ja, Christina hat es erfahren." Sie sprach leise.

„Und vorhin wollten Sie sagen: Und ist sogar auf Marco Müller losgegangen? War es nicht so?"

Katja Hillberg nickte. Dann berichtete sie, dass Bastian Erd, nachdem er von ihrem Verhältnis mit Marco erfahren hatte, diesen zur Rede gestellt habe und dann mit den Fäusten auf ihn losgegangen sei, wobei sich am Ende beide Kontrahenten blutige Schrammen geholt hatten, denn Marco zahlte mit gleicher Münze zurück. Sie sei zufällig Zeugin dieser Auseinandersetzung geworden und habe gehört, wie Erd Marco Müller Rache geschworen habe.

„Hatten Sie seither wieder mal einen Kontakt mit Bastian Erd?"

Frau Hillberg schüttelte den Kopf. „Nein, ich hab mich dann geschämt, zu ihm zu gehen. Es ist jetzt vorbei."

Als sich Wanner von Katja Hillberg verabschieden wollte, fiel sein Blick auf das Kästchen, auf dem das Telefon stand. Er sah dort einen Briefumschlag liegen, konnte aber die Anschrift nicht lesen. Nur ein Wort erregte seine Aufmerksamkeit: Rätsel.

Er tat so, als ob er dem darüber hängenden Bild einer Gesamtansicht von Oberstdorf seine Aufmerksamkeit schenken wollte und trat näher. Als er nahe genug war, warf er schnell einen Blick nach unten.

Auf dem Briefumschlag stand: 'Rätsel Aufgabe 4'.

Aufgabe vier war aber noch gar nicht ausgegeben worden.

## 23

Am folgenden Tag rief Wanner sein Team zusammen und erzählte kurz von den Befragungen des vergangenen Tages. Als er geendet hatte, herrschte einen Augenblick Schweigen. Anton Haug unterbrach es als Erster.

„Auf Grund des Gehörten ergeben sich ja Motive und Verdächtigungen gleich bei mehreren Personen. Marco Müller hat also Schluss mit Carola Fritz gemacht und ein anderes Verhältnis angefangen. Motiv für Carola Fritz: Eifersucht. Außerdem ist sie im Schützenverein und war sogar Meisterin, kann also gut mit einem Gewehr umgehen. Nummer zwei: anonyme Anruferin bei uns beschuldigt Christina Müller ihren Mann umgebracht zu haben, Motiv: Eifersucht, Rache oder beides zusammen..." Er brach ab.

Wanner übernahm. „Wolfgang Fritz: Motiv Rache, Eifersucht. Bastian Erd: das Gleiche. Das sind bisher vier mögliche Täter, von denen wir wissen. Vielleicht gibt es ja noch weitere, die erst langsam herausapern."

Uli Hansen hob den Kopf. „Was tun die langsam?"

Ungerührt sagte Wanner: „Herausapern. A p e r n!"

"Aha... kommt in Niedersachsen nicht vor..."

Wanner grinste. „Gut möglich. Aber was sagt ihr denn, wenn im Frühjahr etwas aus dem Schnee hervortaut?"

Uli winkte ab. „Ach so, alles klar! Übrigens, diese Katja Hillberg scheint es besonders dick hinter den Ohren zu haben. Erstens hat auch sie ein Motiv, zweitens, lag bei ihr, wie du erzählt hast, dieser Briefumschlag mit der Aufschrift 'Rätsel 4. Aufgabe'. War das nun echt, ein Druckfehler oder sonst was? Wenn der Umschlag wirklich die vierte Aufgabe enthielt, du meine Güte, dann bleiben aber etliche Fragen offen!"

Eva mischte sich ein. „Meiner Meinung nach beweist der Umschlag zumindest einmal mehr, dass unser Fall mit dem Rätsel zusammenhängt. Es war auch bei Erd, glaube ich, kein Zufall, dass dort ein Ausschnitt auf der Kommode lag. Wir sollten weiter versuchen, über das Preisausschreiben an den oder die Täter heranzukommen. Mir gibt das natürlich ebenso zu denken, wie dem Anton. Wie käme Katja Hillberg vorab an die vierte Aufgabe? Die ist doch erst am...", sie schaute in ihre Unterlagen, „... 21. Juni fällig. Ganz merkwürdig! Was geht hier vor?"

Der Hauptkommissar hob seine Kaffeetasse und sah hinein. Es war nur noch ein kalter Rest darin. Er stellte sie wieder hin, kalter Kaffee war ihm ein Graus. Dann sah er sich nach einer Flasche Wasser um. Aber alle, die in Sichtweite standen, waren leer. Herrgott noch mal, wo waren die vollen?

Er wandte sich seufzend an seine Mitarbeiter. „Alex, was meinst du zu der ganzen Sache?"

Riedle saß, wie immer, schweigend in der Runde. „Also wenn's ein Zufall ist, dass Rätsel und Mord zusammen auftauchen, dann ist es ein großer. Ich könnte mir vorstellen, dass hier einer mit viel Geld Aufmerksamkeit erregen will. Etwas umständlich, zugegebenermaßen, aber..." Er verstummte wieder.

Sie diskutierten noch eine Weile, dann schickte Wanner seine Mannschaft wieder ins Nachbarbüro und ließ sich bei Gottlich melden. Er berichtete dem Polizeichef von den neuen Erkenntnissen und bat um Weitergabe an Staatsanwalt Riegert.

Der 21. Juni war sommerlich heiß und wolkenlos. Den ganzen Tag brannte die Sonne aufs Allgäu und füllte die Freibäder. Die Bergketten im Süden lagen verschwommen im Dunst. Auf den Wiesen fuhren die Bauern ihr Heu ein. Sie hatten das Wetter richtig beobachtet und das Gras vor zwei Tage gemäht. Wanner wurde durch mehrere volle Ladewägen auf seiner Fahrt nach Sonthofen gebremst, so dass Eva Lang auf ihre Uhr schaute.

Es war 16.40 Uhr als sie auf dem Parkplatz vor dem Stadion ankamen. Wanner hatte dieses Mal das Antwortkuvert selbst eingesteckt.

Fußballfans waren nicht zu sehen. Das Tor war verschlossen.

„Und jetzt?", fragte Eva und sah ratlos auf ihre Uhr. „Steht uns etwa ein langer Abend in Frack und Abendkleid bevor?"

Ihr Chef sah sich um. Am Zaun entlang, auf dem Weg davor, auf der Straße bummelten Leute, die offensichtlich nicht auf den Beginn des Fußballspieles warteten. Nervös und unauffällig blickten sie abwechselnd auf ihre Uhren, zum Eingangstor oder die Straße entlang.

Eva hatte den Fotoapparat dabei und machte ein paar Aufnahmen von Wanner, wobei sie im Hintergrund stets einige der Wartenden aufnahm.

„Bitte etwas freundlicher", rief sie Wanner zu und wechselte ihren Standort.

Wanner hatte Christina Müller unter den Leuten entdeckt. Unweit davon standen Bastian Erd und Carola Fritz. Und wenn ich jetzt noch Katja Hillberg entdecke ... Wanner sah möglichst unauffällig zu den Leuten auf der anderen Straßenseite. Aber dort war sie nicht zu sehen.

Von der Stadtpfarrkirche schlug es dreiviertel fünf. Ein Kombi bog zum Stadiontor ein und hielt. Die Fahrertür öffnete sich und – Holger Neumann stieg aus. Er öffnete die Heckklappe, holte eine große Kiste heraus und stellte sie neben sein Auto. Dann setzte er eine Schachtel darauf und wartete.

Zögernd ging einer der Leute auf ihn zu und fragte etwas. Neumann nickte, nahm einen Umschlag entgegen, sah hinein, griff in die Schachtel und gab dem Mann einen anderen zurück. Das war das Zeichen. Plötzlich kannten alle in der Umgebung nur noch ein Ziel: den Kombi von Holger Neumann.

„Zähl sie mal", bat Wanner Eva Lang.

Als Letzter ging er zu Holger Neumann, grüßte und reichte ihm seine Lösung. Neumann sah sie sich an, lächelte und gab ihm einen Umschlag zurück. Er hatte kein Wort gesprochen. Als Wanner sich verabschiedete, lächelte Neumann nur wieder und nickte ihm zu. Komischer Heiliger, dachte der Hauptkommissar, und kehrte zu Eva zurück, die im Wagen auf ihn wartete. Dieser Neumann! Trotz seines Lächelns hatte er einen seltsam starren Gesichtsausdruck. Vermutlich durfte er mit niemandem sprechen, um absolute Neutralität zu wahren. Ja, so musste es wohl sein. Wanner stieg ins Auto, wartete aber mit dem Wegfahren. Er blickte zu dem Kombi hinüber, der zwanzig Meter entfernt stand. Holger Neumann lehnte lässig an seinem Wagen und blickte ab und zu auf seine Uhr.

„Wie lange wird er denn noch warten?", fragte Eva.

„Eigentlich könnte er nach dem Letzten fahren, denn es stand ja ausdrücklich nur *eine* Uhrzeit in der Lösung. Ah – da kommt sie ja wieder", unterbrach er sich.

Und wie beim letzten Mal hastete eine Frau, von deren Gesicht kaum etwas zu sehen war, zu Neumann, überreichte ihm einen Umschlag, empfing einen anderen und kehrte zu der Seitenstraße zurück, aus der sie aufgetaucht war. Das Ganze hatte kaum drei Minuten gedauert. Es war, so vermutete Wanner, die gleiche Frau, wie in der Frühlingsstraße in Kempten. Eva hatte unauffällig zwei Aufnahmen gemacht.

„Es waren übrigens 32", meinte sie nebenbei.

„Immer noch gut, so einfach sind die Rätsel denn doch nicht", murmelte Wanner geistesabwesend. „Wer kann das bloß gewesen sein?"

„Ich hab mir die Autonummer von diesem Herrn Neumann gemerkt, ich frag mal nach, wem sie gehört."

Fünf Minuten später wussten sie, dass Herr Neumann einen Leihwagen fuhr, geliehen auf den Namen – Neumann. Zur gleichen Zeit verschwand der Kombi aus dem Stadionbereich. Wanner folgte ihm. Neumann fuhr Richtung Stadtmitte, schien aber die Verfolger bemerkt zu haben, denn er hielt plötzlich am Straßenrand an. Wanner fuhr langsam vorbei, dann hielt auch er. Er stieg aus und tat so, als ob er nach dem Hinterrad sehe. Das war ein Fehler. Urplötzlich gab Neumann Gas, wendete auf der Straße und verschwand in südlicher Richtung. Der Hauptkommissar fluchte, sprang hinters Steuerrad und wollte hinterher– aber er hatte nicht mit der Sonthofener Müllabfuhr gerechnet, die ihm plötzlich den Weg versperrte. Die Arbeiter entleerten gemütlich fünf Tonnen in ihren dickbäuchigen LKW. Zwar raste Wanner danach hinter Neumann her – aber er war nicht mehr zu sehen.

Mit schmalen Lippen fuhr Wanner zurück nach Kempten. Eva wusste, dass sie nun besser den Mund hielt, denn sie kannte die Mimik Wanners. Sie verhieß nichts Gutes.

Als sie bei Stein von der Schnellstraße abbogen, begann der Hauptkommissar unvermittelt zu sprechen. „Blöd gelaufen, aber es gibt ja wohl noch mehrere Möglichkeiten. Dieser Neumann – an wen erinnert er mich bloß? Der lächelt und lächelt und tut seinen Mund nicht auf. Irgendwas scheint nicht zu stimmen, warum wäre er sonst so gekonnt verschwunden? Es musste ihm sehr daran gelegen sein, dass ihm niemand folgt. Bei der ganzen Geschichte ist was faul, es fragt sich nur was. Und wo finden wir den Anfang des Knäuels?"

Eva Lang nickte bestätigend. „Richtig. Aber lass uns einfach so weitermachen wie bisher. Wir werden den Fadenanfang schon finden. Der Schlüssel dazu scheint mir im Kleinwalsertal zu liegen, wir brauchen also den Florian Berger zur Hilfe. Er ist ein recht brauchbarer Mitarbeiter." Ein feines Lächeln spielte um ihren Mund, als sie vorsichtig zu Wanner hinüberschielte. Doch der verzog diesmal keine Miene. Er knurrte Zustimmung und hielt an einer roten Ampel am Stadtrand von Kempten.

„Wir machen uns gleich an die vierte Aufgabe", sagte er, nachdem er den Wagen an der Polizeidirektion geparkt hatte.

Gespannt sah Eva, wie er in seinem Büro den Umschlag öffnete und zu lesen begann. Seine Miene verfinsterte sich, dann schüttelte er ärgerlich den Kopf und gab Eva das Blatt.

„So ein Mist! Was soll das denn nun wieder heißen?"

Eva nahm das Blatt und las:

*„Die vierte Aufgabe lautet:*

*hfifbnubhefsepqqfmbqptufm*
*xfooejftpoofefoxfojhtufotdibuufoxjsgu*
*avefsifyfjnxbttfstusbim*
*bvgefopsutdibvuojdiuovsfjofhvuf*
*wfshbohfoifjuifsbc*

*Das Lösungswort ergibt sich aus der Figur, nach der gefragt ist.*

*Dieses ist der vierte Streich,*
*für Könner folgt der fünfte gleich."*

„Also, da wird ja der Hund in der Pfanne verrückt!", rief Eva Lang und starrte auf das Rätsel. „Wie sollen wir das wieder knacken?"

„Vielleicht indem wir Frau Hillberg danach fragen", antwortete Wanner bissig. „Ich gäbe sonst was, wenn ich wüsste, was in dem Umschlag auf ihrer Kommode wirklich gewesen ist."

„Du hättest sie einfach fragen sollen."

„Nein. Da hätte ich einen Spatz aufgescheucht, wo wir einen Schwan bekommen können."

Eva Lang lachte. „Bist du heute romantisch veranlagt", rief sie. „Aber du kennst doch das Sprichwort: 'Lieber einen Spatz in der Hand, als einen Schwan auf dem Dach'."

„War das nicht eine Taube?", grinste Wanner.

„So genau sollte man alte Sprichwörter nicht nehmen". Eva starrte immer noch die neue Aufgabe an. So ein heilloses Durcheinander an Buchstaben – wo war der Anfang?

Wanner begann den Text zu studieren. Er probierte es zuerst waagrecht, dann senkrecht, dann diagonal, dann von hinten. Aber nichts wollte passen, es blieb ein Rätsel.

„Es wird also nach einer Figur gesucht", brummte er vor sich hin, „das ist aber auch schon alles, was man rauskriegt. Aber das steht ja auch deutlich darunter. Ich glaub, da haben wir eine harte Nuss vor uns. Mach dir mal 'ne Kopie und nimm sie abends mit heim, im Fernsehen kommt eh nix. Aber achte darauf, dass der Text nicht verloren geht. Ich werde mich mal mit Lisa unterhalten, die hat immer so gute Einfälle. Sonst schalten wir morgen unseren Oberboss ein – und noch den Staatsanwalt. Vielleicht steckt ja diesmal keine Rechenaufgabe drin."

Er grinste verschmitzt vor sich hin und gab Eva das Blatt.

Beide konnten zu diesem Zeitpunkt nicht wissen, welche Kreise dieses Rätsel noch ziehen würde.

## 24

Auf dem Heimweg dachte Wanner die ganze Zeit an das neue Rätsel. Wo steckte der Schlüssel dazu? Klar, die Anordnung der Buchstaben musste sinnvoll sein, sonst gäbe es ja keine Lösung. Er zermarterte sein Gehirn und wäre um ein Haar falsch abgebogen.

Beim Abendessen erzählte Wanner seiner Frau von der neuen Aufgabe. Sie wurde so neugierig, dass sie bald abräumte und den Tisch trocken wischte.

„Jetzt lass schon sehen!“, rief sie ungeduldig, als ihr Mann sich gemütlich hinsetzte. Er gab ihr das Blatt und beobachtete sie, während sie las. Als auch ihr Gesicht immer ratloser wurde, war er erleichtert. Das wäre ja peinlich gewesen, wenn sie gleich dahintergekommen wäre!

Sie versuchten an diesem Abend eine ganze Reihe von Tricks, aber keiner führte zur Auflösung.

Schließlich gähnte Lisa ungeniert vor sich hin und meinte: „Heut fällt mir nix mehr dazu ein! Der Hinweis mit der Figur nützt ja nur dem etwas, der den ganzen Text kennt, also brauchen wir uns damit nicht aufzuhalten. Interessant erscheint mir die Anordnung des Textes zu sein. Wäre es möglich, dass die Zeilen entweder eigene Sätze oder zumindest eine gewisse Abgrenzung gegeneinander darstellen?“

Wanner sah seine Frau verblüfft an. „Nicht schlecht! Wir wissen ja mittlerweile, dass diese Rätsel keine Interpunktion aufweisen, also könnten das durchaus ganze Sätze oder Satzteile sein. Immerhin, soweit wären wir schon mal.“ Er lächelte seine Frau an.

„Du brauchst mich nicht veräppeln! Ihr habt ja gar nix rausgebracht!“ Lisa sah mit einer gewissen Eifersucht auf das dienstliche Verhältnis ihres Mannes mit Eva Lang. Zugleich akzeptierte sie es, weil sie wusste, dass außer Dienst nichts dahinter steckte. Sie vertraute ihrem Mann und der hatte sie auch noch nie enttäuscht.

Am nächsten Vormittag ging Wanner zu Gottlich und berichtete ihm von den Schwierigkeiten mit Rätsel Nummer vier. Gottlich probierte sofort.

Als auch er nicht weiterkam, meinte er: „Ich kenne da einen Oberstleutnant in der Burg in Sonthofen, der hat einen Schwager beim BND und der wiederum soll jemand kennen, der sich mit Entschlüsselungen befasst. Vielleicht kann der uns weiterhelfen. Ich ruf mal an und gebe Ihnen dann Bescheid.“

Eine halbe Stunde später rief er Wanner an und bat um den Text. Der Bekannte des Schwagers wollte es probieren. Wanner brachte das Papier zu Gottlich hinauf und sagte beim Weggehen: „Bitte stempeln Sie noch „Vertraulich" drauf. Der Text sollte möglichst nicht weitergegeben werden."

In seinem Büro wartete die nächste Überraschung auf ihn. Riedle, der Personalrat war, machte ihn darauf aufmerksam, dass es nur noch wenige Tage bis zu Anton Haugs Dienstende waren und sie sollten sich ein Abschiedsgeschenk überlegen.

Wanner bat ihn um Vorschläge, er wolle sich dann anschließen, schließlich könne er sich auf Riedle verlassen. Ob dieses Lobes eilte Riedle mit rotem Kopf aus dem Büro und schloss die Zwischentüre hinter sich. Dann hörte ihn Wanner mit Eva reden, verstand aber nichts. Ein bisschen was von Menschenführung habe ich schließlich auf den vielen Kurse mitgekriegt, auf die ich geschickt wurde, dachte er, und neigte sich zufrieden lächelnd über seinen Schreibtisch.

Unter den Zetteln, die dort lagen, war das Untersuchungsergebnis der Patronenhülse, die er in den Sträuchern gefunden hatte. Das Kaliber stimmte mit der aufgefundenen Kugel überein, und diese konnte als zu der Patronenhülse passend identifiziert werden. Das war wieder ein Schritt weiter. Jetzt brauchte man nur noch das Gewehr zu finden, aus dem der Schuss abgegeben wurde. Er würde mal mit Florian Berger sprechen, es gab in Riezlern ein paar Gewehre, die man überprüfen sollte.

Aber wie konnte man eine Verbindung zu diesem kuriosen Preisausschreiben herstellen? Eine Menge Geld war zu gewinnen, wenn man als Letzter übrig blieb. Doch was passierte bis dahin noch? Er hatte ein ungutes Gefühl. So etwas, wie diese Rätsel, hatte er noch nie erlebt! Wer steckte da wirklich dahinter? Wanner überlegte. Die Schar der Teilnehmer war, wie nicht anders zu erwarten, ziemlich zusammengeschrumpft. Er ging davon aus, dass es nur einen Gewinner geben sollte und würde. Was aber, wenn es zwei oder drei schafften, alle Hürden zu nehmen? Er griff zum Telefon, rief den Notar in Immenstadt an und stellte ihm diese Frage. Er bekam zur Antwort, dass es nach dem Willen seines Mandanten nur einen Gewinner geben durfte. Wären es mehrere, die am Ende übrig blieben, so würde Genaueres in einem verschlossenen Kuvert bei ihm stehen.

Wanner legte nachdenklich auf. Wenn das so wäre, dass die Summe nicht geteilt werden durfte, dann kam es darauf an, dass möglichst wenige weiterkamen und zum Schluss nur noch einer oder eine die letzte Frage erhielt. Das bedeutete, dass es unter den bisher verbliebenen Teilnehmern Leute geben könnte, denen sehr an einer Reduzierung der Rätselrater liegen könnte. Um aber das Risiko so gering wie möglich zu halten, sollten möglichst viele Teilnehmer dem natürlichen Ausleseprozess über die Rätsel zum Opfer fallen, so dass man eventuell nur noch bei einem oder zwei nachhelfen musste. Die Gefahr schien im Moment also nicht akut. Erst bei den letzten zwei, drei Fragen würde vielleicht einer zuschlagen, um lästige Konkurrenz zu beseitigen. Falls es so war, wie Wanner sich das vorstellte. Der Notar war auf Anfrage nicht mit der gesamten Anzahl der Rätsel herausgerückt. Es bestand seiner Meinung nach keine Veranlassung, gegen den Willen seines Mandanten zu handeln, der ausdrücklich verboten hatte, sie zu verraten. Das machte die Sache schwieriger. Sie mussten deshalb am Ball bleiben, also weiter mitmachen! Auffallend war, dass die bisher im Mordfall Verdächtigten bei diesem Rätsel nicht nur dabei waren, sondern es sogar bis in die vierte Runde gebracht hatten, obwohl man es manchem von ihnen nicht unbedingt zutrauen konnte.

Riedle kam herein. „Du wirst doch sicher eine Rede halten wollen?"

Wanner schreckte hoch. „Eine Rede?... was... ach so, du meinst bei Antons Verabschiedung? Na ja, wenn's nicht der Gottlich macht... also ein paar Worte werde ich schon sagen."

„Wir hätten da einen Terminvorschlag: wie wär's mit dem 30. Juni, seinem letzten Tag? Außerdem ist das ein Freitag, da können wir danach auch gleich ins Wochenende marschieren. Sagen wir... 14 Uhr? Kaffee und Kuchen zahlen wir aus der Gemeinschaftskasse. Und nachdem du der Chef hier bist, könntest du doch vielleicht... eine Flasche Sekt spendieren? Oder zwei?"

Wanner lachte. „Klar, mach ich! Termin geht in Ordnung, wenn nix dazwischen kommt."

Alex Riedle zog hochbefriedigt ab.

Am späten Nachmittag kam ein Anruf von Gottlich.

Rätsel vier war geknackt, wenigstens was den Text anging. Wanner möge doch zu ihm kommen. Nach dieser geheimnisvollen Ankündigung war der Hauptkommissar wenige Minuten später in Gottlichs Büro.

„Es war für einen Profi offenbar nicht so schwer, hinter das Geheimnis zu kommen", fing Gottlich an und legte die Seite mit dem Text vor Wanner hin. „Herr Burger, der Spezialist beim BND, hat auch nur einen Satz als Antwort geschickt, da, lesen Sie mal."

Er schob Wanner ein Fax hin. Darauf stand nur:

'Zählen Sie einen Buchstaben zurück und Sie haben es.'

Verblüfft schaute Wanner den Satz an.

Es dauerte eine Weile, bis er begriffen hatte. Dann nahm er einen Bleistift von Gottlichs Schreibtisch und schrieb unter jeden Buchstaben den im Alphabet Vorausgehenden hin.

Und plötzlich stand da:

*g e h e a m t a g d e r d o p p e l*
*a p o s t e l w e n n d i e s o n n e*
*d e n w e n i g s t e n s c h a t t e n*
*w i r f t z u d e r h e x e i m w a s*
*s e r s t r a h l a u f d e n o r t*
*s c h a u t n i c h t n u r e i n e*
*g u t e v e r g a n g e n h e i t*
*h e r a b*

Wanner ergänzte die Zwischenräume und starrte auf das Ergebnis.

„Wie schon gehabt", rief er ärgerlich, „wenn du meinst, du hast die Lösung, ergibt die nur ein neues Rätsel. Jetzt können wir weiter raten! Aber wenigstens wissen wir, was der Haufen wirrer Buchstaben bedeutet. Eigentlich klug gemacht!", setzte er anerkennend dazu.

Der Polizeidirektor nickte. „Ich glaube, den Rest bringen wir zusammen heraus. Rufen Sie doch mal Frau Lang her."

Und während Wanner telefonierte, machte es sich Gottlich in seinem Sessel bequem.

Eva Lang war wenige Minuten später zur Stelle und nahm neben Wanner auf der kleinen Couch Platz. Er gab ihr die Lösung zu lesen und sie stellte erfreut fest:

„Prima gemacht! Da sieht man halt den Profi."

Dann begannen sie gemeinsam den Text zu durchleuchten. Den Tag der Doppelapostel hatten sie schnell gefunden, es war der 29. Juni, Peter und Paul.

„Die Sonne", so meinte Gottlich, „wirft um 12 Uhr den wenigsten Schatten, das ist doch einfach."

Wanner räusperte sich. „Mit Verlaub zu sagen: um 13 Uhr, wir haben nämlich Sommerzeit."

„Ach herrjeh, hab ich doch glatt übersehen", meinte Gottlich kleinlaut.

„Kein Problem. Aber wo ist eine Hexe im Wasserstrahl?"

„Richtig, das Lösungswort heißt Hexe, es war ja nach der Figur gefragt." Eva sah vor sich hin. „Aber in welchem Ort?"

„Wo gibt's im Allgäu einen Ort, in dem eine Hexe im Wasserstrahl sitzt?" Wanner überlegte. „Wasserstrahl könnte auch Brunnen bedeuten, einen Brunnen mit einem Wasserstrahl und einer Hexe."

Es klopfte und Frau Besserer, Gottlichs Sekretärin fragte, ob sie Kaffee bringen solle.

„Ja, bringen Sie uns mal drei Tassen", rief Gottlich und setzte einer Eingebung folgend dazu: „Wissen Sie zufällig in welchem Ort im Allgäu eine Hexe in einem Brunnen sitzt?"

„Na klar, in Sonthofen vor dem Rathaus", erwiderte Frau Besserer erstaunt.

Die drei sahen sich betroffen an.

„Ich glaube, ich muss ihr Gehalt erhöhen", rief Gottlich aus, „jetzt sehe ich erst, *wie* gut Sie wirklich sind!"

Anni Besserer, die nicht wusste wie ihr geschah und was das alles zu bedeuten hatte, reagierte schnell und erwiderte: „Bitte, ich habe überhaupt nichts dagegen!"

Als die drei ihren Kaffee hatten, meinte Wanner: „Der Hexenbrunnen gehört zu den Eggaspiel-Figuren am Rathaus. Dass ich da nicht selbst drauf gekommen bin! Und die 'nicht nur gute Vergangenheit' die herabblickt, kann nur die Burg sein! Volltreffer! Also wir wissen jetzt, dass wir die Lösung der vierten Aufgabe am 29. Juni um 13 Uhr zu dem Hexenbrunnen am Sonthofener Rathaus bringen sollen. Mal sehen, wie viele dann noch kommen!"

## 25

Tags darauf rief Wanner bei Florian Berger in Hirschegg an. Er hatte ihn das letzte Mal gebeten, die Alibis der bisher Verdächtigten zu überprüfen, was dieser mit Begeisterung ausführte. Endlich war was los im Tal! Aber heraus kam nicht viel. Christina Müller war zum Zeitpunkt der Tat zu Hause, so gab sie an. Allein und ohne Zeugen. Bastian Erd gab an, auf einer Baustelle gewesen zu sein. Zeuge möglicherweise ein LKW-Fahrer, der aber im Augenblick irgendwo auf den Seychellen Urlaub machte. Marcel Heidebaum war auf Kundenbesuch, Namen und Adresse des Kunden hatte er angegeben, Berger hatte das aber noch nicht nachgeprüft. Wolfgang Fritz hielt sich seinen Angaben zufolge in der Bücherei in Mittelberg auf. Zeugen, die ihn gesehen haben könnten, waren Gäste und längst wieder aus dem Tal abgereist. Also keine Zeugen. Eigentlich alles keine Alibis, bis vielleicht das von Heidebaum. Nachdem sie noch eine Weile über den Fall gesprochen und das Neueste an Erkenntnissen ausgetauscht hatten, beendeten sie das Gespräch.

Wanner stand auf, trat ans Fenster und öffnete es. Jetzt war er wieder so schlau, wie vorher. Letzten Endes konnte es jeder von ihnen gewesen sein. Er hatte Berger noch gebeten, im Hause Müller nach einem Gewehr suchen zu lassen und die Waffen von Bastian Erd ins Labor zu nehmen.

Er wusste nicht, woher ihm die Idee plötzlich gekommen war. Sie tauchte auf und saß fest. Wie war der Täter wohl zu seinem Standort auf dem Gundsattel gekommen? War er zu Fuß aufgestiegen oder hatte er die Kabinenbahn auf die Kanzelwand genommen? In einem Rucksack konnte ein Gewehr, dessen Lauf abnehmbar war, leicht verschwinden. Es blieb ein harmloser Bergwanderer mit der üblichen Ausrüstung. Zwar war das keine deutliche Spur, aber man musste jeder nachgehen.

Er griff noch einmal zum Telefon und bat Florian Berger, das Bahnpersonal zu befragen, ob es sich an jemand erinnern könnte, der irgendwie auffällig war. Viel versprach er sich nicht davon, schließlich fuhren an einem schönen Tag Hunderte von Wanderern auf die Kanzelwand. Wie sollte man sich da ein Gesicht oder eine Auffälligkeit merken? Berger glaubte das auch, versprach aber, das Personal zu befragen.

Obwohl der Tag trocken blieb, war es kein Sommertag wie der Kalender versprach. Graue Wolken jagten über Kempten und ein kühler Wind wehte durch die Straßen der Stadt. Der Juni konnte im Allgäu noch ziemlich kühl sein. Auf den höheren Bergen lagen noch Schneereste, die wohl erst im Juli verschwinden würden.

Eine innere Unruhe hielt den Hauptkommissar seit Tagen in Spannung. Er schob sie auf die laufenden Ermittlungen. Diese Spannung kannte er schon von anderen Fällen, sie hatte ihn stets bis zum Schluss verfolgt.

Plötzlich fiel ihm Anton Haug ein. Der Kollege, den es hier in der Direktion in wenigen Tagen nicht mehr geben würde. Nach so vielen Dienstjahren einfach seine Utensilien einpacken, sich verabschieden und weg sein. Wanner dachte mit einigem Unbehagen daran. Sicher, sie waren nicht gerade die besten Freunde gewesen. Aber sie hatten sich respektiert. Haug konnte nie ganz den Neid auf Wanner unterdrücken. Und immer noch meinte er, der hätte ihm den Posten im Ermittlungsteam weggeschnappt, obwohl das nicht so war. Aber als Polizist arbeitete er zuverlässig, genau und loyal. Irgendwie bedauerte Wanner das Ausscheiden Haugs. Er hatte sich an ihn gewöhnt, er war ein Teil seines Teams gewesen und die gelegentlichen Sticheleien gehörten dazu. Eigentlich schade, dachte Wanner, und setzte sich wieder an seinen Schreibtisch.

Riedle kam aus seinem Büro herüber. Sie besprachen den Ablauf der Verabschiedung, bei der Wanner nun doch die Abschiedsrede halten musste, nachdem eine Dienstbesprechung in München sowohl Gottlich als auch den Kripochef an einer Teilnahme hinderte.

Das Angebot des Personalrates, den Termin zu verlegen, lehnte Anton Haug ab. Am letzten Tag oder gar nicht, sagte er kurz. Eigentlich wolle er überhaupt keine Abschiedsfeier. Es war ihm deutlich anzumerken, dass ihm das Ende seiner Laufbahn als Kriminalbeamter zu schaffen machte.

Aber er sagte nichts dazu.

## 26

Mit Blaulicht und Martinshorn jagte der Sanka aus dem Kleinwalsertal nach Oberstdorf.

Ohne Rücksicht auf Kurven und Gegenverkehr lenkte der Fahrer seinen Wagen zum Krankenhaus. Mit quietschenden Reifen kam er vor dem Eingang für Liegendtransporte zum Stehen. Zwei Pfleger rannten mit einer fahrbaren Krankentrage herbei und nahmen die Person in Empfang, die aus der geöffneten Türe schnell, aber vorsichtig, herausgeschoben wurde. Der mitgefahrene Notarzt packte eine Infusionsflasche und hob sie hoch. Dann hasteten alle drei mit der verletzten Person in die Klinik.

Der Fahrer des Sanka atmete auf. „Mensch, das war knapp!", wandte er sich an seinen Helfer.

Der nickte. „Hoffentlich hat's noch gholfen, dass wir wie die Verrückten gfahrn sind!"

Dann stiegen beide ein und fuhren zu ihrer Station zurück.

In der Notaufnahme waren inzwischen zwei Ärzte fieberhaft bemüht, das Blut zu stillen, das aus einer tiefen Wunde im Oberkörper lief. Der völlig durchblutete Notverband war aufgeschnitten und abgenommen worden. Chirurg Dr. Schmalz beugte sich über die Wunde, dann verlangte er einige Instrumente und begann mit der Reinigung und Versorgung. Ab und zu huschte ein schneller Blick auf die Anzeigen von Blutdruck und Puls.

„Was ist ihr eigentlich passiert?" fragte er zwischendurch. Dann warf er einen Blick auf das Gesicht der Frau. Blässe überzog es, die Augen waren geschlossen, der Atem ging flach. Schläuche und Leitungen waren inzwischen angelegt worden.

Der Notarzt packte seine Sachen und verabschiedete sich. An der Tür drehte er sich noch einmal um.

„Es soll sich um einen Mordanschlag handeln, mehr weiß ich auch nicht!"

Der Chirurg nickte. Da hatte jemand ein Messer quer über die Brust dieser Frau gezogen, scheußlich. Hoffentlich erwischten sie den Täter! Mit geübten Griffen nähte er die Ränder der Wunde zusammen, wobei ihm die OP Schwester assistierte. Der Anästhesist las die Werte auf dem Monitor ab und sagte leise: „Blutdruck stabilisiert sich, Puls bleibt bei 45!"

Dr. Schmalz atmete auf. So wie es aussah, kam die Patientin über den Berg. Den Rest mussten die Zeit und eine gute Behandlung bringen.

„Wie heißt sie denn eigentlich?", fragte er.

Die Schwester reichte ihm einen Zettel. „Den haben mir vorhin die Sanitäter gegeben. Sie wohnt in Riezlern und heißt Christina Müller."

# 27

Paul Wanner erfuhr vom Anschlag auf Christina Müller umgehend von Berger. Da sie ihn mit dem Mord an Marco Müller in Verbindung brachten, bat Berger, bei der Aufklärung behilflich zu sein, er habe das mit seinem Vorgesetzten schon so abgesprochen. Wanner sagte zu. Vielleicht kam man ja dadurch mit den Ermittlungen weiter.

Sie trafen sich tags darauf in der Klinik in Oberstdorf. Die Ärzte wollten sie nicht zu Christina Müller vorlassen, die auf der Intensivstation lag. Die Patientin sei zwar bei Bewusstsein, aber noch viel zu schwach um Fragen zu beantworten. Auch die erhofften fünf Minuten wollte der Arzt nicht genehmigen. Er bat noch um einen Tag Geduld.

„Kascht nix machen", wandte sich Berger an Wanner. „Die Gsundheit geht vor."

Der Hauptkommissar nickte. „Schade, wir verlieren einen Tag. Aber wir können uns mal über das bisher Bekannte dieses feigen Anschlags unterhalten. Erzähl mal, was habt ihr rausgefunden?"

Sie suchten sich eine stille Ecke und setzten sich in Besucherstühle.

„Also, mir send geschtern gegen 14 Uhr angrufen worden, dass neben deam Weg zwischen Breitachbruck und Parsennlift a verletzte Frau liegt. Dann hat die Anruferin aufghängt ..."

„Es war eine Frau, die angerufen hat? Hat sie ihren Namen gesagt?"

„Naa. Alles anonym. Trotzdem send mir glei hingfahrn und hend die Verletzte gsucht. Tatsächlich wars kei blöder Scherz, wie manchmal bei anonyme Anruf. Mir hend die Frau hinter am Gebüsch gfunden, alls war blutverschmiert, sie hat si au nimmer grührt. Mei Kollege hat glei den Notarzt alarmiert, i hab erschte Hilfe gleistet, soweit des möglich war. Der Arzt isch mit dem Sanka kommen und sie hend Christina Müller dann hierher gfahren. Soviel i weiß, hat sie mit keim sprechen können."

„Hat man bei der Verletzten irgendwas gefunden? Eine Tasche oder so?"

Berger schüttelte den Kopf. „Wie mir zwei hinkommen send, isch nix am Boden glegen."

Wanner sah sinnend vor sich hin. „Komisch, gell? Zuerst wird ihr Mann ermordet, jetzt beinahe sie selbst. Wer steckt dahinter? Dass der Anschlag Zufall ist, glaube ich eher weniger. Wer aber macht so was mit einem Messer? Wenn ich's genau überlege, glaube ich nicht, dass man Christina Müller ermorden wollte, sonst hätte der Täter zugestochen statt geschnitten. Also könnte es eine Warnung gewesen sein. Aber weshalb wollte jemand Christina Müller abhalten etwas zu tun – oder zu sagen? Ich glaub auch nicht, dass man sie sexuell belästigen wollte. Und was hat sie auf diesem abseitigen Weg gemacht? Ich denk, wir haben morgen eine Reihe von Fragen an sie. Hoffentlich ist sie gesundheitlich in der Lage uns zu antworten. Denn eigentlich müsste sie den Täter oder die Täterin gesehen haben, da sie von vorne angegriffen wurde."

Florian Berger sah ihn zweifelnd an. „Des kann au vo rückwärts gangen sein. Jemand hat über ihr rechte Schulter glangt und des Messer in der Faust diagonal vo der linken Seite unten nach rechts oben zogen. Mir wirds übl, wenn i bloß dran denk. So ein Saukerl!"

„Hm", sagte Wanner nachdenklich.

Dann holte er einen Kugelschreiber aus dem Sakko und bat Florian, sich mit dem Rücken zu ihm hinzustellen. Wanner nahm den Kugelschreiber, langte Florian über die rechte Schulter und machte von der linken Seite, so weit er abwärts langen konnte, nach rechts oben einen gedachten Strich. Erst der Protestschrei seines österreichischen Kollegen brachte ihn darauf, dass er vergessen hatte, die Mine einzuziehen. Jetzt hatte Berger einen blauen Strich quer über seine Uniform laufen.

Wanner entschuldigte sich, meinte aber grinsend: „Das ist doch der beste Beweis, dass du Recht haben könntest. Quod erat demonstrandum."

Florian sah missbilligend auf seine durchstrichene Uniform. „Vorgeschtern aus der Reinigung gholt und heut scho wieder reif dafür. Also, weisch!"

Paul Wanner klopfte ihm auf den Rücken und sagte versöhnlich: „Lass sie wieder reinigen und gib mir die Rechnung! Ich versuch's bei meinen Spesen abzurechnen. Ist ja schließlich eine österreichische Uniform, die ich verschmiert habe. Da wird man bei den Reisekosten ein Auge zudrücken."

Berger murmelte einen leichten Protest, aber Wanner bestand darauf, die Kosten der Reinigung zu übernehmen.

Berger wandte seine Aufmerksamkeit einer Anschlagtafel zu und studierte die Ankündigungen.

Der Hauptkommissar sah eine ältere Frau suchend über den Gang kommen. Einer Eingebung folgend fragte er sie: „Wen suchen Sie denn?"

Die Frau blieb stehen und sah ihn erstaunt an. Dann sagte sie leicht verwirrt: „Mei Nichte. Aber woher wisset Sie des?"

Sobald Florian Berger ihre Stimme gehört hatte drehte er sich um.

„Jessas, des isch do die Tante Marlies? Was machsch du denn da?" Er trat auf sie zu und schüttelte ihre Hand. Dann sagte er zu Wanner gewandt: „Des isch die Tante Marlies, so nennen sie alle im Tal, obwohl eigetlich nur die Christina Müller wirklich des Recht dazu hätt. Willst sie bsuchen kommen?"

Tante Marlies nickte erfreut. „Ja freili. Die arme Föhl *(junge Frau)*, wer ka bloß so was machn?"

Wanner stellte sich vor, dann meinte er: „Ich weiß, wo Ihre Nichte liegt, nämlich auf der Intensivstation. Aber da dürfen Sie jetzt nicht rein, erst morgen! Wir haben's auch schon probiert."

Tante Marlies war enttäuscht. „Mei, jetzt bin i exschtra mitm Bus hergfahrn! Wie geht's denn der Christina?"

Florian antwortete: „Am beschten, du fragst an Arzt. Aber i glaub scho, dass es wieder aufwärts geht." Er wollte der alten Frau eine Freude machen.

Wanner bot Tante Marlies Platz bei ihnen an. Dann fragte er geschickt einige Dinge aus ihr heraus, wie denn die Christina so sei, ob sie sich öfters sahen und schließlich erzählte Tante Marlies vom letzten Besuch ihrer Nichte. Und dass man ihr vorgeworfen hat, ihren Mann umgebracht zu haben. Eine Frau sei am Telefon gewesen. Bis in die Einzelheiten plauderte die alte Frau alles über diesen Besuch aus, froh, endlich wieder Zuhörer zu haben, noch dazu so nette, die so aufmerksam waren. Das gab's selten, die meisten wandten sich bald mit einem „ja, ja, ja" von Tante Marlies Erzählungen ab.

„Mei, und grad auf dem Weg zu mir muss sie überfalln werden. Sie hat mi nämlich angrufen und gsagt, dass sie wieder vorbeikommen möcht."

„Hat sie gesagt, warum sie kommen wollte?"

„Nei, hat sie ned. Vielleicht wollt sie nur eifach a bitzle reden."

Sie zog eine Bügelverschlussflasche aus ihrer großen Tasche und sagte: „Selber gmachter Himbeersirup, aus wilde Himbeern, den mag die Christina so gern! Wo i den wohl für se abgeba ka?"

Wanner fragte eine vorbeikommende Schwester. Die sagte freundlich: „Ich nimm sie und gib sie morgen der Frau Müller, da wird sie in ein normales Krankenzimmer verlegt!"

Tante Marlies bedankte sich. Auf einmal sagte sie: „Wie spät isch es eigentli? Vielleicht erwisch i no den frühern Bus."

Berger sagte ihr die Zeit und die alte Frau verabschiedete sich hastig.

„Den kriag i no!" Sie trippelte dem Ausgang zu, winkte zurück und verschwand.

„Nette Frau", sagte Wanner.

„Ja, sie isch im ganzen Tal beliebt. Hilft jedem, der was braucht, kennt si mit Heilkräutern und Säften aus und weiß au viel vo früher."

„Vielleicht können wir ihr Wissen noch mal brauchen."

Wanner ahnte nicht, wie bald sich das bewahrheiten würde.

Nachdem er sich von Berger verabschiedet hatte, fuhr er nach Kempten zurück. Auf der ganzen Fahrt versuchte er Ordnung in das Gehörte zu bringen. Marco Müller konnte von einigen der bisher bekannten Personen ermordet worden sein, darunter auch von seiner Frau. Aber nach dem Gespräch mit Tante Marlies wollte er daran nicht mehr glauben. Christina Müller erschien vor seinem geistigen Auge als eine warmherzige Frau. Zwar war sie hintergangen worden, er traute ihr aber als Revanche keinen Mord zu. Dabei war er sich bewusst, dass er als Polizist ausschließlich nach den Tatsachen urteilen musste. Aus den Worten der alten Frau hatte er mehr herausgehört, als zu vermuten war. Das Puzzle Christina Müller nahm Form an und da war kein Platz für eine hinterhältige Mörderin. Zu blöd, dass die Alibis der anderen zu keinen Ergebnissen geführt hatten. Dort mussten sie noch einmal ansetzen. Es galt nachzuweisen, dass der eine oder andere eben doch nicht an *dem* Ort zur Tatzeit war, den er angegeben hatte.

Dann fiel Wanner das Rätsel ein. Christina machte ja mit, war also eine potenzielle Konkurrentin für andere. War da das Motiv für den Überfall zu suchen? Er erinnerte sich wieder an den Umschlag mit der vierten Aufgabe, den er bei Katja Hillberg gesehen hatte. Christina und Katja kannten sich. Gab es eine Verbindung zwischen ihnen? Eine Frau hatte angerufen, anonym, und der Polizei von der Verletzten erzählt. War es die Täterin selbst? Oder eine zufällige Passantin, die nicht in die Angelegenheit verwickelt werden wollte? Das gab es ja öfters. Die Polizisten von Hirschegg hatten den ganzen Platz sorgfältig abgesucht, aber nichts gefunden. Vielleicht hätte man ein paar gelernte Spurensicherer zu Hilfe schicken sollen, dachte Wanner, die finden oft noch was, wo andere dreimal drüber gelaufen waren. Aber mittlerweile war es zu spät, alle Spuren waren sicher verwischt.

# 28

In den folgenden Tagen kamen sie mit ihren Ermittlungen nicht recht weiter. Die Befragung Christina Müllers brachte nichts, was ihnen wirklich geholfen hätte. Sie sei von hinten überfallen worden, habe einen furchtbaren Schmerz auf der Brust gespürt und sei dann bewusstlos geworden. Vom Täter habe sie nichts wahrgenommen. Außer einen merkwürdigen Duft.

Das war alles, und das war wenig genug.

Das Monatsende kam näher. Am 29. mussten sie die Rätsellösung abgeben, am 30. Anton Haug verabschieden. Wanner und Eva Lang hatten nochmals alles durchdacht, die Lösung schien zu stimmen. Wer würde am 29. noch übrig sein? Je weniger es waren, umso mehr verengte sich der Kreis der Verdächtigen – falls alles so lief, wie Wanner vermutete.

Am 27. Juni war Siebenschläfer. Natürlich regnete es bis Mittag ohne Unterlass, dann klarte es wenigstens so weit auf, dass noch ein paar Sonnenstrahlen zu sehen waren. Jetzt kamen wohl sieben Wochen Regen, mit einigen Unterbrechungen. Da wird es mir wieder ein paar Bergtouren vermasseln, dachte Wanner und seufzte. Aber anderen geht's schlechter als mir. Er musste an Steffi Fritz denken, dieses junge, hübsche Mädchen, das seine schönsten Jahre im Rollstuhl verbringen musste. Oder sogar alle. Auf der Medizin-Sonderseite der Zeitung hatte er den Artikel eines Professor Dr. Wohlgemut gelesen, der von einer amerikanischen Wunderoperation für Rollstuhlpatienten berichtet hatte. Bei 80 % der bisherigen Operationen hatte sich ein erstaunlicher Erfolg eingestellt, diese Patienten konnten mittlerweile wieder gehen. Aber die Operation kostete, wie in USA üblich, eine Unmenge Geld, es war von über 100 000 Dollar die Rede. Plus Nebenkosten. Plus ein dreimonatiger Aufenthalt in Seattle, wo die Operationen durchgeführt wurden. Und keine Krankenkasse übernahm diese Kosten. Unerschwinglich.

Wanner ließ seine Begegnung mit Steffi Fritz noch mal Revue passieren. Irgendetwas schien zwischen Mutter und Tochter gewesen zu sein, was ein Außenstehender in der kurzen Zeit nicht mitbekam. Es schien ihm so, als ob die eine von der anderen etwas wusste, es sich aber nicht anmerken lassen wollte. Ob er noch mal einen Versuch bei Steffi starten sollte, ohne Mutter?

Ungeduldig erwartete Wanner den Peter-und-Paul-Tag, seinen Namenstag! An dem fuhr er mit Eva nach Sonthofen und parkte in der Tiefgarage hinter dem Rathaus. Sie gingen zum Haupteingang. Von dort sahen sie die Brunnenfigur des Egga-Spiels. Unauffällig blickten sie sich um. Ein paar Leute schlenderten am Schaufenster der Gästeinformation entlang, einige saßen auf der Terrasse des Cafés nebenan, andere standen herum.

Eva machte ein paar Aufnahmen für ihre Sammlung, die sie schon einige Male durchgegangen waren, ohne eine Person identifizieren zu können. Ausgenommen die aus dem Kleinwalsertal.

Ein Eisverkäufer hatte seinen Stand vor dem Gästeamt aufgestellt und verkaufte Eistüten. Kinder umlagerten ihn und schleckten Eis. Ein Schäferhund saß angeleint neben der Eingangstür zum Rathaus und sah aufmerksam zu. Die Kellnerin vom Café kassierte an zwei Tischen bei einzelnen Herren. Die Szenerie machte einen unverfänglichen, aber irgendwie gespannten Eindruck.

Immer wieder flogen verstohlene Blicke zu der Egga-Hexe, die mit breitem Grinsen Arme und Beine ausstreckte. Ein Wasserstrahl traf sie, doch schien ihr das nichts auszumachen.

Helle Glockenschläge verkündeten 13 Uhr.

Der Eisverkäufer zog plötzlich seinen weißen Kittel aus und nahm die Mütze ab. Dann ging Holger Neumann langsam zur Hexe und sah sie sich an.

Ein Mann löste sich aus den Umstehenden und schlenderte auf ihn zu. Er sprach kurz mit ihm und zeigte ihm einen Zettel. Neumann warf einen Blick darauf, sah in eine Liste und steckte ihn ein. Dann gab er einen Umschlag zurück. Der Mann verschwand hastig in Richtung Tiefgarage. Das ganze hatte nur wenige Minuten gedauert.

Nach und nach kamen weitere Personen, das Zeremoniell wiederholte sich.

„Bin gespannt, ob sie kommt!“, murmelte Wanner vor sich hin.

„Da, da sind Heidebaum und Erd! Und da hinten kommt noch Katja Hillberg“, rief Eva mit unterdrückter Stimme. „Und... ist das nicht die Mutter von Steffi Fritz?“ Sie sah in die Richtung, aus der Carola Fritz aufgetaucht war.

„Bin gespannt, ob sie kommt“, wiederholte Wanner, ohne auf Eva einzugehen.

„Wer kommt?“, fragte diese und sah sich um.

„Die Dame mit Schleier aber ohne Gesicht. Auf keinem deiner Bilder hat man es sehen können.“

Eva Lang zuckte die Schultern. „Das kannst du mir nicht ankreiden! Sie hatte ihren Kopf so verpackt, dass man kaum etwas erkennen konnte...“

„Ja, ja“, lächelte Wanner, „war auch nicht ernst gemeint. Aber sieh an, sieh an...“
Er hielt inne.

Vom Eingang des Rathauses näherte sich eine Frau, das Gesicht mit einem Tuch fast verhüllt. Den Mantelkragen hatte sie hochgeschlagen. Nach Austausch der Umschläge verschwand sie wieder im Rathaus.

„Los jetzt, geh du mal und versuch den Neumann in ein Gespräch zu verwickeln. Achte darauf, wie er antwortet."

Wanner nahm den Fotoapparat und hielt ihn schussbereit, während Eva auf Neumann zuging. Unauffällig fotografierte Wanner die beiden, deren Gespräch sehr schnell zu Ende ging. Eva erhielt einen Umschlag und kam langsam zurück.

Neumann blickte auf seine Uhr.

Dann sah er sich nach allen Seiten um, blickte nochmals auf die Uhr und wartete noch zwei Minuten, wie Wanner feststellte. Aber es kam niemand mehr. Von den Bekannten fehlte Christina Müller, aber die lag ja in Oberstdorf im Krankenhaus.

Neumann zog eine Schachtel aus dem Eisstand und winkte einem jungen Mann, der sich von einem Stuhl auf der Caféterrasse erhob und zu ihm ging. Neumann gab ihm den weißen Kittel und die Mütze, dann wechselten ein paar Geldscheine den Besitzer. Während sich der junge Mann den Kittel überzog, die Mütze aufsetzte und nach dem Eis sah, verschwand Holger Neumann mit seiner Schachtel im Rathaus.

„Was machen die denn alle im Rathaus?" Eva Lang sah ihren Chef fragend an.

„Wir schauen gleich nach. Aber zuvor muss ich den Eisverkäufer noch was fragen."

Er ging zu ihm hinüber. „Darf ich Sie fragen, wer der Mann war, dem Sie ihren Eisstand überlassen haben?"

Der Eisverkäufer sah ihn erstaunt an. „Was geht Sie des an?"

Wanner zog seinen Ausweis hervor.

„Ach so, Polizei! Keine Ahnung, wer des war. Der hat mich heut am Vormittag angsprochen und gfragt, ob ich ihm für eine halbe Stunde oder so meinen Stand überlassen wollt. Es ging um eine Wette und er tät mich entsprechend zahln. Na ja, warum net so eine Einnahme mitnehmen. Is was net in Ordnung?"

Wanner winkte ab und bedankte sich, dann kehrte er zu Eva zurück. Er berichtete ihr kurz von dem Gespräch.

„Jetzt lass uns mal ins Rathaus gehen und schauen, wohin die Dame mit Schleier und der Neumann verschwunden sind."

Es dauerte nicht lang und sie wussten es. Am anderen Ende des Ganges führte eine Tür zur Ostseite des Gebäudes hinaus.

Keine zwanzig Schritte weiter sahen sie einen zweiten Eingang zur Tiefgarage.

Auf dem Rückweg nach Kempten zog Wanner den Umschlag heraus, den er von Eva erhalten hatte.

„Heut bin ich besonders neugierig", sagte er und riss ihn auf. Er entnahm die fünfte Aufgabe.

Während Eva die B 19 in nördliche Richtung fuhr, begann er zu lesen.

*„Die fünfte Aufgabe lautet:*

*Gehe am Unabhängigkeitstag Unseres*
*Schönen Allgäus zur Kapelle an der*
*nördlichen Ausfallstraße eines Ortes,*
*der auch durch fliegende Männer*
*bekannt ist. Lausche zwischen*
*13 und 14 Uhr der Musik, und nehme*
*die neue Aufgabe in Empfang.*
*Das Lösungswort ist der Ortsname.*

*Dieses war der fünfte Streich,*
*für Könner folgt der sechste gleich."*

Wanner las den Text laut vor.

Eva schüttelte den Kopf. Dann sagte sie erstaunt: „Die ganze Aufgabe fünf scheint darin zu bestehen, den Ort, das Datum und den Platz zu finden. Wie freundlich von dem Rätselgeber! Das ist trotzdem wieder eine harte Nuss!"

„Was hast du eigentlich mit dem Neumann sprechen können?", fragte Wanner, dem eingefallen war, dass er noch nicht danach gefragt hatte.

„Ach, eigentlich hab bloß ich gesprochen. Er hat nur freundlich gelächelt, den Kopf zweimal geschüttelt und als Einziges 'Wiedersehn' gesagt. Merkwürdiger Mensch. Und dieses komische Lächeln, als ob er es vor dem Spiegel einstudiert hätte."

„Na ja, immerhin hat er 'Wiedersehn' gesagt."

Bis Kempten studierten die beiden ohne Erfolg die neue Aufgabe.

„Welcher Unabhängigkeitstag des Allgäus könnte denn gemeint sein?" Eva Lang konnte sich darunter überhaupt nichts vorstellen.

„Keine Ahnung. Muss mal wieder der Endele herhalten, dem fällt bestimmt etwas ein. Oder Lisa, oder Gottlich. Irgendwie wird auch dieses Rätsel zu knacken sein. Aber wir dürfen über allem die Christina Müller nicht vergessen. Herrgott, wenn ich dran denk, was man der angetan hat! Warum bloß, warum?"

„Und den Marco Müller! Wir haben zwar Verdächtige, aber keine Beweise. Hoffentlich kommt der Florian Berger mit der neuerlichen Überprüfung der Alibis weiter. Eines davon muss ja wohl falsch sein."

„Oder zwei, oder drei..." Wanner sah gedankenvoll vor sich hin. „Diese Katja Hillberg! Was hat bloß in dem Umschlag mit dieser Aufschrift gesteckt. Rätsel vier zu einem Zeitpunkt, wo es noch gar nicht veröffentlicht war! Hat sie Beziehungen zum Rätselgeber?"

Eva antwortete nicht mehr. Sie bog zur Polizeidirektion ein und stellte den Wagen auf dem Parkplatz ab.

„Wir werden weiter raten", sagte sie nach dem Aussteigen, „beim Rätsel, beim Mord und beim Anschlag auf Christina Müller."

„Das Raten muss aber bald Erkenntnissen weichen, es könnte sonst noch was passieren."

Und wieder sollte Wanner Recht behalten.

# 29

Es war Anna Mohr nicht gelungen, Heidebaums Tresor zu öffnen. Ihr Chef hütete die Schlüssel wie seine Augäpfel. Zu gerne hätte sie gewusst, wie der ganze Brief lautete. Schließlich ließ sie von ihrem Bemühen ab, zu sehr beschäftigte sie eine andere Angelegenheit.

An diesem 29. Juni saß sie geistesabwesend im Büro. Heidebaum war im Außendienst, wie er ihr beim Weggehen gesagt hatte. Ein Stoß Anträge, den sie bearbeiten sollte, lag unberührt vor ihr. Sie sah auf ihre Hände. Zwei ihrer schönen langen Fingernägel waren abgebrochen, es würde Wochen dauern, bis sie wieder nachgewachsen waren. Sie zog eine Feile aus der Schublade und rundete die beschädigten Nägel ab, dann lackierte sie darüber. Scheußlich sahen sie aus, drei lange und zwei kurze. Aber das würde sich im Laufe der Zeit ändern. Dann wären die Fingernägel wie vorher und nichts erinnerte an ihre Beschädigung. So sollte sie alles wieder in den Griff kriegen, dachte Anna Mohr. Gewaltsam zwang sie sich zur Ruhe. Dann begann sie mit den Anträgen. Sie betrafen irgendeine Immobiliensache.

Doch ihre Gedanken schweiften immer wieder ab. Sie dachte an jenen Mann, der sie glücklich gemacht und dem sie vertraut hatte. Seinem Rat folgend legte sie einen Teil ihrer Ersparnisse so an, wie er es vorgeschlagen hatte. Damals war sie ihrem Traum gefolgt, und der hieß...

Das Telefon unterbrach ihre Gedanken.

Sie meldete sich, aber es gab niemand an.

Ärgerlich legte sie nach mehrmaligem Rückfragen auf. Ob es wieder ihr Chef war, der sie kontrollieren wollte? So langsam ging ihr das auf den Wecker. Sie war groß und kräftig. Nötigenfalls würde sie sich mal vor Heidebaum aufbauen und ihn auffordern, diese Kontrollen zu unterlassen.

Sie dachte an die Frau.

Es fröstelte sie. Sie stand auf und schloss das Fenster. Dann machte sie sich wieder an die Arbeit.

Als sie die Hälfte erledigt hatte, legte sie die fertigen Anträge auf Heidebaums Schreibtisch. Der war reichlich voll mit Papieren. Sie schob ein paar davon auf die Seite, um Platz zu schaffen.

Schon wollte sie wieder hinausgehen, als ihr ein Umschlag auffiel, dessen hellblaue Farbe von dem üblichen Weiß abstach. Neugierig zog sie ihn heraus. Er war zugeklebt, hatte weder Anschrift noch Absender. In der rechten oberen Ecke stand handschriftlich „Aufgabe 6". Sie konnte nicht erkennen, wessen Handschrift es war. Heidebaum schien dies nicht geschrieben zu haben.

Anna Mohr konnte mit der Aufschrift nichts anfangen, denn sie machte bei dem Preisrätsel nicht mit. Achselzuckend legte sie den Umschlag auf den Schreibtisch zurück und verließ Heidebaums Büro.

Sie wusste nicht, was sie da so achtlos hingelegt hatte.

# 30

Freitag, 30. Juni, Haugs letzter Tag bei der Kripo Kempten.

Bis in den gestrigen späten Abend hatte Wanner an seiner Rede gefeilt. Einerseits wollte er zum Abschied eines Berufslebens nichts Böswilliges sagen, andererseits hatte Haug ihn, und auch die anderen im Team, durch seinen Missmut des Öfteren geärgert. Wanner versuchte dies in vorsichtigen Formulierungen auszudrücken. Aber er war nicht nachtragend. So strich er einen Satz um den anderen. Als die Rede schließlich die endgültige Fassung hatte, blieb von dem Bild, das er von Anton Haug gezeichnet hatte, eigentlich nur das Positive übrig. Dazwischen gab es ein paar humorige Bemerkungen, die er sich doch nicht verkneifen konnte. Beim Verlesen der Rede würden sie wohl verständnisvolles Gelächter hervorrufen. Und wenn alle lachten, sollte Haug mitlachen können.

Als Wanner endlich fertig war, holte er sich noch ein Bier aus der Küche.

Lisa, die schon schlafen gegangen war, erschien wieder und sah das Manuskript am Tisch liegen. Sie setzte sich und begann zu lesen. Dann holte sie einen Bleistift und fing an Bemerkungen an den Rand zu schreiben.

Ihr Mann protestierte bei seiner Rückkehr, er habe die Rede schon x-mal korrigiert. Sein Einwand blieb ohne Erfolg.

„Du bist betriebsblind", sagte sie. „Nur ein Fremder kann den Text wirklich korrigieren. Also sei mal still und stör mich nicht!"

Ihr Mann seufzte tief und nahm auf der Couch Platz, wo er die Flasche Bier nach und nach leerte. Nach längerer Zeit drehte sich Lisa um und sagte:

„So kann man's jetzt lassen. Mit diesen paar Änderungen hat deine Rede sehr gewonnen!"

Als Wanner näher hinblickte, sah er, dass die paar Änderungen etwa 60 Prozent seines Textes umfassten.

„Kann ich den Rest etwa lassen?", fragte er verstimmt.

„Na ja, den kann man lassen. Obwohl, wenn es nicht so spät wäre, wüsste ich schon noch einige Verbesserungen. Wenn du wieder mal so was schreiben musst, dann sag es mir vorher, damit ich mich besser drauf einstellen kann. Schließlich war ich vorhin schon im Bett. Und mach nicht immer alles auf den letzten Drücker. Du weißt seit Wochen, dass Haug morgen aus dem Dienst ausscheidet, also hättest du dich längst drum kümmern können. Jetzt muss es halt so gehen!"

Sie gab ihm zufrieden den Text mit einem Gute-Nacht-Kuss und verschwand gähnend im Schlafzimmer.

Noch einmal eine halbe Stunde verbrachte Wanner damit, aus dem Wirrwarr auf dem Papier eine Rede zu machen, die das ausdrückte, was er eigentlich sagen wollte. Dann sah er befriedigt auf das Ergebnis. So ganz verkehrt war das nicht, was ihm seine Frau an den Rand geschrieben hatte. Zusammen mit seinen Änderungen ihrer Änderungen war eine brauchbare Abschiedsrede herausgekommen. Haug würde staunen.

Am nächsten Vormittag war Anton Haug besonders mürrisch. Er gab kaum Antwort, wenn er angesprochen wurde und suchte dauernd etwas anderes. Auf seinem Schreibtisch schob er die Unterlagen von einer Ecke in die andere, riss das Fenster auf und schloss es gleich darauf wieder und verwickelte Riedle, Hansen und Eva Lang in endlose Gespräche über die Aufklärung von Mordfällen.

„Ihr müsst", so begann er zum wiederholten Male, „immer drauf achten, am Anfang sofort intensiv nach jenen Spuren zu suchen, die nicht gleich sichtbar sind..."

Kaum fünf Minuten später meinte er eindringlich: „Merkt euch immer alles, was die Zeugen oder Beschuldigten in Nebensätzen von sich geben. Das kann später sehr wichtig sein..."

Am späten Vormittag holte er einen schmalen Aktenordner mit einem gelben Rücken aus seinem Regal und legte ihn auf die rechte Seite seines Schreibtisches. Seine Kollegen sahen gespannt darauf und warteten neugierig, was nun kommen würde, aber Haug schwieg.

Mittags gingen sie zusammen in die Kantine nebenan.

Anton Haug schob sein Tablett als erster an die Kasse. „Das hier und das von den drei Kollegen da hinter mir bitte zusammen. Und wenn Hauptkommissar Wanner aufkreuzt, dann auch noch seins. Ich lass für ihn zehn Euro da, mehr braucht er nie. Der Rest ist für Sie!"

Riedle, Hansen und Eva Lang sahen sich sprachlos an. So großzügig war der Anton in den ganzen Jahren nicht, in denen sie zusammengearbeitet hatten. Er, der jeden Euro viermal umdrehte, um ihn dann wieder einzustecken! Und jetzt dieses Abschiedsessen!

Sie suchten sich einen Tisch und bedankten sich bei Haug.

Der aber wehrte ab. „Ist schon in Ordnung! War ja die letzte Gelegenheit dazu. Und wir sind wohl immer gut ausgekommen..."

Nach diesem Bekenntnis begann er seine Suppe zu löffeln.

Kurz darauf schob Wanner sein Tablett auf ihren Tisch und setzte sich dazu.

„Mensch Anton, vielen Dank für deine Einladung zum Mittagessen! Hätt's aber nicht gebraucht!"

Großzügig winkte der ab. „Schon gut! Hat's Geld gereicht?"

„Ja, sind noch zwei Euro übrig geblieben, die hat der Koch eingesteckt, angeblich hast du ihm die als Trinkgeld versprochen."

Haug nickte. Zwei Euro, das waren in diesem Falle zwanzig Prozent. Dafür hatte er bei der anderen Summe nur fünf Prozent gegeben, das summierte sich grob überschlagen auf neun Prozent insgesamt. Na ja, man konnte zum Abschied mal großzügig sein.

Nach dem Mittagessen räumte Anton Haug seine persönlichen Sachen zusammen. Dann bat er Wanner ins Büro nebenan und überreichte ihm feierlich die dienstlichen Unterlagen, darunter den Ordner mit dem gelben Rücken.

„Da sind meine persönlichen Erkenntnisse für die Bearbeitung von Mordfällen niedergeschrieben!" Das klang wehmütig.

Dienstwaffe, Schlüssel und Ausweis trug er anschließend in das zuständige Büro im Haus und übergab alles ordnungsgemäß. Kurz vor 14 Uhr meldete er sich zurück.

Wanner sah auf die Uhr. Dann rief er im Wachraum an und bat alle für sie eingehenden Telefongespräche umzuleiten.

Sie nahmen Haug in ihre Mitte und geleiteten ihn zum Sozialraum. Er war bis auf den letzten Platz besetzt. Nicht nur zivile Kollegen von der Kripo waren anwesend, sondern auch uniformierte Polizisten, mit denen Haug zu tun gehabt hatte.

Alex Riedle bat Haug an den Ehrentisch und hielt eine für seine Verhältnisse schwungvolle Rede als Personalrat.

Danach sprach Wanner.

Zuerst sah er noch auf sein Manuskript, dann aber redete er frei von der Leber weg. Er erzählte von den gemeinsamen Jahren, von aufgeklärten Fällen und ihren Tücken, der guten Kameradschaft innerhalb ihres Teams, dem phänomenalen Gedächtnis Anton Haugs, seinem überlegten Taktieren bei Verhören und... und.

Als er geendet hatte, stand ein Bild Anton Haugs im Raum, das ihn als einen glänzenden Kollegen von bester dienstlicher Qualifikation und hervorragenden menschlichen Eigenschaften zeigte. Kein Wort, was Haug negativ berührt hätte.

Sie stießen mit dem von Wanner gespendeten Sekt an.

Alle Kollegen sprangen auf und applaudierten Anton Haug stehend.

Der erhob sich langsam. Er hatte etwas Gesichtsfarbe verloren und suchte mühsam nach Fassung. Dann hob er die Hand und es wurde still im Raum.

Nach längerem Räuspern fing er an:

„Lieber Paul, liebe Kollegen! Für diesen Abschied möchte ich euch allen ganz herzlich danken! Ich hätte nicht gedacht, dass so viele zu meiner Verabschiedung kommen würden. Vielen Dank! Aber, wie der Allgäuer sagt: es hätts it braucht!"

Ein Schmunzeln ging durch den Raum.

„Eure beiden Reden, Alex und Paul, haben mich wirklich gefreut. Da hab ich mal
hören können, wie gut ich wirklich war."

Das Schmunzeln verstärkte sich.

„So übertreiben, lieber Paul, hättest du allerdings nicht müssen! Das war ja schon beinahe gelogen, wie du mich gelobt hast! Aber freuen tut's mich sehr. Ich möchte dir zum Abschied noch eines sagen: wir haben uns nicht immer so gut verstanden, wie du das geschildert hast. Für den Teil, den ich davon zu verantworten habe, möchte ich mich bei dir entschuldigen! Du bist ein prima Kollege, bleib so..."

Dann erzählte Anton Haug noch ein paar Episoden aus dem dienstlichen Leben und Lachsalven prasselten durch den Raum.

So hatte man ihn noch nie gesehen oder gehört.

Schade, dachte Wanner, dass erst der Abschied den wahren Anton Haug ans Licht gebracht hat.

# 31

Samstag, 1. Juli.

Paul Wanner war, von einer inneren Unruhe getrieben, in sein Büro gegangen und hatte sich den Text des neuen Rätsels zum wiederholten Male vorgenommen.

Gottlich und einige der Kollegen waren in ihren Büros. Aber wen er auch fragte, niemand konnte sich einen Reim daraus machen, welcher Unabhängigkeitstag im Allgäu gemeint sein konnte. Auch Norbert Endele nicht, den er anrief. Riedle kam dazu. Sie probierten verschiedene Tage, die man aus der Geschichte vielleicht als einen solchen ansehen konnte, aber keiner machte Sinn. So ließen sie zunächst das Datum weg und wandten sich dem Ort zu. Der hatte also eine nördliche Ausfallstraße mit Kapelle und war auch durch fliegende Männer bekannt, hm, hm. Sie dachten an einen Zirkus, einen Flugplatz wie Agathazell oder Durach oder höhere Brücken, an denen man 'bungee-jumping' betreiben konnte, aber alles ergab keinen Zusammenhang.

Schließlich saßen sie mit hängenden Köpfen da und kauten an ihren Bleistiften.

Gottlich gesellte sich zu ihnen, Eva Lang tauchte auf.

Niemand hatte einen Einfall.

Der Polizeichef warf das Handtuch als Erster. „Schlafen wir bis Montag drüber, vielleicht gibt es eine göttliche Eingebung, oder der Zufall bringt uns die Erleuchtung!"

Man trennte sich nur allzu gerne. Jeder hoffte, dass das tatsächlich eintrat.

Wanner blieb allein zurück. Er fühlte sich bei dem Gedanken, bis Montag untätig zu sein, nicht wohl. Wenn der Termin diesmal schneller kam und sie in dieser entscheidenden Phase womöglich ausschieden? Nicht auszudenken! Verbissen starrte er den Rätseltext an.

Er deckte alle Wörter mit Papier zu und ließ nur jeweils eines offen. Dann schob er die Papiere weiter und ließ die bereits gelesenen unter den Blättern verschwinden. So schob er Wort für Wort frei und verdeckte es wieder. Sorgfältig sah er die einzelnen Wörter an, studierte sie, ihre Schreibweise, die Stellung im Satz, suchte nach der direkten Bedeutung, einer möglichen indirekten oder auch zweideutigen. Er fing einige Male wieder von vorne an, wenn er bei 'Empfang' angelangt war.

Als er schon resigniert aufgeben wollte, fiel ihm plötzlich auf, dass alle Wörter in der richtigen Groß- und Kleinschreibung standen, nur bei 'Unseres Schönen Allgäus' nicht. Was konnte der Anlass dazu gewesen sein? Er schrieb sie auf einem Zettel richtig, aber das ergab nichts. Dann griff er sich die beiden Großbuchstaben heraus und notierte sie.

US.

Das nächste Wort hieß Allgäu. Das musste man großschreiben, klar. Aber was war, wenn man... und er schrieb hinter US noch den Anfangsbuchstaben von Allgäu.

Nun stand da: USA.

Wanner starrte ungläubig darauf.

Vor Erregung sprang er hoch.

Sollte es etwa heißen: Gehe am Unabhängigkeitstag (der) USA... und der war am 4. Juli!!

Noch drei Tage!

Er hatte es ja geahnt. Er las den Text noch einmal unter dem neuen Gesichtspunkt. Kein Zweifel, so musste es gemeint sein.

Wanner griff zum Hörer und rief seinen obersten Chef an.

Er war nicht mehr da. Der Anrufbeantworter sagte ihm, dass Herr Gottlich über das Wochenende verreist und erst am Montag Vormittag wieder zu erreichen wäre. Das wurde knapp.

Eva Lang hatte ihr Handy ausgeschaltet und war weggegangen.

Bei Norbert Endele antwortete niemand.

Wenigstens Lisa war zu Hause. Sie kochte das Mittagessen.

„Bring's mit, heut Nachmittag schau'n wir mal. Und vergiss nicht: in einer halben Stunde steht das Essen auf dem Tisch!"

Wanner packte die Unterlagen in seine Tasche und fuhr heim. Sie mussten den Ort herausfinden, der 4. Juli war schon am Dienstag.

Nach dem knusprigen Nudelauflauf machten sich Lisa und Paul Wanner über das Rätsel her.

„Also ich muss sagen: deine Idee mit den USA ist grandios! Respekt. Da kommen nicht alle drauf." Lisa war ehrlich begeistert.

Dann zerpflückten sie den weiteren Text in alle Einzelheiten, blieben aber immer wieder an den fliegenden Männern hängen.

Wanner hatte plötzlich einen Einfall. „Könnte Ottobeuren gemeint sein? Dort hat Pater Ulrich Schiegg 1784 den ersten Heißluftballon Deutschlands aus dem Klosterhof aufsteigen lassen!"

„Mensch, guuut! Das könnt's sein... allerdings... das war *ein* Mann und hier ist von Männern die Rede", antwortete Lisa.

Ihr Mann nickte zögernd. „Richtig! Also, nicht Ottobeuren. Wo haben wir denn überall Flugplätze? Es muss aber ein Ort mit einer nördlichen Ausfallstraße sein, also sicher ein größerer."

„Und du meinst, es ist ein Ort mit einem Flugplatz?"

„Womit kann man denn sonst noch fliegen?... Mit Gleitschirmen, Drachen, Ultraleichtflugzeugen..."

„... und mit Ski", sagte Lisa wie nebenbei und gähnte.

Wanner starrte auf seine Frau.

Er überlegte blitzschnell.

„Wahnsinn! Das gibt's doch nicht! Ich glaub, du hast es gefunden. Welcher Ort ist durch Ski fliegende Männer berühmt? Natürlich Oberstdorf! Menschenskinder, lass dich umarmen." Er rückte seiner Frau gefährlich nahe auf den Leib.

„Halt, halt, wir wissen ja noch gar nicht, ob Oberstdorf richtig ist!" Sie schob ihren Mann wieder zurück. „Hast du einen Ortsplan?"

„Klar, ich hab von jedem Ort in unserem Dienstgebiet einen", antwortete Wanner, und war schon unterwegs.

Dann breitete er den Plan am Tisch aus und beugte sich darüber.

„Da ist die nördliche Ausfallstraße", sagte er dann und deutete auf die Sonthofener Straße. „Und... hier haben wir auch eine Kapelle... die heißt", er suchte nach dem Namen, „ah – Klausenkapelle. Na alsdann, wer sagt's denn. Jetzt ist das Rätsel wohl gelöst!"

Plötzlich wurde er nachdenklich. „Lausche der Musik zwischen 13 und 14 Uhr! Oder meinen die vielleicht eine Musikkapelle? Könnte doch auch sein."

Lisa nickte. „Bei denen ist alles möglich. Aber wenn's eine Musikkapelle ist, müsste man die ja an der Straße sehen und hören können."

„Ich werde am Montag mit Gottlich und Eva sprechen und ihnen unsere Lösung präsentieren. Die werden vielleicht Augen wie Untertassen machen! Du bist ein Schatz! Auf Skifliegen wäre ich nicht gekommen, um diese Zeit denke ich nicht an den Winter. Ich werde deine Lösung entsprechend würdigen..."

„Untersteh dich und sag ein Wort davon! Das geht niemand was an."

Wanner sah seiner Frau liebevoll in die Augen. „Irgendwie werden wir das schon hinkriegen, wir zwei. Wenn der Fall abgeschlossen ist, lade ich dich zum Essen ein, du darfst dir ein Lokal wählen!"

„Also, das ist ein Wort! Ich fang schon mal zu suchen an!" Lisa kicherte begeistert.

# 32

Am Sonntag fuhr Wanner nach Kornau um Katja Hillberg aufzusuchen. Er hatte sich nicht angemeldet, weil er den Überraschungseffekt nützen wollte. Wenn er Pech hatte, war sie nicht zu Hause, aber das riskierte er. Er hatte noch lange über den Zusammenhang zwischen Mord, Mordanschlag und Preisrätsel nachgedacht. Es half nichts, er musste Katja fragen, was in dem Umschlag mit der ominösen Aufschrift war. Er fühlte, dass allmählich die Pyramide immer schlanker wurde, an deren Spitze nicht nur die Auflösung des Rätsels stand, sondern auch ein weiteres Verbrechen. Der Anschlag auf Christina Müller war ein deutlicher Hinweis. Sie sollte nicht getötet werden, davon war der Hauptkommissar überzeugt. Es war entweder eine Warnung, oder – Rache. Beides hing wahrscheinlich mit dem Mord an Marco Müller zusammen.

Wanner erinnerte sich an den anonymen Anruf, in dem Christina als Mörderin ihres Mannes bezeichnet wurde. Entweder *wusste* jemand, dass sie es war, oder derjenige/diejenige *vermutete* es. Erfolgte der Anschlag, weil jemand lediglich vermutete, dass Christina ihren Mann erschossen hatte, so hatte er oder sie die Falsche getroffen. Wanner glaubte nach wie vor nicht, dass Christina Marco ermordet hatte. Es musste noch irgendwelche andere Gründe für den Mord geben, Gründe, die bisher nicht ermittelt werden konnten, weil sie für Außenstehende nicht offen lagen.

Diesmal bog er vorschriftsmäßig nach Kornau ab und hielt vor dem Haus Katja Hillbergs.

Er wollte gerade aussteigen, als er auf der gegenüberliegenden Straßenseite ein Auto geparkt sah, das er doch kannte. Richtig, das war der BMW von Wolfgang Fritz, den ihm Berger beim Besuch in der Bibliothek gezeigt hatte. Besuchte er seine Schwägerin, oder Carola ihre Schwester?

Wanner war unschlüssig. Sollte er aussteigen oder warten bis Katja wieder allein war? Aber wie lange konnte das dauern? Er sah auf die Uhr. Kurz vor zwölf. Vielleicht blieb der Besuch über Mittag, dann saß er lange hier.

Er nahm sein Handy und rief Florian Berger in der Polizeiinspektion in Hirschegg an. Der hatte Sonntagsdienst und war selbst am Apparat.

„Ich wär' in der Nähe, hättest du Zeit für mich?"

Berger hatte Zeit. „Heut isch eh nix los, am Sonntag send alle brav im Tal. Komm einfach vorbei, i hätt sowieso was mit dir zum besprechen."

Kurze Zeit später saßen sich die beiden Kriminalbeamten gegenüber. Nachdem sie zuerst über Berge und Wetter gesprochen hatten, sagte Berger:

„I glaub, wir sollten dem Heidebaum bald an Bsuch abstatten, jetzt, wo endli der Beteiligungsvertrag zur Einsicht kommen isch. Stell dir vor, der Heidebaum isch gar ned am Palast Hotel Bärenkopf beteiligt! Außer Marco Müller steht no a gewissa Karl-Josef Hartmann drin und a Bank in Bregenz, die am Hotel auch an Anteil hält."

„Komplizierter geht's nimmer?", fragte Wanner verstimmt.

„Jetzt müssn wir halt au diesen Hartmann unter d' Lupe nehma, er hat hier a Zweitwohnung, wo er sich öfters aufhalten soll."

„Wie sind denn die Anteile am Hotel verteilt?"

„Die Bank hat 35 %, der Marco Müller 35 %, der Hartmann 30 %. Müller und Hartmann beerben si gegenseitig ohne Ausgleich."

„Also hat keiner allein die Mehrheit. Aber Müller/Hartmann hätten sie mit 65 %, oder die Bank mit einem von beiden. Hm. Wie geht das Hotel? Gut?"

Berger nickte. „Was ma so hört, solls ganz gut gehn. Hat rund 100 Betten, neue SPA-Anlage, Tennisplätze, Reitstall. Alls da. Im Winter ned weit zur Talstation der Walmendingerhorn-Bahn."

„Und was ist mit diesem Heidebaum? Hat der jetzt noch ein Motiv, wenn er nicht am Hotel beteiligt ist?"

Flori Berger grinste verschmitzt. „Der hat do angeben, dass er bei am Kunden war, der des bezeugen könnt. Weißt, wie der Kunde heißt?"

Wanner schüttelte den Kopf. „Spann mich nicht auf die Folter, sag schon!"

„Der heißt... Karl-Josef Hartmann. Gell, da bischt platt?"

Der Hauptkommissar war es.

Er dachte kurz nach. „Und es ist der gleiche..."

„Ja, i habs schon nachprüft. Der mit den 30 % am Hotel. Was sagscht jetzt?"

„Interessant, sehr interessant! Jetzt haben wir den Heidebaum doch noch irgendwie da drin stecken. Oder ist es ein Zufall?"

Berger lachte. „Na, an solchen Zufall gibts ned. Wir sollten mit dene reden, mit beiden. Und zwar möglichscht bald."

„Ja, richtig. Das machen wir, wenn auch nicht gleich heut am Sonntag. Ich ruf dich morgen vom Büro aus an, dann machen wir einen Termin aus. Jetzt aber muss ich..." er sah auf seine Uhr, „noch zur Katja Hillberg. Die wollte ich was fragen."

„Muss aber sehr pressant sein, wenn du am Sonntag in der Gegend rumfährst", grinste Berger, der neugierig geworden war, aber keine Frage stellte.

„Ich sag dir, was dabei rausgekommen ist."

Wanner verabschiedete sich und fuhr nach Kornau zurück.

Was er von Florian gehört hatte, beschäftigte ihn sehr. Die neuen Zusammenhänge konnte er noch nicht einordnen, dazu brauchte er Zeit und Ruhe um nachzudenken.

Und dabei war er schon.

Diesmal fuhr er gedankenverloren an der Abzweigung Kornau vorbei. Er wollte im letzten Moment nicht wieder so ein riskantes Manöver wagen, wie beim ersten Mal, und nahm deshalb die nächste Abzweigung.

Der BMW von Fritz stand nicht mehr vor dem Haus von Katja Hillberg.

Im ersten Stock war ein Fenster geöffnet, eine Gardine wedelte im leichten Luftzug wie eine Fahne heraus.

Als Wanner zur Haustüre kam, sah er, dass sie nur angelehnt war.

Ein ungutes Gefühl beschlich ihn. Er läutete nicht, sondern zog seine Pistole und schob langsam die Tür auf.

Alles war totenstill.

Der Hauptkommissar stieg leise die Treppe zum ersten Stock hinauf und sah sich um. Alle Türen waren geschlossen, nur die zum Wohnzimmer stand sperrangelweit offen. Schon wollte er sich dorthin wenden, als er zwei Sohlenabdrücke am Fußboden sah.

Rot, leicht verwischt. Die Profile Richtung Treppe zeigend.

Wanner hielt den Atem an. Er ahnte Schreckliches. Eine Gänsehaut lief über seinen Rücken. Lautlos betrat er das Wohnzimmer.

Katja Hillberg lag auf dem Teppich vor dem Couchtisch auf dem Rücken. Um sie breitete sich eine Blutlache aus, die zu gerinnen schien. Der Pullover war blutdurchtränkt.

Ihre Augen starrten gebrochen an die Decke. Als Wanner ihren Puls am Hals suchte und keinen mehr fand, schloss er ihre Lider.

Noch im Tod war sie schön, schoss es Wanner durch den Sinn. Er wusste nicht warum und woher gerade jetzt dieser Gedanke kam.

Er starrte die Frau an. Es war eingetreten, was er befürchtet hatte.

Nur, dass es Katja Hillberg sein würde, hatte er nicht geahnt. Er fingerte sein Handy heraus und tippte die Kurzwahl seiner Dienststelle ein.

„Hier Wanner...", sagte er dann mit heiserer Stimme.

Er versuchte zu erklären, was er selbst nicht verstand.

## 33

Wolfgang Fritz war in Panik nach Riezlern zurückgefahren.

Als sich sein Entsetzen gelegt hatte, versuchte er klar zu denken. Furchtbar, was geschehen war. Wie sollte er das jemals seiner Frau klarmachen! Katja!

An der Walserschanze hielt er an und ging in die Toilette des Gasthauses um sich die Hände zu waschen. Er suchte seine Kleidung nach Blutflecken ab. An seine Schuhe dachte er nicht. Dann trank er hastig ein kleines Bier und setzte seine Fahrt fort. Carola und Steffi waren für drei Tage zu Verwandten nach Hittisau gefahren, er hatte also Zeit um nachzudenken. Die Polizei würde bald kommen und ihn befragen. Was sollte er ihnen antworten, wenn sich herausstellte, dass er bei Katja war?

Wolfgang Fritz zog alle seine Sachen aus, stellte sich unter die Dusche und verräumte seine Schuhe im Keller. Alles Waschbare steckte er in die Waschmaschine und ließ sie bei 60 Grad laufen. Die Oberbekleidung stopfte er in eine Plastiktüte die er am nächsten Tag zur Reinigung bringen wollte.

Vielleicht konnte er seinen Besuch vertuschen.

Eine halbe Stunde später klingelte es.

Florian Berger stand mit einem Kollegen vor der Tür.

„Grüß Sie, Herr Fritz! Wir hätten da a paar Fragen an Sie. Dürfen wir reinkommen?"

Fritz spürte, wie sein Blut in die Beine sank. Er öffnete die Tür ganz und ließ die beiden Polizisten eintreten. Dann führte er sie ins Wohnzimmer und bat Platz zu nehmen. Er ließ sich Zeit, so konnte er wenigstens einen Teil seiner Fassung wieder- gewinnen.

„Worum geht es denn?", fragte er und versuchte unbefangen zu sein.

„Wir haben a schlechte Nachricht für Sie und Ihre Frau. Ihre Schwägerin Katja Hillberg isch... tot. Sie wurde heut in ihrer Wohnung in Kornau ermordet... Unser Beileid!"

Wolfgang Fritz sah entsetzt aus. „Was Katja ist... tot? Ja um Gottes Willen, was... wie ist sie denn ..." Er brach ab.

„Ja tut uns leid, dass wir mit so a schlimmen Nachricht kommen müssen. Dürfen wir trotzdem a paar Fragen stellen?" Florian Berger führte das Gespräch. Er versuchte hochdeutsch zu sprechen.

Fritz nickte stumm.

„Wann haben Sie Frau Hillberg das letzte Mal gsehen?"

Wolfgang Fritz überlegte fieberhaft. Zu leugnen hatte wohl wenig Sinn, schließlich war sein Auto auf der Straße vor dem Haus gestanden und seine Frau konnte nicht damit gefahren sein.

„Ich wollte sie heute besuchen, aber sie öffnete nicht. Ich dachte, sie sei nicht zu Hause und bin wieder weggefahren."

„Sie haben sie also nicht gesehen?" Berger gab seinem Kollegen einen Wink und der notierte sich die Fragen und Antworten.

„N... nein. Die Tür war ja zu."

„Sie kamen hin, fanden die Haustüre verschlossen und sind wieder weggefahren?"

Fritz nickte. „Ja genau."

„Ihre Frau ist nicht zu Hause?" Bergers Stimme verriet eine gewisse Unsicherheit. Wanner hatte vorhin telefonisch gebeten, ein wenig legalen Druck bei der Befragung auszuüben.

„Meine Frau und meine Tochter sind gestern zu Verwandten nach Hittisau gefahren." Fritz spürte, wie Halt in seine Antwort kam.

„Was wollten Sie bei Ihrer Schwägerin?"

Wolfgang Fritz fuhr hoch. Zornig erwiderte er: „Das ist ja wohl allein meine Angelegenheit! Ich werde meine Schwägerin auch besuchen dürfen, wenn meine Frau nicht dabei ist, oder ist das verboten? Was ist das hier eigentlich, ein Verhör?"

Von dem Ausbruch betroffen sagte Florian Berger besänftigend: „Nein, nein, verboten ist das natürlich nicht, und ich befrage Sie nur. Aber Sie werden verstehen, dass wir allen Spuren nachgehen müssen, um den Mörder zu fassen..."

Er wurde von einem Pfeifton unterbrochen, der sich mehrmals wiederholte.

„Ah, des kenn i. Die Wäsch isch fertig! Die modernen Maschinen machet auf si aufmerksam, wenns so weit isch. Ihr Frau wird si freuen, wenn Sie ihr Arbeit abnehmen und Wäsch waschen." Er war in den Dialekt zurückgefallen und sah Fritz offen ins Gesicht.

Der verfluchte die modernen Maschinen. „Na ja, Sie wissen schon, manchmal braucht man eben schnell wieder ein paar Stücke, vor allem Unterwäsche..." Er verhaspelte sich und Berger merkte das sofort.

„Ja, ja, geht mir au so. Junggsellen habens halt ned so leicht, gell?" Berger erhob sich plötzlich. „Entschuldigung, wo ka i denn hier amal...?"

„Draußen links, die zweite Tür." Fritz wirkte verunsichert.

Berger blinzelte seinem Kollegen zu und ging aus dem Zimmer. Im Flur öffnete er geräuschvoll die zweite Tür links und schloss sie ebenso wieder. Allerdings von außen. Dann huschte er durch den Flur und sah sich schnell um. Am Ende des Ganges stand eine größere Plastiktüte. Florian schaute hinein. Drinnen waren ein Pullover und eine Hose.

Der Polizist kehrte ins Zimmer zurück, nicht ohne die Wasserspülung betätigt zu haben. Dann verabschiedeten sie sich von Fritz und verließen das Haus.

Sie fuhren aus der Sichtweite des Hauses, dann ließ Berger anhalten.

„Wo isch die nächst Reinigung?", fragte er seinen Kollegen.

Der nannte ihm eine in Riezlern. „Außerdem in Oberstdorf, da müsst i allerdings im Telefonbuch nachschaun."

„Ja mach des! Und nimm Sonthofen au mit dazu. Ruf glei die Betreiber a, dass sie uns benachrichtigen, wenn ein Wolfgang Fritz dort a Tüte mit Hose und Pulli abgibt. Sie derfen die Sachn ned reinigen! Und natürli kei Wort zu Fritz! Sie solln die Sachn annehmen und für uns aufhebn. Wenn du heut niemand erreichst, dann lass sofort a Fax oder Email los und ruf morgen früh vor acht zusätzlich noch a. I muss wissen, warum der Fritz am Sonntag Wäsch wäscht und Kleider zum Reinigen hergricht hat. Für die Wäsch isch es wohl leider zu spät. Jetzt muss i dem Paul Wanner Bscheid geben, der wird wohl no in Kornau sein."

„Warum hast eigentlich net die Tüte beschlagnahmt und gleich mitgnommen?", fragte sein Kollege.

„Erschtens hab i heut noch kein Beweis ghabt, dass i die Tüte hätt mitnehmen dürfen. Fritz steht ja ned unter Verdacht, wir sind bloß hin, weil der Paul uns hingschickt hat. Und hätt i was gsagt, dann hätt sie der Fritz vielleicht verschwinden lassen oder sich sonst was ausdenken können. Wenn wir ihn aber in der Reinigung erwischen, ka er nömma *(nicht mehr)* aus. In der Zwischenzeit versuch i an Durchsuchungsbeschluss für des Haus vom Fritz zu kriegen."

Er erreichte Wanner auf der Heimfahrt nach Kempten. Die Spurensicherung war im Haus Hillberg an der Arbeit, die Tote zur Obduktion freigegeben.

Nach ersten Erkenntnissen des Arztes war Katja Hillberg erstochen worden.

# 34

Paul Wanner war deprimiert.

Katja Hillberg war nicht die erste Tote, die er zu sehen bekam, aber ihr Tod hatte ihn seltsam berührt. Bei seinem ersten Besuch war ein Funke der Sympathie für diese hübsche Frau auf ihn übergesprungen. Nicht, dass er von ihr geträumt hätte, nicht dass er mit ihr was anfangen wollte. Es waren einfach positive Gedanken, die sich in seinem Unterbewusstsein festgesetzt hatten.

Jetzt war sie tot! Ermordet, erstochen, blutüberströmt. Und er hatte ihre Augen für immer geschlossen. Die Augen, die ihn damals so fragend, so groß angesehen hatten. Es war das erste und einzige Mal, dass er Katja Hillberg berührt hatte, wenn man vom Händedruck bei der Begrüßung absah.

Scheißberuf, manchmal wirklich zum Kotzen. Warum musste er ausgerechnet heute dorthin fahren und der Erste am Tatort sein? Man hätte ihn zwar sowieso geholt, aber da wäre mehr Zeit zum Vorbereiten gewesen. Tot ist ein Mensch nie ein schöner Anblick, vor allem nicht, wenn er so aussah wie Katja Hillberg. Menschen, die normal sterben, strahlen auch im Tod noch Frieden und Würde aus. Sie hatten Zeit, sich innerlich auf den letzten Gang einzustellen. Aber die anderen, denen Unfall oder Mord das Leben unvorbereitet genommen hatten, spiegelten dieses grauenvolle Ende oft wider.

Wanner war so traurig, wie schon lange nicht mehr. Als er zur Polizeidirektion einbog, schwor er sich, dieses Mörderspiel mit allen seinen Möglichkeiten und größter Schnelligkeit aufzuklären. Bevor noch was passierte.

Aber er wusste, dass er das nicht verhindern konnte und er fürchtete sich davor.

Montag früh berichtete Wanner seinem Team vom gelösten Rätsel und dem Mord an Katja Hillberg. Sie hörten ihm mit ernsten Gesichtern zu. Jetzt galt es,

Zusammenhänge zwischen den beiden Morden und dem Anschlag auf Christina Müller zu finden. Alle waren der Meinung, dass es diese geben müsse, alles andere wäre ein unglaubwürdiger Zufall.

„Und was machen wir mit unserem Rätsel? Morgen ist der 4. Juli!" Eva Lang sah Wanner fragend an.

„Wir müssen dabeibleiben! Aber ich fahre allein hin, Anton Haug fehlt uns überall. Jetzt muss ich den Staatsanwalt und Gottlich verständigen und mit ihnen weiteres besprechen. Wir halten Kontakt." Damit entließ er sein Team und machte sich auf den Weg zur Direktion.

Kurz vor Mittag klopfte Eva an die Verbindungstür. Wanner hatte sie geschlossen, obwohl doch das Innenministerium das Einraumsystem angeordnet hatte. Sie sah, dass ihr Chef bedrückt wirkte. Hing wohl mit dem neuen Mord zusammen, dachte sie. Dann legte sie ihm einige beschriebene Bogen auf den Tisch:

„Hier sind die Ergebnisse der Obduktion und der Spurensicherer. Wie vermutet, wurde Katja Hillberg erstochen. Drei Stiche im Oberleib, muss sofort tot gewesen sein. Keine Spuren einer Gegenwehr, auch unter den Fingernägeln nichts. Sieht so aus, als ob sie ihren Mörder gekannt hätte..."

„Oder -in." Wanner sah vor sich hin.

Einen Moment war Eva verwirrt.

Dann verstand sie und antwortete: „Natürlich, oder Mörderin. Sonst nichts Wichtiges. Die Spurensicherer haben Abdrücke der Schuhsohlen auf dem Fußboden genommen. Wir brauchen nur noch die Schuhe dazu! Größe 44. Das dort befindliche Blut stammt vom Opfer. Im Wohnzimmer vorhandenes Blut war ausnahmslos ebenfalls von Frau Hillberg. Fingerabdrücke sind in der Wohnung, außer von Frau Hillberg, noch dreierlei verschiedene vorhanden, bei ihnen fehlen aber Bezugspersonen. Im Zimmer war nichts umgestürzt oder verschoben, was auf einen vorhergehenden Kampf schließen ließe. Der Mörder – oder die Mörderin – scheint völlig überraschend zugestochen zu haben. Auffallend, so schreibt Hans Kern von der

Spurensicherung, sind einige schief hängende Bilder an den Wänden und zwar sowohl im Erdgeschoss wie im ersten Stock. Vielleicht hat die Putzfrau zu rabiat Staub gewischt... das ist aber meine eigene Interpretation."

„Oder man hat einen Safe gesucht", murmelte Wanner.

„Ja, oder das. Hier, wenn du selbst noch lesen willst", Eva zeigte auf eine Stelle. „Aber ich glaube, ich hab das Wichtigste vorgetragen."

„Danke. Setz dich mal und sag mir deine Meinung zu dem Ganzen."

Eva Lang sah ihren Chef schweigend an.

Aus irgendeinem Grund musste ihm der neue Mord besonders nahe gehen. War es der scheußliche Anblick der blutüberströmten Toten? Oder die Tatsache, dass es bereits zwei Tote und einen Mordanschlag gegeben hatte und sie immer noch im Dunklen tappten?

Sie räusperte sich. „Kurz gesagt: ich bin erstens fest überzeugt, dass alle drei Untaten im Zusammenhang zu sehen sind und dass zweitens das Preisrätsel, das zu einem Todesrätsel geworden ist, dazu gehört. Was mich etwas erstaunt ist die Tatsache, dass neben Marco Müller jetzt auch seine Frau betroffen ist, sie scheidet vielleicht aus dem Kreis der Verdächtigen aus. Es sei denn..." Sie stockte.

Wanner hob den Kopf. „Ja?"

„Es sei denn, sie ist gerade deswegen angegriffen worden, wie uns das ja die unbekannte Anruferin mitgeteilt hat. Rache könnte ein Motiv für den Angriff auf sie gewesen sein, wie das schon mal andeutungsweise erwähnt wurde. Leider sind wir da noch nicht weiter gekommen, seit Christina im Krankenhaus liegt. Wir sollten sie nochmals befragen. Für den Mord an Marco Müller kommen nach wie vor Fritz, Erd, vielleicht Heidebaum, eine der beiden Frauen, oder ein bisher Unbekannter in Frage." Wanner wedelte mit der Hand durch die Luft. „Ich glaube, dass es weder die Ehefrau noch Katja Hillberg waren..."

Eva schwieg erstaunt. Ihr Chef sprach sonst nie von glauben oder denken, sondern immer von ermittelten Tatsachen. Was war denn mit ihm los?

Es entstand eine Pause im Gespräch.

Plötzlich raffte sich Wanner auf. „Deine Analyse ist zwar kurz, aber prägnant, ich denke genauso! Wir machen mit dem Rätsel weiter, doch geht nur noch einer hin. Du hältst engen Kontakt zu Florian Berger. Schaut zu, dass es mit der zweiten Alibiüberprüfung hinhaut." Beinahe hätte er hinzugesetzt: aber nicht *zu* engen Kontakt. Er verkniff es sich, schließlich ging ihn das wirklich nichts an. „Wenn du einen brauchst, nimm den Uli mit!"

Eva ging zu ihrem Platz nebenan zurück. Was war bloß mit dem Paul los?

Wanner holte sich einen Kaffee im Sozialraum.

Seit er das neue Modell der Kaffeemaschine an Hand der Gebrauchsanweisung studiert hatte, gelang es ihm, seinen Becher verlustfrei zu füllen. Mit der Logistik in sein Büro haperte es dagegen immer wieder, so trank er jetzt häufig den Becher gleich im Sozialraum leer. Das hatte auch den Vorteil, dass er nicht Camile Cirat ins Gehege kam, die ständig mit dem Putzeimer unterwegs war. Er hatte nicht mehr mit ihr gesprochen, seit sie die Anwendung der deutschen Artikel probiert hatte.

Uli Hansen kam herüber. „Grad hat uns die Inspektion in Oberstdorf verständigt, dass Fritz in der „Hauser Schnellreinigung" aufgetaucht ist und die beiden Kleidungsstücke zum Reinigen gebracht hat. Auftragsgemäß haben sie die Tüte angenommen und für uns bereitgelegt. Man kann sie in Oberstdorf abholen und ins Labor bringen."

„Gut", sagte Wanner. „Wenigstens etwas."

Plötzlich rief er Eva durch die Tür zu: „Ach, hör mal, ich mach das mit dem Flori doch lieber selbst. Bleib du mal an dem Rätsel dran!"

Eva Langs Kopfschütteln dauerte daraufhin erheblich länger als sonst, wenn ihr Chef etwas widerrief.

# 35

Der 4. Juli dämmerte herauf.

Wanner hatte schlecht geschlafen und war schon vor sechs Uhr wach. Leise schlich er aus dem Schlafzimmer, zog sich den Morgenrock über und trat in den kleinen Garten hinaus, der auf der Westseite des Hauses lag. Lisa hatte darin zwei Blumenbeete angelegt, die jetzt in voller Blüte standen. Der Garten war ihr Reich, sie pflegte Blumen, Sträucher und Rasen liebevoll. Wanner redete seiner Frau nicht drein. Jeder hatte seinen Aufgabenbereich, seiner war der Dienst.

In den Bäumen seines Nachbars sangen ein paar Vögel lauthals ihre Morgenlieder. Sie schienen besser geschlafen zu haben als er, sonst würden sie wohl nicht so freudig den Tag begrüßen. Der frisch gemähte Rasen auf der anderen Seite des Zaunes roch angenehm herüber. Eine dreifarbige Katze, die Wanner schon ein paar Mal gesehen hatte, ohne zu wissen wem sie gehörte, balancierte ohne Anzeichen von Unsicherheit über die Zaunstaketen. Ihr Ziel schien der Kirschbaum beim Nachbarn zu sein, aus dessen Blätterdach das lauteste Gezwitscher zu vernehmen war.

Es war noch frisch, Paul Wanner fröstelte. Er wandte sich um und ging ins Haus zurück.

Alle Ablenkungen halfen nichts, immer wieder sah er Katja Hillberg in ihrem Blut auf dem Boden liegen und spürte ihre Augen, als er die Lider schloss. Wie konnte man nur einen Menschen umbringen! Zuerst Marco Müller und jetzt Katja Hillberg.

In der Tür drehte er sich noch einmal um und sah, wie die Katze den Stamm hochkletterte und im Astgewirr verschwand. Vielleicht tötete auch sie gleich, aber ihr war es angeboren, es gehörte zum Überleben und war in ihren Genen verankert. Außerdem würde sie nur einen Vogel erwischen, der nicht gesund war oder sie zu spät bemerkte. Das alles war der natürliche Verlauf im Leben von Katze und Vogel. Aber einen Menschen zu töten, der gesund, voller Freude und Erwartungen im Leben stand, Ziele und Wünsche hatte, vielleicht liebte und geliebt wurde und noch Sekunden vor der Tat von ihr keine Ahnung hatte – nein, das war durch Nichts zu entschuldigen.

Wanner setzte Kaffee auf, deckte den Tisch und holte Butter, Käse und Marmelade aus dem Kühlschrank. Dann pickte er zwei Eier an ihrem stumpfen Ende an, legte sie in den Eierkocher und stellte die Kochdauer ein. Er war Meister im Eierkochen, wie seine Frau stets anerkennend meinte. Dann nahm er das Holzofenbrot, schnitt zwei Scheiben herunter und legte die Semmeln von gestern in den Mini-Backofen, wo er sie kurz aufröstete. Als der Kaffeeduft durch den Raum zog, ging er ins Schlafzimmer und weckte Lisa.

Sie frühstückten jeden Tag zusammen. Wenn es zeitlich ging, richtete Paul das Frühstück für sie. So hatte er das Gefühl, nicht nur Gast im eigenen Haushalt zu sein.

Er erzählte Lisa von der Lösungsübergabe am Mittag in Oberstdorf und erwähnte seine Bedenken bezüglich der Kapelle.

„Das kriegst du hin, sei unbesorgt", tröstete ihn seine Frau. „Entweder hörst du die Musik oder du findest den Neumann oder sonst jemand in der Klausenkapelle. Du hast eine ganze Stunde Zeit, also kannst du in Ruhe schauen."

Ihr Mann nickte zustimmend. „So seh ich's auch. Aber jetzt muss ich erst noch mal ins Büro und einige Sachen erledigen. Heut Abend erzähl ich dir wie es war."

Er verabschiedete sich von Lisa und fuhr zu seiner Dienststelle.

Es kam öfter vor, dass der Hauptkommissar vor dem offiziellen Dienstbeginn in seinem Büro war. Er liebte diese erste Stunde, in der ihn niemand störte und kein Telefon seine Gedankengänge zerriss.

Auf dem Schreibtisch lag ein Zettel. Riedle teilte ihm kurz mit, die Untersuchung der verschiedenen Gewehre habe keinen Hinweis gebracht, dass eines davon die Tatwaffe im Mordfall Müller war.

Also, umsonst gefreut, wäre ja auch zu schön gewesen. Wanner dachte nach. Das besagte noch nichts, denn der Täter hätte ja die Waffe auch verschwinden lassen können. Die hängte man sich wohl nicht zu Hause in den Schrank. Aber die Polizei musste einfach jeder Möglichkeit nachgehen. Er würde Florian bitten, verstärkt nach dem Gewehr zu fahnden, vielleicht tauchte es irgendwo auf.

Christina Müller lag noch immer in Oberstdorf in der Klinik. Er wollte sie nach dem Empfang der neuen Rätselaufgabe besuchen, wenn er schon mal dort war. Möglicherweise erinnerte sie sich an eine Kleinigkeit, die ihm weiterhelfen konnte. Wobei sich Wanner bewusst war, dass auch Christina noch immer zu den Tatverdächtigen zählte, selbst wenn er persönlich nicht daran glaubte.

Er rief Florian Berger an und fragte nach Neuigkeiten bei der Alibiüberprüfung.

„Also, sicher *kein* brauchbares Alibi haben der Erd und der Fritz. Den Hartmann hab ich noch ned erreicht wegen Heidebaum, die Hillberg können wir jetzt leider nimmer fragen und an der Christina Müller bischt du ja grad selber dran, wie du mir gsagt hascht. Ein Gewehr kann i schon in die Fahndung stellen, die wird aber ungenau, wir wissen ja bloß des Kaliber und sonscht nix."

„Wir laufen im Kreis! Den müssen wir endlich durchbrechen und weiterkommen. Immer wieder muss ich an den Umschlag bei Katja Hillberg denken. Hätt' ich sie doch damals gleich gefragt, jetzt ist's zu spät. Aber wer ahnt denn schon so was! Und die Morde haben eine Verbindung zum Rätsel, da sind wir alle fest davon überzeugt."

Sie redeten noch eine Weile, dann verabschiedete sich Wanner und legte auf.

Im Kleinwalsertal ging auch nix vorwärts, Kruzitürken aber auch!

Um 12 Uhr machte sich der Hauptkommissar auf den Weg nach Oberstdorf. Er parkte auf einem der großen Parkplätze am nördlichen Ortseingang, steckte den Umschlag mit der Lösung ein, nahm Fotoapparat und Fernglas an sich und schlenderte langsam die Sonthofenerstraße einwärts. Das kleine Türmchen der Klausenkapelle kam bald in Sicht. Wanner blieb stehen und beobachtete aufmerksam die Lage. 50 Meter vor der Kapelle gab es einen Verkehrskreisel, an dem die Poststraße zum Bahnhof abbog. Geradeaus führte die Sonthofenerstraße an der Kapelle vorbei und teilte sich dahinter in zwei rechtwinklig abbiegende Straßen: die linke führte in die Ortsmitte, die rechte Richtung Kleinwalsertal. Zwischen der Poststraße und der Kapelle gab es einen freien Platz, der teilweise als Parkplatz genutzt wurde. Dort waren an diesem Tag verschiedene Marktbuden aufgestellt. Die Oberstdorfer Blasmusikkapelle machte sich gerade spielbereit. Die Klausenkapelle lag unweit davon, unmittelbar neben einer Holzofenbäckerei.

Die Eingangstür der Kapelle war geschlossen.

Wanner blickte auf seine Uhr. Noch sechs Minuten bis 13 Uhr. So, wie es aussah, würden die Oberstdorfer gleich zu spielen beginnen, der Dirigent nahm seinen Platz ein.

Noch vier Minuten.

Wanner zuckte zusammen.

Ungläubig sah er auf den Mann, der nahe der Musik eine Schachtel auf den Boden gestellt hatte und zum Dirigenten blickte.

Holger Neumann!

Also doch nicht die Klausenkapelle!

Der Hauptkommissar zögerte. Sein Gefühl war wieder am Werke. So einfach war Rätsel fünf gedacht? Das wollte er nicht glauben. Lausche der Musik, war diese Blasmusik gemeint? Sie begann eben ihren Auftritt mit einem Trompetensolo. Wanner hatte jetzt Zeit, eine Stunde lang durfte er 'der Musik lauschen'.

Unauffällig suchte er durch sein Fernglas die Gegend zwischen Kreisel und Kapelle ab. Ein paar Leute standen am Gehsteig oder auf dem Platz und schienen der Blasmusik zuzuhören, die gerade den 'Trompeter von Säckingen' intonierte. Sein Glas fuhr langsam zur Klausenkapelle.

Die Tür stand offen!

Zwei Leute gingen hinein, kamen aber nach wenigen Augenblicken wieder heraus und schlenderten zur Blasmusik. Er folgte ihnen mit dem Glas. Sie gingen an zwei Männern vorbei, die zwischen Musik und Klausenkapelle standen und sich unterhielten: Bastian Erd und Wolfgang Fritz.

Auf der anderen Straßenseite wartete etwas verdeckt Heidebaum, neben ihm eine Frau, die Wanner nicht kannte. Weitere Passanten gesellten sich dazu. Verdammt, das war schlau ausgedacht. Nun wusste er nicht, wer zufällig der Musikkapelle zuhörte, und wer dies als Rätsellösung herausgefunden hatte. Mittlerweile standen etwa 30 Leute um die Blasmusik und klatschten nach jedem Stück begeistert Beifall. Auch Erd, Fritz und Heidebaum schienen sich dorthin orientiert zu haben. Sie waren ein Stück nähergetreten.

Die Klausenkapelle lag verlassen da. Die Tür stand immer noch offen, doch Wanner sah niemand hinein- oder herausgehen.

Er war unschlüssig. Was sollte er tun? Er bereute es nun doch, Eva nicht mitgenommen zu haben, sie hätte in der Zwischenzeit einen Blick in die Klausenkapelle werfen können. Andererseits – wo Neumann auftauchte, war es bisher immer richtig gewesen.

Er sah, wie ein Mann in dunkler Hose und weißem Hemd zu Neumann trat, etwas fragte, einen Umschlag überreichte und, nachdem Neumann hineingesehen hatte, einen anderen zurückbekam.

Das gab den Ausschlag. Er wartete noch bis zehn vor zwei Uhr, dann ging er an der Musikkapelle vorbei zu Neumann.

Der lächelte wie immer und wollte nach Wanners Umschlag greifen. Etwas zu hastig, wie ihm schien. Wanner sah ihm ins Gesicht. Wieder dieses seltsam starre Lächeln. Unangenehmer Bursche, aber er machte wohl nur seinen Job.

„Bekomme ich bei Ihnen die nächste Aufgabe?“, fragte er einer plötzlichen Eingebung folgend.

Neumann lächelte und zuckte die Schultern. Er machte eine unbestimmte Kopfbewegung, die man als ja oder nein deuten konnte und griff wieder nach Wanners Umschlag.

Der Hauptkommissar wurde stutzig.

Er drehte sich schnell um und rannte im Spurt zur Klausenkapelle hinüber, deren Tür immer noch offen stand. Als er keuchend am Eingang stehen blieb – es waren vier Minuten vor zwei – hörte er aus dem Inneren der Kapelle die leisen Töne eines Harmoniums. Die Blasmusik setzte gerade zu ihrem Schlussstück an und übertönte diese zarten Klänge.

Zögernd trat Wanner ein. Wenn er sich jetzt vertan hatte, war alles aus! Denn bis zwei Uhr konnte er nicht mehr zu Neumann zurücklaufen. Aus und vorbei.

Wanner geriet fast in Panik.

Dann sah er einen alten Mann mit weißem Haar an einem Harmonium sitzen und hörte die letzten Klänge eines Mozartstückes, das er kannte.

Zehn Leute, sechs Männer und vier Frauen, saßen in den wenigen Bänken und lauschten dem Spiel. Erd, Fritz und Heidebaum waren unter ihnen. Wieso das denn? Standen sie nicht vorher noch bei der Blaskapelle? Wanner hatte sie aus den Augen verloren

Vom Türmchen war der helle Schlag eines Glöckchens zu hören. Zweimal.

Der Alte hörte zu spielen auf, schloss den Deckel und drehte sich um.

„Kommen Sie wegen des Preisrätsels?", fragte er mit einer dünnen Stimme.

Einer sah den anderen an, dann war es Wanner, der entschlossen „Ja" sagte.

Der Alte nickte lächelnd. „Dann sind Sie richtig! Nur wer in diese Kapelle kam und dieser Musik lauschte, kommt weiter. Geben Sie mir Ihre Namen und das Lösungswort. Es muss ja richtig sein, sonst wären Sie nicht hier. Wir wollen das diskret dort in der Ecke machen, wo mein Aktenkoffer steht."

Einer nach dem anderen traten sie zu dem Alten, gaben leise ihre Namen an, die auf einer Liste abgehakt wurden und verließen dann mit dem neuen Kuvert schnell die Kapelle.

Der Hauptkommissar ging als Letzter in die Ecke.

„Ihr Name?" Der Mann hatte ihn gleich gefunden, er war der Letzte auf der Liste. Vergeblich bemühte sich Wanner einen Blick darauf zu werfen. Der Alte verdeckte sie geschickt. Dann sah er in Wanners Umschlag und reichte ihm lächelnd einen neuen.

„Viel Glück!" Er wandte sich ab und schlürfte zum Harmonium, wo er seine Noten einpackte.

Wanner verließ die Klausenkapelle. Draußen stand Heidebaum. Offensichtlich hatte er auf ihn gewartet.

„Ah, der Herr Kommissar spielt auch mit? Wohl kleine Gehaltsaufbesserung fällig, was?" Er lachte meckernd.

„Und Sie suchen wohl Kapital für eine neue Anlagenberatung?", erwiderte er, weil ihm nichts Besseres einfiel. Schnell warf er einen Blick rundum. Erd und Fritz waren nicht zu sehen.

Heidebaum lachte laut, doch es wirkte gekünstelt. „Sie haben mich durchschaut! Jawohl, genau so ist es!" Er wandte sich um, wobei ein spöttisches Lächeln seinen Mund umspielte. „Also, dann, tschüss und auf Wiedersehen, bis zum nächsten Mal. Falls Sie das Rätsel lösen können!" Er überquerte lachend die Straße und ging Richtung Parkplatz.

Was hatte das denn zu bedeuten? Wanner wurde nicht schlau daraus. Er ging in Gedanken versunken das Stück zur Blaskapelle hinüber. Die Musiker verstauten gerade ihre Instrumente.

Holger Neumann war nicht mehr zu sehen.

Schon wollte Wanner zu seinem Wagen zurückkehren, als er halblautes, heftiges Schimpfen in seinem Rücken hörte. Neugierig wandte er sich um. Der Mann in dunkler Hose und hellem Hemd, der als Erster zu Neumann getreten war, kam hinter ihm her. Er blickte wütend vor sich hin und fluchte halblaut. In seiner Hand hielt er einen aufgerissenen Umschlag.

Wanner ließ ihn herankommen, dann sagte er unvermittelt: „Hallo! Wohl Pech gehabt mit dem Preisrätsel?"

Der Mann im weißen Hemd sah ihn erstaunt an. Schon wollte er vorbeigehen, als er es sich anders überlegte und zurückfragte: „Sind Sie etwa auch dabei?"

Und als Wanner nickte, brach Wut aus dem Mann heraus. „Da schauen Sie, so eine Sauerei, das ist alles, was sie einem nach so vielen Wochen Mühe, Arbeit und Kosten geben: eine Tageskarte für die Nebelhorn- Fellhorn- oder Kanzelwandbahn. Da scheiß ich doch drauf!"

Er hielt die Karte unter Wanners Nase und schnaubte vor Wut.

„Sie sind also bei der Blasmusik gewesen und haben dort ihr Lösungswort einem Herrn mit einer Schachtel gegeben?"

Der Wütende nickte verbissen. „Klar, das ergab doch die Rätsellösung."

„Es gibt aber noch eine andere Kapelle, sehen Sie da drüben die Klausenkapelle? Dort spielte auch Musik und dort gab es die richtige Rätselfrage Nummer sechs. Tut mir leid, dass Sie ausgeschieden sind. Aber Sie waren ja weit gekommen, betrachten Sie's als Denksporterlebnis."

„Denksporterlebnis? Wollen Sie mich verarschen? Ich wollte Knete machen, verstehen Sie? Geld, viel Geld! Und dann nichts wie weg in die Südsee zu den Hulamädchen, Hulahupp... und so weiter. Aber jetzt kann ich grad mal aufs Nebelhorn fahren und Richtung Südsee glotzen. So was von beschissen..." Schimpfend eilte er davon.

Wanner ging zu seinem Wagen. Mein Gott, und auch dafür musste eine Katja Hillberg sterben!

## 36

Wie geplant fuhr der Hauptkommissar anschließend in die Oberstdorfer Klinik und besuchte Christina Müller. Sie lag in einem Einzelzimmer mit Blick nach Südwesten. Als er das Zimmer betrat, erhob sich Tante Marlies hastig von ihrem Stuhl und sagte:

„Ah, da kommt Ablösung. Siehst, niemand hat di vergessn. Grüß Gott Herr Wanner und gleich Pfüet Gott, i wollt sowieso grad gehen, weil mei Bus fährt. Alsdann", sie wandte sich an ihre Nichte, „machs gut, werd wieder gsund und komm bald heim. I back dir auch an großen Erdbeerkuchn, wennst wieder da bischt." Sie umarmte Christina, nickte Wanner zu und trippelte hinaus. In der Tür winkte sie noch einmal zurück.

Wanner begrüßte Christina und drückte ihr einen kleinen Blumenstrauß in die Hand, den er schnell noch am Bahnhof gekauft hatte. Sie lag bleich in den Kissen und wirkte erschöpft. Tante Marlies hatte wohl ziemlich viel zu erzählen gehabt.

„Draußen stehen Vasen auf einem kleinen Rollwagen", sagte sie dann und bedankte sich. Wanner holte eine, ließ Wasser einlaufen und stellte den Strauß hinein. Dann fand er noch einen Platz dafür auf dem Tisch gegenüber dem Bett, sodass die Patientin ihn gut sehen konnte.

„Ich möchte Sie auch nicht lange aufhalten, wollte nur mal sehen, wie es Ihnen geht. Ich hab nämlich hier in der Nähe zu tun gehabt. Außerdem, ganz ehrlich, wollte ich doch noch mal fragen, ob Ihnen vielleicht etwas eingefallen ist, was mir weiterhelfen könnte."

Christina lächelte leicht. Natürlich war er nicht *nur* ihretwegen gekommen! Sie stützte sich etwas im Bett auf, was den Hauptkommissar veranlasste, ihren Kopfteil höher zu stellen.

„Danke. Ich hab jetzt ein paar Tage Zeit ghabt, über alles nachzudenken. Aber mir ist nix mehr eingfallen. Den Täter hab ich ja net sehen können, weil er von hinten gekommen ist, ich hab ihn auch net gehört. Plötzlich hat mir jemand über die Schulter gelangt, dann hab ich bloß noch einen furchtbaren Schmerz gespürt und bin ohnmächtig worden. An etwas allerdings kann ich mich erinnern. Derjenige hat sich ganz eng an mich hingedrückt, sonst hätt er net so weit langen können. Dabei ist mir ein Geruch aufgefallen, wie... wie ein Parfum oder Deo oder so was. Mehr kann ich Ihnen leider net erzählen."

„Dieser Geruch, ist der Ihnen schon mal wo anders aufgefallen, vielleicht in Ihrem Bekanntenkreis?"

Christina dachte nach. „Jetzt, wo Sie's sagen, ich glaub schon, nur wo?" Sie zermarterte ihren Kopf. „Es fällt mir ned ein."

„Wissen Sie was, Frau Müller: ich lasse Sie jetzt in Ruhe und fahr nach Kempten zurück. Und wenn es Ihnen nichts ausmacht, dann denken Sie immer wieder mal nach, woher Sie den Duft eventuell kennen. Nur daran denken. Lassen Sie sich alle Stellen durch den Kopf gehen, die in Frage kommen könnten. Aber natürlich nur, wenn Sie sich dazu in der Lage fühlen."

Er wollte sich erheben, als Christina seine Hand festhielt. „Gell, des mit der Katja Hillberg ist furchtbar? Wer kann bloß so was machen!"

Wanner sah sie an. „Ja, sie hatte weniger Glück als Sie. Und auch mit einem Messer. Wir überlegen, ob es der gleiche Täter oder die gleiche Täterin gewesen sein könnte."

„Sie meinen, so was kann auch eine Frau gemacht haben?" Christina sah ihn mit großen Augen an. „Schrecklich der Gedanke."

„Wir können's nicht ausschließen."

Dann reichte er ihr die Hand und versprach, sie einmal am Tag anzurufen.

Unter der Tür drehte er sich noch einmal um. „Oder wenn Ihnen etwas einfällt, rufen Sie mich kurz an, ich melde mich dann, um Ihnen Kosten zu sparen. Wir müssen weiterkommen!"

Christina Müller lächelte schwach und nickte. Dann winkte sie ihm leicht zu.

Als Wanner zu seinem Wagen ging, dachte er, dass diese Frau niemals ihren Mann erschossen hatte. Aber wer war es dann?

## 37

Wanner rief am nächsten Tag sein Team zusammen und berichtete von seinem Ausflug nach Oberstdorf. Dann zog er die neue Aufgabe heraus und las sie vor:

*„Aufgabe sechs lautet:*

*Drei Schüler einer Abiturklasse hatten ihren Bus verpasst und warteten auf den nächsten. Um sich die Zeit zu vertreiben, gaben sie sich Rätsel auf.*

*Einer begann: Am ersten Samstag eines Jahres fahren ein Eierhändler, ein Obstbauer, ein Bäcker, eine Kräuterfrau, eine Honig- und eine Käseverkäuferin auf den Markt. Der Eierhändler fährt auch an jedem der folgenden Markttage, der Obstbauer nur an jedem zweiten, der Bäcker nur an jedem dritten, die Käseverkäuferin nur an jedem vierten, die Honigverkäuferin nur an jedem fünften und die Kräuterfrau nur an jedem sechsten Markttag in die Stadt. Wann treffen sich die sechs wieder gemeinsam an einem Markttag?*

*Dann war der Zweite an der Reihe: Letztes Jahr war mein Freund Klaus in der Inuitsiedlung Point Barrow in Alaska. Er konnte beobachten, wie die Einheimischen dort noch Wale jagen. Sie fahren mit ihren fellbespannten Booten an die auftauchenden Tiere heran und spritzen ein klebriges Gemisch aus Baum-*

*harz in die Kiemen, so dass diese ihre Atemfunktion verlieren. Die Wale können nicht mehr tauchen und werden eine leichte Beute der Inuit. Was sagst du zu dieser Jagdmethode?*

*Der Dritte erzählte: Meine Nachbarin, Frau Leuwe-Haupt, ist eine begeisterte Großwildjägerin. Sie war diesen Sommer in Sumatra auf Löwenjagd. Vom Tobasee aus startete sie ihre Safari auf Elefanten. Nach einem halben Tag traf sie tatsächlich auf ein Rudel Löwen. Der Größte griff sie sogleich an. Unbeirrt hob meine Nachbarin ihr Gewehr und erledigte ihn treffsicher mit dem ersten Schuss. Die Jägerin konnte aber die übliche Trophäe nicht mit nach Hause bringen. Was war der Grund?*

*Wie heißen die drei Lösungen?*
*Bringe sie zum nächsten Treffen am 13. Juli zwischen 18 und 18.15 Uhr zu einem Ort,*
*den manche lieben, manche hassen,*
*manche können's gar nicht lassen!*
*Das Lösungswort ergibt sich aus der Jagd in Sumatra.*

*Dieses war der sechste Streich,*
*für Könner folgt der siebte gleich."*

Ein Raunen ging durch den Raum.

„Also, das sind ja gerade mal Denksportaufgaben", meinte Eva. „Dabei geht es um so viel Geld! Ich hab den Eindruck, dass die Rätsel gegen Ende leichter werden, umgekehrt hätt´ ich mir's eher vorstellen können."

Riedle protestierte. „Erst mal musst du die drei Fragen richtig beantworten und dann auch noch wissen, wo du die Lösungen abgeben musst. Das scheint nicht so einfach zu sein, wie du meinst."

Uli Hansen wiegte den Kopf. „Insgesamt sind die Rätsel unterschiedlich schwierig. Ihr seid aber auch besser im Raten geworden! Klar, die drei Fragen sind wahrscheinlich bald zu beantworten. Bei der ersten braucht man einen, der gut in Mathe ist. Also fragt mich nicht! Dafür fällt mir schon etwas zur dritten Frage ein, Geografie war nämlich mein Lieblingsfach."

„Ach, und du bist wohl ein großer Jäger vor dem Herrn?", fragte Riedle missmutig.

Hansen sah Wanner an und schwieg belustigt.

Der schielte zu Eva. „So viel ich weiß, hast du in Mathe immer eine Eins gehabt. Damit bist du geradezu prädestiniert, die erste Aufgabe zu lösen. Mach dich gleich drüber. Den Rest werden wir dann hoffentlich auch bald haben. Ausnahmsweise wissen wir das Datum im Klartext, es sind neun Tage bis zur Abgabe. Lasst sie uns nützen. Einen weiteren Fall Katja Hillberg will ich nicht mehr erleben."

Eva Lang hatte bei der Erwähnung ihrer Schulnote abwehrend die Hände erhoben. Jetzt seufzte sie, ließ sie sinken und grummelte vor sich hin: „Es war in der ganzen Schulzeit nur einmal eine Eins dabei, und das war in Geometrie, weil ich so gut Gerade und Winkel zeichnen konnte."

Wanner überhörte diesen Einwand geflissentlich. „Eine Eins ist eine Eins, ich hab nicht mal in Geometrie je eine bekommen, obwohl ich meine Geraden immer mit dem Lineal gezogen habe."

Dann verteilte er neue Aufgaben an Riedle und Hansen und zog sich zum Nachdenken zurück. Er holte seinen Flip-Chart ans Fenster und trug die neuesten Erkenntnisse darauf ein. Die Pfeile, die von Erd, Fritz und Heidebaum zu Marco Müller wiesen, beließ er. Den vor Christina versah er mit einem Fragezeichen, Katjas strich er durch. Natürlich hätten sie beide Täterinnen sein können, aber er gab seinem Gefühl nach.

Er dachte an die anonyme Anruferin, die Christina des Mordes an ihrem Mann bezichtigt hatte. Zu gerne hätte er gewusst, was sie zu diesem Anruf veranlasste. Dahinter konnte mehr stecken, als nur Neid und Missgunst.

Wanner griff zum Telefon und teilte Florian Berger mit, dass er ihn wieder besuchen und mit ihm sprechen wollte. Vor allem mussten sie endlich diesen Hartmann erreichen und befragen. Und noch mal die drei bisher schon Verdächtigten.

Falls einer davon einen Fehler machen würde, und sei er noch so klein, er, Wanner, würde ihn bemerken.

Der nächste Anruf brachte ihn an diesem Tag ein ungeahntes Stück weiter.

Hans Kern von der Spurensicherung war am anderen Ende. „Du, ich glaub, wir haben da was Interessantes entdeckt. Auf der Jacke, die Christina Müller zur Zeit des Anschlages trug, sind fremde Fasern und zwei Frauenhaare gefunden worden, die nicht vom Opfer stammen..."

„Oh – willst du damit sagen, es könnte eine Frau als Täterin in Frage kommen?"

Wie ein Blitz traf ihn die nächste Erkenntnis. „Dann hätten wir auch eine Erklärung für den Duft, den Christina Müller noch wahrgenommen hatte, bevor sie ohnmächtig wurde. Ein Parfum!"

„Wir haben Haare und Fasern noch im Labor zu weiteren Untersuchungen. Wenn ein Parfum dran ist, werden wir das bald wissen."

Nach diesem Anruf war der Hauptkommissar sehr nachdenklich geworden. Eine Frau als Täterin mit einem Messer! Das war allerhand. Hatte sie vielleicht auch Katja Hillberg auf dem Gewissen? Er konnte sich das einfach nicht vorstellen. Einen Schuss, ein bisschen Gift, einen Schlag auf den Kopf schon eher – aber ein Messer?

Nun mussten die fremden Frauenhaare und die paar Fasern nicht unbedingt von der Täterin stammen. Sie konnten sonst wie hingekommen sein. Aber sie würden dieser neuen Spur sehr intensiv nachgehen.

Er ging in das Nachbarbüro hinüber und unterrichtete sein Team von dem Anruf.

Das Erstaunen war echt. Niemand wollte so recht daran glauben, dass eine Frau einen Anschlag mit einem Messer ausführte.

„Warten wir's mal ab, was das Labor noch rausbringt", sagte Eva und die anderen nickten.

„Ja! Und morgen fahr ich nach Riezlern und rede noch mal mit dem Flori. Vielleicht kriegt ihr ja das Rätsel schon heraus, sonst macht ihr einfach wie besprochen,weiter."

Er ging zu seinem Platz zurück und studierte seinen Flip-Chart. In der Schublade waren, wie er feststellte, keine Kirschen mehr. Am nächsten Wochenmarkt musste er sich nach einer neuen Obstart umschauen, vielleicht Aprikosen? Es wurde Zeit, dass es wieder Äpfel gab, die hielten sich länger als Kirschen.

Er schrieb 'unbekannte Täterin' unter Christina Müller, zog einen neuen Pfeil und setzte über das Wort Täterin zwei Fragezeichen. Und wenn es so wäre, er zuckte in Gedanken mit den Schultern, dann musste man eben auch damit zurechtkommen.

Sorgfältig ließ er die vergangenen Wochen an seinem geistigen Auge vorbeiziehen. Hatte er etwas versäumt, verkehrt gemacht, vergessen? Hätte man das Leben Katja Hillbergs retten können, wenn die Recherchen schneller vorangetrieben worden wären? Aber wie hätte das gehen sollen! Sie waren intensiv dabei, Marco Müllers Tod aufzuklären, hatten Fäden gesponnen um den Anschlag auf Christina Müller aufzudecken, waren mitten im Aufbau von Ergebnissen im Mordfall Hillberg und hatten sich tapfer durch das Preisausschreiben gekämpft, das ihnen ebenso viele Fragezeichen bescherte, wie die eigentlichen Verbrechen. Aber es fehlten noch beide Tatwaffen, ohne die man zu langsam vorankam, ein Gewehr und ein Messer. Oder zwei Messer! Es stand noch lange nicht fest, dass Katja Hillberg mit demselben Messer umgebracht worden war, mit dem man den Anschlag auf Christina Müller verübt hatte. Auch wurde noch nach den Schuhen gesucht, deren Abdrücke man beim letzten Opfer am Fußboden fand.

Und was war mit dem Blut? War es wirklich nur das vom Opfer? Wanner griff zum Telefon, aber mitten in der Bewegung klingelte es. Er hob dadurch so schnell ab, dass Dr. Edith Jörg am anderen Ende verblüfft fragte: „Oh – äh – hallo! Hatten Sie meinen Anruf schon erwartet?"

Wanner lachte. „Im selben Moment wollte ich zum Telefon greifen um Sie anzurufen. Wenn das keine Gedankenübertragung ist!"

Dr. Edith Jörg, die Ärztin im Labor, wunderte sich: „Das gibt's ja fast nicht! Aber offensichtlich doch! Ja also, es geht um das Blut im Hause Hillberg. Zuerst fanden wir nur welches vom Opfer, das wissen Sie bereits. Aber es hat uns keine Ruhe gelassen und wir haben das ganze Haus auf den Kopf gestellt, um was zu finden. Und siehe da...", sie machte eine bedeutungsvolle Pause.

„Ja?", Wanner war ungeduldig. Nicht schon wieder ein Rätsel!

„Also, Sie wissen von den schief hängenden Bildern. Offenbar hat jemand versucht eines davon abzunehmen und sich dabei an einem Haken oder sonst wo verletzt. Nicht viel, aber doch so, dass die Wunde geblutet haben muss, denn wir fanden drei kleine Flecken. Deren Untersuchung ergab, dass sie *nicht* dem Opfer zuzuschreiben sind. Eine Bezugsperson allerdings fehlt uns, das wäre dann Ihre Sache."

„Frau Doktor! Sie sind die Größte! Jetzt sind wir soeben auf eine Autobahn eingebogen, wo wir bisher nur einen holprigen Feldweg entlanggezockelt sind." Wanners Begeisterung war echt.

Dr. Jörg lachte. „Freut mich zu hören, dass Sie damit was anfangen können! Hab mir schon so was gedacht. Wenn Sie wieder mal was brauchen – zum Beispiel einen Vergleich von Blutproben bekannter Personen: stets zu Diensten!" Sie verabschiedete sich und schien richtig aufgekratzt zu sein. Auch das Labor freute sich über ein Erfolgserlebnis!

Wanner geriet in richtig gute Stimmung. Das war heute schon der zweite Schritt, den sie vorangekommen waren. Na alsdann, wer sagt's denn! Die Wand, vor der sie bisher standen, bekam plötzlich Risse und in diese würde er jetzt behutsam seine Brechstangen ansetzen. Immer schön eine nach der anderen. Es wäre doch gelacht, wenn er damit nicht endlich hinter diese Mauer schauen könnte.

Allerdings fürchtete er, dass er dabei auf wenig Schönes stoßen würde.

# 38

Am 6. Juli fuhr Wanner nach Hirschegg zu Florian Berger. Er berichtete ihm von ihren bisherigen Recherchen und Erkenntnissen.

Berger sah nachdenklich vor sich hin. Einen Fall wie diesen, hatte er bisher noch nie gehabt, ja nicht einmal von einem solchen gehört. Morde und Preisrätsel die zusammenhingen! Er seufzte. Ihr Tal war bisher, von Ausnahmen abgesehen, still und friedlich gewesen. Genau genommen war es das immer noch, denn die Morde waren ja auf deutscher Seite geschehen, nur Christina war hier angegriffen worden. Aber gerade Letzteres zeigte deutlich, dass Spuren ins Tal führten, ja die Täter möglicherweise sogar hier zu Hause waren.

„Wie geht's weiter?", fragte er dann.

„Wie ausgemacht. Wir brauchen jetzt erst einmal den Hartmann. Dann wird es von seiner Aussage abhängen, wie wir weiter verfahren. Er müsste ja das Alibi von Heidebaum bestätigen. Tut er das glaubhaft, streichen wir den Heidebaum und wenden uns Fritz und Erd zu."

„Und wenn's keiner von denen war, sondern ein ganz anderer?"

Wanner zögerte mit der Antwort. Daran hatten sie natürlich auch schon gedacht.

Bevor er antworten konnte, ging ein Grinsen über Bergers Gesicht.

„Also, a Vögele hat mir gezwitschert, dass der Hartmann heut im Tal ischt. Wenn wir uns beeilen, können wir ihn no antreffen. I hab ihm mit Absicht nix gsagt, so ghört uns die Überraschung. Man weiß ja nie..."

„Sehr gut, Kollege! Solche Vögele sind sehr wertvoll. Lass uns gleich hinfahren, ich bin gespannt, was der uns auftischt."

Karl-Josef Hartmann wohnte in der Walserstraße in der Nähe des Casinos.

Auf ihr Läuten öffnete er und blieb überrascht in der Tür stehen, als er Berger in Uniform sah. Fast schien es einen Augenblick, als ob er die Türe zuschlagen wollte, dann aber hatte er sich in der Gewalt und fragte nach ihren Wünschen.

„Abteilungsinspektor Berger von der Inspektion in Hirschegg", stellte sich dieser vor und fuhr hochdeutsch fort: „Das ist mein deutscher Kollege Wanner aus Kempten. Er ist befugt, hier im Kleinwalsertal zusammen mit mir Recherchen über zwei Mordfälle anzustellen, die zwar in Deutschland passiert sind, deren Tatverdächtige aber möglicherweise bei uns im Tal wohnen. Dürfen wir reinkommen?"

Der erstaunte Hartmann drehte sich wortlos um und ging in das Wohnzimmer voraus. Er war ein vierschrötiger Mann Mitte fünfzig, seine ausgeblichene Jeans und ein rotkariertes Hemd passten nicht zu seiner sonstigen Erscheinung. Er mochte einsachtzig groß sein, wie Wanner schnell taxierte. Ihm fiel außerdem auf, dass der Mann beim Gehen ganz leicht sein linkes Bein nachzog. Ohne zu wissen warum, fand Wanner ihn unsympathisch.

Hartmann deutete auf zwei Sessel und nahm selbst auf der Couch gegenüber Platz.

„Was hab ich mit den zwei Morden zu tun?", fragte er ohne Übergang.

Berger nickte Wanner zu.

Der übernahm das Gespräch. „Sie haben vom Mord an Marcus Müller gehört?" Und ohne eine Antwort abzuwarten, fuhr er fort: „Wir haben festgestellt, dass er an dem Palast Hotel Bärenkopf in Mittelberg einen

Anteil besaß, einen weiteren hat eine Bank in Bregenz und einen dritten Sie selbst. Korrekt?"

Über Hartmanns Gesicht war ein leichtes Zucken gelaufen. Aber er antwortete gleichmütig:

„Sie wissen ja schon Bescheid. Warum fragen Sie dann noch?"

„Wir wollten gerne von Ihnen eine Bestätigung haben, dass es sich so verhält."

„Ja. Ist das etwa verboten?"

Ohne auf den unhöflichen Ton einzugehen, fragte Wanner weiter: „Haben Sie untereinander ein Abkommen bezüglich der Weitergabe dieser Anteile getroffen, wenn einer von Ihnen... ausfallen oder verkaufen sollte?"

„Die Bank steht für ihren Anteil allein, da gibt es keine Absprachen. Müller und ich hatten vereinbart, dass jeweils der andere das Vorkaufsrecht besitzen sollte." Hartmann sah Wanner ohne mit der Wimper zu zucken in die Augen.

„Ah – und wie ist das im Falle des Ablebens eines von ihnen beiden geregelt? Da gibt es doch sicher auch eine schriftliche Vereinbarung!"

Hartmanns Gesicht verfinsterte sich. „Wie weit muss ich dem eigentlich Auskunft geben?", wandte er sich dann an Berger.

„Lückenlos. Schließlich geht's um die Aufklärung eines Gewaltverbrechens. Also, antworten Sie, bittschön, dem Herrn Hauptkommissar!"

„Wir hatten vereinbart, dass beim Tod des einen der jeweils andere den Anteil kostenfrei übernehmen konnte. Nur er, kein anderer."

„Müller hatte eine Frau. Hätte nicht sie den Anteil erben können?"

Hartmann sah unwirsch drein. „Unsere Abmachung war, wie ich sie ausgeführt habe. Der jeweils andere, ohne Berücksichtigung von Erbansprüchen."

„Das ist eher ungewöhnlich. Hatten Sie einen Grund zu einer solchen Vereinbarung?"

„Hatten wir. Aber der spielt hier keine Rolle, er lag im persönlichen Bereich und schon Jahre zurück."

„Hm. Ihre Anteile waren nicht gleich groß, wie ich erfahren habe. War auch kein finanzieller Ausgleich vorgesehen?" Wanner tat unbeteiligt. Seine Frage war eine Falle.

Aber Hartmann tappte nicht hinein. Vielmehr antwortete er bissig: „Wenn einer den Anteil des anderen übernimmt und Erbansprüche nicht vorgesehen sind, dann braucht es doch auch keinen Ausgleich, oder?"

Na schön, dann eben beim nächsten Mal, dachte Wanner. Hartmann wurde ihm immer unsympathischer. Er war ein weiterer Verdächtiger.

Wanner wechselte das Thema. „Sie haben Herrn Heidebaum für die Tatzeit ein Alibi verschafft. Er war also bei Ihnen und Sie haben Geschäftliches besprochen?"

Man sah Hartmann deutlich an, wie unangenehm ihm dieser plötzliche Wechsel in der Gesprächsführung war. Er dachte blitzschnell nach.

„Das habe ich schon zu Protokoll gegeben. Wenn Sie's noch mal hören wollten, müsste ich meinen Kalender zu Rate ziehen. Ich merke mir auch nicht mehr alles."

„Bitte, bringen Sie Ihren Kalender und lassen Sie mich einen Blick hineinwerfen. Es dreht sich um den 25. Mai, Himmelfahrt. Da hatten Sie also mit Herrn Heidebaum eine geschäftliche Besprechung..." Wanner betonte den letzten Satz besonders.

Hartmann stand auf und holte von einem Regal einen Kalender in Buchform, suchte eine Weile und kam dann zu Wanner, dem er die aufgeschlagene Seite unter die Nase hielt.

„Da sehen Sie, Selbstständige wie ich als Grundstücksmakler, können nicht jeden Feiertag einhalten wie Beamte oder Angestellte..."

Wanner überging diesen Ton, griff nach dem Kalender und suchte den Eintrag.

Am 25. Mai standen nacheinander drei Namen, beginnend um 8 Uhr mit einem Herrn Meier. Heidebaum war unter 10 Uhr 30 eingetragen.

„Und Sie bestätigen ausdrücklich, dass diese Eintragungen richtig sind und die Besuche auch so stattgefunden haben? Sie müssen damit rechnen, dass Sie vor Gericht vereidigt werden."

Ohne zu zögern bejahte Hartmann.

Also, entweder war sein Gegenüber wirklich unschuldig oder ein ganz gerissener Hund, der sich mächtig in der Gewalt hatte

„Geben Sie mir bitte die Anschrift von Herrn Meier. Ich brauche seine Bestätigung ebenfalls. Und bevor Sie sauer werden...", Wanner sah, dass Hartmann scharf erwidern wollte, „möchte ich Ihnen sagen, dass es meine Pflicht ist, genau und sicher zu recherchieren. Dazu gehört auch, dass ich mir Termine mit Alibifunktion von allen in Frage kommenden Personen persönlich bestätigen lasse."

Hartmann sah ihn finster an, schwieg aber.

Wanner fuhr fort: „Wie geht es jetzt weiter mit den Hotelanteilen? Sie bekommen also die Anteile von Marco Müller, fügen sie den Ihren zu, und haben dann, wenn ich's richtig im Kopf hab, insgesamt 65 % und damit die Mehrheit. Also, gehört das Palast Hotel Bärenkopf praktisch Ihnen. So ist es doch?"

Hartmann nickte widerwillig.

„Müssen Sie mit dem Totenschein von Marco Müller zu einem Notar gehen oder wie läuft das ab? Lassen Sie sich doch nicht alles aus der Nase ziehen!"

„Mit dem Totenschein erfolgt eine Umschreibung im Grundbuch. Mehr braucht es nicht, weil alles exakt geregelt wurde."

„Kennen Sie Wolfgang Fritz und Bastian Erd?" Wieder dieses sprunghafte Wechseln des Themas, mit dem Wanner schon öfter Erfolg hatte.

Auch jetzt war Hartmann eine Verwirrung anzumerken. „Ja – ähm – flüchtig."

„Soviel ich weiß, hat das Baugeschäft Erd am Hotel Bärenkopf gearbeitet, da müssten Sie doch mit Herrn Erd verhandelt haben? So was ist flüchtig gar nicht möglich."

Die Verwirrung nahm zu. Wanner sah es mit Genugtuung. Warte Bursche, aus dir krieg ich noch mehr heraus!

„Wir haben jeweils nur die Pläne besprochen, die Ausführung hab ich seinem Kapo überlassen, der für saubere Arbeit bekannt ist. Da kommt man nicht weiter ins Gespräch. Herrn Fritz kenne ich so gut wie überhaupt nicht. Ich weiß nur, dass er auf der Gemeindebibliothek arbeitet und im Gemeinderat sitzt. Aber darf ich wissen, was diese Fragerei eigentlich soll? Was hat das alles mit den zwei Morden zu tun? Marco Müller und Katja Hillberg..." Er stockte plötzlich.

Der Name Katja Hillberg war bisher noch gar nicht gefallen.

Wanner sah seinen Gegenüber scharf an. Er konnte ihn natürlich aus der Zeitung haben. Immerhin, das Stocken deutete darauf hin, dass sich auch Hartmann dieser Sache bewusst geworden war. Er hatte wohl zuerst geredet und dann gedacht. Hm, hm.

„Wohnen Sie ständig in Riezlern?" Wanner beachtete die Fragen Hartmanns nicht, er war hier derjenige der fragte.

„Die meiste Zeit, in Bregenz habe ich noch ein Appartement. Und bevor Sie mich danach fragen, das ist meine dortige Telefonnummer." Er gab Wanner seine Visitenkarte.

„In der nächsten Zeit sollten Sie erreichbar bleiben, möglichst hier im Kleinwalsertal. Es könnte sein, dass wir noch weitere Fragen an Sie haben. Flori, sag du das deinem Landsmann, mir glaubt er es vielleicht nicht." Ein Hauch von Ironie war deutlich zu spüren.

Berger bestätigte Wanners Wunsch und sie verließen Hartmanns Wohnung.

Auf dem Weg zum Parkplatz kamen sie an einer Konditorei vorüber. Der Hauptkommissar, der nur ein kleines Frühstück bekommen hatte, sah sehnsuchtsvoll auf die Obst- und Käsekuchen, die werbewirksam im Blickfeld der Passanten hinter der Schaufensterscheibe in einer Kühltheke lagen. Er bat Berger kurz zu warten und kehrte ein paar Minuten später mit einem großen Stück Erdbeerkuchen zurück, auf dem eine gehäufte Portion Sahne thronte.

„Eieiei – jetzt wird's aber pfundig!“, grinste Florian und sah seinerseits neidisch auf Wanners Teller.

„Hol dir doch auch ein Stückl, der schmeckt prima!“ Genussvoll schob er sich eine Plastikgabel voll Kuchen in den Mund, wobei ihm ein Batzen Schlagsahne auf sein Hemd fiel. Er putzte ihn schleunigst mit seinem Taschentuch weg und knurrte: „Ich weiß jetzt schon, was meine Frau dazu sagen wird. Aber ich verrat's nicht.“

Florian lachte, verzichtete aber auf die Kalorien. „Sonscht kann i wieder zwei Bergtouren machen, bloß um die Pfunde wegzulaufen.“

Wanner lachte. „Na und? Sind Bergtouren vielleicht nicht schön? Und wenn man dabei Gewicht verliert, hat man gleich zwei Vorteile: erstens hast du einen guten Kuchen gegessen und zweitens zwei schöne Bergtouren gemacht. Wo liegt da das Problem? Ich mach das immer so!“

Lachend kamen sie zu Bergers Dienstwagen zurück und stiegen ein. Berger wartete mit Blick auf Wanners Hemd, bis der seinen Kuchen aufgegessen und den Pappteller in den nächsten Papierkorb geworfen hatte.

Sie hatten verabredet, nochmals Fritz und Erd aufzusuchen.

Auf dem Weg zur Gemeindebibliothek war Wanners Handy zu hören. Sinnigerweise hatte er 'Auf in den Kampf Torero' als Erkennungsmelodie aufspielen lassen. Der Hauptkommissar meldete sich und hörte schweigend zu. Dann fragte er zurück: „Und ihr seid sicher?... Gut... Ja, ganz wichtig und sehr passend... Danke, Ende.“

Er stieß die Luft zwischen den Lippen heraus. „Es geht vorwärts“, war alles, was er zu Berger sagte.

Wolfgang Fritz war erstaunt, als sie unangemeldet vor seiner Tür standen.

„Sie haben Glück, dass ich gerade noch hier bin", meinte er mit einem Blick auf seine Uhr.

„Wir wollen Sie auch nicht lange aufhalten", sagte Wanner. „Dürfen wir reinkommen?"

In der Bibliothek waren keine Gäste, deshalb führte sie Fritz nicht in sein Büro. Er bot ihnen auch keinen Platz an, sondern stellte sich ihnen gegenüber mit dem Rücken zum Fenster. Wanner, der diesen Trick kannte, notierte sich die kleine Begebenheit in seinem Gedächtnis. Mit dem Rücken zum Fenster bedeutete, dass der Befragte die Gesichter der anderen genau beobachten konnte, während sein eigenes im Schatten lag. Ein alter Verhörtrick.

„Ja also, es geht um den 25. Mai, Himmelfahrt. Wo waren Sie da gleich wieder am Vormittag?" Wanner tat so, als ob er überlegen müsste und nicht drauf kam.

„Das hab ich Ihnen doch schon mindestens zweimal erklärt", erwiderte Fritz ärgerlich.

„Bitte noch ein drittes Mal." Wanner war ungerührt.

„Also, ich war in der Bibliothek in Mittelberg und habe gearbeitet."

„An Himmelfahrt? Am Feiertag?"

„Die Bibliothek war nicht geöffnet, da hatte ich Ruhe, ich musste noch eine Menge nacharbeiten."

„Wie lange waren Sie dort?"

„Etwa zwischen neun und zwölf."

„Und dann?"

„Dann bin ich heimgegangen, wir haben gegessen und ich hab mich danach hingelegt."

„Und bei Katja Hillberg waren Sie am Tag ihrer Ermordung auch gewesen?" Wanner gab es im Stillen ja zu, das war hinterhältig. Aber auf die Weise konnte man so manchen bösen Buben überraschen.

Wolfgang Fritz fuhr in die Höhe. „Was zum Teufel soll diese Bemerkung? Ich denke, wir sind beim Mordfall Müller?"

„Beide Mordfälle hängen irgendwie zusammen", sagte Wanner ruhig. „Wir bearbeiten sie deshalb auch gemeinsam. Kollege Berger hat mir von Ihrer

Befragung erzählt. Dazu hätte ich noch ein paar ergänzende Fragen. Stimmt es, dass Sie das Haus von Frau Hillberg nicht betreten haben und gleich wieder weggefahren sind?"

Fritz wurde unruhig. „Ja, so habe ich es ja schon Herrn Berger mitgeteilt."

Wanner sah sich in der Bibliothek um, dann wandte er sich blitzschnell zu Fritz zurück.

„Und wie kommt es dann, dass Blut von Frau Hillberg an der Hose und dem Pullover gefunden wurde, die Sie am Tag ihrer Ermordung getragen haben?" Seine Augen bohrten sich förmlich in die von Fritz.

Der wurde kreidebleich.

Hilflos starrte er Wanner an. Er musste schlucken. Plötzlich kam ein Krächzen aus seinem Mund. Endlich konnte man verstehen, was er sagen wollte. „W... was sagen Sie d... da? Blut von K... Katja an m... meiner Hose? Das gibt es n... nicht!" Schweißperlen bildeten sich auf seiner Stirn. Er sah Berger an, der blickte verwundert auf Wanner. Das war ja eine Neuigkeit! Die hätte der Kollege aus Deutschland ihm vorher sagen können.

Bei Fritz hatte der Treffer von Wanner ungeahnte Folgen. Er war das personifizierte schlechte Gewissen.

„Sie haben besagte Kleidungsstücke am Tag nach der Ermordung von Frau Hillberg in eine Reinigung in Oberstdorf gebracht, die uns auftragsgemäß davon verständigt hat. Aus einem Grund, den ich jetzt noch nicht näher erläutern möchte...", er sah Berger kurz an, „stehen Sie im Verdacht, in den Mord verwickelt zu sein oder ihn sogar begangen zu haben. Die Untersuchung Ihrer Kleidung hat nun einwandfrei ergeben, dass Frau Hillbergs Blut daran klebte. Ich möchte jetzt verdammt noch mal wissen, wie es dahin kam!" Sein Ton war hart geworden, sodass Berger erstaunt aufhorchte.

Mit leerem Blick stierte Fritz vor sich hin. Er war auf einem Besucherstuhl zusammengesunken und brachte kein Wort heraus.

Der Hauptkommissar blickte voll Abscheu auf ihn hinunter. „Gestehen Sie endlich! Sie haben Katja Hillberg umgebracht und zwar auf eine ganz fiese und gemeine Art und Weise!"

Wolfgang Fritz begann seinen Kopf zu schütteln. „Nein... nein, das stimmt nicht!" Er schüttelte den Kopf weiter. „Sie war... schon tot, als ich sie fand. Das müssen Sie mir glauben! Sie war bestimmt schon... tot!" Er sah zu Wanner auf, Verzweiflung in seinem Blick.

„Sie geben also zu, dass Sie im Haus von Frau Hillberg gewesen sind?", mischte sich Florian Berger ins Gespräch.

Fritz nickte langsam. „Ja, ich war drin, die Haustür war nur angelehnt. Ich... ich rief, aber sie antwortete nicht. Da bin ich in den ersten Stock gegangen, ich kannte ja die Wohnung meiner Schwägerin. Die Wohnzimmertür stand offen und sie lag..."
Ihm brach die Stimme und er schlug die Hände vors Gesicht.

„Was haben Sie dann gemacht?"

Fritz sah Wanner an. „Ich bin hingegangen, hab sie angefasst und nach dem Puls gefühlt. Aber da war keiner mehr. Ich... ich wollte sie umdrehen, war total durcheinander vor Schreck und Entsetzen. Aber dann hab ich sie liegen lassen und bin davongelaufen. Dabei bin ich wohl auch in die Blutlache getreten..." Er schwieg.

„Wo haben Sie Ihre Schuhe hingetan?"

Fritz war völlig zusammengebrochen. „Im... im Keller, in einer Schachtel. Mein Gott, was werden meine Frau und meine Tochter von mir denken..."

„Sie haben die Tote angefasst", fuhr Wanner fort. „Hatten Sie den Eindruck, dass sie noch Körperwärme hatte?"

„Sie... Sie glauben mir also?" Hoffnung schimmerte in den Augen von Wolfgang Fritz.

„Was ich glaube, spielt hier keine Rolle. Beantworten Sie meine Frage!“

Fritz dachte nach. Dann sagte er leise: “Ich glaube, sie war noch nicht lange tot. Sie fühlte sich noch so... so beweglich an.“

„Hatten Sie was mit Ihrer Schwägerin?“ Wanner konnte sich diese Frage nicht verkneifen.

Wolfgang Fritz schüttelte den Kopf. „Nein, bestimmt nicht! Wegen des Rätsels sollte ich sie besuchen. Deswegen war ich dort.“

Berger zog Wanner auf die Seite. „I glaub ihm. Was er sagt, klingt doch plausibel. Und was soll er für a Motiv ghabt haben?“

Wanner zog die Stirn in Falten. „Plausibel klingt es schon. Aber ob's auch so war? Für einen Haftbefehl wird es nicht reichen, wir können nicht nachweisen, dass er uns angelogen hat. Also sollten wir ihn gehen lassen, aber vielleicht könntest du seine Ausweispapiere einziehen und ihn zum Bleiben im Tal auffordern. Wir brauchen ihn bestimmt noch, auch wegen Marco Müller.“

Florian Berger nickte. Dann sagte er zu Wolfgang Fritz: „Bringen Sie heut noch Ihre Ausweispapiere zur Polizeiinspektion und halten Sie sich in der nächsten Zeit hier im Tal zu unserer Verfügung.“

Fritz war ein geschlagener Mann. Er nickte wortlos und machte auch keine Anstalten aufzustehen, als die beiden Polizisten den Raum verließen.

Aber er wusste, sie hatten etwas vergessen zu fragen.

Was bei dem Rätsel herausgekommen war.

Es hatte die Nummer sieben.

## 39

Auf der Fahrt zu Erd bat Wanner, die Schuhe von Fritz sicherzustellen. Es half nichts, Carola und Steffi Fritz würden auf diese Weise zwar aufmerksam werden, aber irgendwann wäre das so oder so geschehen. Die Recherchen ließen sich nicht verheimlichen.

Wanner dachte an das Preisausschreiben. Ob Fritz jetzt noch mitmachen konnte? Möglicherweise wurde er verhaftet, dann war es damit vorbei. Aber vielleicht konnten ja Carola oder Steffi einspringen. Wenn Fritz klug gewesen war, hatte er beider Namen mit angegeben. Wie Eva Lang damals bemerkt hatte, war auch Steffi mit dem Rätsel beschäftigt gewesen. Er musste an das hübsche Mädchen im Rollstuhl denken. Ihr würde er den Preis gönnen.

Sie fanden Bastian Erd in seinem Büro, wo er hinter einem Berg von Unterlagen auf seinem Schreibtisch fast verschwand. Er war überhaupt nicht begeistert, als er die beiden Polizisten hereinkommen sah.

„Wie wär's mit einer Anmeldung gewesen?", fragte er unfreundlich.

„Wir kommen zufällig hier vorbei", antwortete Wanner. „Ein paar Minuten werden Sie sicher Zeit für uns haben!"

Erd schien unruhig zu werden. „Was brauchen Sie denn noch von mir? Hab ich Ihnen nicht schon alles gesagt?"

Wanner lächelte über diese Formulierung. „Genau das wissen wir eben nicht, deshalb sind wir hier. Erinnern Sie sich nochmals an den 25. Mai, Himmelfahrt. Sie hatten angegeben, dass ein LKW-Fahrer, der dann angeblich im Urlaub weit weg war, Ihnen ein Alibi geben könnte. Ist der Mann zufällig jetzt zu sprechen?"

Erd sah zögernd in eine Liste. „Nein, er fährt eine Ladung Kies nach Baad, dort hat beim letzten Regen der Bach ein Stück vom Weg zur Bärguntalpe weggespült..."

„Wann ist er wieder zurück?"

„Schwer zu sagen, je nachdem wie schnell man den Kies dort einbauen kann, was viel Handarbeit verlangt. Es kann also dauern..."

Berger mischte sich ein. „Sie stehen doch sicher über Funk mit ihm in Verbindung? Fragen Sie ihn einfach, wann er zurück sein kann."

Widerwillig ging Erd zu dem Gerät und schaltete es laut. Ein Krachen, Knacken und Piepsen ertönte, dann hörte man eine Stimme rufen: „Ja, was gibt's?"

„Hier Erd. Wann kannst du zurückkommen? Hier sind zwei Polizisten, die mit dir reden wollen."

Wieder Rauschen und Knacken in der Leitung. Dann undeutlich: „Wir sind... dabei abzukippen... Hälfte verschafft...Stunden noch..." Die Leitung war tot.

Erd zuckte die Achsel. „Ganz schlechter Empfang an der Stelle. Und mit dem Handy geht's überhaupt nicht."

„Wie heißt der Mann?" Wanner holte einen Notizzettel heraus.

„Sepp Moosbrugger."

„Wie kommt es eigentlich, dass Moosbrugger an einem Feiertag gearbeitet hat? Schließlich war Christi Himmelfahrt."

„Er hatte Bereitschaftsdienst. Nachdem ich das einzige Baugeschäft im Tal habe, muss immer jemand bereit stehen, eine plötzlich notwendige Fahrt zu übernehmen. Wir hatten einen Wassereinbruch im Palast Hotel Bärenkopf, deshalb war ich dort draußen und hab den Moosbrugger hinbestellt."

„Na gut, wir werden ihn fragen. Für heute sind wir fertig. Auf Wiedersehen."

„Wiedersehen. Und denken Sie beim nächsten Mal daran: anmelden!" Erd rief es hinter ihnen her.

Wanner hob nur die Hand, ohne sich umzudrehen.

Dann wandte er sich an Berger. „Du, Flori, wie lang braucht man von hier bis nach Baad zu dieser Wegbaustelle?"

Der überlegte, „Vielleicht 20 Minuten, je nachdem, ob wir mit unserem Wagen bis hin fahren können."

Florian Berger schaltete sein Blaulicht ein und war eine gute viertel Stunde später in Baad, am Ende des Kleinwalsertales. Die hohen Berge ringsherum warfen schon Schatten auf den Talboden. Wanner kannte sich hier von Bergtouren im Sommer und Skitouren im Winter gut aus. Er liebte diese Gegend.

Sie fuhren bis zur Baustelle, wenn auch der Weg ziemlich schmal und steinig war. Er führte als Wanderweg weiter durch das Bärgunttal bis zum Hochalppass hinauf. Etwa 200 Meter südlich von Baad war der Weg durch den Bärguntbach ausgewaschen und zum Teil in den Bach gestürzt. Ein gelber LKW versperrte ihnen die Weiterfahrt, ein halbes Dutzend Männer waren mit Schaufeln beschäftigt, eine abgekippte Kiesladung zu verarbeiten. Im Bach lagen tonnenschwere Felsbrocken, die man als Stützmauer dort verankert hatte.

Neben dem Fahrerhaus stand ein Mann in blauem Overall und rauchte gelangweilt eine Zigarette.

Berger rief ihn an. Es war Moosbrugger, er kam langsam herbeigeschlendert. Man sah ihm deutlich an, wie widerwillig er dies tat.

Berger stellte sich und Wanner vor. Moosbrugger schaute den Hauptkommissar gar nicht an. Er trat seine Zigarette aus. „Was gibts denn, dass Sie mi bei der Arbeit störn?"

Nun, Wanner hatte nicht den Eindruck, dass der Mann sich gerade überarbeitete. Zigarettenrauchend zuzuschauen wie andere einen Kieshaufen wegschaufeln, den er mit einer hydraulischen Einrichtung hingekippt hatte, konnte wohl nicht so anstrengend sein. Wahrscheinlich hatte Erd nochmals angerufen und bei besserer Verbindung Moosbrugger auf die Polizisten vorbereitet. Erd hatte wohl vermutet, dass sie nach Baad fahren würden.

Berger führte das Gespräch, wie verabredet, weiter. „Wir ermitteln im Mordfall Marco Müller und überprüfen einige Alibis, reine Routine. Bastian Erd, Ihr Chef, hat angegeben, dass er am 25. Mai, dem Himmelfahrtstag, im Palast Hotel Bärenkopf tätig war und Sie wegen eines Wassereinbruches hinbestellt hatte. Ist das richtig?"

Moosbrugger sah an Bergers Gesicht vorbei. Seine eng stehenden Augen hatten sich zu schmalen Schlitzen verengt. Er spuckte ein paar Tabakkrümel aus und antwortete: „Ja, richtig. I hab damals a Pumpe hinfahrn müssn, dass wir des Wasser ausm Keller rausbracht haben."

„Und Sie haben dort Herrn Erd angetroffen?"

Moosbrugger nickte. „Ja, der war scho da. Er hat mi ja von dort aus angrufen ghabt. Wir haben dann die Pumpe installiert und des Wasser abpumpt."

„Wer hatte denn Erd von dem Wassereinbruch unterrichtet?", mischte sich Wanner ein. Moosbrugger sah ihn nicht an. „Kei Ahnung, da müssn Sie ihn selber fragen."

Berger holte sein Notizbuch heraus. „Wann genau sind Sie zum Hotel hingekommen und wann wieder weggefahren?"

Moosbrugger wurde unruhig. „Mei, so genau kann i des jetzt au nimmer sagen. Ist ja scho a ganze Weile her. Aber i glaub, i war so gegen halb neun dort und bin gegen zehn wieder weggfahrn, nachdem alles Wasser raus und die Stelle repariert war."

„Und Herr Erd war die ganze Zeit bei Ihnen?"

Moosbrugger musste vorher seine Zigarette mehr gegessen als geraucht haben, Wanner sah, wie er schon wieder Krümel ausspuckte. Außerdem bemühte er sich, sein Gesicht von ihm abgewandt zu halten. Hatte er etwas zu verheimlichen?

„Ja, also, soweit i des gsehn hab, war der die ganze Zeit da..."

„Bis zum Schluss?", bohrte Berger weiter.

„I hab mich um die Pumpe kümmern müssn, und ned um den Erd. Also hab i ihn auch ned immer gsehn, aber i glaub, er war da, bis i weg gfahrn bin. Jedenfalls..." Er verstummte. Seine Antwort hatte immer weniger überzeugend geklungen.

Berger sah Wanner an. Der stellte sich so vor Moosbrugger, dass der ihn ansehen musste.

„Also, Herr Moosbrugger! Haben Sie nun Herrn Erd bei Ihrem Wegfahren um 10 Uhr noch gesehen oder nicht?"

Der Fahrer wand sich sichtlich. Er konnte den Augen Wanners nicht standhalten.

„Also, i glaub schon, aber gwiß is ned... I könnts ned beschwörn..."

„Und genau das müssten Sie, also überlegen Sie gut, was Sie von sich geben! Also, ja oder nein?"

Schweißperlen tauchten auf der Stirn des Gefragten auf. „Wenn is mir genau überleg, eher nein!" Ruckartig wandte er sich Berger zu. „Kann i jetzt gehn, i muss no a Fuhre Kies holn. Die sind fertig mit der ersten."

Berger schrieb sich Anschrift und Telefonnummer von Moosbrugger auf, dann verließen sie die Baustelle, wobei Florian ein ganzes Stück rückwärts fahren musste, bis er eine Stelle zum Wenden fand.

In Baad gingen sie in den Gasthof am Parkplatz und tranken Kaffee.

„Und?", fragte Berger, „was hältst von dem Alibi?"

Wanner zuckte die Schultern. „Wahrscheinlich dasselbe wie du, nämlich gar nix. Der hat uns angelogen nach Strich und Faden. Und das bedeutet, dass uns auch der Erd angelogen hat und gar kein Alibi für die fragliche Zeit besitzt. Also..."

„... kommt der Erd samt seiner Jagdgewehrsammlung als Täter im Mordfall Müller in Frage", ergänzte Florian Berger und nahm den letzten Schluck aus seiner Tasse. Auf Kuchen hatten beide verzichtet.

„Wir müssen den Erd unter Druck setzen. Mach du das mal, du bist hier der Österreicher!" Sie fuhren lachend nach Riezlern zurück, wo Wanner sich verabschiedete und in sein Auto stieg.

„Bis bald!", rief ihm Berger nach.

Wanner winkte ihm zu und fuhr los.

An der Abzweigung von der Hauptstraße zur großen Brücke über den Schwendetobel kamen ein paar Kinder in Sicht. Sie trugen Körbe und Taschen und drängelten sich lachend und schwatzend die Straße entlang.

Ein größerer Junge hatte etwas Längliches am Rücken hängen. Es schlug bei jedem Schritt in seine Kniekehlen und schien schwer zu sein.

Als Wanner an ihnen vorbeifuhr, sah er was es war.

Er trat bremste und rannte zu den Kindern zurück.

„He, hallo, du da“, rief er atemlos dem Jungen zu. „Darf ich mir dein Gewehr mal anschauen?“

# 40

Der Hauptkommissar berichtete am folgenden Tag seinem Team.

Als er schließlich das Gewehr erwähnte, erhöhte sich die Aufmerksamkeit seiner Mitarbeiter.

„ ...also ich sagte zu dem Jungen: 'Darf ich mir dein Gewehr mal anschauen?' Und er bekam einen roten Kopf. Er gab es mir, ohne zu fragen, wer ich sei, offenbar hatte er ein schlechtes Gewissen. Brauchte er aber nicht, denn wie sich herausstellte, hatten die Kinder im Tobel gespielt und dabei das Gewehr gefunden. Es war ziemlich neu, aber arg ramponiert. Offensichtlich hat es jemand von der hohen Brücke hinabgeworfen. Zurzeit sind dort im Bach mehr Steine als Wasser, entsprechend hart war die Landung. Ich hab gleich den Florian angerufen und bin mit ihm und dem Buben zur Fundstelle hinabgestiegen. Dort haben wir dann gesehen, warum das Gewehr so aussah. Leider ist der Lauf so schwer beschädigt, dass man keinen Vergleichsschuss mehr abgeben kann. Auch waren Nummer und Fabrikat sorgfältig herausgefeilt worden. Und Fingerabdrücke wird es nach so vielen Tagen im Freien wohl auch keine mehr geben. Trotzdem habe ich mit Einverständnis der Kollegen in Hirschegg diesen kläglichen Rest eines Jagdgewehres mitgenommen und unserer Ermittlungsstelle übergeben. Vielleicht findet man noch irgendwas Brauchbares. Ich bin überzeugt und zwar felsenfest: es ist die

Waffe, mit der Marco Müller erschossen wurde. Dass sie jetzt im Schwendetobel gefunden wurde, deutet darauf hin, dass der Täter nach Riezlern abgestiegen ist und sie dort von der Brücke geworfen hat. Also lebt er vermutlich im Kleinwalsertal. Auf jeden Fall sind wir wieder ein Stück weiter."

Dann ließ sich Wanner berichten, wie weit die Kollegen mit ihren Recherchen waren.

Uli Hansen hob triumphierend eine Liste hoch. „Hier stehen alle Namen von denjenigen drauf, die noch am Preisrätsel mitmachen. Es sind die zehn, die du vermutlich auch in der Kapelle von Oberstdorf gesehen hast..."

„Wie bist du denn da dran gekommen?", fragte Wanner verwundert. Bisher hatte sich der Notar standhaft geweigert, die Namen herauszugeben.

„Ach – man hat so seine Quellen", erwiderte Uli geheimnisvoll und spielte mit dem Bleistift.

„Du hast doch wohl nix Ungesetzliches getan?"

„Nöö", grinste Hansen. Es hatte ihn, genau genommen, einen Abend Zeit, ein Abendessen in einem Nobelrestaurant, und einen harmlosen Flirt gekostet, war das vielleicht ungesetzlich? Und Julia, die hübsche Sekretärin des Notars, hatte ihm die Nachnamen verraten, an Hand deren er sich später selbst die Adressen gesucht hatte. Er musste zugeben, dass Julia auf ein paar seiner Tricks hereingefallen war und eigentlich gar nicht wusste, wozu sie die Namen überhaupt genannt hatte. Sie erfuhr es auch nie.

Hansen schob Wanner die Liste hin. Da standen Wolfgang Fritz, Bastian Erd, Marcel Heidebaum, Hans-Werner Meier, Kai Novak, Paul Wanner, Christoph Bauer, Erika Zöllner, Lia Wörle, Maria Waller-Schauzu und Blanca Molero. Sechs Männer und vier Frauen, wie in der Kapelle. Der siebte Mann war er selbst, auch richtig.

„Und hast du schon ein bisschen nachgeschaut?" Wanner wedelte mit einer Hand unbestimmt in der Luft herum.

„Aber klar, gestern noch. Fritz, Erd, Heidebaum und eventuell auch Wanner kennst du..." Er grinste. „Blanca Molero ist eine im Kleinwalsertal bekannte Künstlerin. Keine Einträge im Polizeicomputer, weder im deutschen noch im österreichischen. Hans-Werner Meier wohnhaft in Oberstaufen, kein Eintrag. Erika Zöllner, Studiendirektorin, wohnhaft in Kempten. Führerscheinentzug vier Wochen wegen Überfahrens einer Rotlichtampel, Punkte in Flensburg laufen noch. Lia Wörle, angeblich Hausfrau, wohnhaft in Immenstadt, kein Eintrag. Christoph Bauer, Benediktinerabtei Ottobeuren, ohne Eintrag. Kai Novak, gebürtig in Bocholt, Vorstrafe wegen Körperverletzung, Zweitwohnung in Oberstdorf. Maria Waller-Schauzu, Richterin in Sonthofen, kein Eintrag, besonders brav."

Er kicherte wieder.

Wanner nickte anerkennend. „Gut gemacht, Uli! Ich hoffe bloß, alles war legal und es kommt in nächster Zeit nichts auf mich zu. Klemm dich weiter hinter diese Namen und sieh zu, dass du soviel wie möglich ermitteln kannst. Mich lässt du dabei aber außen vor! Alles so unauffällig wie möglich! Lass dir helfen, wenn du jemand brauchst, Alex oder Eva stehen zur Verfügung. Wir kommen jetzt allmählich zur Spitze der Pyramide und da wird's eng werden. Es darf keinen Toten mehr geben, zweieinhalb sind genug!"

Uli nickte. „O.K., wird erledigt!"

„Alex?" Wanner sah Riedle an. Der berichtete von seinen Tätigkeiten, hatte aber kein so spektakuläres Ergebnis aufzuweisen wie Uli Hansen.

„Eva, was macht unser Rätsel?"

Eva brachte ein Blatt Papier, auf dem eine ganze Reihe Lösungsversuche verzeichnet waren.

„Also, die Lösungen zwei und drei müssten wie folgt aussehen: Die Eskimosiedlung Point Barrow gibt es tatsächlich in Alaska, auch jagen die dortigen Eskimo, Inuit wie sie sich selbst nennen, noch mit fellbespannten Booten Wale. Hauptsächlich weiße Belugas. Aber bekanntlich sind Wale keine Fische und haben deswegen keine Kiemen. Man kann ihnen daher auch nicht mit einem klebrigen Gemisch die Kiemen verstopfen. Aufgabe drei: Frau Leuwe-Haupt konnte keine Trophäe von der Löwenjagd mit nach Hause bringen, weil es in Sumatra gar keine Löwen, sondern nur Tiger gibt! Frage eins: Bisher noch Fehlanzeige, wir haben hier in der Polizeidirektion anscheinend lauter Mathe-Muffel. Keiner von denen, die ich angesprochen habe, konnte mir weiterhelfen. Ich habe daher Herrn Endele angerufen und um Hilfe gebeten. Der wusste von einem Mathelehrer, der so was spielend lösen könnte und ruft uns wieder an. Ja, das war's."

„Prima! Ruf gelegentlich zurück, wenn sich der Endele bis morgen 16 Uhr nicht gerührt hat. Also es geht vorwärts. Uli, dein Part ist jetzt besonders wichtig! Nimm dir nicht nur die Personen laut Liste vor, sondern auch deren Verwandte bis ins dritte Glied oder so. Hier irgendwo muss die Lösung stecken! Eva und Alex...", er nickte in deren Richtung.

„Ja, wir helfen ihm, klar...", antworteten beide.

Der Hauptkommissar ging in sein Büro zurück und nahm einen Schluck aus seiner Wasserflasche. Er sah nachdenklich seine Bergfotos an, die eingerahmt den großen Teil einer Wandseite einnahmen. Ihr Anblick beruhigte ihn nicht nur, sondern stimulierte auch seine Gedanken, wenn er nach einer Lösung suchte.

Als das Telefon ging, hoffte er auf eine weitere gute Nachricht. Es war jedoch der Kollege Bänder, der das Schusstraining der Polizisten in Kempten überwachte.

„Hallo, Wanner! Mein Computer sagt mir, dass du heute für das Schießtraining eingeteilt bist. Vergessen?"

Wie alle Beamten der Polizeidirektion, die eine Waffe trugen, musste auch der Hauptkommissar sechsmal im Jahr ein Schießtraining in der polizeieigenen Schießanlage absolvieren.

„He Bänder! Glattweg vergessen! Eine halbe Stunde kann ich abzweigen, aber mehr als Schießen ist bei mir heute nicht drin. Die übrigen Unterweisungen in deinem Vier-Stunden-Programm musst du ohne mich machen. Einverstanden?" Bevor Bänder antworten konnte setzte Wanner hinzu: „Herzlichen Dank. Und sag es niemand!"

Er gab seinen Kollegen nebenan Bescheid und stieg die Treppe zum Erdgeschoss hinab.

Bänder sah auf einen Computerauszug. „Das ist dein drittes Training heuer, vergiss die nächsten drei nicht wieder und komm endlich mal zu den Besprechungen..."

Wanner machte eine undefinierbare Handbewegung und griff nach der Laserpistole. Sie entsprach in Form und Gewicht genau ihren scharfen Waffen.

„Lass mal dein Gruselkabinett erscheinen!"

„Also, du näherst dich dem Blockhaus auf der Leinwand und reagierst wie immer auf das, was dort passiert..."

Wanner kannte das Programm auswendig.

Von den zwanzig Schüssen, die Wanner im Laufe des Trainings abgab, trafen 19 voll, der letzte war knapp daneben. Bänder nickte wohlwollend. Dieser Wanner! Immer der Beste beim Schießen. Wanner drückte ihm die Pistole in die Hand und war so schnell wieder aus dem Trainingsraum verschwunden, dass er nicht mehr nach dem Preisrätsel fragen konnte, bei dem er bis zur dritten Stufe gekommen war.

Seufzend sortierte er die Pistole wieder ein und machte sich auf den Weg zu seinem Büro. Bald würde ein anderer seinen Posten einnehmen, er stand knapp vor der Altersgrenze.

Auf der Treppe zum ersten Stock begegnete ihm Christoph Heber, der für Öffentlichkeitsarbeit zuständig war. Er war ein stets gut gelaunter Vierziger im Rang eines Hauptkommissars.

„Hallo Bänder, hast du was für die Öffentlichkeit?", rief Heber und nahm im Vorbeieilen die nächsten beiden Stufen.

Der schüttelte den Kopf. „Nein, höchstens, dass der Wanner wieder Bester beim Schießen war. Aber das hast du ja schon dreimal geschrieben."

# 41

Drei Männer trafen sich am späten Nachmittag des folgenden Tages auf der kleinen Terrasse vor der Wiesalpe. Nur vier Tische gab es da, ein paar Büsche verdeckten die Sicht zum Weg hinaus, der ins Wildental führte. Einzelne Wanderer benutzten ihn an diesem sommerlichen Tag, um zur Mindelheimer Hütte oder zum Fiderepass aufzusteigen. Sie achteten nicht auf die drei Männer, die im Schatten kaum zu sehen waren.

Heidebaum stellte sein Pilsglas nach einem kräftigen Schluck auf den Tisch zurück. Fritz nippte an seinem Kaffee, Erd hatte ein leichtes Weizen vor sich stehen. Sie hatten sich diesen versteckten Treffpunkt ausgesucht, weil sie sicher sein wollten, dass niemand von ihren Bekannten sie sehen würde.

Wolfgang Fritz erzählte von seiner Befragung durch die Polizisten, dann berichtete Erd und schließlich ergänzte Heidebaum die Lage aus seiner Sicht.

„Irgend etwas läuft hier in die verkehrte Richtung", sagte Fritz und sah die beiden anderen an. „Was soll das mit den beiden Morden und dem Anschlag auf Marcos Frau? Ich kann mir nichts zusammenreimen..."

Erd verzog sein Gesicht. „Ach nein? Und was würdest du sagen, wenn an dem Tag, als Katja Hillberg ermordet wurde, jemand dein Auto vor ihrem Haus hat stehen sehen? Übrigens eine neue Erfahrung für die Polizei: Mörder bringt seine Visitenkarte gleich mit!"

„Was willst du damit sagen?", fuhr Fritz hoch und blickte wütend seinem Gegenüber in die Augen. „Ich habe mit Katjas Tod nichts zu tun..."

„Halt, halt, so nicht!", mischte sich Heidebaum ein. „Wenn wir uns gegenseitig anschreien und beschuldigen, profitieren nur andere davon. Also lasst uns mal vernünftig und vor allem etwas leiser miteinander sprechen. Die Wirtin kann ja euer Geschrei durchs offene Fenster hören. Also noch mal: Wolfgang erinnere dich, was die Polizisten gesagt und wonach sie besonders gefragt haben. Wir müssen versuchen, aus ihrem Visier herauszukommen!"

Fritz versuchte, die letzte Begegnung so wortgetreu, wie möglich wiederzugeben. Die beiden anderen unterbrachen ihn nur gelegentlich mit einer Frage.

Dann musste Bastian Erd dieselbe Prozedur über sich ergehen lassen und auch er erzählte so genau, wie es ihm noch einfiel.

„Und was ist mit dir?", fragte er Heidebaum. „Bei dir waren sie doch auch?"

Heidebaum zögerte. Dann schilderte er in kurzen Zügen seine letzte Begegnung mit Wanner und Berger.

Jeder der drei verstand es geschickt, nur das zu berichten, was kein schiefes Licht auf ihn selbst warf.

„Du hast meine Frage von vorhin eigentlich nicht beantwortet!", wandte sich Erd an Heidebaum.

„Ich hab ein Alibi für den fraglichen Zeitpunkt von Marcos Tod, Geschäftsbesprechung mit Hartmann. Als Katja erstochen wurde, war ich in Kempten. Und es wird wohl niemand ernsthaft glauben, dass ich mit einem Messer auf die Christina Müller losgegangen bin!"

„Warum nicht?" Erds Frage war gehässig.

Heidebaum wollte aufbrausen, aber Fritz beschwichtigte. „Hört doch auf! Man könnte ja meinen, wir hätten alle was mit dieser Sache zu tun!"

„Und haben wir?" Lauernde Augen richteten sich auf Fritz.

Erd trank sein Weizen aus und sagte missmutig. „Auf diese Weise kommen wir überhaupt nicht weiter. Eigentlich wollten wir doch auch noch über die andere Sache sprechen, da pressiert's jetzt allmählich."

Bevor jemand darauf antworten konnte, erschien ein Bub mit Schulranzen und rief in ein offen stehendes Fenster hinein: „Hallo Mama! Stell dir vor was mir heut der Michèle in der Schul verzählt hat. Die warn vorgestern im Schwendetobel beim Spieln und er hat im Wasser a Gwehr gfunden! A richtigs, wo ma damit schießen ka. Muss aber sauber hi gewesen sei. Des hat jemand von der Brück nabgschmissen. Er ischt glei mit der Polizei..." Das Weitere konnte man nicht mehr verstehen, da der Schüler in der Alphütte verschwunden war.

Die drei Männer sahen sich an.

„Das ist ja eine Neuigkeit!", ließ sich schließlich Erd vernehmen und stieß hörbar Luft durch die Zähne. „Was das wohl für ein Gewehr gewesen ist?" Er sah dabei keinen seiner Nachbarn an.

„Vielleicht ein Jagdgewehr?", fragte Heidebaum genüsslich.

„Oder vielleicht das vor einiger Zeit in Riezlern gestohlene?" Fritz trank seinen Kaffee aus.

„Und woher weiß man von diesem Diebstahl? Es stand doch nix in der Zeitung?"

„Vielleicht fragst mal bei der Polizei in Hirschegg nach, die müssten das doch am besten wissen!" Das entstehende Lachen klang gequält.

Die drei unterhielten sich noch eine Weile, dann tranken sie aus und riefen nach der Wirtin.

Sie wunderten sich zwar, dass diese auf ihren Ruf so schnell unter der Haustür erschien, beachteten aber dies nicht weiter.

## 42

Norbert Endele hatte, wie versprochen, tags darauf angerufen um die Lösung der ersten Teilaufgabe von Rätsel Nummer sechs mitzuteilen. Er hatte sie noch nicht und entschuldigte sich für die Verzögerung, aber sein Kollege von der Mathematik sei ein paar Tage krank gewesen.

Eva Lang, die den Anruf entgegennahm, weil ihr Chef noch nicht im Büro war, bedankte sich und legte auf. So allmählich sollte man die drei Aufgaben fertig haben, denn der schwierigste Teil stand noch bevor: Wo war der Ort der Übergabe? Sie hatte sich schon darüber Gedanken gemacht, kam aber nicht drauf. Auch Uli Hansen und Alex Riedle zuckten ihre Schultern und mussten passen.

Leitender Kriminaldirektor Gottlich, der sich der Lösung annehmen wollte, um es den jungen Spunden mal zu zeigen, hatte eine halbe Stunde später plötzlich einen Termin nach dem anderen, sodass er zu keinem Ergebnis kam. Also brauchte man mal wieder den Chef oder seine Frau, oder noch besser: beide zusammen.

Eva stand auf, um sich einen Tee zu holen. Auf dem Gang begegnete sie Wanner, der mit Raumpflegerin Cirat in ein Gespräch vertieft schien. Offensichtlich ging es wieder mal um einen Kurs bei der Volkshochschule, denn Eva hörte, wie Camile Cirat eben zu Wanner sagte:

„Erst ich habe deuts gelernt. Jetzt ich lerne Mate... mantik. Geht ganz einfach. Wir lernen logistisch Rechnen..."

„Sie meinen: logisches Rechnen?"

„Genau. So sage ich. Ist ganz einfach..."

„Oh, das glaube ich nicht. Logisches Rechnen verlangt logisches Denken. Ich habe in der Schule immer Schwierigkeiten damit gehabt. Später hat sich das allerdings geändert."

„Ah – du hast Schwierigkeit mit Rechnen?", fragte Camile Cirat und ein triumphierendes Lächeln überzog ihr Gesicht.

„Also, es reicht für das, was ich brauche."

Eva Lang hatte sich dazugestellt und hörte belustigt zu. Sie wusste, dass Diskussionen zwischen ihrem Chef und der Putzfrau aus Antalya stets eine Quelle nicht verletzender Heiterkeit waren.

Plötzlich kam ihr ein Gedanke.

„Warten Sie mal, bin gleich wieder da!" Sie lief in ihr Büro zurück und holte den Text der Rechenaufgabe. Wir wollen doch mal sehen, dachte sie.

Neugierig blickten ihr Wanner und Camile Cirat entgegen.

„Also, ich habe hier eine Rechenaufgabe. Sie ist... nicht ganz leicht. Vielleicht können Sie uns sagen, wie man zu der Lösung kommt, jetzt, wo Sie doch in der Volkshochschule logisches Rechnen lernen."

Im Stillen gab Eva zu, dass ihr Handeln nicht ganz fair war.

Camile Cirat stellte den Putzeimer hin und nahm das Blatt. Dann las sie halblaut den Text vor, wobei sie das Blatt auf Armeslänge vom Körper hielt.

„Oh – so – ah – ja, mussen mal überlegen." Sie kratzte sich am Hinterkopf, nahm das Blatt in die andere Hand und las einige Stellen nochmals laut. Sie sah an die Decke, nickte ein paar Mal, schüttelte den Kopf und schloss die Augen. Dann zeigte sie mit der rechten Hand in die Luft, fuhr imaginären Zeilen nach, murmelte einige türkische Worte und riss plötzlich die Augen weit auf.

Dann wandte sie sich an Wanner und sagte: „Jetzt ich weiß die Lösung. Alle die sechs treffen sich wieder am 60. Markttag!"

Wanner und Eva Lang sahen sich sprachlos und verblüfft an.

Dann stotterte Wanner: „Und wie, b... bitteschön, kommen Sie auf den 60. Markttag?"

„Ist doch einfach: Eierhändler besucht alle Markttage, sind durch eins teilebar. Obstbauer nur an jeden zweiten Tag, diese Tage sind durch zwei teilebar, Bäcker kommt jede dritte Tag, sind also durch drei teilebar. Und so fort, bis Kräuterfrau kommt nur jede sechste Tag, sind durch sechs teilebar. Jeder kommt an diese Tag, wo durch 1, 2, 3, 4, 5 und 6 teilebar ist und der kleinste gemeinsame Zahl ist 60."

Wer in diesem Augenblick die beiden Kriminalbeamten gesehen hätte, wäre höchst verwundert gewesen, wie sich Gesichter in die Länge ziehen konnten, ohne zu reißen. Paul Wanner starrte die Putzfrau an, als ob sie soeben vom Mond gekommen wäre und Eva Lang schob ihren Mund mit der Hand wieder zu.

„Das... das gibt's gar nicht...", meinte schließlich der Hauptkommissar und sah hilflos auf Eva. Deren Gesicht überzog sich mit leuchtender Röte.

„Also... Frau Cirat! Das ist ja cool! Woher haben Sie denn so gut rechnen gelernt?"

„Ach, keine Problem!" Camile Cirat wiegelte bescheiden ab. „Muss nur aufpassen in Schule!"

„Herrgott noch mal", platzte Wanner heraus, „ich hab immer aufgepasst und trotzdem konnte ich die Lösung nicht finden. Also, nein! Wie machten Sie das wirklich?"

Camile Cirat brach in Gelächter aus. „Du mussen nur gut lesen können."

„Lesen? Ich dachte wir sprechen vom Rechnen?"

„Ja schon. Aber gehören zusammen. Wenn du, Wanner, jetzt in deine Büro gehen, du sehen auf deine Schreibtisch ein Fax liegen, wo diese Geschichte drauf steht. Wenn du lesen Fax wie ich, du wissen, wie man rechnen kann."

Und mit breitem Grinsen machte sich Camile Cirat auf den Weg zum nächsten Büro.

Paul Wanner atmete sichtbar auf. „Gott sei Dank! So war das also, und ich dachte wirklich, die kann so gut rechnen! Wäre ja ganz schön blamabel für uns gewesen. Aber sieh mal einer an, sie liest meine Schriftstücke! Ich werde veranlassen, dass man mir Nachrichten in verschlossenem Umschlag auf den Tisch legt, wenn ich nicht da bin. Und bei euch machen wir das auch so!"

Eva nickte. Die Erleichterung war ihr anzusehen. Das wäre vielleicht ein Ding gewesen, wenn die Putzfrau die Aufgabe gelöst hätte, an der sie seit Tagen herumprobierten. Die Polizeidirektion hätte vom Lachen der Kollegen bestimmt in ihren Grundfesten gebebt. Da war ihr schon lieber, Camile Cirat hatte ein Fax gelesen, das offen herumlag.

Sie ging weiter und holte ihren Tee.

Noch immer kopfschüttelnd über den eingejagten Schreck betrat Wanner sein Büro. Er griff sofort nach dem Fax und las es durch. Es war so wie Camile Cirat es interpretiert hatte. Damit waren die drei Teilaufgaben gelöst, nun musste noch der Ort erraten werden. Er sah die eingegangenen Zettel auf seinem Schreibtisch durch. Eine Nachricht besagte, dass man die DNA vom Esser des Apfelstücks festgestellt hatte, das Wanner auf dem vermutlichen Schussplatz beim Gundsattel fand. Er hatte das Stück damals gleich ins Labor weitergegeben. Gut, damit war der Täter festgenagelt, sofern man seiner habhaft wurde und er leugnen sollte.

Dann machte er sich über das Ortsrätsel: 'Den manche lieben, manche hassen, manche können's gar nicht lassen!' Das war wieder so eine verzwickte Angelegenheit! Es ging also um einen Ort, der für manche gut, für andere böse war und für weitere eine Art von Besessenheit bedeutete. Wanner grübelte. Konnte eine Kirche gemeint sein? Oder das Finanzamt? Er lachte laut heraus, als ihm dies einfiel. Nein, Finanzamt kam wahrscheinlich nicht in Frage. Kirche auch nicht. Vielleicht ein Theater? Eher nicht. Aber was dann?

Er zerbrach sich noch eine Weile den Kopf, dann legte er das Blatt mit einem Seufzer zur Seite und wandte sich seinem Flip-Chart zu. Er ergänzte ihn mit neuesten Erkenntnissen und starrte gedankenverloren darauf.

Uli Hansen kam herüber und besprach mit ihm eine gedankliche Konstruktion der beiden Morde. Wanner hörte aufmerksam zu. Ja, es konnte so gewesen sein, oder auch nicht. Das war ja das Vertrackte an der ganzen Geschichte. Alles konnte so oder eben auch anders erklärt werden. Es wurde Zeit, dass sie den Anfang des Fadenknäuels fanden.

Der Hauptkommissar wusste, dass man bei Gewaltverbrechen so schnell wie möglich an die Lösung herankommen musste, weil sich sonst wichtige Spuren verwischten.

Leichter gesagt, als getan.

# 43

Hans Kern vom Erkennungsdienst rief an. „Hör mal Paul, das mit dem Gewehr ist gar nicht so einfach. Du hast ja gesehen wie kaputt es ist. Zum Probeschießen kann man es nicht mehr reparieren. Aber wir haben festgestellt, dass es das gleiche Kaliber hat wie die Patronenhülse, die du gefunden hast. Das besagt natürlich nicht hundertprozentig, dass es die Tatwaffe ist. Aber wenn wir von der Wahrscheinlichkeit ausgehen, dann würde ich sagen: 90 Prozent, so gut wie sicher! Ich kann's nicht beschwören, aber geh mal davon aus, dass dieses Gewehr die Tatwaffe im Mordfall Müller ist. Wir haben ferner festgestellt, dass aus ihr vor nicht allzu langer Zeit geschossen wurde. War zwar eine Heidenarbeit, aber mit Hilfe unserer Zaubermittel haben wir das rausgekriegt." Er stockte.

„Mensch prima! Dann sind wir wieder ein Stück weiter", erwiderte Wanner. „Gibt's noch was?"

Er hatte gemerkt, dass Kern noch etwas auf dem Herzen hatte.

Der lachte leise ins Telefon. „Was würdest du sagen, wenn ich dir noch was verraten könnte?"

„Nein, nicht schon wieder ein Rätsel! Alle Welt bombardiert mich mit Rätselfragen, ich hab ja noch anderes zu tun! Also, sei so gut und sag mir gleich die Lösung dazu!"

Hans Kern hörte sich leicht verschnupft an, als er antwortete. „Na gut, wenn du meinst: also, schlicht und einfach gesagt, wir haben am Gewehr einen Fingerabdruck entdeckt."

„Einen waaas? Und das nach Tagen im Wasser! Wie gibt's denn so was?"

„Wir sind ja nicht auf der Brennsuppe dahergeschwommen! Natürlich haben wir auch im Schloss und an anderen versteckten Stellen gesucht. Und da haben wir einen, vermutlich vom rechten Zeigefinger, gefunden."

„Danke Hans! Ihr beim Erkennungsdienst seid die Größten. Und nix für ungut wegen des Rätsels vorhin!“

„Schon o.k.“, antwortete Kern. „Geht doch jedem von uns gleich.“

Der Hauptkommissar rief das Team in sein Büro.

„Wir wollen mal eine Bestandsaufnahme machen und sehen wie's weitergehen muss.“

Er stellte sich zu seinem Flip-Chart, ergänzte die neuesten Erkenntnisse und wandte sich dann um. „Also wir haben jetzt die Tatwaffe im Fall Marco Müller so gut wie sicher. Wir haben einen Fingerabdruck von demjenigen, der damit geschossen hat. Höchstwahrscheinlich vom Mörder oder der Mörderin. Und eine DNA vom Esser des Apfelstücks an der vermutlichen Schussstelle. Uns fehlen noch die Messer als Tatwaffen für den Anschlag auf Christina Müller und den Mord an Katja Hillberg. Im Hause Hillberg haben wir fremdes Blut gefunden und inzwischen eine DNA erhalten. Und wir wissen, dass beim Anschlag auf Christina Müller ein bestimmter Geruch eine Rolle spielt, der von einem Parfum stammen könnte. Des Weiteren sind an der Jacke von Frau Müller fremde Frauenhaare und irgendwelche Fasern festgestellt worden. Wir wissen, dass einige verdächtige Personen kein oder nur ein schwaches Alibi haben und dass sich darunter welche befinden, die auch mit Gewehren umgehen können. Alex und Uli sind dabei, Recherchen über jene Personen anzustellen, die beim Preisrätsel noch übrig geblieben sind. Wie sie mir heute früh gesagt haben, können sie morgen mit einem Ergebnis aufwarten. Und prüft nicht nur die Personen selbst, sondern auch deren Umfeld. Wäre ja möglich, dass ein neuer Name aufraucht der uns weiterhilft.“

Sie besprachen die Arbeitsverteilung, dann bat Wanner Eva Lang ihm bei der Rätsellösung zu helfen. Sie musste noch was besorgen, versprach aber danach zu kommen.

Der Hauptkommissar nahm sich wieder das Blatt mit seinen Lösungsversuchen vor. Er probierte hin und her, aber es wollte ihm einfach nichts zu den Angaben einfallen. Er stand auf und studierte seine Bergfotos an der Wand. Das beruhigte ihn zwar, aber ihr Anblick inspirierte ihn nicht. Seufzend holte er ein paar Aprikosen aus einer Plastiktüte, die Lisa zum Schutz noch in Zeitungspapier eingeschlagen hatte. Wanner aß drei der Früchte, knüllte die Zeitung zusammen und warf sie Richtung Papierkorb. Da er aber nie Basketball gespielt hatte, verfehlte er den Korb um Handbreite. Er stand auf und wollte die auseinander geflatterte Zeitung in den Papierkorb stopfen.

Automatisch las er eine Überschrift, die ihm ins Auge stach: 'Spielsüchtiger verklagt Freistaat Bayern'. Wanner glättete das zerknüllte Blatt und las, neugierig geworden, weiter. Unter der Hauptüberschrift stand: 'Im Casino nicht vom Spielen an den Automaten abgehalten worden'. Danach folgte ein Bericht der Allgäuer Zeitung. Unwiderstehlich, so hieß es da, ziehen Roulettetisch und Spielautomaten manchen Besucher des Casinos an. Um zu vermeiden, dass man Haus und Hof verspielte, wäre es möglich, sich freiwillig von den Casinos sperren zu lassen. Wenn danach ein Spielsüchtiger trotzdem in eine Spielbank gelangte und dort Geld verlor, konnte er unter bestimmten Voraussetzungen sein verspieltes Geld zurückfordern. So lautete ein Urteil des Bundesgerichtshofes. Allerdings ließen die Richter offen, ob man sich nur bei Roulette und Black Jack oder auch bei Automaten ausweisen müsse. Der 'Fachverband Glücksspielsucht' mit Sitz in Herford forderte, dass die Bundesländer den Einlass in Spielbanken strenger kontrollieren sollten. Hintergrund war die Praxis der Spielbanken, nur die Spieler am Roulettetisch und bei Black Jack zu überprüfen, die an den Automaten aber nicht. Dabei kamen zum Beispiel in der Spielbank in Lindau im Jahr 2004 von 11,82 Millionen Euro Gewinn nicht weniger als 10 Millionen aus den Automaten. Das hieß also, dass der Umsatz an den Automaten um ein Vielfaches größer war, als an den Tischen. Ein Vertreter hatte aktuell in der Spielbank 1000 Euro verloren, obwohl er sich vorher hatte sperren lassen. Er verklagte nun den Freistaat Bayern auf Rückerstattung des Geldes. Das Urteil war noch nicht ergangen...

Wanner starrte auf den Bericht. Er musste schlucken.

Das war's, das war die Lösung!

Er suchte doch einen Ort, 'den manche lieben, manche hassen, manche können's gar nicht lassen'.

Natürlich, so musste es sein: manche lieben die Spielbank, manche hassen sie und manche können das Spielen gar nicht lassen. Also musste Aufgabe sechs in einer Spielbank übergeben werden. Blieb die Frage offen: in welcher? Es kam wohl nur die in Riezlern in Frage. Die anderen lagen zu weit weg. Er versuchte cool zu bleiben, was ihm schwer fiel. Die Lösung konnte gar nicht anders heißen als Casino in Riezlern. Es ergab sich eine Spur zu Marco Müller, der ja dessen Geschäftsführer war. Also wieder ein Hinweis auf den Zusammenhang von Mord und Preisrätsel.

Es klopfte und Eva Lang kam herein. „Entschuldige, hat ein bisschen länger gedauert..."

Wanner lächelte großzügig. „Kein Problem! Ich habe mir erlaubt, in der Zwischenzeit den Ort der Lösungsabgabe zu finden."

„Doch nicht im Ernst, oder? Komm lass uns mal probieren..."

„Nix probieren! Ich kenne den Ort, damit ist Rätsel sechs gelöst."

Eva starrte ihren Chef an. „Zuzutrauen wär's dir schon! Lass hören!"

Wanner erzählte ihr seine Lösung, wobei er den Zeitungsbericht wegließ. Das konnte man später immer noch in einer launigen Stunde, beim Betriebsausflug oder der Weihnachtsfeier anbringen.

Eva sah ihn mit großen Augen an. „Das kann auch wieder nur dir einfallen! Eine Spielbank! Natürlich, was sonst, passt doch prima. Also nein..." Die Bewunderung für ihren Chef war groß. Wanner genoss sie, wann gab's sonst schon mal Gelegenheit dazu?

Er sah auf seinen Kalender. Sie hatten noch zwei Tage Zeit bis zur Abgabe der Lösung. Vorsichtshalber kopierte er die drei Teillösungen und schickte sie mit einer entsprechenden Bemerkung nach Bregenz und an die benachbarten Polizeiinspektionen, in deren Bereich Spielbanken lagen. Die Umschläge sollten aber erst nach seinem Anruf übergeben werden. Eine davon musste es sein, wenn es doch nicht das Casino in Riezlern war.

Kurz darauf rief Wanner Florian Berger in Hirschegg an. Er berichtete ihm das Neueste und genoss Floris Überraschung.

„Aber i hätt auch was für dich, allerdings erscht morgen. Heut hab is nimmer kriegt. Und wenn des so ausfällt, wie i mirs denk, dann gehts wieder an Schritt weiter." Mehr wollte er nicht sagen, auch Wanners Drängen half nichts.

„I ruf dich an, wenns so weit ischt. Also, machs gut und tschau!"

Wanner überlegte. Was hat denn der Florian so Geheimnisvolles, dass er es nicht wenigstens andeuten konnte? Er würde ihn besuchen, wenn er wegen der Übergabe von Lösung sechs nach Riezlern musste. Dann konnten sie wieder mal ihre Gedanken austauschen. Und vielleicht Kuchen essen. Mit Sahne natürlich.

## 44

Am 13. Juli fuhr Wanner nach Riezlern um Lösung Nummer sechs abzugeben. Es war ein sonniger Tag mit guter Bergsicht. Der Hohe Ifen thronte über dem Tal wie eine uralte Zyklopenburg. Seine abweisenden Wände aus Helvetischer Kreide umgaben ihn wie ein Schutzwall. Ihr Grau leuchtete hell in der Nachmittagssonne, die auf ihrem Weg nach Nordwesten jetzt voll darauf schien.

Nach der Sonnenzeit war es erst halb fünf, als der Hauptkommissar nach Riezlern hineinfuhr und sich einen Parkplatz suchte. Dann hatte er noch 20 Minuten Zeit, bis er am Casino sein musste. Erst hinterher wollte er sich mit Flori in Hirschegg treffen.

Wanner schlenderte durch den belebten Ort, der im Sommer wie im Winter immer voller Touristen war. Wenigstens war der Durchgangsverkehr nach Vorarlberg aus dem Tal verbannt. Pläne eines Tunnelbaues hatten die Einwohner vor Jahren schon empört zurückgewiesen.

Auf dem gegenüberliegenden Gehsteig sah Wanner Wolfgang Fritz Richtung Casino gehen. Trotz einer dunklen Sonnenbrille erkannte ihn der Hauptkommissar. Erstaunlich, dass der noch dabei war. Wenn er bedachte wie kompliziert die Rätselfragen teilweise waren und wie viel Zeit und Mühe ihre Lösungen in der Direktion kosteten, musste er sich schon fragen, wie andere dies schafften.

Es war kurz vor sechs. In der Nähe des Casino-Einganges warteten acht Personen, die Wanner vom Sehen her kannte. Also waren zwei ausgeschieden. Er holte eine Fotomontage aus der Tasche, die ihm Eva anhand von Ulis Liste angefertigt hatte. Darauf war es ihr gelungen, Gesichter und Namen richtig zuzuordnen. Unauffällig überflog er die Anwesenden. Es fehlten Lia Wörle und Christoph Bauer.

Außer ihm lagen diese acht hier im Rennen. Wie viele Rätsel mochte es noch geben? Wanner hatte das Gefühl, dass sich die Sache jetzt dem Ende zuneigte.

Von der Kirchturmuhr schlug es sechs. Augenblicklich öffnete sich die Tür zum Casino, aber es trat niemand heraus. Wanner wollte wieder bis zum Schluss warten, er hielt sich also zurück.

Schließlich machte Heidebaum den Anfang und betrat das Gebäude. Wanner blickte auf seine Uhr. Es dauerte exakt drei Minuten, da erschien Heidebaum wieder und verschwand ohne ein weiteres Wort. Als nächstes ging die Frau hinein, die bisher immer mit Tuch und Sonnenbrille getarnt war. Wanner konnte sie jetzt leicht aus dem Rest von Teilnehmerinnen herausfinden. Außerdem trug sie das gleiche Tuch, nur nicht so auffällig drapiert. Es war die Richterin Waller-Schauzu aus Sonthofen. Wanner verstand ihre Verkleidung. Als Richterin wollte sie sich wohl nicht in der Öffentlichkeit als Beteiligte an diesem Preisrätsel outen. Auch sie kam nach wenigen Minuten zurück und verschwand hastig über die Straße. Die Dame mit der Künstlerfrisur, die als Nächste das Casino betrat, war Blanca Molero. Für die Letzte der Damen blieb nur noch der Name Erika Zöllner übrig. Auch ihr schien es unangenehm zu sein, in aller Öffentlichkeit das Casino betreten zu müssen, als ob dies ein Vergehen wäre.

Erd folgte, nach ihm gingen Fritz und Kai Novak hinein und schließlich Hans-Werner Meier.

Es war kurz nach der angegebenen Zeit als Wanner das Casino betrat.

Im Vorraum stand, tadellos gekleidet, Holger Neumann und hielt eine braune Kollegmappe in der Hand. Er lächelte Wanner verbindlich an, sagte „Guten Tag, Ihre Lösung bitte" und reichte ihm nach einer kurzen Kontrolle einen weißen Umschlag auf dem 'Nummer 7' stand.

Wanner nahm den Umschlag betont langsam entgegen, sah wie unschlüssig darauf, und fragte Neumann: „Na, wie oft werden wir uns denn noch sehen?"

Der zuckte die Schultern. Offenbar hatte er Zahnweh, denn er legte seine Hand an die Wange und seine Stimme klang gepresst als er antwortete: „Wir werden sehen. Bisher war ja alles von Ihnen richtig." Er nickte Wanner kurz zu, drehte sich unvermittelt um und verschwand im Inneren des Casinos.

Der Hauptkommissar sah ihm nach. Dieser Holger Neumann! War er wirklich nur der Übermittler von Rätselaufgaben? Wenigstens schien er freundlich zu sein, denn man sah ihn immerfort lächeln. Wanner verließ die Spielbank und querte die Straße. Dort stellte er sich vor eine Schaufensterscheibe, in deren Spiegel er das Casino beobachten konnte. Es war ein spontaner Einfall und einem solchen gab er stets nach.

Eine Viertelstunde später, er wollte schon seinen Posten verlassen, bemerkte er im Scheibenspiegel wie Holger Neumann das Casino verließ. In seiner Begleitung befand sich eine Frau, die Wanner noch nie gesehen hatte. Sie war groß gewachsen, gepflegt gekleidet und hatte ihr Gesicht hinter einer Sonnenbrille versteckt. Sie redete auf Neumann ein, der aber kaum zu antworten schien. An einer Hausecke bogen sie ab und verschwanden aus Wanners Blickfeld. Ohne zu überlegen überquerte er nochmals die Straße und folgte den beiden. Als er um die Ecke bog, sah er nur noch, wie ein Wagen auf der anderen Seite eines kleinen Hofes wegfuhr. Er konnte die Nummer nicht erkennen. Neumann und seine Begleiterin waren verschwunden.

Zum Kuckuck nochmal, dachte der Hauptkommissar, vielleicht hätte sich hier eine Spur ergeben. Aber die beiden waren unvorhergesehen erschienen und verschwunden. Er kehrte nachdenklich zu seinem Auto zurück.

Als er wieder an der Konditorei vorbei kam, kaufte er zwei Stücke Käsesahnetorte und fuhr nach Hirschegg hinüber, wo er seinen Wagen vor der Polizeiinspektion abstellte. Er traf Berger im Büro, sie begrüßten sich freundschaftlich.

Wanner nahm Platz und erzählte Berger die neuesten Erkenntnisse, auch die eben erfolgte Übergabe von Lösung Nummer sechs erwähnte er. Dabei verzehrten sie mit Genuss ihre Tortenstücke.

„Diese Frau ist nicht auf der Liste der Teilnehmer zu finden und dennoch scheint sie etwas damit zu tun zu haben. Offensichtlich kennt sie Neumann gut. Ich möchte gern wissen, wer sie ist. Mein Gefühl sagt mir, dass ich sie nicht zum letzten Mal gesehen habe, es sei denn, sie kennen sich rein privat."

Florian Berger hatte aufmerksam zugehört.

„Es send also no acht, mit dir neun Personen, die am Preisrätsel teilnehmen? Des bedeutet für uns a zunehmende Gefahr, dass no was passiert. Was i dir am Telefon andeut hab, isch die Tatsach, dass des Gewehr vom Schwendetobel in Bregenz vom dortigen Schützenverein gstohlen worden sein könnt. Die Kollegen hend uns im Zug der Information a Beschreibung zukommen lassn, die auf die Tatwaffe hindeut. Sie wollten des gfundene Gewehr gern sehn, kannscht du mir des herrichten, i muss die Woche sowieso nach Bregenz, da tät is in Kempten abholen und mitnehmen?"

Wanner nickte. „Heute hätte ich's dir eh nicht mitbringen können, es ist noch bei der Untersuchung. Sie versuchen, die ausgefeilte Nummer doch noch sichtbar zu machen. Aber wie käme das Gewehr hierher ins Kleinwalsertal?"

„Müssn wir no rauskriegen. Immerhin a interessante Spur, oder?"

Wanner machte sich ein paar Notizen. „Ja, natürlich", sagte er dann. „Wieder ein Mosaikstein mehr."

Berger beugte sich über den Tisch zu Wanner und sagte mit unterdrückter Stimme: „Du hascht do des Rätsel sieben bei dir? Verstößts gegen dei Dienschtgeheimnis, wenn du mir die neue Aufgab zeigscht? I bin neugierig, die zu sehn, wo du doch meinscht, dass des alls mit den Morden zum tun hat."

Wanner zögerte einen Augenblick. Im Prinzip schien es nicht angebracht zu viele Leute einzuweihen. Andererseits war Flori Polizist wie er. Genau genommen war er ein Teil seines Ermittlungsteams mit Dienstsitz Hirschegg. Was also konnte er verkehrt machen, wenn er ihm das neue Rätsel zeigte?

„Ich kenn es selbst noch nicht. Aber das werden wir gleich haben. Klar kannst du dir das anschauen. Allerdings darfst du niemandem davon auch nur ein Wort erzählen. Es könnte unsere Ermittlungen empfindlich stören, wenn ein Unbefugter davon Kenntnis erhält."

Berger hob die rechte Hand und spreizte Daumen und zwei Finger ab. „Reicht des?“, fragte er lächelnd.

„Natürlich! So und jetzt machen wir mal den Umschlag auf.“ Wanner zog ihn heraus, schlitzte ihn mit Floris Brieföffner auf, öffnete einen zusammengefalteten Bogen, strich ihn glatt und begann zu lesen. Dabei schaute ihm Berger über die Schulter.

*„Die siebte Aufgabe lautet:*

*1 9 2 0 5 8 5 1 1 3 1 8 7 2 1 1 3*
*2 6 2 1 5 1 8 1 1 1 3 1 2 1 8 2 1 1 2*
*4 5 1 9 1 9 3 8 2 1 5 1 9 1 9 5 1 8*
*2 0 1 9 5 4 1 4 9 6 2 0 1 8 1 5 4*
*4 2 1 4 9 5 8 1 2 1 6 7 1 2 5*
*1 4 5 1 4 9 5 1 1 3 9 8 3 1 9*
*1 1 4 4 5 1 8 5 1 4 2 3 5 1 4 1 4*
*1 4 1 4 1 1 1 2 0 8 3 9 1 4 2 1 4*
*1 9 2 0*

*Das Lösungswort ist ein Ortsname.*

*Dieses war der siebte Streich,*
*für Könner folgt der achte gleich.“*

Berger sah nicht gerade begeistert aus. „Du meine Güte! Und des soll einer rausbringa? Ja, was kannscht jetzt du da draus lesen?“

Wanner zuckte die Schultern. „Im Moment gar nix! Jetzt geht nämlich das große Rätselraten an und ich kann bloß hoffen, dass wir die Lösung rechtzeitig finden. Es gibt wieder eine neue Aufgabe, und ich dachte schon, das könnte die letzte gewesen sein. Willst mir bei der Lösung helfen?“

Florian Berger schüttelte den Kopf. „Nein, dank schön! I wüsst net, wo i da anfanga sollt! Des überlass i dir und deim Team. Deine Eva Lang kaa des sicher besser als i.“

Meine Eva Lang ist das nicht, dachte Wanner, ich hab ja meine Lisa. Aber er verstand was Flori sagen wollte.

„Na gut, jetzt hast gesehen, was wir noch für zusätzliche Aufgaben haben: Morde aufklären und gleichzeitig Rätsel lösen! Macht uns bestimmt so schnell keiner nach!"

„Zum beneiden isch niemand in der ganzen Gschicht. Jetzt hoffn mir bloß, dass es schnell zu End kommt, bevor no mehr passiert."

Sie besprachen eine Reihe von Möglichkeiten wie sie noch intensiver zusammenarbeiten konnten, dann verabschiedete sich Wanner.

„Und an schönen Gruß an die Eva Lang. Wenn der Fall rum isch, soll sie mal auf Urlaub ins Tal komma. I könnt ihr a gutes Quartier bsorgen!"

Wanner lachte. „Danke, sag ich ihr. Und wenn der Fall abgeschlossen ist, dann komm ich mit dem ganzen Team an einem Wochenende und wir alle treffen uns auf der Kanzelwand zu einer gescheiten Brotzeit. Da laden wir dann dich und den Kommandanten mit ein, ist doch klar. Bei *der* guten Zusammenarbeit zwischen Deutschland und Österreich!"

Berger grinste. „Soll uns Recht sein! Bring aber a entsprechends Wetter mit, wegs der Aussicht."

Wanner verstaute die neue Rätselaufgabe in seiner Tasche und fuhr nach Kempten zurück. Als er durch Riezlern kam, bemerkte er die Gestalt nicht, die an einem Haus lehnte und ihn offenbar erkannte.

Schnell trat Erd um die Ecke und wartete, bis Wanner vorbei war. Ein finsterer Blick folgte ihm.

Und ein finsterer Gedanke.

# 45

Freitag, 14. Juli.

Paul Wanner hatte nach seiner Rückkehr aus dem Kleinwalsertal am Abend vorher noch mit Lisa über dem neuen Rätsel gebrütet. Sie versuchten alle ihnen bekannten Tricks, waren aber bald am Ende ihrer Weisheit. Schließlich hatten sie das Handtuch geworfen und waren schlafen gegangen.

Um Mitternacht wurde Wanner an der Schulter gerüttelt. Es war Lisa. Schlaftrunken wollte ihr Mann aufstehen, weil um diese Zeit nur dienstliche Gründe vorliegen konnten. Aber Lisa hielt ihn zurück.

„Mir ist was eingefallen", sagte sie und klang ziemlich wach. „Diese Ziffern bedeuten Wörter vorwärts oder rückwärts gelesen. Du solltest das morgen mal in beide Richtungen probieren. Gute Nacht!"

Kurze Zeit später war sie eingeschlafen, während ihr Mann sich schlaflos von einer Seite auf die andere wälzte. Soweit war er eigentlich auch schon gewesen! Er fand erst spät wieder seine Ruhe.

Am Vormittag rief Wanner sein Team, den Kripochef, den Staatsanwalt und Hans Kern vom Erkennungsdienst zu einer gemeinsamen Besprechung, auf der er die bisherigen Erkenntnisse zusammenfasste. Später kam noch Christoph Heber dazu, der für die Veröffentlichung etwas Brauchbares herausfiltern sollte.

Nachdem Wanner geendet hatte, erhob sich im Raum ein Gemurmel, das nach und nach in einen lauten Disput überging.

Trotzdem hörte Kern sein Handy und hielt sich das andere Ohr zu. Er lauschte kurz und fragte etwas zurück. Dann trat er zu Wanner und zog ihn auf die Seite.

„Mensch, komm mal da rüber, man versteht ja sein eigenes Wort nicht mehr! Ich habe eine interessante Neuigkeit für dich: an den beiden Frauenhaaren und den Textilfragmenten hat das Labor tatsächlich die Ursache dieses Geruchs festgestellt, von dem Christina Müller erzählt hatte. Man konnte einwandfrei das Parfum 'Shangrila Luck' identifizieren, das von einer Pariser Firma hergestellt wird. Individueller Damenduft..."

Wanner sah ihn groß an. „Das heißt mit größter Wahrscheinlichkeit, dass es eine Frau war, die Christina Müller so zugerichtet hat. Unvorstellbar. Sie muss wohl ganz besondere Beweggründe gehabt haben. Ich gehe jetzt soweit zu behaupten, dass diese Frau die anonyme Anruferin bei uns war und auch diejenige, die Christina Müller Angst am Telefon eingejagt hatte..."

Er wandte sich wieder dem Kollegenkreis zu und bat um Ruhe. Dann gab er die neueste Nachricht und seine Rückschlüsse bekannt.

Max Riegert, der Staatsanwalt, ergriff das Wort. „Wie Sie schon einmal festgestellt haben, glauben Sie nicht daran, dass man Frau Müller ermorden, sondern nur – dieses in Anführungszeichen – bestrafen wollte. Ich schließe mich Ihrer Meinung an, denn ein Mord wäre an dem fraglichen Ort ohne weiteres möglich gewesen. Das hieße jetzt, eine Person zu finden, die ein persönliches Interesse an der Bestrafung von Frau Müller hat, also eine Bekannte, Verwandte oder Freundin, der sie etwas angetan hat. Was halten Sie davon?"

Der Hauptkommissar hatte staunend zugehört. Sackelzement, Max Riegert in voller Ermittlungsfahrt! Dabei klang das gar nicht übel, er selbst hatte schon ähnliche Gedanken. Er wandte sich an Riegert und sagte:

„Sehr richtig, Herr Staatsanwalt! Ich sehe das genauso. Wir werden deshalb einen Teil unserer Ermittlungen darauf abstimmen. Meine Kollegen berichten anschließend über jene Personen, die noch beim Preisausschreiben dabei sind. Vielleicht ergibt sich aus ihren Ermittlungen ein neues Bild. Darf ich fortfahren?"

Riegert nickte erfreut. Dass ihn Wanner gelobt hatte, was ja selten vorkam, ließ ihn im Stillen zugeben, dass der Hauptkommissar doch ein sehr fähiger Beamter war. Auf ihn konnte man sich verlassen, auch wenn seine Methoden manchmal unorthodox erschienen.

Wanner sah Eva Lang an, aber die nickte in Richtung Uli Hansen. Er wandte sich deshalb an diesen. „Und was habt ihr rausgekriegt?"

Uli hatte ein paar Zettel mit Notizen vor sich liegen, auf die er in den nächsten Minuten immer wieder sah.

„Wir haben unsere Ergebnisse zusammengefasst und ich soll sie vortragen. Darf ich davon ausgehen, die beiden Personen wegzulassen, die gestern ausgeschieden sind?"

Wanner zögerte etwas, dann nickte er und antwortete: „Lass sie mal vorerst weg. Wenn es sich erweisen sollte, dass auch ihr Umkreis für uns interessant wäre, können wir immer noch auf sie zu sprechen kommen. Einverstanden?" Er wandte sich an Kripochef und Staatsanwalt.

Die nickten Zustimmung.

Uli räusperte sich und begann: „Ich fange mit Bastian Erd an. Bauunternehmer in Riezlern, unverheiratet, nicht immer liquide. Gelegentlich Freundinnen, darunter Katja Hillberg. Jäger, guter Schütze, Gewehrnarr. Erstaunlich die lange Teilnahme am Preisrätsel, da nur Volksschulabschluss. Polizeilich unauffällig. Gilt als eifersüchtig und jähzornig. Marcel Heidebaum, allein lebend, lange Jahre unbekannt verzogen, Anlageberater, keine Verwandten. Undurchsichtige Persönlichkeit, fragwürdig. Wolfgang Fritz, verheiratet, aktuell mordverdächtig, Tochter Steffi seit Sportunfall im Rollstuhl. Ehefrau Carola, Seitensprung mit Marco Müller, dem Opfer. Ihre Schwester Katja Hillberg, kurzzeitig Freundin von Marco Müller, wohnte in Kornau, unverheiratet, Verbindung zu Bastian Erd, ermordet durch Messerstiche, unbekannt bis dato von wem. Keinerlei polizeiliche Erkenntnisse. Maria Waller-Schauzu, Richterin am Amtsgericht in Sonthofen, alleinstehend, keine Erkenntnisse, wegen ihrer Stellung nicht näher ermittelt..." So ging es noch eine Weile fort, wobei vieles schon bekannt war.

„Dieser Kai Novak mit der Vorstrafe wegen Körperverletzung, war bei ihm nicht mehr zu ermitteln?“, fragte Riegert.

Uli schüttelte den Kopf. „Kollege Riedle hat bei der Kripo in Bocholt angerufen und nachgefragt. Er hat sich anscheinend seit dem Fall damals nichts mehr zu Schulden kommen lassen.“

„Und Hans-Werner Meier?“ Riegert war heute in Hochform.

„Zugezogen vor zwei Jahren in Oberstaufen aus Essen. Ohne erkennbare Tätigkeit, schien früher so eine Art juristischer Hilfsbeamter gewesen zu sein. Es liegt nichts Nachteiliges gegen ihn vor.“

„Hm, scheint's lauter brave Leute“, knurrte der Staatsanwalt und lehnte sich zurück.

„Euer Auftrag lautete, auch das Umfeld...“ begann Wanner, wurde aber von Eva Lang unterbrochen.

„Für Umfeld bin ich zuständig. Fritz hat eine Sekretärin, Anita Besler, harmlos. Sein Bruder Adolf lebt verheiratet in Schöllang bei Oberstdorf. Heidebaum beschäftigt eine Anna Mohr als Sekretärin, geschieden, Mädchenname Müller. Bastian Erd hat eine Schwester Rosina Erdhofer, verheiratet, wohnhaft in Bezau, Bregenzer Wald, drei Kinder, nichts weiter bekannt. Kai Novaks Verwandte wohnen alle in Norddeutschland, die von Meier im Ruhrgebiet. Wo wir recherchiert haben, kam nichts zum Vorschein, was mit unserem Fall irgendwie zusammenhängen könnte. Blanca Molero hat einen Bruder ohne künstlerische Begabung, der arbeitet in Oberstdorf. Kein Eintrag. Erika Zöllner ohne Geschwister, mit einem Kollegen aus dem Gymnasium liiert.“

Es ging noch eine Weile weiter, die Diskussionen, manchmal konträr, blieben sachlich. Auch das Rätsel Nummer sieben wurde von Wanner angesprochen.

Schließlich meinte der Kripochef. „Ich glaube, für heute reichen die Informationen. Denken Sie bitte über das Gehörte noch einmal nach. Wir treffen uns am Montagvormittag wieder und gehen den weiteren Ablauf nochmals durch. Vielleicht hat bis dahin schon jemand eine Ahnung, wie das siebte Rätsel zu lösen ist."

Als Wanner wieder allein war, begann er das Gehörte zu überdenken. Auf Anhieb war ihm nichts aufgefallen, aber so im Nachhinein fing er zu grübeln an. Er hatte etwas nur so nebenbei gehört, aber es hatte sich in seinem Gehirn festgesetzt. Im Moment kam er nicht darauf, wusste aber, dass es von selbst wieder aus der Versenkung auftauchen würde. Er kannte das von früheren Fällen. Plötzlich kam die Erinnerung, wenn man sie am wenigsten erwartete. Wichtig war, dass das Gehirn den Suchbefehl erhalten hatte.

Wanner stand auf und ergänzte seinen Flip-Chart. Striche, Pfeile und Fragezeichen vermehrten sich, noch war keine Ordnung erkennbar. Aber sie würde kommen, wenn nur mal der Anfang gemacht war. Es war wie beim Zahlenkreuzworträtsel. Sobald man herausgefunden hatte, welche Zahl welchen Buchstaben repräsentierte, war der Rest ein Kinderspiel.

Er schreckte hoch. – Genau!

Das war's! Das neue Rätsel hatte lauter Ziffern, die offensichtlich Buchstaben bedeuteten. Soweit waren sie schon gestern Abend gekommen. Aber sie hatten sich zu wenig damit beschäftigt, dass in den Zahlenreihen nicht jede Ziffer einen Buchstaben bedeutete, sondern offensichtlich nach Zweierkombinationen gesucht werden musste, denn ab Buchstaben I, gleichbedeutend mit Ziffer neun, waren alle folgenden durch zwei Ziffern gekennzeichnet. Also J = 10, K = 11 usw. bis Z = 26. Da die Ziffern ohne Punkt und Komma auf dem Papier standen, war nicht ersichtlich, welche allein zu stehen hatten, also einen Buchstaben von A bis I bedeuteten und welche als Zweierpack zusammengehörten.

Wanner nahm ein Blatt Papier und schrieb die erste Zeile der Ziffern darauf:

1 9 2 0 5 8 5 1 1 3 1 8 7 2 1 1 3

Es könnte also bedeuten: 1 = A, oder aber auch 19 = S, davon ausgehend, dass das Alphabet 26 Buchstaben hat. Wenn aber 1 = A bedeutete, musste der nächste Buchstabe 9 = I sein, denn 92 Buchstaben gab es ja nicht. Eine Null gab es auch nicht, also gehörten die dritte und vierte Ziffer als 20 zusammen, das hieß, es war ein T. Die ersten vier Buchstaben hießen also entweder AIT oder ST. Die fünfte Ziffer musste demnach einzeln gesehen werden und ergab ein E, denn 58 Buchstaben gab es wiederum nicht. Aus dem gleichen Grund kam als nächste die 8 = H. Dann wieder ein E, denn 51 war nicht möglich. Bis hierher hieß es also entweder AITEHE oder STEHE. Wanner entschied sich für letzteres.

Nun folgten entweder zwei Einser oder Elf. Zwei Einser bedeuteten zwei A, eher unwahrscheinlich. 11 hieße K. Und so weiter. Doch plötzlich passte nichts mehr zusammen.

Was war los? War seine Entschlüsselung falsch? Er probierte hin und her, aber nichts brachte einen Sinn. Er warf den Bleistift hin und lehnte sich zurück. Stehe am... Das schien doch ein goldrichtiger Anfang zu sein! Warum war plötzlich ein Riss im Ablauf?

Er rief Eva Lang herüber und zeigte ihr seinen Lösungsversuch. Wieder war sie von ihrem Chef begeistert.

„Klar hast du den richtigen Anfang gefunden! Stehe am... kann gar kein Zufall sein. Nur dieses 'am' könnte sich entweder auf einen Ort oder eine Zeitangabe beziehen. Also zum Beispiel: stehe am Tor oder stehe am soundsovielten Juli... Vielleicht sollten wir den Text darauf hin absuchen.“

Wanner schlug sich an die Stirn. „Genauso muss es sein! Also schauen wir mal: es folgen 1872. Es gibt keinen Monat 18, 87 oder 72. Also fangen wir mit den Tagen an. Es gibt einen 1. im Monat, dann würde der 8. Monat, also August folgen, dann die Jahreszahl 72. Das gibt keinen Sinn, denn 72 ist längst passé.“

„Also könnte es heißen“, fuhr Eva den Gedankengang fort: „18. 7., und das wäre der nächste Dienstag! Ich würde sagen: Volltreffer. Stehe am 18.7. ist hundertprozentig der gefragte Anfang!“

Wanner nickte eifrig. „Genau! Und jetzt weiter.“

Bald stand auf ihrem Papier: Stehe am 18.7. um...
In der zweiten Zeile haperte es gewaltig. Da kam nach ihrem System nichts Brauchbares mehr heraus. Es stand dort: ZUERKMARHU12.

Sie suchten lange nach einem Fehler, konnten aber keinen finden. Schließlich sagte Eva:

„Jetzt spielen wir Araber und lesen von rechts nach links. Was kommt raus?
12UHRAMKREUZ. Oh, was haben wir denn da?“ Sie machte drei senkrechte Teilstriche und plötzlich stand da: 12 UHR AM KREUZ.

„Aha, so ist das System“, sagte Wanner eifrig, der sich jetzt an Lisas nächtlichen Hinweis erinnerte. „Jetzt müsste es dann wieder von links nach rechts gehen. Probieren wir mal...“

Tatsächlich stand geraume Zeit später die Lösung auf dem Zettel. Sie hieß:

'Stehe am 18. 7. um 12 Uhr am Kreuz des Schuesser dort findest du die 8. Aufgabe schick einen anderen wenn du nicht kannst.'

„Und jetzt?“ Wanner war ein gewisser Missmut anzumerken. So lange herumgerätselt, um vor einem neuen Rätsel zu stehen.

Eva Lang dachte nach. „Klar sind die Zeitangaben und mit dem Schüsser dürfte der Berg zwischen Kanzelwand und Fiderepass gemeint sein. Was aber meint man mit: Schick einen anderen wenn du nicht kannst?“

„Ich glaube, es bedeutet das, was wörtlich hier steht: wenn einer der Teilnehmer nicht selbst zum Gipfelkreuz aufsteigen kann, soll er einen Ersatz schicken, der die Aufgabe abgibt und die neue übernimmt. Etwas anderes kann ich mir nicht vorstellen.“

Sie holten Hansen und Riedle dazu und besprachen mit ihnen die gefundene Lösung. Beide waren Wanners Meinung, dass das mit dem Ersatz wohl richtig sei. Im Übrigen sahen sie voll Hochachtung auf ihren Chef, der es wieder geschafft hatte sie zu verblüffen. In ihre Bewunderung bezogen sie Eva gleich mit ein.

Uli sagte es ihr und blinzelte sie schelmisch an. Eva wurde rot und winkte ab.

„Ach, lass doch..."

Als der Hauptkommissar allein war, grübelte er über diesen seltsamen Ort nach, den sich der Rätselgeber für die Übergabe ausgedacht hatte. Ein Berggipfel, der nur schwierig zu Fuß erreichbar war! Was bedeutete das nun wieder?

Wanner sollte es bald erfahren.

# 46

Florian Berger rief Wanner an und teilte ihm mit, dass das in Kempten abgeholte Gewehr im Schützenverein „Adlerauge" in Bregenz von Mitglieder als das gestohlene erkannt worden war. Er hatte sich auch eine Mitgliederliste geben lassen und dabei festgestellt, dass Karl-Josef Hartmann seit zwei Jahren dort Mitglied war und bevorzugt mit Gewehren schoss. Hartmann hatte sich am Tag vor Himmelfahrt eines der Gewehre mit Zielfernrohr ausgeborgt, ohne es zurückzubringen. Er hatte später angegeben, dass es ihm in Riezlern aus dem Kofferraum gestohlen worden war. Auf die Frage, wozu er denn das Gewehr aus Bregenz in Riezlern brauchte, gab er zur Antwort, dass er vergessen hatte, es aus dem Kofferraum zu nehmen, bevor er ins Kleinwalsertal fuhr. Die schriftliche Anzeige des Diebstahls bei der Polizei in Hirschegg hatte er aus Zeitmangel zunächst unterlassen, später wollte er dies in Bregenz nachholen. Stattdessen habe er sie dem Vereinsvorstand Ganter vom „Adlerauge" gegeben und ihn gebeten, dies für ihn zu erledigen. Ganter bestätigte auf Bergers Anfrage, dass er eine solche Mitteilung von Hartmann bekommen habe, allerdings erst etliche Tage später. Er sei damit zur Polizei in Bregenz gegangen. Diese hatte dann die Fahndung herausgegeben und sie an alle Inspektionen verschickt.

Berger stand, so fuhr er fort, im Begriff Hartmann zu verhaften. Man hatte schließlich nicht nur den Fingerabdruck am Gewehrschloss zum Vergleich, sondern auch die DNA vom Esser des Apfelbutzens. Als Motiv könne man sich die Vereinbarung bezüglich des Palast Hotel Bärenkopf durchaus vorstellen. Es war schon aus nichtigeren Anlässen gemordet worden.

Die Verdachtsgründe wären seiner Meinung nach ausreichend für eine Verhaftung.

Wanner stimmte zu. Wenn man den ersten Mord aufgeklärt hatte, konnte man vielleicht über die Aussagen von Hartmann auch an die anderen Verbrechen herankommen. Die DNA und der Fingerabdruck würden eine einwandfreie Identifizierung ermöglichen.

Eine Stunde später rief Berger nochmals an. Hartmann war in seiner Wohnung nicht angetroffen worden. Den Spuren nach zu schließen, musste er sie hastig verlassen haben. Kommandant Stadler hatte sofort eine Fahndung im Kleinwalsertal herausgegeben, die deutschen Polizeidienststellen im Allgäu und die Vorarlberger Behörden benachrichtigt. Hartmann war mit seinem Wagen flüchtig, das Kennzeichen war übermittelt worden. Weit würde er nicht kommen.

„Wenn das kein Schuldeingeständnis ist, fress ich einen Besen", antwortete Wanner, als Berger geendet hatte.

„Där Besa wird dir wahrschinle erschpart bliba", meinte daraufhin Berger. „Wer hätt denkt, dass es der Hartmann isch. Wir hätten ja no a paar andre ghabt, die in Frage kommen wärn. Aber lass uns erscht mal den Hartmann erwischen, dann können mir DNA- und Fingerabdruck-Vergleiche anstelln..." Berger wechselte ständig zwischen Dialekt und gefärbtem Hochdeutsch hin und her.

„Gib mir gleich Bescheid, wenn ihr ihn in Österreich gestellt habt. Kriegen wir ihn auf deutschem Gebiet, werde ich dafür sorgen, dass er nach Kempten gebracht wird. Vielleicht ist er ja kooperativ, um sein Strafmaß zu mildern." Sie verabschiedeten sich.

Wanner überlegte, wer denn nun alles bezüglich der gegebenen Alibis gelogen hatte. Da musste er wohl eine Liste aufstellen, zumindest aber am Flip-Chart vermerken. Schließlich konnte man so was nicht durchgehen lassen!

Wenn aber der Hartmann als Einzelgänger den Marco Müller erschossen hatte um dessen Hotelanteil zu bekommen, wer hatte dann Christina Müller überfallen, wer Katja Hillberg ermordet? Und Hartmann hatte nicht an dem Rätsel teilgenommen, also stand dieser Mord nicht in unmittelbarem Zusammenhang mit dem Preisrätsel. Sollte er sich geirrt haben? Womöglich war die ganze Arbeit mit den Rätseln umsonst gewesen?

Nein, das konnte nicht sein! Er hatte ja Spuren entdeckt, die auf einen Zusammenhang zwischen Rätseln und Verbrechen hindeuteten. Sie mussten Hartmann jetzt so schnell wie möglich dingfest machen, dann sah man weiter.

Er verständigte sein Team und Gottlich sowie den Staatsanwalt vom Verdacht gegen Hartmann und dessen Flucht aus Riezlern. Gleichzeitig berichtete er vom Fortgang des Preisrätsels. Bis zum Abgabetermin war es nur noch ein Tag. Gottlich wollte ihm Polizeischutz durch die alpinen Kollegen geben, doch Wanner winkte ab.

„Vielen Dank, nein! Ich komme da schon klar. Wir wollen doch unsere Gegner nicht vorzeitig aufmerksam machen, dass wir ihm dicht auf den Fersen sind. Außerdem ist es heller Tag und andere werden auch da sein um ihre Lösung zu übergeben. Außerdem nehme ich meine Dienstwaffe mit, ich bin schließlich auf deutschem Gebiet."

Gottlich gab ihm noch einige Ratschläge, die immer darin gipfelten, ja aufzupassen, damit nichts passiert.

„Und Sie wollen wirklich selbst auf den Schüsser steigen? Sie könnten doch auch einen Ersatz..."

„Kommt nicht in Frage!", unterbrach ihn Wanner brüsk. „Ich kenne den Schüsser von einer früheren Besteigung her, ich brauch keinen Ersatzmann."

„Na schön!", seufzte Gottlich. „Dann wünsche ich Ihnen für morgen alles Gute! Und passen Sie bloß auf, dass nichts passiert..."

Wanners Antwort war nicht mehr zu verstehen, denn er hatte den Hörer schon aufgelegt. Den Schüsser besteigen? Na und? Da brauchte er keinen Stuntman dazu.

Seine Gedanken wurden unterbrochen. Eva Lang kam herein und machte die Verbindungstür zu. Das war ungewöhnlich.

„Also hör mal, Paul! Ich hab durch die offene Tür so einiges mitgekriegt. Willst du wirklich allein zu dieser komischen Lösungsübergabe auf den Schüsser klettern? Ich meine, sollte nicht ich dich begleiten...?"

„Jetzt fang nicht du auch noch davon an! Es reicht schon, wenn mir der Gottlich in den Ohren liegt. Schließlich ist dieser Schüsser nicht mein erster Berg."

„Es geht nicht ums Bergsteigen, da bezweifle ich deine Fähigkeiten nicht. Aber es geht darum, dass gerade an diesem merkwürdigen Ort für die Übergabe des Preisrätsels unser Gegner eine gute Gelegenheit finden könnte, Verfolger loszuwerden, indem er sie oben nicht ankommen oder gar abstürzen lässt."

„Da gebe ich dir im Prinzip schon Recht! Aber vergiss nicht, dass alles im Lichte der Öffentlichkeit stattfindet, dass vielleicht sogar Bergsteiger, die mit dem Rätsel nichts zu tun haben, auf den Schüsser gehen werden. Klar, ich habe mir auch schon Gedanken gemacht, warum der Witzbold ausgerechnet den Schüsser gewählt hat. Er hätte genauso gut jeden anderen Berg nehmen können, wenn es schon ein Berg sein muss."

Aber das konnte der nicht, wie Wanner noch feststellen sollte.

# 47

Marcel Heidebaum saß in seinem Büro und überdachte die Situation.

Auf Umwegen hatte er Details erfahren, den Rest kombinierte er sich zusammen. Es traf sich ja prima, dass man jetzt den Hartmann verdächtigte Marco Müller erschossen zu haben. Das kam seinen Plänen entgegen. Aber wer war das mit Christina? An Katja Hillberg mochte er nicht zu denken, da lief es ihm eiskalt den Rücken hinab. Dass er bei der Polizei nicht ungeschoren davonkommen würde, war ihm klar. Da galt es, sich Ausreden zurechtzulegen. Er würde jetzt erst mal aus seinem Tresor einige Sachen verschwinden lassen, bevor sie mit einem Durchsuchungsbeschluss bei ihm aufkreuzten, womit er rechnete. Vor allem dieser Brief von Marco musste weg! Zu blöd, dass ihm die zweite Seite damals abhanden gekommen war. Er traute Anna Mohr zu, dass sie diese Seite gelesen hatte. Aber sooft er auch den Inhalt studierte, er glaubte nicht, dass seine Sekretärin viel damit anfangen konnte. Glücklicherweise war der Text auf den Seiten kurz und auf dieser zweiten Seite tauchte kein Name auf. Ausgesprochener Dusel!

Heidebaum hatte Anna Mohr eine Falle gestellt, in die sie prompt hineingetappt war. An einigen Stellen seines Büros hatte er Haare gespannt, die zerreißen mussten, wenn man eine Schublade oder eine Schranktür öffnete, ohne das Haar zu bemerken. Er hatte sogar seinen Schreibtisch unversperrt gelassen und war in den Außendienst gefahren. Allerdings hatte er vorher dafür gesorgt, dass nichts Wichtiges darin geblieben war. Als er später die beiden Haare an Schublade und Seitenschranktür kontrollierte, sah er, dass beide durchgerissen waren.

Was ihn dabei stutzig machte, war die Tatsache, dass Anna Mohr offensichtlich nicht nach Geld gesucht hatte, denn eine lederne Geldtasche mit Reißverschluss und einem genau abgezählten Geldbetrag lag unberührt dort, wo sie Marcel Heidebaum hingelegt hatte.

Aber wonach suchte sie dann?

Wusste oder ahnte sie etwas von seiner Misere? Er würde auf der Hut sein und bei passender Gelegenheit zuschlagen. Wartete er noch, hatte er die Chance Anna Mohrs Gründe zu erfahren. Und dann kam sie nicht mehr aus! Heute hatte er ihr einen Tag Urlaub gegeben, um ungestört seinen Plan ausführen zu können.

Heidebaum trat an seinen Safe, öffnete ihn und entnahm ihm einige Sachen, darunter einen weißen Briefumschlag. Ferner einen Aktenordner, ein Messer, eine Pistole sowie ein Bündel Geldscheine. Den Rest ließ er achtlos zurück. Ein leerer Safe würde bei einer Durchsuchung nur verdächtig sein. Er steckte alles in eine Schachtel, verpackte und verschnürte sie sorgfältig und setzte sich dann in seinen Wagen. Wo ich jetzt hinfahre, findet sie bestimmt niemand, dachte er, als er Riezlern verließ. Dann grinste er vor sich hin.

Er war so mit seinen Gedanken beschäftigt, dass er das zivile Polizeiauto aus Hirschegg übersah, das ihm entgegenkam. Florian Berger, der automatisch auf Kennzeichen achtete, erkannte beim Vorbeifahren Heidebaum.

Einer Eingebung folgend, wendete Berger an der nächsten Seitenstraße und fuhr ihm nach.

Zu seiner großen Verblüffung sah er Heidebaum am Haus von Tante Marlies halten und aussteigen. Berger hielt in einiger Entfernung und nahm sein Fernglas zur Hand. Er beobachtete, wie Heidebaum seinen Kofferraumdeckel öffnete, ein Paket herausholte und damit zur Haustüre ging, wo er läutete. Tante Marlies erschien und sie begrüßten sich herzlich. Dann ging die Haustüre zu und Berger setzte das Fernglas ab.

Das war ja was ganz Neues!

Bisher hatte er stets gedacht, alle Verhältnisse im Tal zu kennen. Aber das hier war selbst ihm noch unbekannt.

Allerdings war der Altersunterschied so groß, dass die Verbindung zwischen Tante Marlies und Heidebaum wohl anderer Art sein musste. Berger wendete seinen Wagen und fuhr nachdenklich nach Hirschegg, wo er in seinem Büro sofort nach dem Telefonhörer griff.

Das würde wohl herauszufinden sein, woher sich die beiden kannten!

# 48

Dienstag, 18. Juli.

Wanner fuhr mit der Lösung des siebten Rätsels Richtung Berge. An diesem Morgen war er angespannt wie selten. Er ahnte, dass bald eine Entscheidung fallen würde und hoffte, dass er rechtzeitig eingreifen konnte. Rucksack und Bergschuhe lagen im Kofferraum, Dienstwaffe und Stöcke auf dem Rücksitz.

Am Abend zuvor hatte er mehrmals den Aufstieg zum Schüsser durchdacht. Er würde bis zur Talstation der Fellhornbahn fahren, dort eine Gondel zum Gipfel nehmen, und über den Grat, den seinerzeit auch die Meisenbergers gegangen waren, zum Gundsattel absteigen. Dann musste er über den langen Grat den Schüssergipfel erreichen. Er hätte auch, und das wäre sogar kürzer gewesen, mit der Kanzelwandbahn hochfahren können. Kurz nach deren Bergstation trafen beide Wege zusammen. Aber es zog ihn noch einmal an den Tatort des ersten Mordes. Es war nur so ein Gefühl, dem er folgte. Was machte es schon, wenn er länger brauchte? Der Umweg würde etwa eine bis anderthalb Stunden betragen, kein Problem bei rechtzeitigem Aufbruch.

Er bekam noch die erste Gondel. Nur wenige Leute fuhren mit. An der Station Schlappoltsee stieg er um und legte das letzte Stück zur Gipfelstation mit wachsender Unruhe zurück. Irgendetwas stimmte an diesem Tag nicht! Er wusste, dass keinesfalls die Bergtour daran schuld war. Seit Tagen schleppte er eine dunkle Ahnung mit sich herum. Er vergewisserte sich, dass die Waffe im Rucksack war und stieg an der Gipfelstation aus. Unter den Mitfahrern hatte er kein bekanntes Gesicht entdeckt. Vielleicht kamen ja noch weitere Teilnehmer mit der nächsten Gondel herauf, oder sie benutzten die Kanzelwandbahn.

Wanner sah prüfend zum Himmel. Das Wetter schien stabil zu bleiben, der Wetterbericht hatte erst für den späteren Nachmittag Quellwolken und Gewitter im Alpenraum angekündigt. Doch bis dahin wollte Wanner längst wieder zurück sein. Notfalls konnte er auch nach Riezlern hinabfahren und sich von Berger zu seinem Auto ins Stillachtal zurückbringen lassen. Man würde sehen.

Er wanderte auf dem Gratweg hinab zum Gundsattel und sah sich dort nochmals eingehend um. Aber er fand nichts, was er nicht schon beim letzten Mal hier vorgefunden hatte und begann den Aufstieg zur Kanzelwand, den er in 20 Minuten schaffte. Oben angekommen suchte er sich einen Platz, von dem er sowohl die Bergstation der Kanzelwandbahn, als auch den langen Grat zum Schüsser beobachten konnte. Bis hierher lief alles glatt. Auf dem Grat war niemand zu sehen, auch nicht am Gipfel des Schüsser.

Wanner ließ sein Glas zur Kuhgehrenspitze gleiten, die gegenüber aufragte. Im Kessel dazwischen war im Winter Skibetrieb. Jetzt weidete eine Herde Jungvieh dort. Das Geläute der Schellen drang beruhigend herauf.

Der Hauptkommissar beschloss, sich schon früher als notwendig an den Aufstieg zu machen, sich irgendwo auf die Lauer zu legen und den Gang der Dinge zu beobachten. Die Lösung war um 12 Uhr zu übergeben, jetzt war es kurz vor zehn, also genügend Zeit. Wanner umwanderte den Kanzelwandgipfel und erreichte den Grat, der beide Berge verband. Er war schrofig, teilweise felsig und von kleineren Steilaufschwüngen unterbrochen. Latschenbüsche bedeckten ihn an mehreren Stellen. Ideal als Versteck, dachte

Wanner. Er stieg noch ein Stück weiter und suchte sich einen Platz, von dem aus er einen Blick aufs Gipfelkreuz hatte und schätzte die Zeit, die er noch bis dorthin brauchen würde. Wohl maximal 30 Minuten. Er musste sein Versteck also kurz vor halb zwölf verlassen.

Bis hierher hatte er keine Karte benötigt, er kannte diese Wege alle. Trotzdem gehörte eine Wanderkarte zu seiner Tourenausrüstung. Er kramte aus seinem Rucksack das aufblasbare Sitzkissen hervor, füllte es mit Luft und setzte sich darauf. Dann ließ er seinen Blick schweifen und studierte die Berge der Umgebung, was seiner Seele spürbar gut tat und die dunklen Vorahnungen unterdrückte. Dort drüben war die Hochgehrenspitze, ein Gipfel zwischen Schüsser und Hammerspitze; jenseits des Warmatsgundtales der Griesgundkopf, der Alpgundkopf, der Roßgundkopf... Oder war der Alpgundkopf der am weitesten links befindliche?

Wanner war sich nicht sicher, die drei Berge wurden selten begangen. Dreimal die Bezeichnung ´Gund´ im Namen, da konnte man schon unschlüssig sein. Also noch mal: der nördlichste war der Griesgundkopf... oder nicht? Verdammt noch mal, musste doch die Karte herhalten. Missmutig zog sie Wanner aus der Deckeltasche seines Rucksacks und faltete sie auseinander. Dann suchte er den Höhenzug gegenüber. Na also, war doch richtig gewesen! Der nördlichste war der Griesgundkopf. Automatisch schaute er auch nach dem Schüsser, der auf demselben Blatt zu finden war.

Plötzlich erstarrte er.

Schweiß trat ihm auf die Stirn, er stierte auf die Landkarte.

Mühsam rang er nach Luft.

Jetzt war's passiert! Er hatte verloren und flog aus dem Feld der letzten Teilnehmer.

Alles umsonst!

Die Karte in seinen Händen begann zu flattern, obwohl es windstill war. Dass er Idiot aber auch daran nicht gedacht hatte! Schnell sah er auf seine Uhr. Halb elf vorbei. Fast aussichtslos, schließlich hatte er den Verbindungsgrat vom Schüsser zur Hammerspitze noch nie gemacht. Es war bekannt, dass er einige schwierige Stellen aufwies. Verdammt und zugenäht! Jetzt hätte er Eva Lang dringend brauchen können.

Traf seine Befürchtung nicht zu, stand er richtig. War aber sein Einfall richtig, saß er hier auf der Hammerspitze und der Schüsser lag ein ganzes Stück weiter südöstlich. Als der letzte Gipfel vor dem Fiderepass.

Wanner verfluchte den wahrscheinlich weltweit einzigen Fall, dass zwei Länder die beiden gleichen Berge in ihrem Grenzkamm genau umgekehrt benannten. Den Gipfel, den die Deutschen Schüsser nannten, bezeichneten die Österreicher als Hammerspitze und die deutsche Hammerspitze war bei den Österreichern der Schüsser. Hier auf der Wanderkarte, erst neulich in der Buchhandlung Dannheimer gekauft, stand es schwarz auf weiß: Schüsser (D), Hammerspitze (A). Und umgekehrt.

Welcher Schüsser war jetzt im Rätsel gemeint?

Nun wurde Wanner auch klar, warum man keinen anderen Berg gewählt hatte! Es musste der Schüsser sein, damit dieses Namen-Durcheinander die letzten Rater reduzierte. Alles war darauf abgestellt, dass möglichst nur einer am Schluss übrig blieb und den Preis gewann. Wer würde es sein?

Was mach ich jetzt bloß?, dachte Wanner und war einem Panikanfall nahe. Bleib ich hier, ist es bestimmt der österreichische Schüsser, klettere ich dorthin, ist es wahrscheinlich der deutsche.

Wanner verfluchte seine oberflächliche Vorbereitung. Bloß weil er dachte, er kenne sich in den Bergen wie in seiner Hosentasche aus. Und jetzt diese Lücke! Hätte er zu Hause schon daran gedacht, dass es zwei Schüsser gab, hätte ein zweiter Mann...

Schnell tippte er Bergers Telefonnummer ein. Sei bloß da, dachte Wanner und packte hastig alles in seinen Rucksack.

Es tutete zweimal, dreimal, viermal.

Wanner war nebenbei schon am Grat nach oben unterwegs. Es blieb ihm nichts anderes übrig, als über den Gipfel auf den österreichischen Schüsser zu kommen.

„Berger!"

Gott sei Dank.

„Mensch Flori, stell dir vor..." Wanner war stehen geblieben, beruhigte seinen Atem und erzählte Berger hastig von der Situation. Er ließ keine Gegenfrage zu, sondern diktierte die Lösung und beschwor ihn, sich andere Schuhe anzuziehen und auf den deutschen Schüsser zu steigen für den Fall, dass...

„Ned mehr zu schaffen", unterbrach ihn Berger. „Bis i mit der Bahn oben bin, ischt es zu spät für den Gipfel."

„Herrgott noch mal, habt ihr keinen Hubschrauber?"

„Also gut, ich probiers. Hau ab, aber pass am Grat auf, der hats in sich."

Wanner klappte sein Handy zu und stieg hastig weiter nach oben. Wenn das bloß gut ging! Und alles seine Schuld! So einen Anfängerfehler zu machen. Er keuchte weiter.

Er spürte, dass sein Gedanke richtig war und der österreichische Schüsser, gleichbedeutend mit der deutschen Hammerspitze, gemeint war.

10 Uhr 56.

Ohne das Gipfelkreuz eines Blickes zu würdigen begann der Hauptkommissar den Abstieg, der ihn über den Verbindungsgrat zunächst auf die Hochgehrenspitze brachte. Er rannte fast einen Geröllrücken zu einer Einsattelung hinab, über die er jenseits durch Felsen den Gipfel erreichte.

11 Uhr 21.

Sein Puls flog. Der Atem ging stoßweise, das Hemd klebte ihm schweißnass am Körper. Er riss die Flasche aus dem Rucksack und trank gierig ein paar Schlucke. Aber er musste weiter. Jetzt kam das schwierigere Stück.

Drüben sah er den österreichischen Schüsser liegen. Normalerweise brauchte man etwa 40 Minuten dahin.

11 Uhr 24.

Er brach wieder auf. Wanner wusste später nicht mehr, wie er diesen felsigen, gezackten und von Türmen unterbrochenen Grat gemeistert hatte. Ohne Sicherung hing er an einigen Stelle bedrohlich über dem Abgrund, erwischte gerade noch einen Griff als unter seinem rechten Fuß ein Stein ausbrach, zog sich eine Kante hoch, schwang sich über ein grasiges Köpfle, kletterte durch eine kaminartige Rinne und blieb schließlich schweratmend auf einem schuhgroßen Absatz stehen, um wieder zu Atem zu kommen.

11 Uhr 46.

Weiter! Er erreichte eine Scharte, von der eine Schneide zum Gipfel hinaufzog. Wanner schätzte Schwierigkeitsgrad II oberer Bereich. Er stolperte wiederholt, hielt sich an Felskanten fest, zog und hob sich immer höher.

11 Uhr 57.

Das Kreuz wurde sichtbar.

Da rutschte er aus.

# 49

Dr. Johannes Körner hatte bis zu dem Tag, da er mit sechzig seine Geschäfte abschloss und ins Kleinwalsertal zog, eigentlich zwei Berufe gleichzeitig ausgeübt. Er war in Essen ein angesehener Anwalt, spezialisiert auf Patentrecht und Ehescheidungen, gleichzeitig betrieb er eine kleine Firma, die hochwertige technische Geräte für den Export herstellte. Dabei hatte er das Glück gehabt, zwei Patente auf seine Erfindungen zu erhalten, die ihn zum reichen Mann gemacht hatten. Körner war ohne Anhang. Er lebte allein in einer Villa am Stadtrand von Essen. Sein parkähnliches Grundstück, von einem Gärtner gepflegt, wurde von zwei Dobermännern bewacht, die jeden Einbrecher schon vom Aussehen her abschreckten. Er galt als Sonderling, hatte kaum Kontakte zur Essener High Society und spendete auf sozialem Gebiet jährlich namhafte Summen. Hauptsächlich aus diesem Grund war das Bedauern groß, als es hieß, Dr. Körner habe seine Villa verkauft und sei ins Kleinwalsertal gezogen.

Hier lebte er seit einigen Jahren in einem umgebauten Zweifamilienhaus, dessen Zimmer zu einer Wohnung zusammengefasst waren. Körner hatte sich dieses Haus gekauft, weil es eine prachtvolle Bergsicht bot. Auch hatte er Wert auf ein großes Grundstück gelegt, wie er es von Essen her gewohnt war. Auf einen Gärtner verzichtete er, ließ vielmehr einige Male im Jahr eine Landschaftspflegefirma das Gras mähen und die Hecken zurückschneiden. Mehr gab es hier nicht zu tun, das Klima war zu rau. Er hatte sich auch wieder einen Hund zugelegt, einen Golden Retriever, nachdem seine beiden Dobermänner von einer Hundezucht in Essen übernommen worden waren. Er gab der neuen vierbeinigen Freundin den Namen Money. Sie war jetzt vier Jahre alt und gut abgerichtet, Dr. Körner hatte zeitlebens darauf geachtet, dass alle in seinem Dienst stehenden Wesen genau das taten, was er von ihnen erwartete.

Das Anwesen Dr. Körners lag an einem Hang, der sich oberhalb vom Ortsteil Zwerwald nach Süden erstreckte. Der Hausherr konnte leicht zu Fuß nach Riezlern gehen. Er kam regelmäßig in ein Café in der Ortsmitte, trank dort einen Cappuccino und ein Mineralwasser, aß ein Stück Obstkuchen mit Sahne und verließ nach einer halben Stunde das Lokal wieder. Dann schlenderte er die Walserstraße bis zur Abzweigung Egge entlang, querte dort auf die westliche Seite und kehrte zurück. Regelmäßig konnte man Dr. Körner zweimal die Woche auf dieser Runde treffen.

Freunde oder Bekannte spielten in seinem Leben keine größere Rolle. Im Kleinwalsertal mochte es ein halbes Dutzend Männer sein, die er gelegentlich traf, mit ihnen plauderte, dabei ein Viertel Chardonnay trank und vielleicht ein Spielchen Canasta wagte. Niemand wusste, dass er längere Zeit eine Geliebte in der näheren Umgebung hatte. Ins Spielcasino ging er einmal im Monat, spielte Roulette und Black Jack, hörte aber spätestens nach einem Verlust von 150 Euro wieder auf und verabschiedete sich.

Hier traf er auch den Geschäftsführer Marco Müller und unterhielt sich eine Weile mit ihm. Er war von dem smarten Mann bald angetan und kehrte öfters im Restaurant des Casinos ein um mit Marco Müller zu plaudern. Über Marco machte er später die Bekanntschaft mit dessen Kartenrunde Erd, Fritz und Heidebaum. Nach einiger Zeit lud er alle vier zu sich nach Hause ein, bewirtete sie mit einem Partyservice-Dinner und spielte gekonnt den Mann von Welt. Keiner der Gäste hielt es jedoch für nötig, eine Gegeneinladung auszusprechen, so schleppte sich diese Bekanntschaft träge dahin.

Die Ereignisse bekamen Fahrt, als Dr. Körner eines Abends im Casino eine nennenswerte Summe gewann und gleich an Ort und Stelle begann, einen Teil wieder auszugeben. Er zahlte eine Lokalrunde Sekt, was ihm etliche Sympathien einbrachte.

Zu später Stunde und nach weiteren Runden war ihm der genossene Alkohol deutlich anzumerken. Das fiel schon deswegen auf, weil niemand aus dem Kreis der Besucher sich daran erinnern konnte, ihn schon mal so gesehen zu haben.

Dr. Körner saß an einem Zweiertisch und ließ das Casino und seine Gäste hochleben. Längst hatte er den Punkt überschritten, ab dem das Gesagte noch kontrollierbar war. Marco Müller sah, zuerst mit wachsendem Verständnis, später mit ebensolchem Unverständnis, dieser Entwicklung Körners zu. Im Prinzip war es ihm gleich, *wie* sich die Gäste nach einem Gewinn darüber freuten. Aber hier bekam er das Gefühl, dass er eingreifen müsse, um Körner vor dem Spott der anderen zu schützen und ihn in ein Taxi zu setzen.

Er wollte gerade auf den Zweiertisch lossteuern, als er plötzlich innehielt.

Ein anderer war ihm zuvorgekommen und setzte sich zu Körner. Marco kannte ihn, Körner offenbar auch. Die beiden führten ein Gespräch, das mehr und mehr von Dr. Körner in seinem beschwipsten Zustand geführt wurde, während der andere zuhörte. Ab und zu warf er einen besorgten Blick nach allen Seiten, aber niemand nahm von ihnen Notiz. Er stellte ein paar Mal Rückfragen an Körner, die dieser mit weitausholenden Gesten beantwortete.

Körners Gesprächspartner sah in Richtung Marco Müller und winkte ihn mit einer leichten Kopfbewegung heran. Marco griff sich einen Stuhl und setzte sich zu den beiden.

Körner sah ihn mit leicht glasigen Augen an.

„Ah..., der Herr Gesch... schäftsführer! Auch ein Glas?“ Dabei griff er nach der Weinflasche, die der Ober auf den Tisch gestellt hatte.

„Nein, vielen Dank! Leider bin ich im Dienst. Ich freue mich aber, dass Sie gewonnen haben. Ganz schöne Summe, habe ich gehört.“

Körner machte eine wegwerfende Handbewegung. „Ach Gott, n... nicht der Rede Wert! Ein kleines Zubrot f... für mich...“

Müller warf einen schnellen Seitenblick auf Körners Gast. Der zog kurz die Augen zusammen.

„Na, na, Zubrot würde ich das aber nicht nennen...“

Körner unterbrach ihn. „Wenn S... Sie wüssten, ich habe in meinem L...Leben viel Geld gemacht. Pa... Patente, und so. Und die vielen Ehesch.... scheidungen!“ Er kicherte vor sich hin.

„Und was werden Sie denn mit dem vielen Geld anfangen?“, fragte der Gast.

Dr. Körner sah ihn an. „Am liebsten möchte ich es in einer g... ganz ver... rückten Art ausgeben! Jawohl, verrückten Art. Wissen Sie viel... leicht eine?“ Dabei wandte er sich an Marco Müller.

Als der begriffen hatte, dass es Körner trotz seines Alkoholpegels ernst war, sagte er nach kurzem Nachdenken: „Mir fällt gerade nichts anderes ein. Aber denken Sie sich doch ein Preisausschreiben mit mehreren Fragen aus. Dabei müssen alle ausscheiden, die keine richtige Lösung haben und zum Schluss darf nur einer übrig bleiben und den Gewinn einstreichen."

Dr. Körner starrte ihn überrascht an. Dann schlug er ihm so unverhofft auf die Schulter, dass sich Müller nur mit Mühe auf dem Stuhl halten konnte. „Großartig! Sie sind ein Genie! Ein Preisrätsel, jawoll und mit meinem Geld! Und einer gewinnt es zum Schluss – nämlich Dr. Johannes Körner! Der macht nämlich auch mit und w... weiß alle Antworten, weil er sich die Fragen aus...denkt! Ha, ha, ha! Umwerfend! Ein Pr... Preisrätsel... Hick... Tschuldigung! Tausende machen mit, alle w... wollen mein Geld... Hi, hi, hi und am Ende krieg ich es und hab keinen Cent verloren! Das gibt einen Spaß... Ha, ha, ha..." Dr. Körner verschluckte sich fast und wischte sich die Tränen aus den Augen. Dann holte er eine Pillendose aus seiner Tasche und nahm zwei Tabletten ein.

„Ja... woll, das m... mache ich! Ich gewinne mein eigenes G...Geld. Monatelanger Spaß und kein Cent Verl... lust! Das nenne ich ein Geschäft!"

Kurz danach schien Körner plötzlich nicht mehr so betrunken zu sein, auch der glasige Blick war klarer geworden. Wohl Spezialtabletten, dachte Marco Müller, und schielte zu dem dritten Mann hinüber, der wortlos alles mitverfolgte.

Der Geschäftsführer machte ein betretenes Gesicht. Es war ihm überhaupt nicht recht, dass Körner in dieser Weise redete, noch dazu vor den Ohren eines Dritten. Er wollte Körner gerade den Vorschlag machen, den Abend abzubrechen und ein Taxi nach Hause zu nehmen, als dieser sich wieder an ihn wandte.

„Die Idee kam von Ihnen! Also denken Sie sich mal in den nächsten zwei Wochen Rätsel Nummer Eins aus und rufen Sie mich an, wenn es fertig ist. Dann setzen wir uns zusammen und besprechen es." Seine Stimme hatte die alte Festigkeit fast erreicht und er schien wieder zu überblicken, was er gerade redete. Den dritten Mann am Tisch hatte er dagegen allem Anschein nach völlig vergessen. Der erhob sich plötzlich und verabschiedete sich kurz.

Marco Müller sah ihm mit gemischten Gefühlen hinterher. Er hatte ein ungutes Gefühl, wenn er daran dachte, dass nun drei Personen von dem Plan Dr. Körners wussten. Wenn das nur gut geht, dachte er.

Er konnte nicht wissen wie Recht er hatte. Und wie nahe der Tod war.

## 50

Wanner erwischte gerade noch einen Felszacken, hielt sich kurz daran fest, und schwang sich nach oben.

Mit letzter Kraft erreichte er den Gipfel.

12 Uhr.

Er warf sich ausgepumpt auf den Boden und versuchte seinen Atem zu beruhigen. Es dauerte ein paar Minuten, bis ihm das soweit gelang, dass er die Umgebung wahrnehmen konnte. Jetzt würde es sich herausstellen, ob alles umsonst war und er eigentlich am anderen Schüsser stehen sollte. Beim Aufstieg hatte er von ferne das Geräusch eines Hubschraubers vernommen. Berger war tüchtig! Er zog sein Fernglas hervor und blickte zum deutschen Schüsser zurück. Aber der Gipfel der Hochgehrenspitze war im Weg.

Auch das noch!

Dann sah er sich in seiner Umgebung um. Das hölzerne Gipfelkreuz ragte ein paar Meter entfernt in die Höhe.

Und dort saß ein Walsertaler Bergführer in seinem roten Anorak und nickte ihm grinsend zu.

„Hallo Kamerad! Du bischt ja wie der Teufl da raufkommen. Alle Achtung! Vielleicht hättscht früher weggehn sollen! Ha, ha."

Wanners Brust hob und senkte sich immer noch schnell.

„Und wer sind Sie? Geht's ums Rätsel?" Er drückte sich vorsichtig aus. Vielleicht war der Mann ja einfach so heraufgeklettert.

Aber der Bergführer nickte. „Preisrätsel, gell? Bin engagiert worden von zwei Leuten. Soll hier was abgeben und was in Empfang nehmen. Bischt du derjenige...?"

Wanner schüttelte den Kopf. „Nein! Bin selber dabei und bring meine Lösung her. Aber könnt's nicht sein, dass wir am falschen Gipfel hocken?"

Der Bergführer zuckte die Achseln. „Keine Ahnung! Man hat mich hier raufgschickt.
Wart ma halt, was passiert."

Wanner trat auf ihn zu und reichte ihm die Hand. „Also, dann Berg Heil! Immerhin sind wir auf einem Gipfel." Er lachte vor sich hin. „Und wenn wir Glück haben, ist es sogar der richtige!"

Sie hörten das Fluggeräusch eines Hubschraubers.

Der Helikopter begann westlich von ihnen zu kreisen, dann senkte er sich über dem deutschen Schüsser ab. Mehr konnte man von hier nicht sehen.

Wanners Herz sank in seine Bergschuhe. Also doch verkehrt! Du lieber Gott, hoffentlich war es Berger noch gelungen...

Der Hubschrauber stieg wieder senkrecht in die Höhe und nahm Kurs auf sie. Der Hauptkommissar beobachtete neugierig das näher kommende Fluggerät durch sein Fernglas. Als der Hubschrauber über ihnen stand und sich langsam herabzusenken begann, wurde eine Tür aufgeschoben. Der Luftwirbel erfasste die beiden am Kreuz und blies Wanners Taschentuch davon, das er zum Trocknen ausgelegt hatte.

Dann ließ sich ein Mann mit Hilfe der Seilwinde herab, die aus der offenen Tür geschwenkt worden war. Er berührte neben dem Kreuz den Boden und winkte. Wanner und der Bergführer eilten hin.

„Lösung?", schrie er ihnen zu.

Sie suchten hastig in ihren Rucksäcken und übergaben ihre Umschläge. Der Mann am Seil winkte und wurde in den Hubschrauber zurückgezogen. Die Tür schloss sich. Der Helikopter flog in einer Steilkurve weg. Er umrundete den Gipfel einige Male, dann kehrte er zur alten Position zurück, der Mann wurde wieder herabgelassen und übergab drei braune Umschläge. Dann winkte er, wurde hinaufgezogen und der Helikopter verschwand mit Donnergetöse Richtung Fiderepass.

Als es wieder ruhig geworden war, wandte sich der Bergführer kopfschüttelnd an Wanner.

„Komische Art! Um was geht's da überhaupt?" Er wischte sich die Augen, in die feiner Staub geflogen war. „I heiß übrigens Vinzenz."

Wanner zuckte die Schultern. „Ich bin der Paul. Irgend so ein Witzbold denkt sich ein Preisausschreiben mit einer Anzahl von Rätseln aus, die jedes Mal an einem anderen Ort übergeben werden. Diesmal hat's der österreichische Schüsser sein müssen."

„Eigentlich ischt es scho ein Schmarrn, des mit den zwei Namen!", sagte Vinzenz und schnallte seinen Rucksack fest. „Es könnt manchmal direkt zu Verwechslungen kommen!"

Wie Recht du hast, dachte Wanner, und machte sich ebenfalls zum Abstieg bereit.

„Gehscht wieder den gleichn Weg zurück?", fragte ihn der Bergführer. „I steig zur Fiderepass-Hütte ab, dort warten meine Auftraggeber."

Wanner kam ein Gedanke. „Ich geh mit dir und dann von der Hütte zur Talstation der Fellhornbahn. Passt prima, dort steht nämlich mein Auto."

Und bei der Gelegenheit sehe ich auch gleich die beiden Auftraggeber!

Er rief Berger an, bekam aber keine Verbindung. Dann gab er Eva Lang Bescheid und bat sie, die übrigen zu verständigen. Auch hier war die Verbindung nicht besonders gut.

Der Abstieg dauerte nicht lange. Vinzenz überwand geschickt alle Hindernisse und Wanner folgte ihm, froh, dass er die Route nicht selbst suchen musste, was im Abstieg immer schwierig ist.

An der Fiderepass-Hütte saßen – Wolfgang Fritz und Kai Novak und nahmen die braunen Umschläge von Vinzenz entgegen. Sie sahen verblüfft auf den Hauptkommissar, der hinter Vinzenz aufgetaucht war.

Wanner machte ihnen den Vorschlag, zusammen abzusteigen, doch beide wollten lieber durch das Wildental nach Mittelberg gehen.

Dann eben nicht! Wanner holte sich eine Radlermaß beim Wirt und trank in langen Zügen. Eine Tour dieser Art wollte er so schnell nicht wiederholen!

Er verabschiedete sich und machte sich auf den langen Abstieg hinab ins Stillachtal.

Nur noch drei! Eigentlich nur zwei. Von wem geht die Gefahr aus? Fritz oder Novak? Das musste sich jetzt bald herausstellen. Er hatte auf dem braunen Umschlag eine 8 stehen sehen.

Vielleicht das letzte Rätsel?

Doch Wanner irrte sich.

## 51

Am nächsten Tag hatte der Hauptkommissar Muskelkater. Die Bergtour hatte ihn doch angestrengt und der Wettlauf mit der Zeit war nervenaufreibend gewesen. Zuerst hatte sich Wanner das nicht eingestehen wollen. Aber im Nachhinein war ihm klar geworden, dass sein Leben ein paar Mal am seidenen Faden hing. Lisa erzählte er nichts davon. Er sprach nur allgemein vom Schüsser und sie war damit zufrieden. Sie kannte die Doppelbedeutung nicht, wunderte sich nur, warum ihr Mann nach dem Abendessen, ohne die Zeitung zu lesen auf der Couch einschlief und sie ihn später wachrütteln musste.

Im Büro bat er seine Kollegen zu sich und erzählte in kurzen Zügen, wie er an die achte Aufgabe gekommen war. Dabei untertrieb er die Schwierigkeiten, die er dabei hatte. Dann erstattete er Gottlich und dem Staatsanwalt Bericht, wobei der noch kürzer ausfiel. Entscheidend war ja, *dass* er die achte Aufgabe erhalten hatte, nicht *wie*. Gottlich war neugierig, welche Fragen in der neuen Aufgabe steckten und bat Wanner sie gleich bei ihm zu lesen. Der zog den braunen Umschlag heraus und öffnete ihn. Dann reichte er den Text an Gottlich weiter.

*„Aufgabe acht lautet:*

*In Kempten stand Hubert Braxmayr vor Gericht. Er war angeklagt, am Mittwoch, 18. Mai 2005, den Wachmann eines großen Computer-Discount-Geschäftes bei einem Einbruch erschossen zu haben. Das Gericht kam zur Auffassung, dass Braxmayr, der aus Buchloe stammte, schon einige Zeit vorher den Tatort genau beobachtet haben musste, da der Täter offensichtlich gute Ortskenntnisse besaß. Braxmayr, ein zweifelhafter Computerhändler, dreimal vorbestraft, bestritt die Tat. Er sei in jener Zeit überhaupt nicht in Kempten gewesen. Ein Alibi konnte er nicht nachweisen. Da ließ die Staatsanwaltschaft den Zeugen Ernst Herrenberg aufmarschieren. Dieser gab an, dass er Braxmayr bereits am 16. Mai in Kempten gesehen habe. Auf die Frage des Richters, wieso er sich so genau an das Datum erinnern konnte, antwortete Herrenberg: „Am 17. Mai hat meine Frau Geburtstag. Ich bin daher einen Tag davor durch die Geschäfte geschlendert und habe ein Geschenk für sie ausgesucht. Im Juweliergeschäft „Zur Fischersteige" habe ich dann Braxmayr erkannt, obwohl er eine Sonnenbrille trug". Frau Herrenberg hatte tatsächlich am 17.Mai Geburtstag. Gleichzeitig wurde festgestellt, dass Braxmayr und Herrenberg seit Jahren verfeindet waren. Das Gericht vereidigte Herrenberg und wollte sich zur Beratung zurückziehen. Da stand der Verteidiger von Braxmayr auf und beantragte den Zeugen Herrenberg wegen Meineides zu belangen.*

*Was hatte den Verteidiger stutzig gemacht?*

*Bringe die Lösung in einem verschlossenen Umschlag unter Nennung des Lösungswortes am 24. Juli zwischen 13 und 13.15 Uhr in das Schloss nach Immenstadt.*
*Das Lösungswort ergibt sich aus dem Ablauf dieser Geschichte.*

*Dieses war der achte Streich,*
*für Könner folgt der letzte gleich.*

Der Polizeichef kratzte sich hinter dem Ohr.
„Das ist ja was für unsere Anfänger", sagte er dann und griff nach dem Telefon. Er bat zwei Polizeianwärter eine Aufgabe bei ihm abzuholen und rieb sich die Hände. „Gehört mit zur Polizeiausbildung", sagte er und goss sich Kaffee in seine Tasse.
„Ähm..., Entschuldigung, Sie trinken doch sicher ein Tässchen mit?"
Wanner nickte und Gottlich holte eine Tasse mit der Aufschrift: 'Polizeidirektion Kempten' aus dem Wandschrank. Er schenkte Wanner ein. „Von dieser Bergtour müssen Sie mir ein anderes Mal mehr erzählen", sagte er dann. „Einem alten Hasen wie mir machen Sie nicht weis, dass alles so glatt ging, wie Sie es dargestellt haben."
Der Hauptkommissar hob schnell die Tasse und trank, so kam er um eine Antwort herum.
Es klopfte, die beiden Anwärter traten ein. Gottlich gab ihnen den inzwischen kopierten Text und bat sie, ihm die Auflösung so schnell wie möglich zu bringen. Dann verpflichtete er sie zum Stillschweigen über Text und Lösung und schickte sie wieder hinaus.
„Was mich beunruhigt, ist der letzte Satz: Für Könner folgt der *letzte* gleich", wandte sich Wanner an Gottlich. „Das bedeutet Alarm, es soll ja nur einen Gewinner geben. Wobei *ich* denen auch noch im Weg stehe! Sollen Fritz und Novak überwacht werden?"
Gottlich dachte nach. „Ja, wäre nicht schlecht. Allerdings unauffällig..."

Das Telefon am Schreibtisch läutete. Der Kriminaldirektor hob ab und meldete sich. Er hörte zu und sagte nach einer Weile: „Gut, ich werde es ihm ausrichten. Vielen Dank für den Anruf, wir bleiben in Verbindung!“ Er hängte ein. „Das war der Kommandant von Hirschegg. Sie haben Hartmann in Hittisau erwischt und nach Feldkirch gebracht. Speichelproben sind schon entnommen worden, ebenso Fingerabdrücke. Morgen wissen wir mehr.“

Wanner kehrte in sein Büro zurück. Hartmann, das war der Mörder von Marco Müller, davon war er überzeugt. Es ging nur noch darum, ob sein Motiv lediglich mit dem Hotel Bärenkopf oder auch mit dem Preisrätsel zusammenhing.

Wer jedoch verübte den Anschlag auf Christina Müller?

Und wer ermordete Katja Hillberg?

## 52

Am Vormittag des folgenden Tages fuhren Paul Wanner und Eva Lang nach Hirschegg, wo sie sich mit Florian Berger verabredet hatten.

In der Nacht hatte Wanner über das weitere Vorgehen gegrübelt. Er wollte jetzt noch einmal mit einigen der Verdächtigen sprechen, auch wenn Hartmann als Hauptverdächtiger im Mordfall Müller gefasst war.

Sie stiegen in Bergers Dienstwagen und fuhren zu Christina Müller. Auf ihr Klingeln hin geschah zunächst nichts, sodass sie schon wieder gehen wollten. Dann hörten sie, wie die Haustüre aufgesperrt wurde und Christina erschien in der Türöffnung.

Sie sah bleich und abgemagert aus. Ihre Augen hatten den Glanz verloren, an den sich Wanner noch erinnerte. Ihre Stimme klang müde, als sie die drei begrüßte und ins Haus bat.

„Was kann ich für Sie tun?“, fragte sie im Wohnzimmer und wies auf Stühle.

Wanner übernahm die Gesprächsführung. Er fragte nach ihrem Befinden, dann fuhr er fort:

„Wir möchten noch einmal auf den Überfall zu sprechen kommen. Ist Ihnen in der Zwischenzeit noch etwas dazu eingefallen? Jede Kleinigkeit kann von Wichtigkeit sein. Uns interessiert vor allem der Duft, den Sie beim Überfall wahrgenommen haben. Können Sie uns jetzt mehr dazu sagen?"

Christina Müller blickte vor sich hin. Dann antwortete sie zögernd. „Ich bin mir nicht sicher, aber ich glaube eine Frau zu kennen, die ein solches Parfum verwendet. Ich will absolut niemand in Verdacht bringen..." Sie brach ab und sah unglücklich von einem zum anderen.

„Keine Sorge, Frau Müller! Alles was wir hier sprechen, bleibt unter uns. An wen denken Sie?"

Christina Müller zögerte immer noch. Aber als Wanner sie eindringlich ansah, sagte sie schließlich: „Carola Fritz."

Die drei sahen sich erstaunt an. „Carola Fritz?" Wanner und Berger riefen den Namen gleichzeitig.

„Ja, ich hab mich schließlich erinnert. Das Parfum ist etwas... aufdringlich. Und bei einem Besuch trug es Carola." Sie schien froh zu sein, dass es endlich heraus war. Denn diese Erinnerung hatte sie schon seit einiger Zeit bedrückt.

„Kennen Sie den Namen des Parfums?" Es war Eva Lang, die diese Frage stellte.

„Ich glaub es heißt so ähnlich wie Sangria Lack."

„Könnt's auch Shangrila Luck sein, wobei Luck englisch ist?"

„Ja ich glaub so heißt es. Ich benutz es selbst nicht, daher ist mir der Name nicht geläufig."

Mehr war aus Christina nicht herauszukriegen. Die drei verabschiedeten sich schließlich von ihr und fuhren zu Carola Fritz.

Steffi Fritz saß in ihrem Rollstuhl vor dem Haus im Halbschatten eines Apfelbaumes und las. Als sie die drei Kriminalbeamten auf sich zukommen sah, klappte sie das Buch zu und sah ihnen gespannt entgegen.

Wanner glaubte eine leichte Verunsicherung bei ihr zu sehen und erinnerte sich an seinen ersten Besuch.

„Hallo! Grüß Gott Steffi! Wie geht's?" Eva Lang hatte die Begrüßung übernommen.

„Hallo!", antwortete die Angesprochene und legte das Buch auf einen Tisch nebenan.

„Wir wollten mal vorbeischauen und bei der Gelegenheit auch mit Ihrer Mutter sprechen. Ist sie zu Hause?"

Steffi sah zum Haus hin. „Ja, sie ist drinnen. Was wollen Sie denn von ihr?"

„Na ja, wir müssen sie noch was fragen", griff Wanner ein. Dann beugte er sich über das Mädchen und sagte: „Oh, toller Duft! Wie heißt der denn?"

Steffi sah ihn verwundert an. „Ich benutze kein Parfum, nur meine Mutter."

Eva Lang gab Wanner einen unauffälligen Wink. „Herr Wanner riecht Parfums, die es hier gar nicht gibt", sagte sie dann wie nebenbei und fuhr fort: „Sicher verwendet Ihre Mutter Sachen von Yves St. Laurent, Dior oder Lagerfeld. Die haben feine Düfte komponiert."

Steffi lachte. „Nein, meine Mutter verwendet ein stärkeres, das ich gar nicht mag! Es ist arg aufdringlich."

„Ach, da kenn ich auch eines, das heißt Shangrila Luck", erwiderte Eva leichthin.

„Ja genau, so heißt es! Ich hab ihr schon öfters gesagt, sie soll das Zeug nicht mehr nehmen. Aber sie hört ja nicht auf mich..."

„Steffi!" Carolas Stimme klang scharf. „Das interessiert die Polizei sicher nicht!" Ihre Mutter war unbemerkt aus dem Haus getreten.

„Wir unterhalten uns nur über Parfums", sagte Eva schnell. „Ihrer Tochter gefällt das Shangrila Luck nicht, das Sie verwenden!"

„Meine Tochter ist auch mehr als zwanzig Jahre jünger als ich, da liebt man andere Duftnoten."

Wanner wandte sich an Eva Lang. „Du könntest dich weiter mit Steffi über Parfums unterhalten, Flori und ich müssen noch was mit Frau Fritz besprechen..."

Eva nickte und die beiden gingen mit Carola Fritz ins Haus.

„Ich hab mir schon gedacht, dass Sie nicht hergekommen sind, um sich über Parfums zu unterhalten", wandte sich Carola an die beiden Kriminalbeamten.

„Wir ermitteln im Mordversuch an Christina Müller, sowie im Mordfall an Ihrer Schwester Katja. Sagen Sie mal, verwenden Sie das Parfum Shangrila Luck und zweitens, wo waren Sie an dem Tag, als der Anschlag auf Frau Müller verübt wurde?"

Carola Fritz sah die beiden Beamten groß an. „Was soll das... Verdächtigen Sie etwa mich, mit dem Anschlag zu tun zu haben?"

„Bitte, Frau Fritz! Beantworten Sie nur meine Fragen."

„Ja, ich nehme Shangrila Luck und ich war an dem Tag in Oberstdorf beim Einkaufen."

„Haben Sie dafür einen Zeugen, hat Sie jemand gesehen?"

Carola Fritz schüttelte den Kopf. „Nicht, dass ich wüsste."

„Sie hatten nicht zufällig Ihre Tochter Steffi dabei?"

„Nein, sie war in der Schule."

„Wo haben Sie denn eingekauft?"

Frau Fritz nannte einen Supermarkt am Ortseingang.

„Haben Sie zufällig den Kassenzettel noch?" Wanner glaubte plötzlich nicht mehr an Carolas Schuld, obwohl manches gegen sie sprach.

„Muss ich nachschauen, vielleicht liegt er noch in meinem Haushaltsbuch." Sie verschwand in die Küche und kehrte nach ein paar Minuten zurück.

„Hier ist er! Einkauf für 48,50 Euro."

Wanner und Berger sahen den Bon an. „Hm, dieser Einkauf wurde tatsächlich

getätigt. Aber von wem, steht natürlich nicht drauf. Jeder könnte dort gewesen sein und eingekauft haben!"

Carola machte auf dem Absatz kehrt und verschwand im Schlafzimmer. Dann kam sie mit einer Fotografie wieder, reichte sie Wanner und sagte bissig: „Hier ist ein Bild von mir! Gehen Sie doch hin und fragen Sie die Verkäuferin, den Bon können Sie auch gleich mitnehmen."

Ihre Augen funkelten wütend.

„Gute Idee, mach ich. Sie kriegen das Foto wieder. Vielen Dank!"

Sie verabschiedeten sich, wobei Wanner beim Umdrehen noch sah, dass Steffi traurig hinter ihnen herblickte. Armes Mädchen, dachte er. Wenn man dir bloß helfen könnte.

Am Parkplatz in Hirschegg meinte er zu den beiden anderen: „Wenn das stimmt, dass Carola Fritz beim Einkaufen war, und zwar zu der auf dem Bon angegebenen Zeit, dann kommt sie als Täterin nicht in Frage, trotz Shangrila Luck!"

„Dennoch bleibt ein Verdacht! Wer benutzt schon Shangrila Luck sonst noch im Kleinwalsertal?" Eva Lang kicherte vor sich hin.

„Typisch Frau", griff Berger ins Gespräch ein, was ihm einen drohenden Zeigefinger einbrachte.

Dann besprachen sie Bergers Beobachtung bezüglich Heidebaum und Tante Marlies.

„I ha Nachforschunga agstellt wie die zwei sich kennen. Morgen soll die Antwort kommen, sie müssen erscht die richtig Software finden", grinste er.

Einer Eingebung folgend sagte Wanner: „Komm, wir fahren mal selbst zu Tante Marlies! Also, das würde mich jetzt auch interessieren. Vielleicht weiß die mehr, als sie sich den Anschein gibt."

Berger steuerte den Wagen zu dem hübschen kleinen Haus hinauf. Im Vorgarten blühten zwei Beete voll Löwenmäulchen in verschiedenen Farben, was dem Haus einen fröhlichen Rahmen gab.

Berger klingelte.

Tante Marlies erschien in einer bunten Schürze und grüßte freundlich. „Was verschafft mir die Ehr?"

Berger sollte das Gespräch führen. Er sagte: „Wir hättn a Frage. Woher kennscht du den Marcel Heidebaum?"

Tante Marlies sah ihn betroffen an. Eine leichte Röte begann sich auf ihrem Gesicht auszubreiten. Sie sah hilflos von einem zum anderen. „Den Marcel? Ach... halt wie ma si im Tal so kennt."

Den Ausspruch hab ich doch schon zweimal gehört, dachte sich Wanner.

„Na, na. Du kennscht ´n besser, i hab euch beobacht, du kennscht ihn sogar sehr gut!"

Die alte Frau sah an ihnen vorbei in die Ferne.

Dann sagte sie tonlos: „Kommts rein, i erzähls euch."

Die Wohnstube war aufgeräumt und peinlich sauber. Tante Marlies ließ sie Platz nehmen. Dann ging sie zögernd zu einer Tür, öffnete sie und rief ins dahinter liegende Zimmer. „Marcel, komm raus."

Heidebaum erschien verlegen. Er reichte den Kriminalbeamten die Hand und setzte sich zu ihnen. Dann sagte er mit einem Seitenblick auf Tante Marlies: „Jetzt ist's eh schon gleich. Wenn ich nichts sag, gerat ich womöglich noch in Verdacht, was mit den Verbrechen zu tun zu haben, vor allem weil ich beim Alibi für den Hartmann gelogen habe. Mein Name stand nur zum Schein in seinem Kalender." Er sah Tante Marlies liebevoll an. „Und einmal kommt's ja doch ans Tageslicht, was ist eigentlich schon dabei?"

Marlies nickte. „Ist scho recht, Bub. I hol derweil Kaffee für alle."

Sie verschwand in der Küche.

Berger starrte Heidebaum an. „Bub?" fragte er dann perplex.

Marcel Heidebaum richtete sich auf. „Jawohl, 'Tante' Marlies ist meine Mutter. Sie hat mich unehelich auf die Welt gebracht. Das hat man vertuschen können, weil sie nicht ständig im Tal wohnte. Den Namen Heidebaum hab ich nach ihrem Freund erhalten, der schon lange vor meiner Geburt verschwunden war. Nach der Schule ging ich ins Rheinland, hab mich dann selbstständig gemacht und bin danach wieder zurückgekommen. Meine Mutter und ich treffen uns immer noch heimlich, denn sie will nicht, dass die Leute das Tratschen anfangen. Das tun sie ja allzu gern", setzte er bitter hinzu.

„Ich hab das letzte Mal beobachtet, wie Sie a Paket aus Ihrem Büro Ihrer... Mutter geben haben. Darf ich fragen, was da drin war?"

Heidebaum war überrascht. „Sie haben mich also schon länger im Visier? Na ja, da waren Unterlagen privater und geschäftlicher Art, die ich vor neugierigen Augen in Sicherheit bringen wollte."

„Wem gehören denn diese Augen?", fragte Wanner dazwischen.

Bei der Antwort halbierte Heidebaum die Wahrheit. „Meine Sekretärin ist plötzlich sehr neugierig geworden."

„Hat sie einen Grund?"

„Da bin ich noch nicht dahinter gekommen."

Plötzlich mischte sich Eva ein. „Sagen Sie mal, Herr Heidebaum, was benutzen Sie denn für ein Parfum? Sie riechen ja eher nach Dame als nach Herr."

„Ach das!", lachte Heidebaum. „Meine Sekretärin verwendet einen etwas starken Duft. Ich hatte nur meine Jacke neben ihrem Mantel hängen."

„Wie heißt denn Ihre Sekretärin?", fragte Wanner, obwohl er es schon von ihren Ermittlungen her wusste.

„Anna Mohr."

„Geborene Müller?"

„Ja."

„Was für Müller, ich meine, woher stammt sie?"

„Da hab ich mich nie dafür interessiert."

Tante Marlies servierte den Kaffee, dann beendete Berger das Gespräch und sie fuhren zum Polizeirevier zurück.

„Jetzt haben wir erst mal was zum Verdauen", sagte Wanner beim Abschied.

Dann fuhr er mit Eva Lang nach Kempten zurück.

Am Supermarkt in Oberstdorf hielten sie an und Wanner zeigte das Foto von Carola Fritz einigen Angestellten. Jawohl, die sei zu dem angegebenen Zeitpunkt hier gewesen, erinnerte sich die Kassiererin.

Es gibt täglich neue Überraschungen, dachte er. Und er fürchtete, dass es noch nicht die letzten waren.

## 53

Die Gewissheit, dass Hartmann der Täter war, erhielten sie bereits einen Tag später. DNA und Fingerabdruck stimmten im Vergleich überein. Hartmann saß in Untersuchungshaft und wurde pausenlos vernommen. Da der Mord auf deutschem Gebiet erfolgte, wurde Hartmann an Deutschland ausgeliefert, was schnell geschah. Er kam in die JVA Kempten und wurde in einer Einzelzelle untergebracht.

Florian Berger kam auf Ersuchen Wanners nach Kempten und sie vernahmen Hartmann gemeinsam. Er wand sich wie ein Aal, aber es nützte ihm nichts. Mit den Ergebnissen von DNA und Fingerabdruck am Gewehr konfrontiert, begann er immer unsicherer zu werden, verhaspelte sich, geriet in Widersprüche und versuchte durch Schweigen Zeit zu gewinnen. Der Anwalt, den er auf Wunsch bekommen hatte, versuchte zwar die Argumente der Polizei zu zerpflücken, aber auch er konnte die Untersuchungsergebnissen nicht übersehen. Hartmann hatte bereits die Mitnahme des Gewehres vom Schützenverein in Bregenz zugegeben. Da dieses als Tatwaffe identifiziert wurde, geriet er in eine ausweglose Situation.

Der Anwalt bat um eine Auszeit, in der er mit seinem Mandanten allein sprechen wollte.

Eine halbe Stunde später gestand Karl-Josef Hartmann den Mord an Marco Müller.

Als Motiv gab er an, durch die Abmachung mit Müller angeregt, alleiniger Besitzer des Palast Hotels Bärenkopf in Mittelberg/Kleinwalsertal werden zu wollen. Er hätte zusammen mit Müllers Anteil die Mehrheit gehabt. Die Bank in Bregenz hatte ihm bei einer Vorsprache keine Zusage gemacht, ihren Anteil zu verkaufen.

Und hier machte Hartmann einen Fehler: indem er das alles den Polizisten erzählte, gab er indirekt zu, planmäßig gehandelt zu haben. Er war schon bei der Bank, als Müller noch lebte.

So sehr Wanner darauf drang zu erfahren, ob Hartmann auch mit dem Preisausschreiben zu tun hatte, war ihm dies nicht nachzuweisen. Auch stritt er vehement ab, etwas mit dem Anschlag auf Christina Müller und dem Mord an Katja Hillberg zu tun zu haben.

Schließlich sah Wanner ein, dass Hartmann hier wohl die Wahrheit sagte, es fehlte offensichtlich jedes Motiv.

Er hielt Rücksprache mit Berger und seinem Team. Sie waren seiner Meinung.

Hartmann wurde abgeführt.

Der Hauptkommissar bat Berger zu sich ins Büro und rief sein Team dazu.

„Ein Teilerfolg, weiter nichts", sagte er abwinkend, als Riedle ihm gratulieren wollte. „Noch laufen ein paar Gangster frei herum und die müssen wir jetzt um so schneller kriegen. Flori, ich schlage vor, du fährst zu dieser Anna Mohr und sprichst mit ihr. Vielleicht gibt's ja eine weitere Verhaftung. Wir haben aber nicht viel in der Hand: eine neugierige Sekretärin, die Shangrila Luck verwendet. Das wird wohl nicht einfach werden! Gib mir bitte gleich Bescheid."

Berger verabschiedete sich und fuhr nach Hirschegg zurück. Unterwegs überlegte er, wie er am besten vorgehen sollte.

Dass ihm Wanner so ohne weiteres diesen heiklen Besuch überlassen hatte, freute ihn mächtig. Er wusste zwar, dass er die Befugnisse dazu hatte, aber ein bloßes Gespräch hätte auch Wanner dort führen dürfen.

Er überdachte auch diese seltsame Rätselübergabe am Schüsser, von der ihm der Hauptkommissar Einzelheiten erzählt hatte. Der Hubschrauber, den Wanner gehört hatte, war nicht der von der örtlichen Polizei gewesen. Auf die Schnelle war es Berger nicht gelungen, ihn zu bekommen. Er war daher heilfroh, dass sein Freund doch noch den richtigen Gipfel erreicht hatte.

Bei dem Wort Freund musste Berger lächeln: ja, sie waren Freunde geworden. Zwar bezog sich diese Freundschaft bisher nur auf den Dienst, aber das war sicher eine gute Grundlage für eine Ausweitung in den privaten Bereich. Das gemeinsame Hobby Bergsteigen kam noch dazu. Er wollte auch gelegentlich mal nach Kempten fahren und Eva Lang zum Essen einladen. Die deutsche Kommissarin hatte ihm mächtig imponiert. Auf seine Frage an Wanner, ob denn Eva einen Freund hätte, hatte der nur unbestimmt die Schultern gehoben und geantwortet: „Sagen wir mal so: Nix Gewisses weiß man nicht. Jedenfalls ist niemandem etwas bekannt, es sei denn, du fragst mal ihren Kollegen Uli Hansen. Möglicherweise weiß der mehr darüber, aber nur möglicherweise. Genau genommen musst du das schon selbst herausbringen."

Nach dieser unbefriedigenden Antwort hatte er beschlossen, es wirklich selbst herauszufinden. Doch zuerst musste dieser Fall abgeschlossen sein, damit alle ihren Kopf wieder frei bekämen.

Er sah auf die Uhr. Es war bald drei. Am liebsten wäre er gleich zu Anna Mohr gefahren, aber er musste zuerst zur Inspektion nach Hirschegg.

Kommandant Stadler erwartete ihn. „Wir haben von Kempten grad die Analyse der beiden Haare und der Faserreste vom Überfall auf Christina Müller durchgefaxt bekommen. Unsere vorgesetzte Dienststelle war ja einverstanden, den deutschen Behörden die Federführung zu überlassen. Es handelt sich anscheinend um Haare einer blond gefärbten Frau. Die Faserreste stammen von einem beigen Fleece."

Berger erzählte seinem Vorgesetzten die neuesten Erkenntnisse.

Stadler pfiff durch die Zähne. „Tante Marlies ist die Mutter vom Heidebaum? Das ist ja ein Ding, damit hat sie jahrelang hinterm Berg halten können und niemand hat was geahnt. Und seine Sekretärin verwendet dieses komische Parfum, wie heißt es doch gleich wieder?"

„Shangrila Luck."

„Wir brauchen von ihr Haarproben, außerdem sollte der Erkennungsdienst ihre Kleidung untersuchen, vielleicht finden wir was Brauchbares. Und schau mal, mit welchem Müller diese Mohr verwandt ist."

Nach einer halben Stunde hatte es Berger herausgefunden.

Er ging zu Stadler. „Du wirst es nicht glauben, diese Anna Mohr, so heißt sie jetzt als Geschiedene, ist die... Schwester von Marco Müller!"

Stadler sah überrascht auf. „Ah, da schau her, die Schwester! Jetzt wird's interessant. Sag's gleich dem Wanner in Kempten!"

Wanner war verwundert. „Wenn diese Anna Mohr die Schwester von Marco Müller ist, dann lässt sich ein Motiv für den Überfall wohl finden. Wir waren uns ja einig, dass sie nicht ermordet, sondern nur bestraft werden sollte. Das Motiv könnte also Rache sein! Dann müsste sie es gewesen sein, die bei uns in Kempten und bei Christina anrief und die Beschuldigungen vorbrachte. Und die den Anschlag bei euch gemeldet hat. Hm..., fahr am besten sofort hin und sprich mit ihr. Lass dir eine Haarprobe geben. Wenn sie die nicht freiwillig herausrückt, musst du dir eben einen entsprechenden Beschluss beschaffen. Und frag sie nach einem Alibi für die betreffende Zeit..."

Also das wusste Berger nun wirklich selbst! Dieser Paul! Er konnte es manchmal nicht lassen, den Ermittlungsleiter zu spielen.

Berger fuhr mit zwei Beamten der Inspektion zum Büro Heidebaums. Er wies die beiden an zu warten und stieg die Treppe zum ersten Stock hinauf, in dem das Büro war. Auf sein Klopfen wurde die Tür geöffnet.

„Anna Mohr?“, fragte Berger und als sein Gegenüber nickte fuhr er fort:

„Abteilungsinspektor Berger von der Polizeiinspektion Kleinwalsertal. Ich hätt ein paar Fragen an Sie, darf ich reinkommen?“

Anna Mohr war gerade im Begriff, das Büro für diesen Tag zu verlassen und hatte bereits ihren leichten Sommermantel an.

Sie starrte ihn an. Ohne die Tür freizugeben antwortete sie: „Worum geht's denn? Ich muss noch einkaufen...“

„Bitte, es ist wichtig.“

Widerwillig ließ ihn die Sekretärin eintreten. Fieberhaft überlegte sie, was dieser Besuch zu bedeuten hatte.

Sie bot Berger keinen Platz an. „Also?“

„Frau Mohr, wir ermitteln unter anderem auch in dem Fall Christina Müller. Sie wissen, auf die ist ein Mordanschlag verübt worden...“

„Ja, ich hab davon gelesen“, unterbrach in Anna Mohr und schielte zur Tür.

„Ich muss Sie routinemäßig befragen. Wir erhielten einen Hinweis, dass Sie ein Parfum verwenden, das...“, er suchte den Zettel mit dem Namen in seiner Tasche, den er immer wieder vergaß. „... äh, Shangrila Luck heißt. Es spielt in diesem Fall eine Rolle. Haben Sie so ein Parfum in Gebrauch?“

Anna Mohr konnte aus der Frage nichts ableiten. „Was interessiert die Polizei mein Parfum?“, fragte sie zurück, um Zeit zu gewinnen.

„Entschuldigen Sie, aber Sie sollten nur meine Frage beantworten.“

Anna zögerte. Was zum Teufel wollte er mit ihr bezwecken?

„Also, haben S' nun Shangrila Luck oder nicht?“ Berger starrte sie an.

„Nun ja..., äh..., ich hab auch Shangrila Luck..., aber auch noch andere in Gebrauch...“

Sie brach ab. Es war ihr nicht mehr wohl in ihrer Haut.

Sie überlegte fieberhaft.
„Nun, wie gsagt, wir ermitteln, wer diese Sorte Parfum verwendet..."
„Da gibt's aber viel zu ermitteln", unterbrach ihn Anna Mohr und versuchte einen Gegenangriff. „Wenn Sie alle, die Shangrila Luck im Kleinwalsertal verwenden, ermitteln wollen, brauchen Sie ja einen Spürhund." Sie kicherte, aber es klang unsicher.
„Das lassen S' einfach unsere Sorge sein".
„War das schon alles? Die Geschäfte schließen!"
Berger schielte zur Garderobe. Dort hing eine Fleecejacke auf einem Kleiderbügel. Sie war beige.
„Nein, das war noch nicht alles. Können Sie mir eine Haarprobe überlassen? Und dann möchte ich noch gerne diese Fleecejacke für kurze Zeit mitnehmen..."
„Sonst noch was", fauchte Anna Mohr, der es immer noch nicht dämmerte, worauf der Polizist hinauswollte. „Was fällt Ihnen ein? Haben Sie irgendeinen richterlichen Beschluss, oder wie das heißt, oder wächst das alles auf Ihrem Mist?"
Berger wurde langsam sauer. „Bitte, wenn Sie sich weigern..."
Anna unterbrach ihn. „Jawohl, ich weigere mich! Das ist ja allerhand. Wollen Sie mir vielleicht ein paar Haare ausreißen, oder wie?" Ihre Augen funkelten, aber ihre Stimme passte nicht zu diesem Ausbruch.
„Sie können mir gern auch Haare aus Ihrer Bürste geben, das tät völlig reichen."
„Sie verdächtigen mich also, etwas mit diesem Anschlag zu tun zu haben?"
„Ich bin nur hier, um eine Haarprobe zu holen und möcht auch diese Fleecejacke vorübergehend mitnehmen!" Florian bemühte sich um ein dienstlich korrektes Deutsch, wie immer bei seinen Befragungen.
Anna Mohr überlegte blitzschnell.
Etwas musste schief gelaufen sein. Wenn sie sich jetzt aber weigerte, der Bitte des Polizisten nachzu-

kommen, war es absehbar, dass er demnächst mit einem entsprechenden Beschluss wieder vor der Türe stand.

Aber sie könnte Zeit gewinnen.

Doch würde ihr das nützen?

Plötzlich fuhr sie herum und gab Berger einen solchen Stoß vor die Brust, dass dieser zu Boden taumelte, wobei er einen Stuhl mitriss. Anna Mohr war groß und kräftig, ihr Angriff kam so überraschend, dass der Polizist einen Augenblick benommen liegen blieb.

Die Sekretärin flüchtete aus dem Zimmer und rannte die Treppe hinab.

Berger rappelte sich hoch, dann stürzte er zum Fenster. Er riss es auf und pfiff durch die Finger. Seine Kollegen standen vor dem Auto. Als sie nach oben blickten, brüllte Berger hinab: „Aufpassen! Flüchtige Frau, heller Sommermantel..."

Da sah er schon Anna Mohr aus dem Haus laufen.

„Die da!!!"

Mit einem Spurt holten die Polizisten die flüchtende Sekretärin ein und hielten sie fest. Sie wehrte sich, schlug auf die beiden ein, und kreischte wütend.

Berger griff sich die Fleecejacke, dann sah er eine Haarbürste auf einer kleinen Spiegelkonsole liegen und nahm sie ebenfalls mit.

Sie fuhren zur Inspektion und lieferten Anna Mohr in den Sicherheitstrakt mit der kleinen Zelle ein.

Sie tobte und schrie, dann brach sie weinend zusammen.

Jetzt ist alles aus, dachte sie.

## 54

Wanner erhielt die Nachricht von der Verhaftung Anna Mohrs unmittelbar darauf.

„Gratuliere! Hat sie gestanden?"

Berger hüstelte verlegen. „Nein, des ned. Aber sie hat mi umgschupft und isch abghauen. Reicht des ned? Ihr kriegts gleich die Haare und die Jackn, dann könnts schauen, ob alles übereinstimmt. Sie kann eh nimmer aus."

„Ja, genau! Sucht mal nach dem Parfum in ihrer Wohnung, dann haben wir das auch noch. Und jetzt kommt der Letzte dran. Ich hab aber irgendwie ein Gefühl, als ob das nicht einfach wird. Der Fritz streitet ja wohl immer noch alles ab?"

„Ja, tut er."

„Komisch, dass der noch bei dem Rätsel dabei ist, nur noch er, dieser Novak und ich. Ich scheide wohl als Verdächtiger aus, hoffentlich", er grinste vor sich hin. „Also bleiben Novak und Fritz. Einer davon müsste nach unserer Theorie der Drahtzieher sein. Wenn unsere Theorie falsch ist..., ja dann müssen wir weiter sehen. Also mach's gut und halt mich am Laufenden."

Bei Wanner klingelte das Telefon.

Hans-Jürgen Gottlich klang erleichtert. „Ich kann Ihnen die Lösung der achten Aufgabe bereits geben. Unsere Anwärter haben gute Arbeit geleistet. Haben Sie was zum Schreiben?"

Natürlich hatte Wanner. Schließlich saß er in seinem Büro.

„Also, die Lösung lautet: Herrenberg hatte gelogen, denn der 16. Mai war 2005 der Pfingstmontag. Und an dem konnte er nicht durch Geschäfte geschlendert sein um seiner Frau ein Geschenk zu suchen. Also hatte er auch nicht Braxmayr dort sehen können. Was sagen Sie nun?"

„Echt stark, die beiden! Vielleicht sehen Sie einen davon als Nachfolger für Anton Haug vor..."

Gottlich lachte. „Sie sind mir ja einer! Die Situation gleich ausnutzen, um ihr Personal aufzufüllen! Nein, geht leider nicht. Außerdem sind die zwei noch lange nicht fertig. Also?"

„Jetzt müssen wir das Lösungswort suchen, es soll irgendwie in der gefundenen Lösung stecken. Soll ich's gleich mal mit... mit Pfingstmontag probieren?"

„Ausgezeichnete Idee! Und viel Spaß dabei."

Ja, von wegen Spaß, dachte der Hauptkommissar. Aber das Ende des Falles begann sich abzuzeichnen. Vielleicht hatten sie in wenigen Tagen die letzten Puzzleteile zusammen. Hoffentlich, denn er fühlte, dass die letzten Wochen Körper und Geist ziemlich beansprucht hatten.

Er ging ins benachbarte Büro hinüber und unterhielt sich eine Weile mit seinem Team. Sie konnten sich jetzt auf die festgenommenen Personen konzentrieren.

Dabei mussten sie in ständiger Verbindung mit den österreichischen Behörden bleiben. Die Nachbarn zeigten sich sehr kooperativ, was bei den Ermittlungen viel Zeit einsparte.

Sie verhörten Hartmann trotz des Geständnisses weiter.

Er sagte aus, er wäre an Himmelfahrt auf die Kanzelwand gefahren und zum Gundsattel abgestiegen. Vorher hatte er Marco Müller anonym dorthin bestellt. Er würde sonst, so hatte er gedroht, die Polizei verständigen. Er schrieb nicht dazu, was er verraten wollte. Es war ein Schuss ins Blaue.

Er hatte nicht ahnen können, dass Müller sehr wohl die Polizei fürchten musste, aber das kam erst später auf.

Den Platz, von dem aus er Müller erschießen wollte, hatte er früher ausgesucht. Am Himmelfahrtstag hatte er sich dort versteckt. Er sah das Ehepaar Meisenberger auf dem Weg vorbeigehen und zum Fellhorn aufsteigen.

Dann kam Marco Müller zum Kreuz. Hartmann sah sich sorgfältig um. Es war weit und breit kein Mensch zu sehen. Er visierte Müller durchs Zielfernrohr an und drückte ab. Er war ein geübter Schütze, der erste Schuss traf tödlich. Müller brach zusammen. Hartmann war danach zu dem Toten abgestiegen und hatte ihn ans Kreuz gelehnt. Auf dem direkten Weg war er dann vom Gundsattel nach Riezlern abgestiegen. Das Gewehr, von dem er vorher schon Nummer und Fabrikat herausgefeilt hatte, warf er von der

Schwendetobelbrücke in die Schlucht. Den abgenommenen Lauf hatte er wieder aufgesetzt. Warum er das tat, konnte er nicht sagen. Vielleicht war es nur ein automatischer Handgriff gewesen.

Dies alles erzählte Hartmann den vernehmenden Beamten. Sein Motiv, und dabei blieb er, war das Bestreben, in den Besitz des Palast Hotels Bärenkopf zu kommen.

Wie zum Hohn hatte ihn die Bank nach der Ermordung Müllers verständigt, dass sie gegebenenfalls doch bereit wäre, ihren Anteil zu verkaufen. Damit hätte er die Mehrheit am Hotel auch erreicht.

Aber da war es bereits zu spät gewesen.

Damit konnte der Mordfall Marco Müller eigentlich abgeschlossen werden.

Mit dem Rätsel hatte Hartmann offensichtlich nichts zu tun gehabt, wohl aber Marco Müller. Man fand ja das Manuskript der ersten Frage in seiner Tasche. Also konnte man diesen Fall nicht endgültig ablegen.

Bevor Anna Mohr vom Kleinwalsertal zur weiteren Ermittlung nach Feldkirch gebracht wurde, gab Berger Wanner die Gelegenheit, in seiner Gegenwart mit ihr zu sprechen. Sie schien innerlich völlig gebrochen zu sein. Auf Fragen, die den Anschlag betrafen, antwortete sie nicht. Sie wiederholte nur, dass sie nichts damit zu tun habe.

Wanner zielte ins Blaue. „Sie haben bei uns in Kempten angerufen und mitgeteilt, dass Christina die Mörderin ihres Mannes sei. Wir wissen jetzt, dass sie damit überhaupt nichts zu tun hatte. Aber wir haben das Gespräch aufgezeichnet und können eine Sprechprobe mit Ihnen machen lassen. Außerdem haben wir das Messer gefunden, mit dem Sie den Anschlag verübt haben..."

Anna Mohr fuhr hoch. „Das können Sie gar nicht, das..." Zu spät erkannte sie ihren Fehler.

„Das haben Sie gut versteckt, wollten Sie sagen?"

Anna Mohr schwieg.

„Wir bekommen spätestens morgen Untersuchungsergebnisse, die den Täter oder die Täterin einwandfrei identifizieren werden. Dann wissen wir genau, wer diesen feigen Anschlag verübt hat."

Anna Mohr brach plötzlich in Tränen aus. Jetzt da sie erfahren musste, dass Christina am Tod ihres Mannes unschuldig war, wichen Zorn und Rachegelüste einem Gefühl von tiefer Scham. Jawohl, sie war es gewesen, die Christina aufgelauert und mit einem Messer angegriffen hatte. Es hatte ihr keine Mühe gemacht, Christina, von hinten kommend, das Messer über die Brust zu ziehen. An jenem Tag war sie völlig neben sich gestanden. Sie hatte Ärger mit Heidebaum gehabt, mehrere Aufputschpillen genommen und war danach völlig ausgerastet. Genau genommen wollte sie die Tat in diesem Ausmaß gar nicht ausführen. Es war über sie gekommen und sie konnte sich diesem Zwang nicht entziehen. Ihre eigene Schwägerin zu überfallen war entsetzlich, sie bereute es bereits bitter.

Anna Mohr legte noch in Hirschegg ein volles Geständnis ab.

Aber mit dem Preisrätsel hatte auch sie nichts zu tun. Flüchtig hatte sie davon gehört, wie sie zu Protokoll gab. Dass ihr Bruder dabei mitgemacht hatte, war ihr unbekannt. Sie erinnerte sich jedoch an den hellblauen Umschlag mit der Aufschrift 'Aufgabe 6' auf Heidebaums Schreibtisch. Die Polizisten übersahen nachzufragen, an welchem Datum sie den Umschlag entdeckt hatte. So wurde möglicherweise eine Spur außer Acht gelassen.

Berger hatte ein Tonband mitlaufen lassen. Nach einer Stunde brach Anna ihre Aussagen ab, aber das Wesentliche hatte sie gesagt.

Sie schien wieder gefasst und sah Berger fragend an: „Wie geht's der Christina?", fragte sie leise.

„Es geht wieder aufwärts, sie isch daheim. Aber sie leidet sehr. Zerscht ihr Mann ermordet, dann sie schwer verletzt. So was muss ma erscht verdauen."

„Haben Sie was zum Schreiben für mich? Ich möchte mich bei ihr entschuldigen, persönlich wird's wohl jetzt längere Zeit nicht gehen?"

Berger zuckte die Achseln. „Des kommt auf den Richter an. Also, i hol Ihnen Papier und Kugelschreiber, aber es sollt ned zu lang dauern."

Wanner blieb bei ihr. Jetzt, wo er die Täterin vor sich hatte und sah wie sie litt und ihr Tun bereute, relativierte sich sein Zorn. Wir sind alle nur Menschen mit Gutem und Bösem in uns. Nur, die einen werden besser damit fertig, die anderen weniger gut. Anna Mohr hatte gedacht, sie müsse ihren Bruder auf diese spektakuläre Weise rächen. Das Böse hatte ihren Verstand ausgeschaltet. Aber wer von uns ist wirklich sicher, dass nicht Umstände eintreten, die ihn geradeso handeln lassen?

Wanners Gedanken wurden unterbrochen. Flori kehrte mit Papier und Kugelschreiber zurück und gab beides Anna Mohr, die zusammengesunken auf der Pritsche saß und vor sich hinstarrte.

„Halbe Stunde! Wir sind oben, rufen Sie, wenn Sie fertig sind." Sie stiegen ins Erdgeschoss hinauf.

In Bergers Büro sagte der Hauptkommissar: „Eigentlich könnten wir zufrieden sein. Zwei der drei Täter haben wir gefasst. Aber irgendwie kommt kein Triumphgefühl auf. Unsere Arbeit ist zwar notwendig, aber ich könnt' sie manchmal auf den Mond schießen."

Berger nickte. „I kaas nachempfinda. Mir gehts au so. Trotzdem müssn mir weiter machen, weil suus (sonst) 's Chaos herrscht."

Sie hörten Anna Mohr rufen. Berger ging hinab um das Schreiben zu holen. Er las es sicherheitshalber durch, aber es standen nur Entschuldigungen und Beteuerungen drin wie sehr sie ihre Tat bereute. Er steckte das Schreiben in einen Umschlag und klebte ihn zu.

„I brings selber bei der Christina vorbei."

Wanner sah zum Fenster hinaus. Der Gipfel des Großen Widdersteins war von hier gerade noch zu sehen, ein paar Sonnenstrahlen beleuchteten seine markanten Felsen.

Jetzt fehlt noch der Mörder von Katja, dachte er. Katja Hillberg, die längst in der Erde ruhte. Und dann müssen wir noch das Rätsel lösen. Einen Mord wird es ja hoffentlich nicht mehr geben.

Aber das Schicksal wollte es anders.

## 55

In den nächsten Tagen waren Wanner und sein Team pausenlos beschäftigt die bisherigen Erkenntnisse zusammenzufassen und auszuwerten. Die Untersuchungsergebnisse bestätigten ihre Vermutungen: Es stand einwandfrei fest, dass Hartmann Marco Müller am Gundsattel erschossen und Anna Mohr den Anschlag auf Christina Müller verübt hatten. Dies war für *den* Fall wichtig, dass die beiden ihre Geständnisse widerrufen würden. Die Motive waren nachvollziehbar. Die beiden kamen nicht mehr aus.

Es fehlte noch die Aufklärung des Verbrechens an Katja Hillberg. Sie arbeiteten mit Hochdruck daran, eine Spur zu finden. Der Kreis der Verdächtigen hatte sich verkleinert. Hartmann und Anna Mohr saßen ein. Es kamen noch Fritz, Erd, Heidebaum und vielleicht Novak oder ein ganz anderer in Frage. Bei Fritz war die Täterschaft stark zu vermuten. Schließlich hatte sein Auto zum Tatzeitpunkt vor dem Haus von Katja Hillberg gestanden. Und Blutspuren im Inneren hatten sich später als seine herausgestellt, genauso wie die Fußabdrücke im Blut am Fußboden. Aber er leugnete beharrlich, der Täter gewesen zu sein. Er sei dort gewesen, das gab er unumwunden zu. Aber da sei Katja schon tot am Boden gelegen. Zunächst konnte man ihm das Gegenteil nicht nachweisen.

Am Montag, 24. Juli, fuhr Wanner mit dem gelösten 'Rätsel Nummer 8' nach Immenstadt, parkte in der Tiefgarage und ging die wenigen Schritte zum Schloss am Marienplatz. Es war eines der ältesten Gebäude der Stadt. Im Erdgeschoss war die Gästeinformation untergebracht. Wanner sah sich um, entdeckte aber weder Fritz noch Novak. Zögernd betrat er den breiten Gang, der sich vom Eingangstor quer durch das Gebäude zum hinteren Ausgang zog.

Dort stand Holger Neumann und lächelte.

Er hatte eine braune Kollegmappe in der Hand. Als Wanner auf ihn zutrat, ganz gegen seine Gewohnheit als Erster, nickte ihm Neumann grüßend zu und sagte:

„Ihre Lösung, bitte!" Er schien eine Dauererkältung zu haben, sein Nuscheln war noch nicht besser geworden.

Wanner reichte ihm den Umschlag, den Neumann aufriss und das Blatt mit der Lösung hervorzog. Er las sie kurz, nickte dann und gab Wanner einen grünen Umschlag zurück, auf dem nur noch groß „9" stand.

„Die letzte Aufgabe", nuschelte er und lächelte. Aber seine Augen beteiligten sich daran nicht.

„Und wie geht's weiter?", fragte ihn Wanner.

Doch bevor Neumann antworten konnte, traten nacheinander Carola Fritz und Kai Novak heran und übergaben Neumann ihre Lösungen. Auch sie erhielten im Gegenzug Aufgabe neun.

„Danke! Sie hören von mir." Damit wandte sich Neumann um und verschwand durch den hinteren Ausgang in die Hirschstraße.

Die drei starrten sich an. Wer würde von ihnen übrig bleiben? Und was würde geschehen, wenn sie alle drei das letzte Rätsel richtig lösten?

„Jetzt stehen wir drei Hübschen hier und jeder wünscht dem anderen die Pest an den Hals, damit nur *er* übrig bliebe, nicht wahr?" Wanner schlug einen lockeren Ton an.

Novak grinste. „Abwarten und Tee trinken. Wenn ich gewinne, lade ich euch beide dazu ein." Sagte es und verschwand zum Marienplatz.

„Und Sie?" Der Hauptkommissar sah Carola Fritz an. Seit er sie das erste Mal gesehen hatte, schien sie sich verändert zu haben. Ihre Backenknochen traten stärker hervor als früher und gaben dem Gesicht ein härteres Aussehen.

Sie zuckte die Achseln. „Sie wissen ja von meinem Mann. Schrecklich, denken zu müssen, er habe etwas mit dem Mord an Katja zu tun.“ Sie schluckte. „Ich glaube es einfach nicht. Er hat Katja ab und zu allein besucht, wenn ich keine Zeit hatte. In den letzten Wochen war immer das Rätsel der Grund, sie wollte die Gewinnsumme mit uns teilen. Ich habe keinen Grund, daran zu zweifeln.“

„Und wie geht es Steffi?“

„Sie ist völlig niedergeschlagen. Dass man ihren Vater verdächtigt seine Schwägerin ermordet zu haben, will ihr nicht in den Kopf. Das arme Kind! Zuerst der Tod ihrer geliebten Tante, dann dieser Verdacht und obendrein muss sie alles im Rollstuhl erleben. Schrecklich, sie tut mir so leid.“ Carola Fritz brach ab und holte ihr Taschentuch hervor. Sie wischte sich über die Augen und fuhr fort. „Täglich liest sie den Artikel über die neue Operationsmethode in den USA, die Seiten sind schon ganz abgegriffen. Aber bei diesen Kosten haben wir keine Chance. Eine Hoffnung war das Preisausschreiben. Wir sind zwar weit gekommen, aber ob wir gewinnen werden, steht in den Sternen. Und einen zweiten Preis gibt es ja nicht! Und Sie, was machen Sie mit dem Geld, wenn Sie es gewinnen?“

Wanner hob die Schultern. „Da ich dienstlich mitgemacht habe, hat mein Arbeitgeber ein Anrecht darauf. Genau genommen, habe ich mir darüber noch nicht den Kopf zerbrochen.“

Carola Fritz reichte ihm die Hand. „Viel Glück kann ich jetzt nicht sagen, da ich es mir für Steffi wünsche, das werden Sie sicher verstehen. Ich hoffe, Sie finden den Mörder meiner Schwester bald. Tschüss!“

Wanner schlenderte über den Marienplatz und setzte sich an einen Tisch vor dem dortigen Gasthof. Er bestellte einen Eiskaffee, dann zog er die neunte Aufgabe hervor und öffnete sie.

*„Die letzte Aufgabe lautet:*

*Du hast bisher acht Lösungswörter gefunden. Die letzte Lösung besteht aus 22 Buchstaben, die aus allen Lösungswörtern stammen müssen. Setze sie zu einem sinnvollen Satz zusammen. Bringe die Lösung am 28. Juli um 12 Uhr zum Notar nach Immenstadt. Hast Du auch das geschafft, erhältst Du, was Dir gebührt.*

*Denn dieses war der letzte Streich,*
*nun bist entweder arm Du oder reich."*

Wanner sah nachdenklich auf das Blatt. Das wird die schwerste Aufgabe sein, dachte er. Aus den Buchstaben einen sinnvollen Satz zu bilden wird zwar nicht einfach, aber möglich sein. Die größere Problematik ist, den *richtigen* Satz zu finden. Vor dem gleichen Problem stehen die beiden anderen aber auch. Es könnte also passieren, dass keiner den richtigen Satz findet, was dann? Was geschah in einem solchen Falle mit der Preissumme?

Da er schon in Immenstadt war, beschloss er den Notar aufzusuchen, dessen Amtsräume gleich um die Ecke lagen.

Er wurde nach einer kurzen Wartezeit zu Notar Ober gebeten, dem er seine Frage vortrug. Der sah ihn lächelnd an.

„Leider darf ich keine Auskunft über Fragen geben, die in Zusammenhang mit dem Preisrätsel stehen, bevor nicht das Endergebnis feststeht. Erst dann können wir uns darüber unterhalten. In meinem Tresor ist ein amtlich versiegeltes Schreiben hinterlegt, in dem genaue Verhaltensregeln für den Fall stehen sollen, dass zum Schluss mehr als ein Gewinner, oder gar keiner, vorhanden sind. Es tut mir leid..."

„Wir sind der Meinung, dass das Ergebnis manipuliert wird, um den 'richtigen' Gewinner an die Spitze zu bringen. Sie werden verstehen, dass wir dies verhindern wollen."

Der Notar zuckte die Schultern. „Aber Sie haben bisher keine Beweise, sondern nur Vermutungen. Das genügt nicht. Bitte rufen Sie mich sofort an, wenn ein konkreter Verdacht besteht."

„Und wenn es dann zu spät ist? Wenn ein weiteres Verbrechen begangen wird?"

Notar Ober dachte kurz nach. „Ich muss mich besprechen, dieses Preisausschreiben ist ein Fall, der noch nie vorgekommen ist. Er muss juristisch einwandfrei behandelt werden. Ich rufe Sie so schnell wie möglich an und gebe Ihnen Bescheid. Können wir uns darauf einigen?"

Wanner konnte seine Enttäuschung nicht verbergen. „Na schön, wenn es nicht anders geht. Aber verlieren Sie bitte keine Zeit, es ist dringend!"

Notar Ober versprach es und sie verabschiedeten sich.

Als Wanner das Notariat verließ, überfiel ihn wieder eine dunkle Vorahnung.

## 56

Paul Wanner war auf der Heimfahrt nach Kempten so in seine Gedanken vertieft, dass er beinahe seinem Vordermann aufgefahren wäre, als dieser an einer Ampel halten musste. Er sah, wie der Fahrer ihn im Rückspiegel anschaute und den Kopf schüttelte. Wanner hob entschuldigend seine Hand.

In seiner Dienststelle rief er das Team zu einer Besprechung zusammen und berichtete von den neuesten Erkenntnissen. Dann las er das letzte Rätsel vor.

„Alle Mann an Deck und nachdenken", sagte er dann. „Du auch, Eva! Und ruf mal den Endele an, und unseren Oberboss. Und nicht vergessen: es dürfen nur 22 Buchstaben sein, die aus allen acht Lösungswörtern stammen müssen. Auf geht's!"

Er ging in sein Büro und schloss die Tür hinter sich. Dann nahm er an seinem Schreibtisch Platz und begann zu grübeln. Eine Zeit lang hatte es ausgesehen, als ob Heidebaum der Mörder von Marco Müller wäre. Das stellte sich als falsch heraus, denn es war Hartmann. Anna Mohr wiederum hatte Christina Müller angegriffen, weil sie der irrigen Auffassung war, dass diese ihren Bruder ermordet hatte. Auch falsch gedacht, Christina hatte damit nichts zu tun. Damit war wenigstens in zwei der drei vorliegenden Fälle Klarheit eingetreten. Noch waren aber die Zusammenhänge mit dem Rätsel nicht geklärt. Beide, Marco Müller und seine Frau, hatten damit zu tun. Sie spielte bis zu dem Anschlag selbst mit, er hatte das Manuskript der ersten Frage in seiner Rocktasche, als man ihn am Gundsattel fand. Hartmann war offensichtlich am Rätsel in keiner Form beteiligt. Der Hauptverdächtige blieb Wolfgang Fritz. Es war wohl höchste Zeit ihn zu verhaften. Vielleicht konnte man sich auf diese Weise besser orientieren. Und Carola Fritz? Undenkbar, dass sie am Mord an ihrer Schwester in irgendeiner Form beteiligt war. Heidebaum? Kein Motiv, außerdem hatte er angegeben, dass er zur fraglichen Zeit in Kempten war. Sein Alibi war überprüft worden und schien in Ordnung zu sein. Erd? Berger war noch einmal bei ihm gewesen und hatte ihn bezüglich seines Alibis gründlich befragt. Und wieder war es der LKW-Fahrer Sepp Moosbrugger, der Erd ein Alibi ausstellte. Er bestätigte, dass sein Chef zur fraglichen Tatzeit mit ihm zusammen auf einer Baustelle oberhalb des Parsennliftes war. Wanner sah auf. Oberhalb des Parsennliftes? Da wohnte doch auch Tante Marlies! Vielleicht hatte die etwas bemerkt. Leute in ihrem Alter schauten doch gerne zum Fenster hinaus oder standen auf der Terrasse.

Wanner griff zum Telefon und rief Berger an. Er bat ihn, mit Tante Marlies darüber zu sprechen. Die Baustelle lag so nahe bei ihrem Haus, dass sie vielleicht schon wegen des Lärms nach dem Rechten gesehen hatte.

„Gut, mach i, fahr gleich mal zu ihr hin!“ Bergers Stimme klang zweifelnd.

„Danke! Ruf mich bitte gleich an.“

„Hätt i sowieso gmacht.“

Wanner legte auf. Es galt Ruhe zu bewahren, aber er spürte, wie alle Beteiligten langsam ungeduldig wurden. Der Fall zerrte an ihren Nerven.

Sein Telefon klingelte.

Eine Frauenstimme fragte, ob er der Kommissar Wanner sei. Nachdem er dies bejaht hatte, fuhr die Frau fort: „I bin die Wirtin vo der Wiesalpe. I weiß, dass Sie den Fall mit den Morden bearbeiten, wo auch der Berger Flori mithilft. Den kenn i scho seit unserer Schulzeit. Also i möcht Ihnen was erzählen, aber i weiß ned, ob des wichtig ischt oder ned.“

„Also, erzählen Sie’s mir einfach.“

Dann berichtete ihm die Wirtin von der Unterhaltung der drei Männer, die vor einiger Zeit bei ihr auf der Terrasse saßen. Ihr sei es komisch vorgekommen, dass die drei zuerst so laut geredet hatten und noch komischer sei ihr der Inhalt vorgekommen. Na ja, ein bitzle habe sie schon an der Türe gelauscht, gab sie auf eine Frage von Wanner zu. Ob sie die drei gekannt hätte?, fragte Wanner, dessen Neugier erwacht war.

Nur zwei davon, antwortete die Wirtin, das eine sei der von der Bibliothek in Mittelberg gewesen, das andere der von der Baufirma Erd. Den dritten habe sie nicht gekannt.

Wanner bedankte sich und ließ sich ihre Handynummer geben.

Der dritte könnte Heidebaum gewesen sein, die drei waren von dem Kartenspielerquartett übrig geblieben, dachte er. Dann grübelte er darüber nach, was ihm das Gehörte bringen konnte. Interessant, dass die drei nach dem Bericht des Schulbuben über das gefundene Gewehr so reagiert hatten.

Einen Tag später setzte sich das Team in Wanners Büro zusammen.

„Also, wie heißt der alles entscheidende Lösungssatz?", fragte er scherzhaft in die Runde. Doch an den Mienen der drei konnte er die Antwort ablesen: kein Erfolg.

Riedle meinte, dass er zwar aus den Buchstaben Wörter zusammensetzen konnte, aber ein vernünftiger Satz war nicht herausgekommen. Und als er schließlich einen hatte und die Buchstaben nachzählte, kam er auf 23.

„Wie hieß denn dein Satz?" Wanners Neugier war nach Riedles Äußerungen nicht sonderlich groß.

„Der hieß: Du bekommst das Geld sofort."

Das ausbrechende Gelächter der anderen ließ Riedle sich beleidigt zurücklehnen.

„Ich hab's ja gleich gesagt, dass es 23 Buchstaben sind", sagte er schmollend.

„Immerhin, die Idee war ja nicht schlecht und würde sogar ins Konzept passen", sagte Wanner und bat um Ruhe.

„Ich hatte einen mit 22 Buchstaben", ließ sich Uli Hansen vernehmen. „Nur als ich nachzählte, kam ich darauf, dass das Z ja gar nicht in den Lösungswörtern vorkam. Mein Satz hätte gelautet: Gratuliere zu deinem Sieg."

„Ist vielleicht jemand unter euch, der etwas richtig hat?", fragte Wanner.

Eva Lang schüttelte den Kopf. „Ich hab nur lauter Mist, wie: Der Tod lauert beim Notar, aber das hat auch nur 21 Buchstaben. Der Gottlich hat es bald ganz aufgegeben und Endele wollte sich noch melden. Und du?"

„Ich? Ich habe mich auf euch verlassen! Und jetzt bin ich es. Probieren wir's noch mal miteinander!"

Sie rätselten eine Stunde herum, aber es kam nichts brauchbares heraus. Zwischendurch rief Endele an und erklärte, dass er aufgebe. Es fiele ihm einfach nichts ein.

Auf der Basis von Evas Satz gelang Wanner schließlich ein Durchbruch, wie er meinte. Sinnvoll, 22 Buchstaben und in allen acht Wörtern enthalten:

*„Der Tod lauert beim Casino."*

Die Runde griff den Satz begeistert auf. Das musste der Gewinnbringer sein!

Wanner stoppt ihre Euphorie. „Vergesst nicht, warum wir an dem Rätsel teilgenommen haben! Nicht wegen des Preisgeldes, sondern weil wir einen Mord aufklären wollten. Jetzt sind es zwei geworden. Denkt sicherheitshalber über weitere Möglichkeiten mit den 22 Buchstaben nach, sonst verlieren wir vielleicht noch auf der Zielgeraden!"

Als Wanners Telefon klingelte, griff er zum Hörer und meldet sich.

„Ah, grüß dich Flori..." Dann hörte er eine Zeit lang zu und legte schließlich mit einem gepressten „Danke, ich ruf zurück" wieder auf.

Einen Moment blieb er wie gelähmt mit gesenktem Kopf sitzen.

Dann sagte er tonlos: "Wir haben noch einen Toten! Einen gewissen Dr. Körner. Und der war bei dem Preisrätsel bisher überhaupt nicht dabei. Aber der Florian meint, dass der neue Fall mit unserem zu tun hat. Herrgottnochmal..." Er stoppte mit einem Blick auf Eva gerade noch rechtzeitig.

Aber jeder hätte Verständnis gehabt, wenn er weiter geflucht hätte.

Ihnen erging es auch nicht anders.

# 57

Wanner fuhr mit Eva Lang nach Riezlern, wo sie sich mit Berger trafen.

Die Raumpflegerin hatte Dr. Körner am Morgen in seinem Haus tot aufgefunden. Die zuständige Spurensicherung war schon dort. Der Arzt sah in den Stichwunden das Ergebnis eines Angriffes aus nächster Nähe. Es waren zwei Stiche, beide tödlich. Berger hatte schon veranlasst, dass alle Unterlagen über Dr. Körner, soweit greifbar, gesammelt wurden. Außerdem hatte er die deutschen Kollegen in Essen um Amtshilfe gebeten. Sie hatten versprochen, alles Material zu schicken das ihnen über Dr. Körner zur Verfügung stand. Die Nachbarn waren befragt worden, aber da Körners Haus abseits stand, hatte niemand etwas gehört oder eine verdächtige Person gesehen. Als Tatzeit wurde 7 bis 8 Uhr plus/minus angegeben.

„Was meinst du dazu?", fragte Wanner seinen Kollegen.

„I weiß ned so recht, aber i glaub, dass dieser Mord mit den anderen zammhängt. Der Zufall wär mir sonscht zu groß!"

„Aber warum dieser Dr. Körner? Der ist doch bisher nicht in Erscheinung getreten. Gibt es irgendwelche Verbindungen zu den Leuten, die wir von den verschiedenen Fällen her kennen?"

Berger zuckte die Schultern. „Wir sind grade erscht dabei, des festzustellen. Ach, übrigens: die Tante Marlies hat nix beobachtet. Wär auch Zufall gwesen."

„Trotzdem danke. Manchmal führt eine Spur weiter, von der man es am wenigsten erwartet hätte." Wanner dachte kurz nach. „Vielleicht solltest du die Konten dieses Dr. Körner überprüfen, dann seinen Verwandten- und Bekanntenkreis. Hast du was dagegen, wenn sich Eva und ich in Körners Haus umsehen?"

„Wenn unsere Spurensicherung abzogen ischt, vorher gibts womöglich noch Kompetenzschwierigkeiten." Berger lachte vor sich hin. Dann rief er Ulrich Gider, den Chef der Spurensicherer an, und sprach mit ihm. „Ah – ja gut. Also keine Einwände? Ned? Nachher komm ich mit den Kollegen von Kempten vorbei." Er wandte sich an die beiden. „Wir solltn gleich hinschauen, sie hättn was für uns. Auf gehts."

Als die drei Körners Haus erreichten, wartete Ulrich Gider schon auf sie. Sie begrüßten sich, dann sagte Gider: „Wir haben den Tresor von Dr. Körner hinter einem Bild gefunden und aufgemacht. War nicht besonders kompliziert. Er hatte Euroscheine in bisher ungezählter Menge drin, eine Pistole und verschiedene Papiere, die wir nicht weiter gesichtet haben. Was vielleicht für euch interessant sein könnte, ist das da..." Er reichte Berger ein gummiartiges Etwas.

Es entpuppte sich bei näherem Hinsehen als eine moderne Gesichtsmaske aus Latex, die sich den eigenen Zügen anpasste, aber ein anderes Gesicht herbeiprojizierte. Berger drehte die Maske unschlüssig hin und her. Dann reichte er sie Wanner und fragte: „Kennst du jemand, der so aussieht?"

Wanner besah sie sich von allen Seiten. Dann sagte er unvermittelt. „Setz sie bitte mal auf, damit ihre Züge erkennbar werden."

Berger schnitt eine Grimasse und sah misstrauisch auf die Innenseite. „Wer weiß, wer die scho aufghabt hat!"

„Du kannst dir ja dein Taschentuch unterlegen, damit wenigstens der Mund bedeckt ist. Aber mehr geht nicht, sonst verzieht sich das Maskengesicht."

Berger stülpte sich verdrießlich die Maske über, zupfte sie zurecht und wandte sich dann Wanner zu, der inzwischen mit Gider gesprochen hatte.

Als der Hauptkommissar ihn sah, prallte er zurück.

„Das..., das gibt's doch nicht!"

# 58

Wanner vergaß vor Überraschung seinen Mund zu schließen.

Vor ihm stand in der Uniform eines österreichischen Polizisten – Holger Neumann.

Eva Lang hatte ihn ebenfalls sofort erkannt. „Wie kommt Neumanns Gesicht in den Tresor von Dr. Körner?" Sie stotterte und war so perplex, dass sie den Unsinn nicht erkannte, den sie eben von sich gegeben hatte.

In Wanners Kopf schlugen die Überlegungen Purzelbäume.

Das konnte ja wohl nichts anderes bedeuten, als dass es entweder einen Holger Neumann gar nicht gab, sondern nur einen Dr. Körner mit der Maske eines Neumann, oder dass Dr. Körner das Gesicht eines echten Holger Neumann in Form einer Maske für seine Zwecke gebraucht hatte. Dann konnte dieser Neumann zum Beispiel auch der Mörder Körners sein.

Wanner blies Luft durch die Zähne.

Er wandte sich an Berger. „Können wir die gefundenen Papiere in deinem Büro sichten?"

Berger hatte sich die Maske wieder heruntergezogen und schaute sie verwundert an.

„Isch die wirklich so echt, dass a andrer Mensch draus wird?"

Ohne eine Antwort abzuwarten, ließ er den Safeinhalt in eine Tasche packen und versiegelte diese. „Müssn wir machen, vor allem weil auch Geld dabei ischt. Auf der Inspektion muss zerscht alles registriert werden, dann nehmen wir uns die Papiere vor."

„So, und jetzt fahren wir sofort zu dem Novak nach Oberstdorf und du zu Wolfgang Fritz. Sie müssen uns ihr Alibi für die Tatzeit lückenlos vorlegen. Wir kommen anschließend wieder zurück und schauen uns die Papiere aus Körners Tresor an."

Während Wanner das Blaulicht aufs Dach setzte, raste Eva Lang bereits Richtung Oberstdorf.

Unterwegs ließ er sich telefonisch von Uli Hansen die Anschrift von Novak geben. Außerdem bat er einen Kollegen von der Inspektion Oberstdorf, sie am Ortseingang zu erwarten und zu Novaks Adresse zu führen. Oberstdorf hatte viele verwinkelte Gassen, in denen man sich leicht verfahren konnte.

Am Ortsschild stand ein Polizeiauto mit blinkendem Blaulicht. Eva gab Lichtsignale und fuhr hinter dem losbrausenden Polizeiwagen her. Sie erreichten die Lorettostraße, an deren Einmündung in die Prinzenstraße Novak wohnte. An einem einzeln stehenden Haus mit schindelverkleidetem Giebel blieb der Wagen vor ihnen stehen.

Eva parkte dahinter und sie eilten auf das Haus zu, das einen verlassenen Eindruck machte. Der Vorgarten war ungepflegt, fußhohes Gras wuchs neben dem Weg zur Haustüre, deren Farbanstrich abblätterte. Handtellergroße Putzteile fehlten an der Hauswand und die Fenster waren ohne Gardinen.

Wanner schickte Eva auf die Rückseite, vergewisserte sich dass seine Pistole griffbereit war, dann klingelte er.

Es rührte sich nichts.

Er klingelte noch einmal, diesmal etwas länger. Wieder keine Reaktion im Haus.

Auf gut Glück drückte er den Türgriff hinab – die Haustüre öffnete sich knarrend.

Wanner zog seine Pistole und rief: „Hallo! Ist da jemand?"

Keine Antwort.

Der Hauptkommissar sah am Ende des Flures einen Hinterausgang. Er ging hin und öffnete die Tür. Draußen stand Eva mit gezückter Waffe.

„Komm rein, wir müssen das Haus durchsuchen. Ruf den Kollegen vom Polizeiauto dazu. Ich warte solange."

Sorgfältig schloss Wanner den Hinterausgang wieder ab und nahm den Schlüssel an sich.

Eva kam mit dem Beamten herein. Schnell informierte ihn Wanner worum es ging. Dann verteilten sie sich auf die Räume im Erdgeschoss und stiegen, als sie niemanden angetroffen hatten, ins Obergeschoss hinauf. Doch auch hier war keiner zu finden. Den Spuren nach zu schließen, musste jemand im Schlafzimmer in höchster Eile gewesen sein. Schranktüren standen offen, Wäsche lag am Boden, eine Tischlampe war umgestürzt, ein paar schwarze Halbschuhe standen mitten im Raum und über einer Sessellehne lag achtlos ein Sakko.

Wanner ließ seinen Blick durch das Zimmer schweifen. Es sah nicht nach einem Einbruch aus, da wäre das Chaos größer gewesen. Hier hatte jemand seine Habe gesichtet, um nur das Wichtigste mitzunehmen.

Kai Novak blieb verschwunden.

„Sofort Fahndung rausgeben", wandte sich Wanner an Eva. Die zog ihr Handy heraus und begann zu telefonieren.

Dann sagte er zu dem Polizisten: „Können Sie bitte feststellen lassen, wem dieses Haus hier gehört? Das müsste die Marktgemeinde wissen."

„O.K., mach ich. Bin gleich wieder da!" Damit verschwand der Beamte aus dem Zimmer.

Wanner tippte die Kurzwahlnummer von Berger an. „Was ist mit Fritz?"

„Wir haben ihn vorläufig festgnommen und verhörn ihn grad. Er streitet ab, was mit den Morden zu tun zu haben. Aber wir haltn ihn so lang fest, wies geht."

„Gut", rief Wanner. „Wir kommen, sobald die Fahndung nach Novak läuft." Dann stieg er über eine Zugtreppe in den Dachboden hinauf, fand aber außer altem Gerümpel nichts. Auch der Keller war leer. Die Heizung war offensichtlich noch intakt, denn das Wasser zeigte eine Temperatur von 70 Grad an. Schnell und geübt durchsuchte Wanner die übrigen Räume des Hauses.

Dann leerte er den Papierkorb.

Daran hatte Novak wohl nicht mehr gedacht. Wanner fand einen zerrissenen Brief und einen Umschlag mit dem Stempel 'Baugeschäft Bastian Erd, Riezlern'.

Langsam sammelte er alle Papierfetzen auf und legte sie in eine Plastiktüte. Ein Schreiben Erds an Novak konnte natürlich Zufall sein, aber langsam glaubte er an keine Zufälle mehr. Sie mussten versuchen, den Brief wieder zusammenzusetzen.

Er rief die Inspektion in Oberstdorf an und bat um einen Beamten, der schnellstmöglich nach Kempten zur Direktion fahren und die Fetzen zum Erkennungsdienst bringen sollte. Dann kündigte er den Boten dort an und bat um sofortige Bearbeitung.

„Alle Mann, die du entbehren kannst", rief er Hans Kern zu. „Ich brauch den fertigen Brief möglichst heute noch."

„Na klar, warum nicht gleich gestern!", knurrte der zurück.

Die Fahndung nach Novak lief inzwischen.

Wanner ließ das Haus durch die Oberstdorfer Kollegen bewachen und fuhr mit Eva Lang nach Hirschegg zur Inspektion.

Berger kam ihnen achselzuckend entgegen. „Nix zu machen! Der Fritz weiß von nix, hat nix ghört und gsehn, und war zur Tatzeit im Mordfall Körner zu Hause. Seine Frau und seine Tochter habens bestätigt."

„Darf ich mal mit ihm sprechen?"

„Ja klar, er wartet nebenan."

Sie gingen ins Nachbarbüro, in dem ein uniformierter Beamter Fritz bewachte. Berger schickte ihn hinaus.

Wolfgang Fritz sah elend aus. Eingefallene Wangen, unrasiert und nachlässig gekleidet.

Auch Wanner und Eva Lang gegenüber blieb er bei seiner Aussage weder etwas mit dem Mord an Katja Hillberg noch an Dr. Körner zu tun zu haben.

„Kennen Sie diesen Novak näher, der noch im Rennen ist?", fragte Wanner schließlich.

„Eigentlich überhaupt nicht. Er ist mir nur aufgefallen, weil er seit Anfang des Rätsels in unserer Nähe war."

„Was meinen Sie mit unserer?"

„Nun, Heidebaum, Erd und mich."

„Haben Sie jemals mit ihm gesprochen? Ihn gefragt, was er in Ihrer Nähe zu suchen hatte?"

Fritz schüttelte den Kopf. „Nein, das schien mir nicht so wichtig zu sein."

„Woher beziehen Sie Ihr Wissen, dass Sie so gut im Rätselraten sind?" Wanner startete wieder einen seiner Überraschungsangriffe.

„Als Bibliothekar stehen mir zu jeder Zeit alle Bücher zur Verfügung, die man dazu braucht. Auch sitzt Steffi seit Wochen in ihrem Rollstuhl und macht nichts anderes als über die Lösungen nachzudenken. Unsere Teilnahme läuft auf ihren Namen. Außerdem hatte ihr noch Frau Molero geholfen, aber die ist ja inzwischen ausgeschieden."

„Und Sie haben kein Insiderwissen?"

„Wie meinen Sie das?" Fritz sah ihn ehrlich erstaunt an.

„Es hätte ja sein können, dass Sie irgendwoher Tipps bekommen haben wie die Lösungen aussehen mussten."

„Also nein, Herr Kommissar! Wer sollte mir Tipps geben und dann das Geld mit mir teilen müssen? Nein, nein. Unsere Familie hat sich die eigenen Köpfe zerbrochen und alles selbst herausgefunden."

Na ja, schön wär's, dachte Wanner. Dann wechselte er das Thema.

„Sie waren vor einiger Zeit mit Erd und Heidebaum auf der Wiesalpe. Worum ging Ihr Gespräch dort?"

„Also, das ist ja allerhand! Wer hat Ihnen denn davon erzählt... Ach, ich kann's mir schon denken!"

Wanner gab darauf keine Antwort. „Also?"

Fritz wand sich. Dann behauptete er, dass sie sich, wie öfters, über private Dinge nicht einig waren. Den wahren Grund behielt er für sich. Wanner konnte nichts aus ihm herausholen und gab schließlich widerstrebend auf. Seiner Überzeugung nach sprach Fritz die Wahrheit, wenigstens was die beiden Morde anging.

Er fuhr mit Berger und Eva zu Carola Fritz und ermahnte sie eindringlich, die Wahrheit bezüglich des Alibis für ihren Mann zu sagen, doch sie blieb dabei. Auch Steffi erinnerte sich genau, dass ihr Vater zwischen 6 und 9 Uhr zu Hause war.

Sie besprachen sich, dann ließ Berger Fritz laufen. Sie setzten jetzt auf eine hohe Karte: beide Morde hatte ein und derselbe Täter begangen. Dafür sprach schon die gleiche Art der Tatwaffe und ihre Anwendung.

Und dann konnte es Fritz nicht gewesen sein.

## 59

Wer hatte ein Motiv Katja Hillberg zu töten? Dies konnte, ja musste, mit dem Rätsel zusammenhängen. Wanner erinnerte sich an den Briefumschlag mit der noch nicht veröffentlichten Lösungsnummer. Vielleicht wusste davon jemand und wollte Katja als Konkurrentin ausschalten. Dann gab es noch jemanden, der Katja offensichtlich mit Insider-Wissen versorgt hatte. Wer war das? Der Kreis der Verdächtigen war zusammengeschmolzen. War es Novak? Erd? Heidebaum? Jeder hatte sich verdächtig benommen, am meisten dieser Novak, der aus Oberstdorf verschwunden war. Er würde wohl Richtung Norden getürmt sein.

Morgen war der alles entscheidende Tag, Ende des Rätsels im Notariat. Ob sein eigener Satz wohl richtig war? Und was würde er mit dem ganzen Geld anfangen... Wanner hörte auf zu träumen. Das Geld gehörte seinem Arbeitgeber und nicht ihm, also brauchte er darüber nicht nachzusinnen. Auch gut, sparte er sich Kopfzerbrechen.

Er wollte noch mal mit Erd sprechen und rief Florian in Hirschegg an. Der hatte vorher zu tun und wollte nachkommen, Wanner sollte schon mit dem Gespräch beginnen.

Als der Hauptkommissar zu dem Baugeschäft in Riezlern hinabfuhr, kam ihm ein BMW entgegen, dessen Sonnenblende so weit abgesenkt war, dass das Gesicht des Fahrers nicht zu erkennen war.

Wanner parkte vor dem Bürogebäude und betrat das Haus.

Bastian Erd stand mit der ganzen Fülle seiner Figur in der Tür und sah ihm finster entgegen.

„Ah, der Herr Kommissar wieder mal! Und womit kann ich dieses Mal dienen?"

„Tag, Herr Erd! Ihr Besucher hatte es gerade recht eilig wegzukommen. Haben Sie ihn so erschreckt?" Wanners Ton klang locker. Wer ihn kannte, wusste das aber richtig zu deuten.

„Was geht Sie mein Besucher an? Geschäftsfreunde haben es gelegentlich eilig. Aber deswegen sind Sie ja wohl nicht hergekommen?"

„Sie haben doch an diesem Preisausschreiben teilgenommen? So viel ich überschauen kann, sind Sie bei dem Rätsel am Schüsser ausgeschieden. Waren Sie am verkehrten Gipfel gewesen?"

Eine Unsicherheit huschte über Erds Gesicht.

„Na und? Dort sind mehr ausgeschieden..." Erd stieß den Satz bissig hervor.

„Schade, nicht wahr, wenn man schon so weit gekommen war. Und plötzlich ist das Geld weg, das man so schön hätte brauchen können. Da wären wieder etliche Investitionen möglich gewesen."

„Sie sind ja selbst dabei, wie weit sind *Sie* denn gekommen?" Erd sah ihn lauernd an.

„Noch bin ich dabei, morgen wird sich herausstellen, wer die letzte Lösung richtig hat und das Geld bekommt."

„Und wer ist noch dabei?" Es klang fast wie nebenbei.

Wanner spielte ein gewagtes Spiel. Er wollte sich als Köder anbieten. Er musste nur höllisch aufpassen, dass nichts passierte.

„Wolfgang Fritz und ein gewisser Kai Novak. Vielleicht kennen Sie ihn? Aber natürlich, er war doch eben bei Ihnen?“ Das war der berühmte Schuss ins Blaue. Wanner hatte den BMW-Fahrer nicht erkannt, ebenso hätte es sonst wer sein können. Auch konnte er von der OA-Auto-Nummer den Rest nicht lesen.

Aber Erd fiel darauf herein. „Novak hat in Oberstdorf ein Haus gekauft, bisher hatte er dort nur eine provisorische Zweitwohnung drin. Ich soll es ihm umbauen und hab ihm vorgestern einen Kostenvoranschlag geschickt.“ Er sah unruhig zum Fenster hinaus und mied tunlichst den Blickkontakt mit seinem Besucher.

„Ich bin überzeugt, dass ich den Preis gewinne. Es gibt gar keinen anderen Satz, als den, den ich gefunden habe. Da werden die anderen wohl leer ausgehen!“ Wanner tat überheblich, was ihm schwer fiel. Aber das gehörte zu seinem Plan. Vielleicht ging er auf.

Erd sah ihn einen Moment schweigend an. Hinter seiner Stirne arbeitete es beinahe sichtbar. Dann sagte er unvermittelt. „War's das? Ich habe noch zu tun, einige Kunden warten auf ihren Baustellen auf mich...“

Wanner fuhr zum Hof hinaus, hielt aber hinter einer Baumgruppe an und ging vorsichtig zurück bis er freien Blick zum Bürofenster hatte. Er sah Erd gestikulierend telefonieren. Vielleicht hatte er schon angebissen?

Als er zur Abzweigung Schwendetobel kam, sah er ein paar Meter weiter den BMW mit der OA-Nummer stehen, der ihm vorher begegnet war. Der Fahrer war nicht zu sehen. Wanner bog ab, fuhr an dem Wagen vorbei und hielt davor. Er ließ seinen Motor laufen, ging zurück, und sah ins Innere.

In diesem Augenblick schnellte auf der Beifahrerseite ein Mann in die Höhe. Er hatte sich einen Schal über Mund und Nase gezogen und richtete eine Pistole auf Wanner.

Leicht näselnd rief er: „Hände hoch und keinen Mucks!“ Dann kam er langsam ums Auto herum auf Wanner zu.

Der überlegte fieberhaft. An seine Waffe konnte er nicht heran.

Er machte plötzlich einen Satz zur Seite und rannte geduckt und ihm Zickzack zu seinem Wagen, stieß die Tür auf, und ließ sich hinter den Sitz fallen. Die Tür war noch nicht ins Schloss gefallen, als er schon den Gang eingelegt hatte und mit quietschenden Reifen losfuhr.

Ein Schuss krachte, verfehlte ihn aber.

Wanner riss den Wagen hin und her. Im Rückspiegel sah er, dass der BMW hinter ihm herjagte. Mit voller Geschwindigkeit hielt Wanner auf die Schwendebrücke zu. Dort stellte er mit einer Vollbremsung seinen Wagen quer, touchierte das Brückengeländer, was ihm eine Delle über dem linken Kotflügel einbrachte, und sprang, seine Waffe ziehend, auf die Straße. Hinter dem Wagen Deckung suchend, spähte er dem heranbrausenden Wagen entgegen. Schon dachte er entsetzt, dass ihn der andere rammen wollte, als dieser ein Ausweichmanöver versuchte um an Wanner vorbei zu kommen.

Doch die Geschwindigkeit war zu groß.

Er schleuderte auf den Randstein, drehte sich, und kippte in das Brückengeländer. Das gab nach, verzog sich und brach schließlich mit einem hässlichen Krachen ab. Der Wagen begann über das demolierte Geländer zu rutschen.

Die Fahrertüre war aufgesprungen, der Fahrer hing halb heraus und begann zu schreien. Mit drei Sätzen war Wanner bei ihm und packte seinen Arm und während der BMW quietschend und schabend über den Rand rutschte, zog Wanner den Fahrer aus dem Sitz auf die Straße.

Der Wagen stürzte, mit einem letzten Aufheulen des Motors in den Abgrund, schlug in der Breitach auf, und explodierte mit einem Höllenlärm. Schwarze

Rauchwolken stiegen zur Brücke herauf und hüllten die zwei Männer mit ihrem Gestank ein.

Schwer atmend lagen die beiden auf dem Asphalt. Wanner hatte seine Pistole verloren, dem anderen war das Halstuch verrutscht. Der Hauptkommissar hatte immer noch den Unterarm des Mannes gepackt. Jetzt bog er beide Arme nach hinten und legte Handschellen an.

Erst dann zog er den Schal vollends herunter und sah richtig hin.

Es war Kai Novak.

„So Bürschchen", sagte er immer noch schwer atmend, „jetzt hab ich dich aber grad noch dem Sensenmann von der Schippe gezogen!" Wobei ihm der Gedanke, dass ein Sensenmann nicht unbedingt eine Schippe hielt, völlig egal war.

Er rappelte sich hoch und suchte nach seiner Pistole, die er schließlich unter seinem Wagen fand, wohin sie geschlittert war.

Mit zitternden Fingern tippte er Florians Nummer in sein Handy und erzählte ihm hastig von dem Vorfall. Dann musste er sich setzen, seine Beine drohten ihren Dienst zu versagen. Das war vielleicht knapp gewesen! Wanner merkte wie Schüttelfrost seinen Körper befiel. Reiß dich zusammen, befahl er sich, und danke deinem Schutzengel.

Als zwei Autos über die Brücke kamen, bremsten, und die Insassen heraussprangen, bekam er das nur aus weiter Ferne mit. Erst als man ihm wenig hilfreich auf die Schulter klopfte und ihn anrief: „He, Sie! Fehlt Ihnen was?", war er schlagartig wieder da.

Er stand umständlich auf und sah nach Novak. Der lag mit geschlossenen Augen auf der Straße und atmete schwer. Wanner schob ihm ein Autokissen unter den Kopf. Dann sah er ein Polizeifahrzeug mit Blaulicht auf die Brücke zurasen und mit quietschenden Reifen vor ihnen halten. Gleich dahinter kamen der Notarztwagen und drei Feuerwehrautos.

Das Wrack in der Breitach war inzwischen fast ausgebrannt, es stiegen nur noch einige Rauchfahnen auf, die sich im aufkommenden Wind verteilten, bevor sie den Brückenrand erreichten.

Wanner besah sich seinen Wagen. Außer der Delle hatte er keinen Schaden genommen. Er sprang auf den ersten Drücker an. Als Berger mit Novak nach Hirschegg fuhr, folgte ihnen Wanner langsam.

Plötzlich erinnerte er sich an das, was ihm Tante Marlies unlängst von ihren Kräutertees gesagt hatte. Schnell bog er hinter der Breitachbrücke ab und fuhr zu ihrem Häuschen hinauf.

Als ihm die alte Frau öffnete, sagte sie noch vor einer Begrüßung:

"Jessas, wie schaun denn Sie aus? Was isch denn passiert?"

Wanner erzählte ihr das Notwendigste und fragte dann nach einem Beruhigungstee.

„Aber freili, den könnens gern haben. I setzn glei auf, dauert fünf Minutn. Moment, kommens do rein!" Drinnen zog sie einen Stuhl herbei und drückte Wanner darauf nieder. Dann verschwand sie hastig in der Küche, wo sie Wanner herumhantieren hörte.

Genussvoll zog er den Geruch des Lärchenholzes, der leicht im Zimmer schwebte, in seine Lungen. Eine Vase mit Löwenmäulchen stand am Tisch. In der Ecke sah er eine holzgeschnitzte Madonna von zwei Engeln flankiert. Wanners Blick blieb darauf haften. Danke, dachte er dann, danke, wer immer dafür zuständig war.

Dann rief er Berger an und sagte ihm wo er sich befand.

Tante Marlies kam mit einer großen Steinguttasse herein, aus der es dampfte und würzig roch.

„So, Herr Wanner, jetz trinken S' erscht mal in Ruh, nachher wirds Ihne glei besser gehn." Sie stellte ihm noch eine Zuckerdose hin und klopfte ihm leicht auf die Schulter. „Gell, Sie glaubn do jetz nimmer, dass mei Bub was mit der ganzn Sach zu tun hat?"

Wanner musste wegen des heißen Tees mehrfach husten, dabei schüttelte er den Kopf. Eine direkte Antwort blieb ihm deswegen erspart. Er wollte der alten Frau nicht wehtun. Aber die Unschuld Heidebaums stand noch nicht hundertprozentig fest. Immerhin glaubte er auch nicht mehr daran, dass Heidebaum etwas mit den Morden zu tun hatte.

Als die Tasse leer war, fühlte sich der Hauptkommissar spürbar besser. Er bedankte sich bei Tante Marlies und versprach, einmal vorbeizuschauen, wenn er nicht im Dienst war. Auch musste er zusagen seine Frau mitzubringen.

Dann fuhr er nach Hirschegg und berichtete Berger und Kommandant Stadler, was sich an diesem Tag zugetragen hatte.

„Ich hab für morgen einen Hubschrauber angfordert, der den Novak nach Feldkirch bringen soll. Wenn Sie ihn noch vorher sprechen wollen..." Stadler machte eine unbestimmte Handbewegung.

Wanner nickte dankend. Berger holte Novak aus dem Untergeschoss und sie verschwanden im Verhörraum. Der Häftling bestand darauf, einen Anwalt an dem Gespräch teilnehmen zu lassen. Sie bekamen auf die Schnelle aber keinen her. Schließlich zuckte Novak die Achseln. „Natürlich könnt ich eine Menge erzählen, aber kein Anwalt – kein Deal!"

„Ich glaube nicht, dass Sie derjenige sind, der hier Bedingungen stellen kann", sagte Wanner missmutig. „Wir haben genügend Beweise gegen Sie. Einen Deal können Sie höchstens mit der Staatsanwaltschaft aushandeln, wenn Sie sich kooperativ zeigen und uns die Wahrheit erzählen."

Doch Novak schwieg.

Wanner verabschiedete sich von seinen Kollegen und fuhr nach Kempten zurück.

Wie nahe er heute dem Tod war, kam ihm erst langsam zu Bewusstsein. Er würde Lisa nichts davon erzählen, sie würde sich nur unnötig aufregen. Auf der Direktion konnte er nicht alles verschweigen, er musste ja einen Bericht schreiben. Schließlich war auf ihn geschossen und ein Anschlag mit dem Auto verübt worden.

Jetzt musste er morgen die letzte Lösung nach Immenstadt zum Notar bringen und darauf hoffen, dass sie mit Novak den richtigen Täter erwischt hatten.

Aber davon war er fest überzeugt.

# 60

Leitender Polizeidirektor Gottlich gab Wanner am nächsten Tag gute Wünsche mit auf den Weg.

„Hoffentlich haben Sie auch den richtigen Satz, dann wird sich unser Arbeitgeber über ein hübsches Sümmchen freuen. Anschließend werden wir dieses Ereignis natürlich gebührend feiern! Also Kopf hoch und Daumen halten!"

Wanner fuhr allein nach Immenstadt. So wie am Schüsser würde das heute wohl nicht werden. Er parkte wieder in der Tiefgarage und ging zum Notariat. Auf der Treppe zum Obergeschoss traf er Carola Fritz und zu seinem nicht geringen Erstaunen auch Bastian Erd.

Nach einer kurzen Begrüßung fragte ihn Wanner: „Wieso kommen denn Sie heute hierher? Sind Sie nicht am Schüsser ausgeschieden?"

Erd sah ihn spöttisch an. „Abwarten. Sie werden es schon noch sehen."

Wanner wusste, dass Novak nicht mehr aufkreuzen konnte, er saß ja ein. Eigentlich müsste es nur noch eine Sache zwischen ihm und der Familie Fritz sein, vertreten durch Carola.

Notar Obers Sekretärin unterbrach seinen Gedankengang. „Der Herr Notar lässt bitten!"

Sie führte sie in das große Besprechungszimmer des Notars. Der begrüßte sie und bat Platz zu nehmen. Dann ließ er sich die Ausweise zeigen. Dabei zog Erd ein Schreiben heraus, überreichte es, und sagte: „Hier ist meine Beglaubigung an Stelle von Herrn Novak teilzunehmen."

Diese trug den Stempel eines Rechtsanwaltes aus Riezlern vom Vortag. Notar Ober sah stirnrunzelnd darauf. Dann wandte er sich an Erd und sagte: „Tut mir leid, kann ich nicht anerkennen. Die Beglaubigung müsste von einem Notar stammen, nicht von einem Rechtsanwalt. Ich darf Sie also nicht in Vertretung von Herrn Novak, der übrigens auch nur mit einer Beglaubigung mitgespielt hatte, an der Endausscheidung teilnehmen lassen. Wenn Herr Novak nicht in...", er blickte auf seine Uhr, „... fünf Minuten hier ist, verfällt laut Reglement seine Teilnahmeberechtigung."

Erd starrte den Notar wütend an. „Das sind doch Kinkerlitzchen, Notar oder Rechtsanwalt! Es wird wohl egal sein, wer hier eine Unterschrift bestätigt!"

„Ist es nicht. Tut mir leid, Herr Erd, bitte verlassen Sie mein Büro, damit wir zu den beiden letzten Teilnehmern kommen können."

Erd rührte sich nicht. „Ich glaub es einfach nicht! Wir... ich habe die richtige Lösung und mir steht im Auftrag von Novak die Preissumme zu!"

Wanner hörte aufmerksam zu. Da waren ein paar Dinge angesprochen worden, die er sich merken musste. Novak auch mit Beglaubigung? Hm, hm.

Endlich gelang es dem Notar, Erd aus dem Büro zu schicken. Selbst durch die geschlossene Tür hörte man noch sein lautes Fluchen.

Carola hatte mit wachsendem Erstaunen zugehört. Jetzt wandte sie sich an den Notar: „Was soll das alles? Heißt das etwa, dass..., dass..., wir nur noch zu zweit übrig sind?"

Der Notar lächelte.

„Sie beide haben sich als diejenigen herausgestellt, die bisher alle Fragen gemäß den vorgegebenen Regeln beantwortet haben. Nun kommt es darauf an, wer von Ihnen beiden auch die letzte Lösung richtig hat." Er öffnete die Bürotür und rief seinen Notarkollegen herein.

„Damit es keine Reklamation gibt, habe ich Herrn Dr. Bühldorff als meinen Zeugen hergebeten. Alles klar, alles fertig? So, dann wollen wir mal."

Notar Ober nahm die beiden Umschläge in Empfang, vergewisserte sich, dass sie verschlossen waren, öffnete einen davon und zog einen Zettel heraus. Dann verfuhr er mit dem nächsten ebenso. Beide Zettel legte er vor sich auf den Tisch und ließ Dr. Bühldorff einen Blick darauf werfen.

„In Ordnung", sagte dieser.

„Gut dann verlese ich Ihre beiden Schlusssätze. Erst den von Herrn Wanner, er lautet:

*„Der Tod lauert beim Casino".*

Ich muss nachsehen, ob alle Bedingungen eingehalten wurden: 22 Buchstaben... stimmt, alle acht Lösungswörter vertreten..." Er schaute die einzelnen Wörter sorgfältig durch, wobei ihm Dr. Bühldorff über die Schulter blickte.

„Stimmt auch, oder?" Sein Kollege nickte. „Gut ich stelle fest, dass dieser Satz die vorgeschriebenen Bedingungen erfüllt. Und jetzt zum nächsten. Frau Steffi Fritz, bisher vertreten durch ihre Eltern Wolfgang und Carola, schreibt als Lösungssatz:

*„Sieg heisst Leben oder Tod".*

Wieder die Prüfung: 22 Buchstaben... jawohl. Alle acht Wörter vertreten... Schau mit hin Bühldorff!..., jawohl, auch richtig. Bedingungen erfüllt..."

Wanner starrte den Notar an. Ihm war blitzartig klar geworden, dass er verloren hatte.

Der Lösungssatz von Steffi Fritz traf genau ins Schwarze.

Der Notar räusperte sich. „Mir liegt der Vergleichssatz aus der heute geöffneten Lösung des Preisausschreibens vor. Er ist identisch mit dem Satz von...", er sah Wanner an und hüstelte, „... Frau Steffi Fritz!"

Einen Augenblick herrschte Schweigen, dann stieß Carola Fritz einen lauten Jubelschrei aus. Sie lachte und weinte zugleich, umarmte Notar Ober, den sie dabei fast vom Stuhl gerissen hätte. Seinem Kollegen schlug sie auf die Schulter, dass dieser das Gesicht verzog.

Dann kam sie auf Wanner zu. „Entschuldigung", sagte sie leiser werdend. „Aber wir brauchen das Geld so dringend für Steffis Operation in Amerika."

Wanner lächelte freundlich. „Ich gratuliere Ihnen herzlich! Ihre Familie hat prima zusammengearbeitet, ich wünsche Steffi alles Gute!"

Sie erledigten noch einige Formalitäten, dann verabschiedeten sie sich von den beiden Notaren.

Auf der Straße wandte sich Carola Fritz noch einmal an Wanner. „Ich weiß, dass Sie den Sieg auch verdient hätten...", und als dieser abwinkte, „... doch, doch. Und ich weiß auch, wie sehr Sie sich für die Aufklärung dieser Mordfälle eingesetzt haben. Ich bete zu Gott, dass es dieser Novak war und mein Mann von dem schrecklichen Verdacht endlich befreit wird. Bitte klären Sie den Rest so schnell wie möglich auf. Wir sehen uns bestimmt wieder, wenn alles rum ist. Tschüss Herr Wanner."

Sie küsste ihn auf beide Wangen und eilte dann davon.

Paul Wanner stand einen Moment bewegungslos. Es kam selten vor, dass er eine dienstliche Anerkennung auf diese Weise erhielt.

Dann wandte er sich um und ging langsam zur Tiefgarage zurück.

## 61

Wochen später hatte Hauptkommissar Paul Wanner endlich alle Erkenntnisse zusammengefasst, geordnet und fein säuberlich aufgeschrieben. Aus den Aussagen von Kai Novak, Bastian Erd, einigen weiteren Zeugen und vor allem ihren eigenen Recherchen hatte sich folgende Auflösung ergeben:

Novak war es, der an jenem feuchtfröhlichen Abend bei Dr. Körner im Spielcasino am Tisch saß und sich mit ihm unterhielt. Nachdem Marco Müller die Idee mit dem Preisrätsel aufgebracht hatte, rief Körner Novak am nächsten Tag an und bot ihm an, gegen gutes Honorar und mit entsprechender Beglaubigung ihn beim Preisrätsel zu vertreten. Körners Ziel war, sein eigenes Geld wieder zu gewinnen, ohne dass er selbst in Erscheinung treten musste. Katja Hillberg, eine Zeit lang Körners Geliebte, ließ er stets eine Rätsellösung im Voraus zukommen, damit sie weiter mitmachen konnte. Ob sie diese weitergegeben hatte und gegebenenfalls an wen, konnte nicht mehr festgestellt werden. Für ihn, Novak, war Katja eine ernst zu nehmende Rivalin im Preisausschreiben, deshalb hatte er sie beseitigt. Denn mittlerweile wollte er selbst an das Geld kommen. Er hatte auch nach ihrem Safe gesucht und sich dabei an einem Haken den Finger blutig gerissen, dies bestätigte sich im DNA-Vergleich.

Dr. Körner hatte ihm jedes Mal die richtige Lösung zugespielt, mit der er Novak im Spiele hielt. Als Novak gegen Schluss sicher sein konnte, dass er die letzte richtige Lösung besaß, hatte er Körner ermordet, damit ihm dieser nicht das Geld vor der Nase wegschnappen konnte. Novak hatte allerdings nicht damit gerechnet, dass ihm die Polizei so nahe auf den Fersen war, deshalb beauftragte er am Tag vor seinem Überfall auf Wanner Bastian Erd mit einer Beglaubigung, die letzte Lösung für ihn beim Notar abzugeben. Das war dann schief gegangen.

Sie hatten noch herausgefunden, dass Dr. Körner die Maske eines nicht existenten Holger Neumann dazu verwandt haben musste, seinem Rätsel näher zu sein, gleichzeitig Novak unter Kontrolle zu haben, und vielleicht auch noch aus reiner Spiellaune heraus.

Das Messer, mit dem Anna Mohr den Anschlag verübt hatte, wurde nach ihren Angaben hinter einer Pfette ihres Dachbodens gefunden. Novaks Mordwaffe blieb verschwunden. Sie lag wohl für immer irgendwo in der Breitach.

Christina Müller übernahm Körners Retrieverhündin Money. Zwei Einsame hatten zusammengefunden.

Paul Wanner fügte noch ein PS an: Als Novak ihn vor der Brücke aufgelauert hatte, war er gerade dabei gewesen, sein Sakko zu verstecken, aus dem Money einen Fetzen Stoff herausgerissen hatte, als sie ihren Herrn verteidigen wollte. Er hatte Sakko und Fetzen in ein trocken liegendes Durchlaufrohr gestopft, als der Hauptkommissar vor ihm hielt und ausstieg. Dann war es zu der Verfolgungsjagd gekommen, die am Brückengeländer endete.

Bei einem Spaziergang mit ihrer neuen Herrin erschnüffelte Money die Sachen im Rohr, Berger stellte sie sicher.

Paul Wanner schlug seine Aufzeichnungen zu. Sie sollten einmal für die Polizeischule als Anschauungsmaterial dienen wie Gottlich ihm gesagt hatte. Wegen des entgangenen Geldes war der zuerst ein wenig enttäuscht. Erst als ihm Wanner die näheren Umstände erzählt hatte, meinte er zufrieden: „Na ja, diese Steffi Fritz hat das Geld wahrscheinlich nötiger als der Staat, für den das doch nur ein Klacks gewesen wäre, verschwunden auf Nimmerwiedersehen im großen Topf. Hoffentlich hilft die Operation dem Mädchen."

******

Ein halbes Jahr später erhielt Wanner einen Brief aus Seattle, USA. Als er ihn öffnete, fiel ein Foto heraus.

Es zeigte Steffi Fritz aufrecht stehend und mit lachendem Gesicht auf einen leeren Rollstuhl deutend.

Auf der Rückseite stand:

'Vielen Dank Euch allen! Nächste Woche kommen mich meine Eltern besuchen. Ich werde ihnen zum Eingang entgegen*gehen.*'

******

Gunther Lennert
Irrlichter am Burgberg
Die Allgäuer Ferienbande und die Pferdediebe
Verlag Tobias Dannheimer Kempten